dtv

Martin Bongers, seit fünf Jahren Winzer in Bordeaux, braucht dringend Geld, denn er hat in neue Weinberge investiert. Das lukrative Angebot, für einen französischen Investor in Rumänien attraktive Weingüter ausfindig zu machen, kommt ihm daher äußerst gelegen. Seine Recherchen beginnt der ehemalige Frankfurter Weinhändler in Bukarest, wo er erfahren muss, dass nur mit Geld alles läuft wie geschmiert. Am Schwarzen Meer entdeckt er einen exzellenten Wein und will sich gerade auf die Suche nach der vielversprechenden Kellerei machen, als Sofia, seine Kontaktperson im Agrarministerium, bei einem Verkehrsunfall ums Leben kommt. Für ihren Bruder Lucien war es Mord: Sofia wusste zu viel über die Machenschaften ehemaliger Securitate-Agenten bei der Privatisierung der volkseigenen Weingüter. Dass noch ganz andere Geheimdienste ihre Finger im Spiel haben, bekommt Bongers erst zu spüren, als es für eine Umkehr zu spät ist …

Paul Grote, Jahrgang 1946, ist Deutschlands bekanntester und meistgelesener Weinkrimi-Autor. Fünfzehn Jahre lang berichtete er als freier Reporter aus Südamerika. Bei Aufenthalten in Argentinien und Chile entdeckte er sein besonderes Interesse für Wein und Weinbau, den er, zurück in Deutschland, zu seinem Thema machte. 2004 erschien sein erster Weinkrimi. Seitdem hat er die wichtigsten europäischen Weinbaugebiete bereist und jedes Jahr einen neuen Krimi veröffentlicht. Seine Bücher erscheinen bei dtv.

Paul Grote

Der Wein des KGB

Kriminalroman

dtv

Ausführliche Informationen über unsere Autoren und Bücher
www.dtv.de

Von Paul Grote
sind bei dtv u. a. erschienen:
Rioja für den Matador (20930)
Der Portwein-Erbe (21082)
Tod in Bordeaux (21536)
Bitterer Chianti (21537)
Am falschen Ufer der Rhône (21691)

Dieses Buch ist all denen gewidmet,
die an Rumäniens Grenzen scheiterten.

MIX
Papier aus verantwortungsvollen Quellen
FSC® C019821

Originalausgabe 2009
5. Auflage 2018

Umschlagkonzept: Balk & Brumshagen
Umschlagbilder: Corbis/Sygma/Patrick Robert (oben)
und mauritius images/Götz Göppert
Gesetzt aus der Minion 10/11,75·
Gesamtherstellung: Druckerei C.H.Beck, Nördlingen
Gedruckt auf säurefreiem, chlorfrei gebleichtem Papier
Printed in Germany · ISBN 978-3-423-21160-4

»*Tutti colpevole, nessuno colpevole*«,
wie man in Italien sagt:
Wenn jeder schuldig ist,
ist niemand schuldig.

1

Bis zu dem Moment, als Monsieur Coulange aufstand und sich der Rezeption zuwandte, hatte Martin Bongers keinerlei Argwohn verspürt. Das Gespräch, zu dem der Manager aus Paris angereist war, verlief in einem nahezu persönlichen Ton. Um das Eis zu brechen, hatten die beiden Männer ein unerschöpfliches Thema gewählt: die Krise des Bordelaiser Weinbaus. Allem Anschein nach hatten die Winzer begriffen, dass die Lorbeeren, auf denen sie sich ausruhten, wie alle Blätter nach einer Weile vertrocknen und dass in anderen Ländern ebenfalls großartige Weine gemacht werden. Den Auftrag jedoch – nur deshalb war Coulange nach Bordeaux gekommen – hatte er lediglich am Rande erwähnt. Aber auch das war noch kein Grund, misstrauisch zu werden.

Martins Misstrauen erwachte erst, als Coulange nicht wie angekündigt den Weg zu den Toiletten einschlug, sondern auf einen Mann zuging, der im entgegengesetzten Teil der Hotelhalle im Halbdunkel auf ihn gewartet hatte. Seit dem Mord an seinem Freund Gaston reichte dazu der nichtigste Anlass, Martin war dünnhäutig geworden. Die beiden Männer kannten sich zweifellos. Was hatte Coulange mit jemandem zu besprechen, den er ihm allem Anschein nach vorenthielt?

Auf halbem Wege zum Tisch mit den Zeitungen, wo Martin einen Blick in die heutige Ausgabe von ›Le Monde‹ hatte werfen wollen, änderte er die Richtung und blieb hinter einer der großen Palmen zwischen den Sitzgruppen stehen. Von hier aus hatte er Coulange und seinen Gesprächspartner im Blick, ohne gesehen zu werden.

Er bog einen der Fächer der Palme nach unten und strich mit dem Finger darüber. Mediterranes Flair, dachte er, künstlich wie alles in diesem Luxushotel. Coulange und sein unbekannter Gast passten bestens hierher. Coulange hatte das Hotel als Treffpunkt vorgeschlagen. Martin bewegte sich auf derartigem Parkett nur dann, wenn er seine Weine präsentierte. Sie waren gut, sie waren teuer, sie brauchten diesen Rahmen. Er brauchte ihn nicht, und Charlotte hatte ihn mehrmals lächelnd daran erinnern müssen, sich die Fingernägel zu reinigen, wenn er aus dem Weinberg direkt zu einem solchen Ereignis eilte.

Coulange lehnte sich an einen Pfeiler und redete auf den anderen Mann ein, der ab und zu eine Frage stellte. Beide standen so nah zusammen, dass zwischen ihnen eine vertrauliche Beziehung bestehen musste, gleichzeitig taxierten sie die ankommenden Gäste. Der zweite Mann war groß und schlank, grauhaarig und nicht übermäßig elegant gekleidet, und er war um einiges älter, er war der Ranghöhere. In den Jahren als Weinhändler in Frankfurt hatte Martin gelernt, seine Kunden bereits beim Betreten seines Ladens einzuschätzen. Er hatte sich selten getäuscht.

Wieso hatte Coulange diesen Mann nicht an ihren Tisch gebeten? War es sein Vorgesetzter, dem er einen Bericht über den Verlauf ihrer Unterredung erstattete? Unsinn. Bislang war nichts Konkretes besprochen worden. Nicht einmal den Vertrag hatte er gesehen. Wenn Coulange bereits jetzt zum Rapport bestellt war, dann war er nicht der, für den er sich ausgab. Oder ging es gar nicht um Martin und den möglichen Auftrag? Was sollte dann die versteckte Kopfbewegung in seine Richtung?

Es war unmöglich, sich den Männern weiter zu nähern, um zu hören, worüber sie sprachen. Martin ging langsam zurück zu den Zeitungen und blätterte in der ›Le Monde‹. Während er die Schlagzeilen überflog, ließ er die Männer nicht aus den Augen. Ihr Gespräch währte nur kurz. Ohne sich mit einem Händeschütteln zu verabschieden, trennten sie sich. Coulange ging immer noch nicht, wie angekündigt, zu den Toiletten, sondern zur Rezeption und steuerte dann auf den Tisch mit den Sesseln zu, wo sie zuvor gesessen hatten.

Martin erreichte die Sitzgruppe vor ihm. Er ließ sich in einen der Sessel fallen, faltete die Zeitung auseinander und starrte die Buchstaben an. Es war ärgerlich, dass ihm seine heimliche Beobachtung die Laune verdorben hatte. Mit einem Gefühl von Neugier war er hergekommen, jetzt hatte sich eine Missstimmung in das Treffen eingeschlichen, wie ein unbekannter Fehlton in einem ansonsten guten Wein.

Coulange hatte bisher einen vertrauenswürdigen Eindruck gemacht, und sein Vorschlag war interessant. Martin ließ die Zeitung sinken, als der Manager sich setzte. Coulange lächelte, jovial und geschäftlich, jedoch nicht wie einer, der wirklich lächelt, wenn er morgens mit einer Schere in der Hand durch seinen Weinberg geht, Reben schneidet, sich dabei die Finger fast abfriert und trotzdem den Sonnenaufgang genießt.

»Ich frage mich, Monsieur Coulange, wie Sie oder die SISA ausgerechnet auf mich kommen«, sagte Martin, als sein Gegenüber sich im Sessel zurechtgerückt hatte. Er wollte die Initiative ergreifen und nicht warten, bis Coulange ihm eröffnete, was man von ihm erwartete. »Wieso wollen Sie mich nach Rumänien schicken? Es gibt andere, die als Consultant besser geeignet sind. Ich habe das noch nie gemacht. Ich kenne das Land nicht. Ich kenne niemanden, der jemals dort gewesen ist oder von dort stammt. Ich habe nicht einmal eine Vorstellung, wie es da aussieht. Gut, von dem monströsen Palast in Bukarest habe ich ein Foto in der Zeitung gesehen, anlässlich der NATO-Tagung – das Bauwerk eines Größenwahnsinnigen …«

Coulange nickte verständnisvoll. »Mir geht es ebenso, Monsieur Bongers. Oft ist es besser, man weiß nicht, was auf einen zukommt.«

»Was meinen Sie damit?« Coulange lächelte ausweichend, so zumindest interpretierte Martin es. »Sie wissen also auch nichts? Aber weshalb soll dann ausgerechnet ich dort hinfahren? Wieso glauben Sie, dass Sie auf meinen Erkenntnissen basierend investieren und bauen können?«

»Wir halten Sie für absolut vertrauenswürdig, Monsieur Bongers. Außerdem«, jetzt grinste Coulange kumpelhaft, »woher wollen Sie wissen, dass wir nicht gleichzeitig einen zweiten Mann mit demselben Auftrag losschicken?«

War das ein Witz? Wollte Coulange ihn testen oder verunsichern? »Von den dortigen Winzern oder Weinproduzenten habe ich nicht die geringste Ahnung, geschweige denn von ihren Weinen«, fuhr Martin fort, ohne seine Verstimmung zu zeigen. »Schwarze Mädchentraube, Fetească Neagră – keine Ahnung, was man daraus für Weine machen kann. Das wenige, was ich von dort probiert habe, hat mich nicht vom Hocker gerissen.«

Coulange lächelte unbeirrt weiter. Er und seine Auftraggeber werden sich viel von meiner Mitarbeit versprechen, dachte Martin, sonst wäre es der Vorschlag nicht wert gewesen, darüber zu verhandeln, und Coulange hätte sich den Weg sparen können.

»Sie fliegen also extra von Paris nach Bordeaux, um mit mir zu reden! Gibt es niemanden, der diese Aufgabe besser erledigen kann? Warum sollte ich mich darauf einlassen?«

Coulange setzte zu einer Antwort an, aber Martin ließ ihn noch nicht zu Wort kommen. »Sie rechnen mit meiner Zusage, nicht wahr? Man macht ein derartiges Angebot nur, wenn man annimmt, dass der Kandidat sich darauf einlässt. Oder sollte ich mich irren? Dann müssen Sie eine ganze Menge über mich wissen. Da wüsste ich gerne, was das ist und von wem diese Informationen stammen.«

Jetzt war Coulange dran, Martin lehnte sich zurück, betrachtete die Gäste an den Nebentischen, die alle besser in die Fünf-Sterne-Umgebung passten als er in seinem schäbigen Anzug. Nur die Krawatte war neu, ein Geschenk von Charlotte. Hatte Coulange den zweiten Mann mitgebracht, um ihn insgeheim zu beobachten? Er blickte sich um. Wozu der Aufwand? War sein Misstrauen erst einmal geweckt, dann dauerte es lange, bis er sich beruhigte. Gaston war seit fünf Jahren tot, aber er, Martin, sah noch immer Gespenster.

Coulange führte die Kaffeetasse zum Mund und setzte sie mit einem Ausdruck des Missfallens wieder ab. »Kalt. Möchten Sie auch noch einen Kaffee? Vielleicht einen Cognac dazu?«

»Lieber einen Armagnac.«

Coulange winkt nach dem Ober. Während dieser Coulange mit einem Überangebot an Cognacmarken bombardierte und die jeweiligen Vorzüge herausstrich, betrachtete Martin sein Gegenüber. Coulange mochte jünger sein als er, knapp vierzig, ein Karrieretyp und ein Stratege, der jeden Schritt genauestens plante, in Finanzangelegenheiten weitaus beschlagener als er – kein Wunder, beim Vertreter eines Agrarinvestors –, aber in menschlichen Fragen sicher hilflos. Ob er Kinder hatte?

Und Coulange war unsportlich, sein Gang zu schwerfällig. Die paar Schritte vom Schreibtischsessel zum Flughafen und ins Hotel, den Rollkoffer hinter sich, hielten ihn nicht beweglich. Sein dunkelblauer Anzug war elegant und teuer, die Armbanduhr auch, goldene Manschettenknöpfe, also verdiente er gut. Das Gesicht wirkte glatt, das Leben hatte so gut wie keine Spuren darin zurückgelassen, die Augen waren kalt. Das machte den Umgang mit diesem Vertreter der SISA nicht unbedingt einfach.

Als Martin bemerkte, dass der Kellner Coulange mit seiner Kenntnis von geistigen Getränken zunehmend bedrängte, nannte er eine Armagnac- und eine Cognacmarke, lächelte auffordernd und der Ober enteilte.

Martins Frage, weshalb man ihn für den Auftrag ausgesucht hatte, war immer noch nicht beantwortet. Coulange war intelligent genug zu wissen, dass von der Antwort viel abhing, er wusste sicherlich, dass der Umgang mit Menschen, für die das Streben nach Geld nicht die oberste Maxime im Leben war, sehr viel Fingerspitzengefühl erforderte.

»Wir haben uns über Sie informiert, Monsieur Bongers. Selbstverständlich wissen wir, dass Sie in Frankfurt einen Weinhandel betrieben haben und vor fünf Jahren das Weingut Ihres … tragisch ums Leben gekommenen Freundes übernommen haben. Sie betreiben es mit Erfolg. Das heißt, Sie bringen das Wissen über den Markt mit, haben Erfahrungen als Bindeglied zwischen Weinproduzenten und dem Kunden. Als Fachhändler kennen Sie sich in Europas Weinbaugebieten aus, haben Vergleichsmöglichkeiten, Sie besuchen internationale Messen und verfügen über entsprechende Kontakte. Dann sind Sie für Ihre deutschen Kunden als Makler von Bordelaiser Weinen tätig. Zusätzlich sind Sie Winzer. Ich will nicht sagen, Sie hätten die Seiten gewechselt, aber ein wenig scheint es mir so. Sie sind ein Multitalent. Sie wissen, wie Wein entsteht, und zwar guter Wein. Sie kennen sich mit dem Boden und mit dem Klima aus und wissen, wie weit man einen Wein beeinflussen kann. Also, Theorie und Praxis wären gewährleistet. Außerdem können Sie sich denken, dass wir über Ihre finanzielle Lage informiert sind …«

»Das klingt, als hätten Sie vor unserem Gespräch Geheimdienstarbeit betrieben. Und – was wissen Sie über meine Ehe?«, unterbrach Martin ihn unwirsch. Er hasste es, beobachtet zu werden, egal von wem und zu welchem Zweck. Er gab sich jetzt keine Mühe mehr, seinen Unwillen zu verbergen.

»Das geht uns nichts an. Sie wurden uns von Ihren Kollegen empfohlen.«

»Also haben die sich an den Deutschen gewöhnt? Gaston hatte es damals ziemlich schwer hier, sogar als Franzose …«

»Auch davon wissen wir. Wundert Sie das? Der Fall ist seinerzeit ausführlich in der Presse behandelt worden. Ich will auf Folgendes hinaus: Gerade der Umstand, dass Sie Deutscher sind, macht Ihre Mitarbeit so wertvoll für uns. Wir wollen nicht in Erscheinung treten. Wir möchten vermeiden – und da erwarte ich von Ihnen Stillschweigen, auch wenn Sie sich gegen unseren Vorschlag entscheiden –, dass die SISA in Zusammenhang mit Ihrer Recherche in irgendeiner Weise auftaucht.«

»Wie soll das funktionieren? Ich soll für Sie arbeiten, Ihnen Informationen beschaffen und Ihnen den Rücken freihalten? Sie treten nicht in Erscheinung und gleichzeitig reise ich in Ihrem Namen …?«

Coulange lächelte zum ersten Mal wirklich. »Eben nicht in unserem Namen. Sie treten als unabhängiger Experte auf, als Consultant, als Makler mit eigenen Interessen, der sich über die Weinwirtschaft informiert. Sie suchen für mögliche Investoren nach Weinbergen, Traubenlieferanten und Kellereien – durch Vermittlung von Kontakten erschließen Sie sich selbst ein neues Geschäftsfeld. Briefpapier, Visitenkarten und Kreditkarten bekommen Sie von uns, natürlich richten wir für Sie ein spezielles Bankkonto ein. Sie werden den Eindruck erwecken, dass Sie rumänische Anbieter und deutsche Investoren zusammenbringen. Der Umstand, dass Sie nichts über das Land wissen, macht Ihre Fragen besonders glaubwürdig. Wenn die Rumänen glauben, mit Ihrer Hilfe gute Geschäfte machen zu können und sich Exportmärkte zu erschließen, wenn man Sie als wichtig und kompetent erachtet, was Sie ohne Zweifel sind, Monsieur Bongers …«

»… Sie meinen als nützlich!«, wobei in Martins Hirn kurz der Begriff »nützlicher Idiot« aufflackerte.

Coulange überging den Einwand. »... je wichtiger Sie für die dortigen Behörden, Verbände und möglichen Partner sind, desto mehr werden Sie erfahren, desto mehr vertraut man Ihnen an, zumal Sie allein auftreten. Damit sind Sie ungefährlich ...«

»Ein Einzelner lässt sich leicht ausschalten?«

»Unsinn. Sehen Sie es positiv. Sie helfen uns, wir helfen Ihnen. Ich kann Ihnen eine Umschuldung Ihrer Verbindlichkeiten, die aus Ihren jüngsten Weinbergkäufen resultieren, zu besseren Bedingungen anbieten. Aber nach außen hin handeln Sie, und das muss klar sein, auf eigene Rechnung – es gibt absolut keine Verbindung zu uns, was auch immer geschieht.«

»Es muss Ihnen viel bedeuten, sich im Hintergrund zu halten, Monsieur Coulange.«

»Was glauben Sie eigentlich, was passiert, wenn wir offiziell dort auftreten?« Coulange verbarg seinen Unmut nur mühsam. »Die Preise für Weinberge und Kellereien werden explodieren. Wir werden uns vor Anbietern, Agenten und Beratern nicht retten können. Alle werden sich auf uns stürzen und Geschäfte vorschlagen, bei denen für uns nichts herauskommt. Soweit wir wissen, verkauft Rumänien alles, sogar an die Russen, die sichern sich bereits die Ölförderung, besitzen eine der drei Tankstellenketten – man wird Geld bieten, Schmiergeld, auch unseren Mitarbeitern, vielleicht auch Ihnen, um offen zu sein. Und dieser Gefahr wollen wir Sie nicht aussetzen. Wir würden also niemals ein objektives Bild erhalten. Und genau darum geht es, deshalb brauchen wir Sie! Wir wollen von Ihnen eine Analyse, einen Bericht und Vorschläge. Die Schlussfolgerungen ziehen wir.«

»Und ich werde von niemandem Geld nehmen?«

Coulanges »Nein!« kam spontan. »Das ist nicht Ihr Stil, Monsieur.«

Martin war sich nicht klar darüber, ob sein Gegenüber

deshalb Mitleid mit ihm hatte und ihn womöglich für einfältig hielt, weil er nicht gnadenlos auf seinen Vorteil zusteuerte. Doch da täuschte sich Coulange. Martin sah durchaus seinen Vorteil, nur verzichtete er auf das wichtigtuerische Gehabe, er spielte weder den erfolgreichen Aufsteigerwinzer noch sprach er von »großen Herausforderungen«.

»Was Sie an Unterstützung von uns brauchen, Monsieur Bongers, finanziell sowie logistisch, das sollen Sie bekommen, Spesen inbegriffen.«

»Das klingt großzügig«, meinte Martin trocken und nippte am Armagnac, der mittlerweile vor ihm stand.

Coulange griff nach dem Cognac und zog gespannt die Augenbrauen hoch. »Ich trinke eigentlich nie etwas vor Sonnenuntergang.« Mit diesem Satz vermied er, auf Martins sarkastischen Ton einzugehen, er schaute ihn lediglich befremdet an. »Woher Ihr Unwille, Monsieur Bongers, Ihre Skepsis? Wir machen Ihnen ein großzügiges Angebot. Natürlich sind wir über Ihre finanzielle Lage im Bild. Sie sind mit dem Zukauf von Weinbergen und der Modernisierung Ihrer Kellerei – oder Garage, wie Sie es nennen – an die Grenze Ihrer Leistungsfähigkeit gelangt.«

»Nett gesagt. Allerdings macht eine größere Erntemenge diese Erweiterung erforderlich.«

»Ich weiß, in Ihrer Garage liegt nicht eine Flasche, die nicht längst verkauft ist. Ich habe auch nur von Grenzen gesprochen, der Rahmen ist überschaubar geblieben. Doch ein wenig mehr Geld, auch wenn sogar die neue Ernte bereits verkauft ist, schadet nicht. Es liegt Ihnen nicht, Schulden zu machen. Sie sind konservativ. Daher bin ich sicher, dass Sie unser Angebot schätzen. Als Honorar für Ihre Mitarbeit haben wir zwanzigtausend …«

»Fünfundzwanzigtausend.«

»An fünftausend wird es nicht scheitern. Wir haben einen Vertrag vorbereitet … wir zahlen es Ihnen auch in einem anderen Land aus, wenn Sie wollen.«

Ich hätte dreißigtausend verlangen sollen, dachte Martin, aber nun war es zu spät. Coulange legte den Vertrag auf den Tisch und schob ihn herüber.

»Wir können über alles reden, wir sind flexibel und gesprächsbereit, nur nicht in Bezug auf die Geheimhaltung. In spätestens einer Woche benötige ich Ihre Zusage, und in vier Wochen sollten Sie unterwegs sein. Ich halte den Juni für ideal, dann sind Sie sowohl im Weinberg wie auch in Ihrer ... Garage abkömmlich. Außerdem ist Ihr Schwiegervater noch da.«

Das »Garage« klang ein wenig abfällig, Martin verstand es jedenfalls so. Aber ihn störte etwas ganz anderes. »Was wissen Sie eigentlich *nicht* von mir, Monsieur Coulange?«

Der Manager lächelte sanft und breitete die Arme aus.

2

Am frühen Abend kommt jeder Fluss zur Ruhe, so auch die Gironde. Der Wind legt sich, keine Welle kräuselt die weite Wasserfläche vor der Stadt. Die Sonne neigt sich dem Horizont zu, legt ihre späten Strahlen auf die graublauen Dächer, und obwohl der Feierabendverkehr durch Bordeaux brandet, herrscht am Wasser Ruhe.

Martin zog das Jackett aus, lockerte die Krawatte, schwang sich neben dem Zeitungskiosk auf die Brüstung der Uferpromenade, ließ die Beine baumeln und genoss die Aussicht. Er war nicht in Eile und brauchte sich keine Sorgen zu machen. Die Blüte verlief zufriedenstellend – bis jetzt. Von der Wetterlage her waren weder späte Kälteeinbrüche noch Regen zu erwarten. Ein Verrieseln der Blüten war so gut wie ausgeschlossen, sie würden sich zu guten Trauben entwickeln. Die drei Jahre alten Neuanpflanzungen auf dem Land seines Schwiegervaters würden in diesem Jahr zum ersten Mal tragen. Jérôme war überzeugt, dass sich aus den ersten Trauben ein trinkbarer Wein machen ließ. Auf den anderen drei Hektar, die Jérôme sozusagen als Strohmann für ihn gekauft hatte und die ein Stück nördlich ihrer eigenen Rebgärten lagen, waren sie noch nicht so weit. Insofern waren Coulanges Bedenken gerechtfertigt: Wenn er, Martin, und nicht Jérôme als Käufer aufgetreten wäre, hätten sie bedeutend mehr zahlen müssen. Aber die von Coulange verlangte Geheimhaltung war nicht das, was ihn störte – es war der Mann im Hintergrund …

Der Verkehr auf der Promenade nahm zu, um den Kiosk herum wurde es eng, die Abendzeitungen trafen ein, und Martin sah sich gezwungen, zur Seite zu rücken, um den Wartenden Platz zu machen. Er war im Hotel nicht dazu gekommen, die ›Le Monde‹ zu lesen. Er sollte sich ein Exemplar kaufen. Leider stand selten etwas über Deutschland drin. Wenn er hier nach einer deutschen Zeitung fragte, sah ihn François, der Verkäufer, mitfühlend an und erkundigte sich, ob er Heimweh habe, und wunderte sich, dass es nicht so war.

Von François sah er jetzt nur die Hände, die mit blitzschnellem Griff das Geld entgegennahmen, es erinnerte ihn an seine erste Sparbüchse, eine kleine schwarze Kiste, aus der nach einem schnarrenden Geräusch eine Plastikhand hervorschoss und die Münze schnappte, die man in einen dafür vorgesehenen Schlitz steckte. François war ein ähnlich körperloses Wesen, es bestand nur aus der linken Hand, selten aus einem schwarz behaarten Unterarm, die aus diesem Stapel von Zeitungen, Journalen, Broschüren und Büchern herausfuhr und nach dem Geld griff.

Heimweh? Martin blickte über die träge dahinfließende Gironde. Nein. Er hatte mit dem Wechsel nach Saint-Émilion nur gewonnen. Er bewegte sich heute gelassener, hatte mehr Freude an dem, was er tat, er sah sich als Gärtner, dem man die Verantwortung für die Rebstöcke übertragen hatte, er sah sich nicht als ihr Besitzer. Sie, dazu die Erde und das Wetter machten sowieso, was sie wollten. Er war viel draußen, heute allerdings hatte er wegen des Treffens aufs Jogging verzichten müssen. Allerdings waren seine Beziehungen zu Menschen weniger geworden, dafür intensiver. Er hatte sich daran gewöhnen müssen, dass nicht alle zehn Minuten jemand in seinen Laden trat, das Telefon klingelte selten, und wenn er im Weinberg war, stellte er sogar das

Mobiltelefon ab. Das Geldverdienen allerdings war schwer geworden, aber auch das hatte er in den Griff bekommen, seit er für deutsche Händler Weine auswählte. Die Abwicklung der Lieferungen hatte Frau Schnor übernommen, seine ehemalige Mitarbeiterin aus Frankfurt, es klappte gut. Und alles das, was danach gefolgt war, hatte ihn nur fester mit Saint-Émilion verbunden.

Der größte Gewinn war Charlotte. Es klang makaber, aber hatte er letztlich nicht auch sie Gaston zu verdanken? Die Tochter der Nachbarn, die sonst in Paris lebte, war zu Besuch da gewesen, als Gaston beerdigt worden war. Nach ihrer Scheidung und als das Trauerjahr vorüber war, hatten sie und Martin geheiratet. Charlotte war eine großartige Frau. Sie war ihm fremd und gleichzeitig vertraut wie lediglich Gaston zuvor, sie waren eins, und doch tat jeder, was er für richtig hielt. Traten sie gemeinsam auf, hatte niemand eine Chance, und wer von ihnen Hilfe brauchte, bekam sie vom anderen. Manchmal beschlich ihn eine diffuse Angst, sie irgendwann zu verlieren, durch Umstände, einen Unfall …

Wieder stießen François' Unterarme aus dem Papierhaufen, die Hände griffen Scheine so sicher wie Münzen. »Wenn ihr mich eines Tages begrabt«, pflegte François in vollem Ernst zu sagen, »dann in diesem Haufen Papier, am besten gleich unter dem Kiosk, da habe ich den Fluss an meiner Seite.«

Eine Bö kräuselte die Wasserfläche, zwei Boote waren unterwegs, und Martin erinnerte sich daran, wie entscheidend diese Lage für den Aufstieg von Bordeaux gewesen war, sowohl von der Bodenbeschaffenheit her wie auch vom Klima, und was nutzt der schönste Wein, wenn man ihn nicht verschiffen kann?

Sogar er, als eingefleischter Merlot-Fan, hatte wieder zur typischen Linie zurückgefunden, er hatte jetzt Cabernet Sauvignon gepflanzt, um neben dem Pechant, den Gaston erdacht hatte, eine klassische Cuvée zu machen. Im nächsten

Weinberg würde es auch wieder Cabernet Franc geben, allein schon aus Protest gegen die Gleichmacherei der Geschmäcker, da sich zu viele Winzer von den Punkten des US-Weinpapstes Robert Parker beeinflussen ließen. Er würde bei Winzerkollegen viel probieren müssen, um die richtigen Klone zu finden. Dann kam es darauf an, wie sie sich auf seinem Boden entwickeln würden. Er würde das Thema angehen, wenn er aus Rumänien zurück wäre.

Ja, ich werde den Auftrag übernehmen, sagte er sich. Wenn die SISA bereit ist, so viel Geld auszugeben, müssen die Informationen, die ich ihnen beschaffen soll, ziemlich viel wert sein. Oder sind sie so schwierig zu bekommen?

Er wusste, dass ihn gerade das besonders reizte. Ja, er würde den Vertrag unterschreiben, außer Charlotte würde ihr Veto einlegen. Doch was könnte sie gegen die Reise einwenden? Im Rahmen ihrer neuen Aufgabe als Consultant des UN-Welternährungsprogramms war sie in Gegenden unterwegs, deren Namen er nicht einmal kannte. Das Unangenehmste an der Reise würde sein, dass er sie einen Monat lang nicht sehen würde. Doch bei dem guten Honorar konnte er mal eben herüberfliegen und drei Tage später da weitermachen, wo er aufgehört hatte.

Als Martin sich von der Brüstung schwang, sahen die vor dem Kiosk Wartenden her, erstaunt, dass ein Mann in seinem Alter und mit seinem Aussehen sich zu derartigen Sperenzchen hinreißen ließ. Francois rief ihn (konnte er durch Papier hindurchsehen?), er bekam eine drei Tage alte ›Süddeutsche Zeitung‹ aus dem Stapel gereicht, dann ging er zur Hotelgarage zurück, wo er seinen Wagen geparkt hatte. Das Hotel war nah, es lag in der Einkaufszone gegenüber vom Grand Théâtre innerhalb des sogenannten Goldenen Dreiecks. Außerdem wollte er Coulange noch sagen, dass er den Auftrag nur unter einer Bedingung übernähme: Die SISA musste ein Drittel des Honorars im Voraus zahlen.

»Monsieur Coulange? Sind Sie sicher?« Der Portier an der

Rezeption starrte auf einen Bildschirm, drehte an den Knöpfen seiner Uniform und schüttelte den Kopf. »Mit diesem Namen ist niemand bei uns abgestiegen. Vielleicht logiert der Herr unter anderem Namen oder vielleicht unter dem einer Firma?«

Hatte Coulange nicht erwähnt, dass er hier wohne, oder war Martin lediglich davon ausgegangen? Er starrte den Portier an – normalerweise hörte er gut zu ... Der zweite Mann fiel ihm wieder ein. Der Portier sagte noch etwas, aber Martin hörte nicht mehr hin. Er erinnerte sich, dass er sich gleich nach dem ersten Anruf von Coulange im Internet die Homepage der SISA angesehen hatte: das übliche Geschwafel von innovativen Lösungen, strategischer und operativer Beratung sowie komplexem Projektmanagement im Agrarsektor. Soll sich jeder darunter vorstellen, was er will, in der virtuellen Welt wird der Schein zur Wirklichkeit. Er sollte Sichel in Frankfurt bitten, Erkundigungen über die Firma anzustellen, sein Freund war in dieser Beziehung unschlagbar, auch wegen seiner internationalen Verbindungen, was er damals beim Aufdecken der London-Singapur-Connection bewiesen hatte. Wenn Sichel die SISA für seriös hielt, würde er sich sicherer fühlen.

Kurz vor achtzehn Uhr war er zu Hause und ging wie üblich, wenn Charlotte verreist war, in die »Garage«. Die Gärtanks blitzten kalt und sauber, vom Boden hätte man essen können, es gab keinen Geruch, der seine empfindliche Nase störte, wie Coulanges aufdringliches Aftershave. Als er die Tür zum Barriquekeller öffnete, wehte ihm der Duft von Nelke und Vanille entgegen, das Lignin, das die Eichenholzfässer verströmten. Er warf einen Blick auf die Barriques, ihr Anblick wirkte auf ihn immer besänftigend, in ihnen reifte nicht nur der Wein, sondern auch die Zeit. Der letzte Blick galt dem Flaschenlager. Es war gut gefüllt, jedoch stammten nur noch wenige Flaschen aus Gastons Bestand. Der Wein des Freundes diente ihm weiter als Vorlage und

Orientierung für seine eigenen Weine. Er brauchte sie, um in Erfahrung zu bringen, wie die Jahrgänge sich entwickelten und wann sie den optimalen Trinkzeitpunkt erreicht hatten. Seine eigenen Weine gehörten ihm längst nicht mehr, alles war verkauft, aber die Flaschen blieben in seiner Obhut, bewegungslos und bei gleichbleibend niedriger Temperatur, bis er sie freigab. Die Kunden wollten trinkfertige Weine, also mussten sie warten.

Er schloss sorgfältig ab und wandte sich nach rechts, ging die leichte Anhöhe hinauf, von wo er das Haus seiner Schwiegereltern sehen konnte. Er machte sich Sorgen um Jérôme. Er klagte verstohlen über Druck in der Brust, ließ sich aber nicht dazu bewegen, einen Arzt aufzusuchen.

»Wenn man erst damit anfängt, kommt man von ihnen nicht mehr weg, bis sie einen in den Sarg stecken«, war seine stereotype Antwort. Charlotte konnte so viel schimpfen, wie sie wollte, und auf ihre Mutter, Madame Lisette wurde sowieso nicht gehört. Jetzt lag es an ihm, Jérôme hörte nur auf ihn. Aber die Fensterläden waren zugeklappt, demnach waren die beiden weggefahren. Martin kehrte enttäuscht zurück. Er hätte gern über die Eindrücke des Nachmittags mit seinem Schwiegervater gesprochen, damit er entweder seine Zweifel ausräumte oder ihn darin bestärkte. Er hatte das Gefühl, dass Coulange mehr wusste, als er sagte.

Der Auftrag kam Martin äußerst gelegen. Er würde wieder reisen, so wie früher, als ihn die Suche nach außergewöhnlichen Weinen durch ganz Westeuropa geführt hatte. Er kannte sich in Italien besser aus als in der ehemaligen Deutschen Demokratischen Republik. Dieser Staat und die Menschen hinter dem Eisernen Vorhang waren ihm immer fremd gewesen. Rumänien war jetzt in der Europäischen Union. Es wäre interessant zu sehen, wie die Weine inzwischen waren, wie sich die Menschen dort zwanzig Jahre nach ihrer »Wende« gebärdeten und ob dort neue Konkurrenten für den internationalen Weinmarkt heranwuchsen. Außerdem waren die fünfundzwanzigtausend Euro nicht zu verachten. Im Grunde genommen war es gar nicht viel, wenn er bedachte, dass Flying Winemaker, Wein-Coaches und sonstige obskure Berater zwei- bis dreitausend am Tag einsackten. Im Vergleich zu Coulange war er bestimmt ein armer Schlucker, sein Geld steckte in der Erde.

Die Stille im Haus an einem solchen Tag machte ihm zu schaffen. Vor vier Jahren hatten sie es gekauft, Gastons Frau Caroline und die Kinder waren ausgezogen und in den Süden zurückgegangen. Seit er mit Charlotte hier lebte, empfand er das Haus als viel zu groß für zwei, und dieses Gefühl wurde nahezu unerträglich, wenn sie verreist war. Für eigene Kinder waren sie leider zu alt. Wenn Daniel in den Sommerferien kam und ihm half – Gastons Sohn hatte die Begeisterung des Vaters für den Weinbau geerbt –, war die Stimmung gänzlich anders. Und auch Martins Schwester war nach der Scheidung und dem Bankrott ihres Exmannes oft zu Besuch. Aber das war alles nur vorübergehend. Sie hatten schon überlegt, ein oder zwei Zimmer an Feriengäste zu vermieten. Dann hätten sie allerdings umbauen müssen.

In der Küche begutachtete Martin den Inhalt des Kühlschranks und musterte die Vorräte in der Speisekammer. Er sah nichts, woraus er auf die Schnelle ein Abendessen hätte zubereiten können. Für sich allein zu kochen hatte er sich in der Ehe abgewöhnt. Einkaufen würde er morgen, bevor er Charlotte vom Flugplatz abholte. Missmutig verließ er die Küche, tauschte den Anzug gegen Jeans und Lederjacke und warf sich in den Wagen. Als er kurz vor Castillon-la-Bataille das Bistro an der Tankstelle erreichte, besserte sich seine Laune. Das Bistro war zum Treffpunkt der lokalen »Billard-Elite aus Winzern, Landarbeitern und Lieferwagenfahrern« geworden, wie Charlotte sarkastisch bemerkte. Ein wenig eifersüchtig durfte sie gern sein.

»Du bist eben ein Glückspilz.« Jacques strich zum wiederholten Male mit der Kreide über die Spitze des Queues.

Martin hatte ihm während des Spiels vom Treffen mit Coulange berichtet. »Was deine Bedenken angeht, so übertreibst du. Im Grunde bist du zu beneiden. Dieser Auftrag kommt genau im Moment, wo du Geld brauchst. Was beklagst du dich?«

Martin sah Jacques ungeduldig auf die Finger. Immer wenn sein Freund die Spitze des Queues derartig bearbeitete, wusste er nicht, wie er den nächsten Stoß führen sollte. Er war in der Klemme, und das ärgerte ihn maßlos, aber zeigen konnte er es auch nicht. Jacques war, seit Martin begonnen hatte, hier im Bistro zu spielen, bedeutend besser geworden, aber er reichte nicht an ihn heran. Doch als Winzer nahmen sie ihn noch immer nicht ganz für voll, obwohl seine Entscheidung, demnächst eine klassische Cuvée zu machen, viel Zustimmung fand. Das hatte er wie immer über Dritte erfahren. An ihn als Deutschen hatten sie sich gewöhnt. Er bekam hier und da noch einen dummen Spruch zu hören, besonders wenn er zu viel gewann, aber nur von Leuten, die ihn nur flüchtig kannten, und die wurden dann von den Stammgästen zur Räson gerufen. Als Billardspieler hatte er sich einen Namen gemacht, weit über Castillon hinaus. Hier hatte ihn noch nie jemand geschlagen.

Jacques beugte sich über den Tisch und überlegte offenbar, ob er es schaffen würde, die rote Kugel über die Bande anzuspielen.

»*Allez!* Mach endlich, aber das schaffst *du* sowieso nicht«, maulte Martin, »außerdem langweilst du unser Publikum.« Heute fehlte ihm die richtige Konzentration fürs Spiel, zu viel ging ihm im Kopf herum. Er grinste die Gäste an, die am Nebentisch darauf brannten, dass der Tisch endlich frei würde.

Jacques zögerte, schüttelte den Kopf, sein langes schwarzes Haar, in dem sich erste graue Strähnen fanden, flog ihm um die Ohren. Er richtete sich auf. »Lassen wir das. Du hast heute keine Geduld. Was ist los mit dir? Aber vielleicht ist es ganz gut, dass Bernard wartet und dass wir die neuen Jahrgänge von Cairanne probieren, die sind eingetroffen.«

Sie übergaben ihre Queues an die Wartenden und gingen an die Bar, wo der Patron vier Flaschen und vor jeder Flasche drei Gläser aufgebaut hatte.

»Monsieur ist heute nicht in Stimmung?«, fragte Bernard und erwartete von Jacques die Antwort.

Martin zog sich einen Barhocker heran. »Eigentlich nicht, aber guter Wein bessert meine Laune. Schenk endlich ein.«

Der Patron hatte die Flaschen längst entkorkt, damit der Wein atmen konnte. Er stammte von der Genossenschaft Cave de Cairanne, Martin hatte ihn vor vielen Jahren hier entdeckt, er kam aus dem Anbaugebiet Côtes du Rhône Villages. Nur die besseren Lagen durften den Namen ihres Ortes angeben. Die weniger Guten mussten auf die Bezeichnung »Villages« verzichten. Und obwohl die Cairanne-Weine nicht zu den Großen zählten, waren sie in ihrer Art wunderbar, einzigartig und bis zur Trinkreife gelagert worden.

Martin, für seine gute Nase berühmt, hatte durch seine Weinauswahl das Bistro in eine Art Geheimtipp verwandelt: Hier gab es Top-Weine zu bezahlbaren Preisen. Er hatte sie ausgesucht, denn in gewisser Weise setzte er so seine frühere Tätigkeit als Weinhändler fort, und der Patron vertraute ihm. Allerdings hasste es Martin, der »deutsche Grenouille« genannt zu werden. Bichot hatte es aufgebracht, der Herr von Château Grandville, er hatte ihn mit dem Mörder aus Patrick Süskinds Roman ›Das Parfum‹ verglichen. Das Einzige, was Martin mit jener Romanfigur gemeinsam hatte, war der einzigartige Geruchssinn.

Jacques und Martin begannen mit einem Réserve von 2005, einem einfachen, unkomplizierten Rotwein, den man allerdings hätte dekantieren sollen. Es war ein Wein für Menschen mit Geschmack, wie auch der Les Voconces. Der stammte allerdings von 2003, und Martin rechnete es der Kooperative hoch an, dass sie die Weine nicht zu früh anbot.

Die meisten Weine wurden zu jung verkauft, man überließ dem Kunden die Lagerung. So entging vielen, wie harmonisch ein gut gelagerter Wein wirklich sein konnte. Grenache, Syrah und Mourvèdre waren assembliert worden, so auch beim Les Saliens von 2003, einer dichten und würzigen Assemblage mit kräftiger Frucht und perfekt eingebundenem Tannin. Nichts kratzte, nichts störte, sie war glatt und geschmeidig am Gaumen, sie war reif und gleichzeitig saftig. Dieser Wein machte Lust auf ein gutes Essen, und Martin bekam Hunger.

Wohl der bemerkenswerteste, aber nicht der beste Wein war der Antique von 2001, die Trauben stammten von Rebstöcken, die zwischen fünfzig und hundertzwanzig Jahre alt waren. Der balsamische Duft kam Martin bereits über dem Glas entgegen: grandios für einen nicht einmal teuren Wein, und trotz seines Alters wirkte er lebhaft. Das waren Weine, die ihm gefielen, ganz anders als sein eher opulenter, warmer und eleganter Pechant. Die neuen Weine von Cave de Cairanne konnte der Patron mit bestem Gewissen wieder auf seine Weinkarte setzen.

Martin und Jacques hatten sich ihr Abendessen verdient, Bernard setzte sich dazu. Das Gespräch kam unweigerlich auf die Unterredung in Bordeaux. Martin hatte das Gefühl, sich verteidigen zu müssen.

»Mir geht nicht der Auftrag gegen den Strich, aber ich hasse Geheimniskrämerei. Mit wem hat Coulange sich getroffen? Weshalb hat er ihn mir nicht vorgestellt, und es ärgert mich maßlos, dass sie so viel über mich wissen.«

Ein mitleidiges Lächeln war alles, was der Patron für Martins Bedenken übrig hatte. »Was weißt du, was der sonst noch für Geschäfte laufen hat? Machst du deine Geschäftspartner untereinander bekannt? Und dass sich Firmen die Leute genau ansehen, die für sie arbeiten – willst du ihnen das verdenken? Du machst es nicht anders ...«

»... aber ich kümmere mich nicht um anderer Leute

Privatleben«, warf Martin ein und ärgerte sich, dass man ihn nicht verstand.

»Du bist kein Maßstab«, meinte Jacques, »die Standards setzen andere. Die Bank steckt das Spielfeld ab. Die weiß sowieso alles von dir, deine Krankenkasse auch, und das Finanzamt blickt besser durch als Charlotte.«

»Woher wissen sie von Gaston?«

»Hast du vergessen, was hier los war, damals?«, meinte der Patron. »Sogar mir haben die Journalisten die Bude eingerannt. Im Prozess ist deine Rolle ausführlich behandelt worden. Der war öffentlich, ja, zum Teil, und später kam noch der Prozess gegen den Korsen. Das war fast eine Staatsaffäre. Außerdem, *mon ami,* hatte Frankreich bereits unter Kardinal Richelieu einen funktionierenden Geheimdienst.«

»Ich dachte, dass nur Deutschland paranoide Innenminister hervorbringt.«

Jacques' Mitleid ging in Unverständnis über. »Weißt du eigentlich, wo du lebst? Wir sind Atommacht! Frankreich ist ständiges Mitglied im Sicherheitsrat. Soll ich unsere Kriege aufzählen? Indochina und Algerien sind nur die bekanntesten, du kannst nur Krieg führen, wenn du deine interne Opposition kontrollierst. Und dann unsere Kolonien ...«

»Eure Kolonien? Du hast ja nicht alle Tassen im Schrank, Jacques«, zischte Martin empört.

Der Patron schwieg weise, Martin wusste, dass er es verstand, jeden Streit abzubiegen, hier hatte es noch nie eine Schlägerei gegeben, obwohl die verrücktesten Typen aufkreuzten. »Da drüben« – der Patron wies auf einen untersetzten dunkelhaarigen Mann mit dunklen Schatten vom starken Bartwuchs im Gesicht –, »das ist ein Rumäne, soweit ich weiß. Er arbeitet seit einigen Jahren hier. Sprich mit ihm, der kann dir was sagen. Vielleicht hilft es dir. Hier, nimm die Flasche.« Der Patron drückte Martin den Les Voconces in die Hand und ein Glas. »Setz dich zu ihm, ich glaube, er ist in Ordnung.«

Der Rumäne hieß Grigore Constantinescu, war vor acht Jahren aus Rumänien abgehauen, wie er sagte, hatte sich zuerst als Landarbeiter und Erntehelfer durchgeschlagen und arbeitete inzwischen bei einer Firma für Landmaschinen als Monteur.

»Du willst nach Rumänien?«, fragte er unwirsch. »Weshalb? Was willst du da?«

Martin erklärte es ihm.

»Und soll ich gleich über Rumänien abkotzen oder erst später? Was willst du von mir hören? Dass da kein Mensch mehr den Unterschied zwischen Gut und Böse kennt? Dass alle die totale Gehirnwäsche hinter sich haben? Dass die ganze Kommunistenbande von damals noch immer an der Macht ist? Oder dass es Rumänien eigentlich gar nicht mehr gibt? Ein paar gute Weine gibt's schon, nur die lohnen deine Reise nicht. Ihr habt viel schönere. Was glaubst du, weshalb ich abgehauen bin? Hier wird man auch als Arbeiter noch einigermaßen als Mensch behandelt. In Rumänien bist du ein Dreck, wenn du kein Geld hast. Aber wenn du unbedingt willst …« Grigore Constantinescu schrieb eine Adresse auf einen Zettel. »Hier, nimm. Das ist die Adresse von meinen Verwandten, wenn du mal Hilfe brauchst – und wenn du keine Angst vor armen Leuten hast.«

»Willst du nicht wieder zurück? Seit Rumänien in der Europäischen Union ist, hat sich viel geändert …«

»Wer hat das erzählt? Mir für zweihundert Euro im Monat den Arsch bei Nokia oder Dacia aufreißen? Nee, nie, nur über meine Leiche.«

Martin kehrte entgeistert zum Tresen zurück. Jacques sah ihm die Verwirrung an. »Was hat er gesagt?«

»Das mag man nicht wiederholen«, murmelte Martin kaum hörbar. »Dem muss irgendwas Schreckliches zugestoßen sein – das hat er bis heute nicht verdaut.«

3

Sie wirkte zierlich und zerbrechlich, was vom engen Schnitt und dem Dunkelgrau ihres Kostüms zusätzlich betont wurde. Ihre von langen Wimpern verschleierten schwarzen Augen erinnerten ihn an den traurigen Blick einer Heiligen auf einer Ikone. Andererseits war es erstaunlich, wie viel Energie in dieser zarten Person steckte. Zuerst, als Martin ihr Büro betreten hatte, war sie ihm einen Moment lang wie eine Art »Petra« vorgekommen. Das war ein Frauentyp, mit dem er seit der Episode mit seiner Petra, seiner Freundin vor Charlotte, überhaupt nicht mehr umgehen konnte: karriereorientiert, die Meinung anderer galt nichts, eine Frau, die den Wagenschlüssel ihres Audi-Kabrioletts als Zeichen des Erfolgs sichtbar auf den Restauranttisch legte.

Diese Frau ihm gegenüber hielt den Kopf stolz in den Nacken gelegt, wobei die Augen nicht weniger traurig wirkten, und schien so allwissend wie damals Petra, auch sie hatte einen ähnlichen Eindruck hervorrufen können. Aber bei Sofia waren es Wille und Entschiedenheit, die diese Wirkung erzielten, und auch ihre Art, sich unangenehme Zeitgenossen mit Sachlichkeit vom Leib zu halten.

Um sich an den komplizierten Nachnamen dieser Frau zu erinnern, musste er wieder auf ihre Visitenkarte schauen, die vor ihm lag. »Sofia RACHITEANU«. In der rechten oberen Ecke der Karte befand sich das Wappen Rumäniens – ein stilisierter Adler mit einem Schwert im Schnabel, oder sollte es ein Kreuz darstellen? Der Adler schien flügellahm und sein Schwert stumpf. Das war Martins Eindruck nach vier nervenaufreibenden Tagen in der Hauptstadt Bukarest. Es kam ihm nicht darauf an, Beweise für dieses Gefühl zu finden und das in seinen Bericht einfließen zu lassen, nein, das Gefühl war da, und damit war es gut. So wie er sich auf seinen Geschmackssinn verließ, auf Ahnungen, Mutmaßungen und Erfahrung, um einen guten Wein zu machen – und nicht auf chemische Analysen. Die waren zweifellos nötig, aber zweitrangig. Er fühlte sich nicht wohl, weder in dieser Stadt noch an diesem Ort, erst recht nicht in Sofias Büro und schon gar nicht in seiner Haut.

»Unter Ceauşescu ging es um nichts anderes als um die Erhöhung der Produktion – beim Stahl wie bei Weintrauben. Je höher der Ertrag pro Hektar war, desto besser. Wer sein Soll erfüllte, wurde belobigt, bekam mehr Geld, mehr Lebensmittel, Vergünstigungen eben.«

Sofia Rachiteanu betrachtete Martin mit einer Mischung aus Skepsis und Wohlwollen. Sie war die erste Person, bei der Letzteres überwog. Er meinte zu bemerkten, dass sie nicht wusste, was sie von ihm halten sollte, andererseits war sie ziemlich mitteilsam. Er trat als Wein-Consultant aus der Bankenstadt Frankfurt auf und als Wegbereiter für internationale Investitionen, und beides ging ihm gegen den Strich.

»Bei Stahl kam es auf die Qualität an«, setzte Sofia ihren Vortrag fort. »Er wurde ins Ausland geliefert. Beim Wein hat die Qualität niemanden interessiert, den mussten wir selbst trinken. Wir wussten gar nicht, was Qualität war, denn um das festzustellen, braucht man einen Vergleich, und wir hatten keinen, wir verglichen rumänische mit rumänischen Weinen. Es ist vielleicht auch unwichtig, was draußen geschieht, wichtig ist das eigene Land, aber hier gab es keinerlei Anreiz, einen besseren Wein zu machen, außer für die Bonzen. Es ging darum, mehr für sie zu produzieren und schneller, und natürlich auch kostengünstiger.

Das ist heute bei den ausländischen Konzernen genauso. Wir sind eben Funktionäre, wir funktionieren und tun, was man uns sagt. Die Ungarn, die Tschechen und Polen, die haben revoltiert. Die Deutschen ... na ja, bei einigem guten Willen wird eine kleine Revolution draus, lassen wir ihnen die Freude ... Wie sehen Sie das, Monsieur Bongers?«

Es gefiel Martin, dass sie französisch miteinander sprachen.

»Wir hingegen, wir hatten nie die Zeit und auch nicht die Fantasie, darüber nachzudenken, was wir wollten«, fuhr sie fort, ohne seine Antwort abzuwarten. »Und heute? Alle Möglichkeiten sind vertan. Die Weichen sind gestellt, der Zug rollt, wieder haben andere entschieden ... aber glauben Sie bitte nicht, dass wir alle so sind.«

Während dieser Sätze hatte sie nach unten geschaut, erst bei den letzten Worten hatte sie den Blick gehoben, ein wenig flehentlich, sich entschuldigend, sich zu den anderen zählend, sie hatte laut gedacht und schien erschrocken, dass sie etwas gesagt haben konnte, was sie nicht hätte sagen dürfen. Martin bemerkte, dass sich um Sofias Mund sofort harte Falten bildeten, wenn sie auf die Diktatur zu sprechen kam.

»Die Steigerung der Produktion und Planerfüllung, das waren die Ziele. Mehr, immer mehr, egal was. Es ging um Devisen, mit denen das Regime die Auslandsschulden bezahlen konnte, da war Ceauşescu gnadenlos. Die Pläne wurden nie erfüllt, nur über-erfüllt, und das wurde gefeiert, während wir hungerten. Wirklich, Sie brauchen gar nicht so ungläubig zu gucken. Ihre DDR war ein Paradies im Vergleich zu uns. Wissen Sie, was Hunger ist?«

Je länger Sofia sprach, desto mehr redete sie sich in Rage, der Anflug von Röte in ihrem Gesicht stand ihr gut. »Mir scheint, dass heute ...«, jetzt sprach sie leiser, ihre Haltung änderte sich, sie neigte den Oberkörper weiter vor und schien über den Konferenztisch auf Martin zuzukriechen, »... dass heute die politischen Parolen ähnlich sind. Es werden hier im Hause so lächerliche Ziele formuliert: China und Russland sollen Absatzmärkte für unsere Weine werden. Welches sind denn die Visionen Ihrer Regierung in Deutschland? Sind es auch die großen Zahlen?«

Wovon sie in Berlin genau träumten, wusste Martin nicht zu sagen, und er zuckte ausweichend mit den Achseln. »Zurück zum Wachstum, was anderes fällt Ihnen nicht ein, Privatisieren, das Staatseigentum wird an die Konzerne verteilt. Globalisierung, das ist auch so ein Wort, das Volk hilft den Banken und ähnlicher Unsinn.« Sicher träumten sie davon, wenn Politiker zum Träumen in der Lage waren, bei der nächsten Wahl wiedergewählt zu werden und von der Pension oder Abfindung. »Models heiraten reiche Schauspieler, um sich später mit der Hälfte des Vermögens davonzumachen, und Manager steigen ein, nur um sich später teuer von ihren Firmen zu verabschieden. Politiker sind da nicht anders.«

Das war auch bei den Franzosen der Fall, bei denen kam noch eine gehörige Portion Eitelkeit dazu – allen voran ihr kleingewachsener Präsident. Aber Martin hütete sich, mehr zu sagen. Es fiel ihm in solchen Situationen besonders schwer, seine Tarnung aufrechtzuerhalten. Er hatte nie eine falsche oder halb wahre Identität annehmen müssen, es hatte sich nicht ergeben. Genauso wenig wie er niemals in die Verlegenheit gekommen war, Schmiergeld anzunehmen oder jemanden bestechen zu müssen. Er hatte sich zwar dumm gestellt, hatte sich als Experte ausgegeben, er und Gaston hatten ein paar kleine Verkäufe an der Steuer vorbei getätigt, aber das waren Lappalien im Vergleich zu seiner momentanen Lage. Jetzt so zu tun, als käme er geradewegs aus Deutschland und würde dort als Weinbauberater oder Consultant, was bedeutender klang, tätig sein, fiel ihm dieser Frau gegenüber schwer. Charlotte hatte gelacht, als er ihr von Coulanges Bedingung berichtet hatte. »Stell dich nicht so an, das lernst *du* spielend.«

Er wusste nicht, wie sie es gemeint hatte, zumal sie das Du betont hatte. Was wusste sie von ihm, was er selbst nicht sah? Er hatte sich im Stillen geärgert, Charlotte hatte gut lachen – nach ihren Erfahrungen in der Politik, wo Verstellung und Lüge zur Grundausbildung gehörten. Unter Diplomatie verstand er etwas anderes, aber er hatte das nicht gelernt, und es war nie sein Wunsch gewesen, in dieser Disziplin eine Medaille zu gewinnen. Er dachte an Charlotte, sie fehlte ihm, und er bemerkte, dass Sofia bemerkt hatte, dass er mit seinen Gedanken woanders war.

»... werden Produktionsmengen angepeilt von fünfzehn- bis zwanzigtausend Kilo je Hektar. Sie wissen, was das bedeutet?«

Ja, das wusste Martin nur zu gut, er war rasch wieder beim Thema. Das waren Mengen, mit denen die deutschen Winzer ihren guten Ruf verdorben hatten. Er selbst produzierte extrem wenig, auf einem Hektar höchstens viertausend Kilo, das war weniger als ein halbes Kilo pro Rebstock. Wenn die Zielsetzung Masse vor Klasse gewesen war, dann konnte ein Investor, der Qualität erzeugen wollte, hier durchaus was werden – wenn denn solche Weine jetzt gefragt waren, woran Martin inzwischen zweifelte.

»Unser ehemaliger Minister war vom Fach«, sagte Sofia. Die Betonung, die auf »ehemalig« lag, zeigte deutlich, dass der Neue nicht ihre Zustimmung fand. »Er war Agrarexperte. Das ist bei Politikern selten, dass sie was von der Materie verstehen. Unser Land wird heute von Netzwerken aus Verbrechern, Hochstaplern und Spekulanten regiert. Es hat keine moralische oder demokratische Reform gegeben. Hier haben sich die alten Machthaber mit den internationalen Konzernen verbündet. Und genauso würde es in der alten DDR aussehen, wenn es die BRD nicht geben würde. Glücklicherweise gibt es die Europäische Union, und die bestimmt immer durchgreifender die Regeln. Und vielleicht wurden gerade deshalb siebenunddreißig Millionen Euro an Agrarkrediten für neue Projekte gestrichen. Sogar Brüssel weiß nicht mehr, wo das Geld versickert, wer es bekommt oder verschwinden lässt. Kurzfristig verlieren wir dadurch, unser Volk versteht die neuen Regeln nicht, aber langfristig könnten wir profitieren. Das ist zumindest die offizielle Lesart«, schob sie leise nach, und Martin merkte, wie wenig sie mit dem Gesagten einverstanden war. »Aber in der Praxis unterläuft die Regierung die neuen Regeln. Wozu ist man schließlich an der Regierung, wenn man nichts davon hat? Uns stehen jährlich 42 Millionen Euro zur Verfügung. Am wichtigsten wäre die Neuanlage der Weinberge, denn die alten sind so runtergekommen, dass wir sie roden müssen. Wir hingegen verwenden das Geld für Versicherungen – gegen Hagel, gegen Schädlinge und so weiter. Da freuen sich die Versicherungen. Die Subventionen dienen auch zur Herstellung von konzentriertem Traubenmost, ein zukünftiges Exportprodukt, mit dem im südlichen Europa die Weine verbessert werden. Da freuen sich die Großkellereien. Ja, ich weiß, was Sie jetzt denken, ich sehe es Ihnen an ...«

Martin hatte unwillkürlich die Stirn gerunzelt, er kannte die Methode der Chaptalisierung. Seit Napoleons Innenminister Chaptal wurde sogar in Bordeaux Zucker in den Most gegeben, um bei der Gärung einen höheren Alkoholgehalt zu erzielen. Neuerdings wurde Zucker durch geschmacksneutrales Mostkonzentrat ersetzt.

»Da zeigt sich der ganze Irrsinn der europäischen Weinbaupolitik«, seufzte Sofia. »Eigentlich unverkäuflicher Wein wird zu Most verarbeitet, um unverkäuflichen Wein zu verkaufen.«

»Die Menschheit ruiniert ihre Ressourcen«, murmelte Martin vor sich hin, und Sofia stimmte ihm zu.

»Wie beim Klima. Daran denkt bei uns leider niemand. Genauso wenig wie an Umweltschutz. Wenn Sie allerdings einem Großen auf die Füße treten, legt eine Behörde Ihren Betrieb still, weil Sie angeblich gegen eine EU-Norm verstoßen! Die finden immer was, wie das Finanzamt, und zack, ist Ihr Betreib pleite und wird aufgekauft … außer Sie zahlen …«

In diesem Augenblick öffnete sich die gepolsterte Bürotür. Eine gut aussehende Sekretärin mit auffälligem Dekolleté trat ein, grüßte kurz und sagte etwas auf Rumänisch. Martin verstand nichts, begriff noch nicht einmal den Sinn der Worte, ihren Ton hingegen empfand er als barsch und unfreundlich. Sofia antwortete in der gleichen ruppigen Weise. Sie wies auf ihn und wurde ungehalten, also hatte die Störung etwas mit ihm zu tun. Die Sekretärin ließ sich nicht beirren, insistierte weiter, bis Sofia verärgert aufstand und sich bei Martin für einen Moment entschuldigte. Ihr Chef wünsche sie zu sehen – sofort, *tout de suite*, wie sie in ihrem kehligen Französisch sagte.

Sie stand auf, strich unter dem herablassenden Blick der Sekretärin ihren Kostümrock glatt, lächelte Martin entschuldigend an und folgte der Frau, die ihn abschätzig musterte, bevor sie leise die Tür schloss.

Martin sah, dass die gläserne Kaffeekanne fast leer war, er goss sich den kalten Rest ein, mehr Satz als Kaffee, nahm einen Schluck und blätterte in seinen Notizen. Er war dankbar für die Pause. So konnte er seine Aufzeichnungen durchsehen und prüfen, ob die wichtigsten Fragen beantwortet waren. Aber die Erinnerung an die Szene von eben lenkte ihn ab, und er starrte die unansehnlichen Wände an, betrachtete den billigen Kalender neben dem Fenster zum Lichtschacht und hatte den Eindruck, dass die abgeschabten Büromöbel, an denen sich das Furnier löste, aus den Zeiten der kommunistischen Diktatur stammten. Ein neuer Anstrich hätte dem Büro gutgetan, man hätte Kabel unter Putz legen können … Auf Sofias Schreibtisch türmte sich Arbeit, zumindest vermittelten die Papierstapel auf beiden Seiten ihres Laptops diesen Eindruck – oder sie sollten es tun. Es war kaum möglich, hinter die Dinge zu schauen.

Die ersten Tage in Bukarest hatte er damit verbracht, Kontakte aufzubauen, die im weitesten Sinne mit Wirtschaft, Wein und Investitionen zu tun hatten. Von offizieller Seite war das Misstrauen groß, und ihm wurde wenig Interesse entgegengebracht. Anders war es bei den Weingütern. Hier spürte er ein gewisses Entgegenkommen, eine Art von Neugier und etwas, das er als innere Verbundenheit mit Gleichgesinnten bezeichnen würde. Alles bewegte sich zwar noch auf der Ebene einer vorsichtigen Kontaktaufnahme, aber einige seiner Gesprächspartner schienen international Erfahrungen gesammelt zu haben.

Ganz anders ging es auf der wirtschaftlichen und politischen Seite zu, auch wenn es gar nicht um Politik ging, sondern um Technik und Finanzen. Oder kam er zu dieser irrigen Annahme, weil er sich darüber Gedanken machte, ob sein Gegenüber ihm die Rolle abnahm, die er spielte? Sah man ihm den Spion an, und wieso hatte er das Gefühl, einer zu sein? Er tat nichts Verbotenes. Trotzdem glaubte er, dass man ihm seine Unsicherheit ansah, dass man ihn deshalb geradezu belauerte. Ihm schien es, als würde vieles vorsichtshalber nicht aus- oder angesprochen. Er hatte sich sogar auf der Straße umgedreht, weil er meinte, verfolgt zu werden. Ob sie sich im Ministerium die Mühe machten, ihn zu überprüfen? Unter der auf seiner Visitenkarte angegebenen Telefonnummer meldete sich sogar eine Dame, die Deutsch sprach (er hatte es ausprobiert, um sicherzugehen), dafür hatten Coulange und seine SISA gesorgt, sogar eine Homepage hatten sie ihm gebastelt.

In diesem undurchschaubaren Geflecht von Beziehungen, Abhängigkeiten und hintergründigen Interessen war Sofia ein Lichtblick, die erste Person, bei der er glaubte, dass sie ihm bereitwillig Auskunft gab. Ihr gegenüber musste er sich nicht für jede Frage entschuldigen und sie begründen. Seinen Fragen wurden nicht mit Gegenfragen gekontert. Sofia erzählte von sich aus, sie zeigte ein so ausgeprägtes Mitteilungsbedürfnis, dass er sich sogar vorsichtig zurückhielt. Aber Sofia war auch verbittert, und das machte das Gespräch mit ihr nicht einfach.

»Ihr in Deutschland«, hatte sie immer wieder gesagt oder: »Bei euch in Deutschland ...«

Dann folgte, was dort alles anders und besser sein sollte und was ihrer Ansicht nach hervorragend funktionierte. Zwischendurch beklagte sie den Schlendrian im Ministerium und das mangelnde Interesse an der Arbeit. Sie erging sich in Andeutungen über Korruption und den Ausverkauf nationalen Eigentums, ohne jedoch konkret zu werden. Sie bemängelte die fehlende Kompetenz der Kollegen und ihren Widerstand gegen jede Modernisierung, von mangelnder Solidarität ganz zu schweigen.

»Die haben sie uns im Sozialismus aberzogen, so absurd das klingt. Das war die beste Vorbereitung für die Übergabe unseres Landes an den Kapitalismus und die Konzerne!«

Ihre politischen Geständnisse waren Martin unangenehm, er fühlte sich in eine Art Mitwisserschaft hineingezogen. Ob es der Wahrheit entsprach oder eine politisch gefärbte Interpretation war, konnte er nicht beurteilen. Sofia machte einen ehrlichen Eindruck, ehrlich verzweifelt, ehrlich verbissen und verzweifelt bemüht ...

Die Türklinke bewegte sich langsam, zaghaft wurde die Tür aufgeschoben, unschlüssig stand Sofia im Türrahmen, blass, viel blasser als vorher, die Falten hatten sich tiefer eingegraben, der Mund war verkniffen, als würde sie die Zähne zusammenbeißen. Martin sah ihr an, wie sie sich bemühte, ihre Gesichtszüge unter Kontrolle zu bringen. Die Frau schien vor Wut fast zu explodieren. Sofia lächelte.

»Mein Chef, Herr Tudor Dragos, möchte Sie unbedingt kennenlernen«, sagte sie, nachdem sie sich geräuspert hatte. »Er ist an deutschen Experten wie Ihnen äußerst interessiert. Er sieht die Zusammenarbeit innerhalb der Länder der Europäischen Union als sehr wichtig für die Entwicklung des rumänischen Weinbaus an. Ihre Investitionen sind uns immer willkommen«, fügte sie wie auswendig gelernt hinzu. Dann setzte sie sich. »Wir beenden dieses Gespräch jetzt – leider, ich bin kurzfristig für andere wichtigere Aufgaben abgezogen worden ...« Und während sie nichtssagende Entschuldigungsfloskeln murmelte, griff sie nach einem Blatt Papier.

»Wir unterhalten uns ein andermal weiter«, schrieb sie und sah sich um, »... wo die Wände keine Ohren haben.« Dann folgten eine Adresse und eine Uhrzeit. Zustimmung heischend schaute sie Martin an, bis er nickte, und sie bedeutete ihm, den Zettel einzustecken.

4

Aufatmend trat Martin vor die Tür des Ministeriums. Er war heilfroh, das Gebäude hinter sich zu lassen. Er durfte sich um Himmels willen nicht in Auseinandersetzungen zwischen Sofia und ihrem Chef hineinziehen lassen. Was Charlotte ihm von ihrer Tätigkeit als Staatssekretärin in Paris berichtet hatte, ließ Schlimmes befürchten. Da wurde nicht nur an Stühlen gesägt, da wurden Dokumente zurückgehalten, Falschinformationen ausgestreut, Kollegen denunziert, der Presse heimliche Winke gegeben und Fallen aufgestellt – und auch Telefonate abgehört. Immer wieder tauchten Meldungen auf, wonach sogar Minister ausspioniert worden waren. Aber fest installierte Mikrofone in den Büros? Sicher war deshalb die Nachfrage nach abhörsicheren Räumen so groß. »Der Lauscher an der Wand hört seine eigene Schand.« Den blöden Spruch seiner Mutter hatte er in Erinnerung, sie hatte es gesagt, als sie ihn erwischte, wie er an der Wohnzimmertür gelauscht hatte. Es war allerdings richtig gewesen mitzuhören, denn nur so hatte er seine Abschiebung ins Internat verhindern können.

Die Frau in der Uniform des Wachpersonals des Ministeriums lächelte Martin zu, als sie die Tür für ihn öffnete. Er hätte diese Frau um die vierzig eher in der Fertigungshalle für Leuchtstoffröhren oder am Steuer eines Traktors erwartet, aber nicht als Wachpersonal. Was ihn zu diesem Vergleich brachte? In Gedanken zuckte er mit den Achseln. Sie war Arbeiterin, etwas fehlte ihr, er wusste es nicht genau, jedenfalls gehörte die Frau nicht hierher und nicht in die beige-weinrote Uniform mit Krawatte, nicht hinter den winzigen Schreibtisch, Ausweise kontrollierend und den Summer für den Mitarbeitereingang betätigend. Er betrachtete ihre Hand, als sie auf den Summer drückte. Diese Hand konnte zupacken, es war die einer Landarbeiterin, wie er sie aus Bordeaux kannte. Da war wieder das Gefühl, das ihn seit der Landung in Bukarest zwischen dem IKEA-Mast und dem ostzonenblau gestrichenen Flughafengebäude mit NATO-Draht auf dem Dach begleitete, dass die Dinge nicht zusammenpassten. Das Gefühl verstärkte sich.

Kurz vor dem hohen schmiedeeisernen Zaun blieb Martin stehen und sah zu den hohen Fenstern der Fassade des Ministeriums hinauf. Ob man auch ihn beobachtete? Sofias Hinweis war eindeutig, sie waren abgehört worden. Ihr Chef misstraute seinen Mitarbeitern, und wie es den Anschein hatte, nicht grundlos. Sofia hatte sich keinesfalls im Sinne der offiziellen Politik geäußert. Während er das Bauwerk im habsburgischen Stil des Fin de Siècle musterte, aus der Blütezeit dieser Stadt um 1900, versuchte er, sich an den Geruch des Gebäudes zu erinnern. Es hatte nach Desinfektionsmitteln, durchgetretenen Teppichen und Staub gerochen, nach alter Farbe und nach unausgesprochenen Worten. Der Gedanke schien ihm absurd, Worte besaßen schließlich keinen Geruch, und doch hatte er heute zum ersten Mal den Eindruck, dass es so war. Verstaubte Worte, lange nicht hervorgeholt, in alten Kisten oder Kartons aufbewahrt, wie die Fotos, die er auf dem Dachboden der Großeltern entdeckt hatte. In einem Raum hinter den blinden Scheiben im Souterrain vermutete er die mitlaufenden Tonbänder, viele nebeneinander, ihre Spulen drehten sich, wie sie es in Paris und Berlin taten, dort längst elektronisch. In diesen Kellerräumen hatten sie zu Zeiten der Diktatur gestanden, während der Wende hatte man sie sicherheitshalber weiterlaufen lassen, und auch nach dem Neuanfang (von was eigentlich?) waren sie allem Anschein nach nicht abgestellt worden. Unsinn, dachte er und sah die rumänische Flagge und die der Europäischen Union schlaff neben der NATO-Flagge in der Nachmittagshitze über dem Haupteingang hängen. Nein, keineswegs Unsinn, und er suchte nach Kameras. Eine war direkt auf ihn gerichtet ... oder auf die Menschenmenge draußen, vor dem Zaun?

Polizeiwagen blockierten die Straße, Uniformierte den Gehweg, winkten Passanten durch und diskutierten mit den Demonstranten, viele in blauer Arbeitsmontur. Martin blieb hinter dem Zaun und vergewisserte sich, dass er nicht unversehens in ein Handgemenge geriet. Als er die Kamera zur Hand nahm, um ein Foto zu machen, schoss ein Wächter mit ausgestreckten Armen auf ihn zu. Martin ließ sich nicht beirren, machte das Foto und fuhr den Wächter barsch auf Englisch an:

»Ich war eben beim Minister und mache nur ein Foto vom Gebäude.« Ton und Haltung ließen den Wächter zurückweichen. Martin hatte es nach wenigen Tagen begriffen: Auf hartes, rüdes Verhalten wurde reagiert. War das immer noch auf die Diktatur zurückzuführen? Da musste sich nach zwanzig Jahren doch was geändert haben.

Gegen wen oder wozu die Demonstranten sich versammelt hatten, blieb ihm verborgen, die Transparente waren für ihn unverständlich. Er könnte Sofia fragen, wenn sie sich an jenem Ort träfen, »... wo die Wände keine Ohren haben«. Er ging weiter und starrte hilflos auf den Verkehr, der aus allen vier Himmelsrichtungen kam und sich auf der Piaţa Universităţii zusammenballte. Die Fahrzeuge hatten sich ineinander verkeilt, BMWs kämpften zäh um jeden Millimeter, Mercedes-Geländewagen verbanden sich mit Dritte- und Vierte-Hand-Toyotas und -Renaults zu einem Blechbrei, während der Strom der von außen dazustoßenden Audis, riesigen schwarzen Hondas, abgeschabten Citroëns und Wartburgs oder fabrikneuen Tuaregs weiter anschwoll. Und selbst als er mit Charlotte kürzlich im Osten Berlins gewesen war, hatte er nicht so viele Trabants gesehen wie hier. Martin fragte sich, wann diese Leute in den hypermodernen oder schrottreifen Fahrzeugen aus diesem Gemenge entkommen und ihre Ziele erreichen würden. Nur seltsam, dass all diese Autos verschwunden waren, wenn er in aller Frühe vom Hotel aus zum nahen Park lief, um seine Runden zu drehen. Ihm grauste vor dem Gedanken, sich in drei Tagen selbst mit einem Leihwagen in dieses Chaos stürzen zu müssen.

Die Zugänge zur Metro unter dem Platz dienten gleichzeitig als Unterführung, und Martin stolperte über Betonbrocken ins Halbdunkel einer von Vorschlaghämmern und Staub erfüllten Luft. Zwischen Schutthaufen und aus den Wänden ragenden Muniereisen fühlte er sich in die Bunker des bretonischen Atlantikwalls versetzt. Die Menschen strömten hektisch herein, als müssten sie sich vor der Klimakatastrophe in Sicherheit bringen, und flossen als breiter Schwall weiter nach unten in die Metroschächte ab. Martin bewegte sich mehr wie in der Endzeitstimmung billiger Actionfilme als durch die Phase des rumänischen Aufbruchs in die strahlende Zukunft des vereinten Europa. Erleichtert kehrte er über eine halb zerstörte Treppe ins Tageslicht zurück, nur um weiter am Strom der Autos entlangzuhasten. Da stieß er mit dem Fuß gegen ein aus dem Boden ragendes Rohr und hielt sich gerade noch an einem Passanten fest, der entsetzt zurückwich. Er überquerte die Straße, betrat eine Wechselstube, tauschte zweihundert Euro gegen siebenhundertdreißig Lei ein, die er allerdings erst ausgehändigt bekam, nachdem er seinen Ausweis vorgelegt hatte. Irgendwo hatte er gehört, dass Wechselstuben zur Kette der Geldwaschanlagen gehörten. Wie funktionierte das, wenn man seinen Ausweis vorlegen musste?

Die Stände für gebrauchte Bücher vor dem Universitätsgebäude erinnerten ihn an die Bücherkästen auf den Mauern am Ufer der Seine, aber hier, in diesem Chaos aus Menschen, Autos, Baustellen, Krach, Staub und Gedränge, war nichts beschaulich und es fehlte jeder Charme. Außerdem machten die gelangweilten Verkäufer nicht den Eindruck, als wären sie an Einnahmen interessiert. Normalerweise nahm sich Martin für Bücher immer Zeit, oft fand er beim Stöbern etwas, das ihm gefiel oder das Charlotte erfreut hätte, aber auf Rumänisch? Er hatte geglaubt, sich leicht verständigen zu können, aber sein nahezu perfektes Französisch, gepaart mit Spanisch- und Italienischkenntnissen, reichte nicht einmal, um nach dem Weg zu fragen. Englisch hingegen sprachen viele.

In einer mit einem rot-weißen Plastikband abgesperrten Seitenstraße des Bulevardul Regina Elisabeta hatte Martin ein Café gefunden, wo er, unbehelligt vom Verkehr, draußen sitzen konnte und das er als eine Art Büro benutzte, wenn es ihm im Hotel beim Schreiben seines täglichen Berichts zu eng wurde. Nebenan betrieb der uneheliche Sohn eines Kölners und einer Rumänin einen Laden für Mobiltelefone. Der junge Mann sprach gut Deutsch und hatte ihn gleich in die Geheimnisse der rumänischen Handymanie eingeführt.

»Wir legen die Geräte auch beim Schlafen nicht ab. Oder setz Kopfhörer auf, dann bist du jederzeit erreichbar und hast die Hände frei.« Heute war der Laden geschlossen, der Besitzer war nach Köln gefahren, um neue Ware zu holen. Wieso kaufte er sie in Deutschland, wo Nokia hier produzierte?

Der Café crème war gut, viel besser als im Reiseführer beschrieben, der ausdrücklich vor der schlechten Qualität des Kaffees gewarnt hatte. Diese Warnung war unsinnig, eine Lüge, man hätte besser vor der ansteckenden Unfreundlichkeit der Portiers, Gastwirte, Kellner und Verkäuferinnen warnen sollen, und die Bedienung des Cafés musterte ihn auch am dritten Tag noch so, als hätte er ihr die Wohnung ausgeräumt.

Während er dem Jungen nachsah, der ihn angebettelt hatte und jetzt, die Straße entlangtorkelnd, aus einer Plastiktüte Schusterleim inhalierte, kam ihm das Tonband wieder in den Sinn, wie es seine Fragen festhielt, in elektromagnetische Impulse umwandelte und nach irgendwelchen Kategorien sortierte. Was hatte Sofia eigentlich Verfängliches gesagt? Hatte er etwas überhört, etwas, das ihr gefährlich werden könnte, so gefährlich, dass ihr Vorgesetzter das Gespräch hatte unterbrechen müssen? Hatte er Fragen gestellt, die er sich besser von anderen hätte beantworten lassen? War eines jener Reizwörter gefallen, bei denen die Geräte aller Innenminister ansprangen? Sicher wurden die Unterhaltungen heute digital aufgezeichnet, und digitale Zeichen hatten keinen Geruch, keinen Duft, die übelsten Begriffe stanken nicht einmal, da war sich Martin sicher. Es war schwierig, nahezu unmöglich, ihre Geruchsspur aufzunehmen. Er lächelte bei dem Gedanken, den Duft eines Bits zu entdecken. Er würde es sich zutrauen. Der Mädchenmörder Grenouille aus Süskinds ›Parfum‹ hätte es gekonnt.

Martin zog Geldscheine aus der Brieftasche und roch an den bunten Plastikzetteln, die statt eines Wasserzeichens einen durchsichtigen Adler trugen. Über die Scheine gebeugt bemerkte er, dass der torkelnde Junge stehen geblieben war, herübersah und zurückkam. Er streckte die Hand aus. Martin gab ihm die Scheine, ohne darauf zu achten, was sie wert waren. Der Junge bestaunte das Geld, vielleicht war es ja das fassungslose Staunen, das ihn jetzt taumeln ließ, und Martin sah ihm traurig nach. In diesem Land war nichts so, wie er es erwartet hatte. Aber was hatte er eigentlich erwartet? Zumindest, ein romanisches Weinland vorzufinden.

Ein schwarzer Geländewagen bog in die Straße, der Fahrer kümmerte sich nicht um die Absperrung, zerriss das rot-weiße Plastikband, der stiernackige Glatzkopf hinter dunkel getönten Scheiben grinste Martin im Vorbeifahren an, und der Wagen verschwand um die nächste Ecke. Martin blickte ihm so konsterniert nach, wie der Junge das Geld betrachtet hatte.

Er erinnerte sich, dass in der Minibar des Hotelzimmers noch die beiden Flaschen Wein standen, die er gestern in der Vinothek an der Piaţa Dorobanţi gekauft hatte. Den Szeneladen hatte er zufällig entdeckt, als er aus einem Taxi gestiegen war. Von der Verkäuferin erfuhr er, dass es in der Zwei-Millionen-Stadt Bukarest nicht mehr als fünf Weinläden gab, man kaufte den Wein bei Real und Metro, beim französischen Carrefour und dem österreichischen Billa. Im Land sollten es höchstens zwanzig Weinläden sein. Der Hase konnte so schnell rennen, wie er wollte, der Igel war längst da. Auch eine zerfetzte Lidl-Plastiktüte hatte er im Rinnstein gesehen.

Wieso wollte die SISA hier investieren? Wo wollten sie ihren Wein absetzen? Auf den gesättigten westeuropäischen Märkten? Was ihn viel mehr verwirrte, war der Umstand, dass die Verkäuferin der Vinothek ihn während der Unterhaltung nicht ein einziges Mal angesehen und nur auf ihre Kasse gestarrt hatte.

Martin rieb sich das Gesicht, versuchte, die negativen Gedanken zu vertreiben, er kam zu dem Schluss, dass er alles zu verbissen sah, zahlte und machte sich auf den kurzen Weg ins Hotel. An der Rezeption erwarteten ihn zwei Nachrichten von Weingütern, mit denen er Besuche vereinbart hatte, und erleichtert dachte er daran, dass er bald die Stadt verlassen würde. Auf dem Land würde es besser werden, die Menschen dort waren anders, und unter Winzern und Weinbauern fühlte er sich wohl. Man hatte ein gemeinsames Thema, es gab eine gewisse Seelenverwandtschaft, davon ging er aus, Weinleute waren meistens Genießer und nicht so hartgesottene Geschäftsleute wie Waschmaschinenverkäufer. Außerdem taten Weinlandschaften der Seele gut, sie besänftigten ihn, er würde sich zwischen den Rebzeilen und Weinfässern gut aufgehoben fühlen.

Als er von der Sitzgruppe am Fenster der Hotelhalle her deutsche Sätze hörte, war er fast geneigt, sich zu den beiden Männern zu setzen und sich ins Gespräch zu mischen, zumal sie über Geschäfte redeten. Diese Stadt und diese Hotels besuchten sowieso nur Geschäftsleute. Er hätte nichts zur Unterhaltung beisteuern, sondern nur dem Gespräch folgen müssen, da die meisten Menschen sowieso lieber über sich sprachen, als anderen zuzuhören. Aber im Augenblick war ihm jede Gesellschaft lästig. Um ihn herum wuselten zu viele Menschen, abends waren die Parks überlaufen, sodass er nicht in Ruhe joggen konnte. Allein im Restaurant zu essen behagte ihm gar nicht. Eine Partie Billard wäre die richtige Entspannung, nur leider hatte er keine entsprechende Kneipe oder das richtige Viertel entdeckt. Blieb immer noch die Möglichkeit, sich zu betrinken, obwohl ihm das nicht lag. Aber im Zimmer angekommen machte er den Wein auf.

Er hatte einen Tămâioasa Românească gekauft, einen Wein aus einer ihm unbekannten einheimischen Traube. Vielleicht hätte er besser den Sauvignon Blanc der Kellerei Prince Ştirbey genommen, dann hätte er ihn mit den französischen Sauvignons vergleichen können. Doch Martin hatte sich richtig entschieden, das merkte er bereits bei der Duftprobe. Der erste Schluck überzeugte ihn, dass der Kellermeister, Önologe oder Weinmacher des Prince Ştirbey sein Handwerk verstand. Den musste er unbedingt aufsuchen, und er fand auch die Adresse. Das Weingut lag in Drăgăşani am Ufer des Olt, wie er dem Internet entnahm. Dafür, dass er bei der Suche keine elektronischen Spuren hinterließ, die zu seiner wirklichen Identität nach Bordeaux führten, hatte die SISA auch gesorgt und ihm eine E-Mail-Adresse beschafft: mbongersconsult@t-online.de. Für die Homepage www.mbongersconsult.com hatten sie besonders viel Aufwand betrieben. »Da werden alle Gesprächspartner zuerst nachschauen«, hatte Coulange gemeint, »das haben

Sie bei uns ja auch getan.« Woher sie das wussten, war Martin schleierhaft.

Ein guter Wein brachte ihn meistens auf gute Gedanken, und so war es auch mit diesem. Der Griff nach der unbekannten Flasche war richtig gewesen. Es war ein eleganter Wien, ein Bouquet von Äpfeln und Rosen, mit einem Hauch Muskat. Er war deutlich im Geschmack, aber gleichzeitig fein, das galt auch für Süße und Säure. Wenn alle Weine Rumäniens so wären, hätte sich die Reise gelohnt. Zumindest zeigte sich im Ansatz, dass am Ufer des Olt sehr gute Weißweine entstanden.

Der mitgebrachte Rote stammte von einer anderen Kellerei: ein Pinot Noir, die Traube des Burgund, schwierig zu kultivieren, anfällig und kapriziös in der Handhabung. Beim Pinot Noir zeigte sich die Meisterschaft der Winzer – oder das Gegenteil, wie hier. Kaum dass er die Flasche geöffnet und daran geschnuppert hatte, goss er den Inhalt ins Waschbecken. Bretanomyces-Hefen! Es soll Menschen geben, die den pferdischen Geruch eines Weins besonders schätzen, dachte Martin voller Widerwillen und erinnerte sich an eine große Kellerei aus La Rioja, die das, was er als Gestank auffasste, zu ihrem Markenzeichen gemacht hatte. Ein Hochdruckreiniger und kochendes Wasser halfen da auch nicht weiter, er würde der Kellerei empfehlen, alle alten Fässer zu verbrennen.

Er schrieb Charlotte einen Liebesbrief per E-Mail. Als er seine neue Postadresse abfragte, fand er ein Schreiben, mit dem er nichts anfangen konnte, weder mit dem Inhalt noch mit dem Absender. Der Text war auf Deutsch:

Sehr geehrter Herr Bongers,
wir freuen uns, mit Ihnen in Verbindung zu treten. Unser Mitarbeiter wird Sie in Constanţa ansprechen.
Mit freundlichen Grüßen, Ihr
Elmar Harms

Eine Adresse fehlte, ebenso die Telefonnummer. Als er antwortete, dass man ihn verwechsle und er einen Elmar Harms nicht kenne, kam seine E-Mail prompt als unzustellbar zurück. Also doch ein Spam? Wer wollte da mit ihm Verbindung aufnehmen, und woher kannte man ihn? Constanţa jedenfalls existierte, es war Rumäniens größte Hafenstadt am Schwarzen Meer. In der Nähe lag Murfatlar, eines der größten Weingüter Rumäniens, wenn nicht das größte, ein ehemals volkseigener Betrieb. Es wäre interessant zu erfahren, dachte Martin, wie man nach dem Sozialismus in den Besitz derartiger Latifundien gelangte. Oder gehörten die längst den russischen Oligarchen?

5

Er stand wie immer früh auf und lief zum Cişmigiu-Park, wo er seine Runden drehte. Kurz nach Sonnenaufgang war er als Einziger unterwegs, die Mode des Asphalt-Joggings hatte Bukarest nicht ergriffen, wer zu Fuß ging, zeigte seine Armut. Als er nach einigen Runden durch leere Straßenschluchten zum Hotel zurückkehrte, fragte er sich, wie er es den größten Teil seines Lebens in einer Großstadt hatte aushalten können. Martin erinnerte sich, dass er bereits in der Zeit seiner Freundschaft zu Gaston mit dem Landleben geliebäugelt hatte. Hier jedoch lief er auf schwarzem Asphalt um Müllsäcke zwischen grauen Häusern, sprang über Kanaldeckel, Ratten verschwanden im Gully, er sah zu den zugezogenen Fenstern hinauf, blinde Scheiben baufälliger Häuser, und wich im letzten Moment Verkehrsschildern aus. Dann kam eine Baugrube, in die ein Wagen gerutscht war, weil man sie nicht gekennzeichnet oder jemand die Warnschilder geklaut hatte. Er dachte an den Film ›Lola rennt‹, den er in einem Off-Kino von Bordeaux gesehen hatte, ebenso schnell liefen die Bilder der Stadt an ihm vorbei. Bukarest raste, hetzte, deprimierte ihn, er verstand die Stadt nicht, sie blieb ihm fremd, und er fühlte sich sogar in seiner Rolle als vorübergehender Besucher fehl am Platz. Dann erreichte er sein Hotel gegenüber vom ehemaligen Königspalast. Als Nationalgalerie hatte man ihn einer besseren Verwendung zugeführt. Er nahm sich vor, der Galerie am Sonntag die Reverenz zu erweisen; die Gemälde würden ihn auf bessere Gedanken bringen. Ihm fiel das Bild von Gaugin ein, das an der Wand seines Wohnzimmers hing: ›Der Violincellist Upaupa Schneklud‹. Als er ins Foyer trat, dachte er an Charlotte, deren Umarmungen ihn häufig daran hinderten, so früh wie heute aufzustehen und loszurennen, aber nur mit dem frühmorgendlichen Lauf ließ sich ein Tag wie dieser überstehen.

Am späten Nachmittag, nach Stunden komplizierter Gespräche mit Weinexperten, Wirtschaftsfachleuten und zwielichtigen Anwälten, kehrte Martin ins Hotel zurück, hängte den Anzug an den Schrank auf einen Kleiderbügel und fiel ins Bett. So ausgelaugt wie auf dieser Reise hatte er sich noch nie gefühlt. Nach einem kurzen Schlaf und einer Dusche ging es ihm besser, für die abendliche Verabredung reichten eine leichte Hose und ein legeres, buntes Hemd.

»Achten Sie vor dem Einsteigen auf die Türen der Taxis!«, riet ihm der Portier, bevor Martin das Hotel wieder verließ. »Der Preis pro Kilometer ist auf die Türen gemalt. Und benutzen Sie nur Fahrzeuge mit Taxameter, die haben einen automatischen Quittungsschreiber. Anderenfalls werden Sie betrogen. Und sehen Sie sich die Gesichter der Fahrer an! Es sind schon Gäste direkt vor unserer Tür ausgeraubt worden, mit einem Messer am Hals ...«

Unsinn. Martin empfand Bukarest nicht als gefährlich, ihn machte eine ganz andere Art von Bedrohung unsicher, eine, die er nicht fassen konnte. Er sah an der Reihe von Taxen vor dem Hotel entlang. 3,70 Lei stand auf der Beifahrertüre. Das war ein Euro pro Kilometer, nicht viel, es gab andere, die nahmen nur 1,70, und auch die Wartezeit pro Stunde war aufgemalt, denn an der Ecke zur Nationalgalerie kam der Wagen bereits wieder zum Stehen. In dieser Stadt standen die Autos – die einen bei laufendem Motor auf Kreuzungen und vor Ampeln, die anderen kreuz und quer auf Bürgersteigen, in Einfahrten und auf Zebrastreifen.

Noch hatte Martin kein richtiges Verhältnis zu den Entfernungen, sonst wäre er zum Treffpunkt gelaufen. In seinen Weinbergen erledigte er alles zu Fuß und er scheute sich auch nicht, eine Stadt auf diese Weise zu erkunden. Aber in dieser verpesteten Atmosphäre blieb er lieber im Taxi. Hier ließ sich besser nachdenken. Dass der Fahrer Kette rauchte, störte ihn mit jeder Minute mehr, und dass er sich um seinen Protest nicht kümmerte, ärgerte ihn maßlos.

Er grübelte darüber, welche von Sofias Äußerungen dazu geführt hatte, dass sie zu ihrem Vorgesetzten gerufen worden war. Dass die Korruption an höchster Stelle besonders gut funktionierte und alle Gesetze, die das geändert hätten, von oben blockiert wurden, hatte sie eher beiläufig erwähnt.

»Jetzt gibt es sogar ein Gesetz für eine rückwirkende Amnestie.« Oder war es ihre Warnung vor korrupten Maklern und Anwälten? »Die machen mit den Verkäufern von Weinbergen gemeinsame Sache, erhöhen von sich aus die Bodenpreise und verschleppen Investitionsvorhaben.«

Das hätte Coulanges Besorgnis erklärt und wäre ein triftiger Grund, die SISA weiter im Hintergrund zu halten. Dass die kleinen Weinbauern, die lediglich für den Eigenbedarf produzierten, nicht über Bildung verfügten, sich lernunwillig zeigten und zu den Behörden keinerlei Vertrauen hatten, war sicher nicht der Anlass. Dann schon eher Sofias Äußerung, ja fast eine Warnung, dass die Securitate, der ehemals gefürchtete Geheimdienst der Diktatur, noch immer an der Macht sei.

»Stellen Sie sich das so vor«, hatte sie leise gesagt und sich wieder weit vorgebeugt, »bei Ihnen in Deutschland wäre die Stasi nicht entmachtet worden und die ehemaligen Agenten oder deren Kinder säßen alle noch in ihren Ämtern. Wie sähe es dann in der ehemaligen DDR aus? So ist es bei uns, nur kapitalistisch. Sechzig Prozent der Bevölkerung meinen, unter Ceauşescu sei alles besser gewesen. Sechzig Prozent!« Sie hatte verzweifelt den Kopf geschüttelt und wieder sehr zerbrechlich gewirkt.

Wenn ihr Boss mitgehört und früher zu dem Verein gehört hatte? Als Martin anfangs um ein Gespräch nachgesucht hatte, war er sofort gefragt worden, in welcher Sprache er die Besprechung führen wolle. »Auf Französisch ...«, – nur deshalb war ihm Sofia zugeteilt worden. Also mussten sie über »Zuhörer« verfügen, die dieser Sprache mächtig waren.

Es ist ein Trauerspiel, dass ich keine Zeitung lesen kann, dachte Martin und überlegte, wo er die ›Deutsche Zeitung‹ auftreiben konnte, von der er gehört hatte. Er hatte sie bislang an keinem Kiosk gesehen; auch englische und französische Blätter hatte er nicht entdeckt. Der Hotelportier würde wissen, wo man sie bekam.

Das Taxi schob sich zentimeterweise vorwärts, die Rauchentwicklung im Wagen allerdings stand im entgegengesetzten Verhältnis zur Geschwindigkeit. Als Martin energischer bat, nicht zu rauchen, stellte der Fahrer den Taxameter ab und riss die rückwärtige Tür auf, dann bedeutete er ihm mit dem Daumen auszusteigen. Martin folgte der wohlgemeinten Aufforderung und fand rasch ein anderes Taxi, dessen jungem Fahrer im verschwitzten Boxershirt nur mühsam klarzumachen war, dass er die Musik leiser stellen sollte. Danach dröhnte sie zwar noch immer in den Ohren, doch davon bekam man keine Hustenanfälle.

Der Fahrer mied die verstopften Boulevards und kurvte durch Villenviertel, die ihre beste Zeit längst hinter sich hatten oder noch weit vor sich. Im letzten Moment riss er das Steuer herum, um einem Stau zu entgehen, durchquerte ein Parkhaus, nahm eine Abkürzung verkehrt herum durch eine Einbahnstraße, fuhr über einen Gewerbehof, und zu Martins Erstaunen befand er sich, nachdem er vollkommen die Orientierung verloren hatte, in der Nähe des Platzes, wo er den Wein gekauft hatte, und wenig später an der Piaţa Charles de Gaulle. Von der Büste des Franzosen aus solle er den Weg hinunter zum See nehmen, sie würde am Anleger auf ihn warten, hatte ihn Sofia wissen lassen.

Er erkannte Sofia kaum wieder. Sie trug zu verwaschenen Jeans eine Rüschenbluse, es war eine gewagte elegant-saloppe Kombination, dazu die hochhackigen Pumps, ein Aufzug, der leicht ins Ordinäre abgleiten konnte, doch nicht bei ihr. Es lag an der Art, wie sie die Kleidung trug. An ihrer Schulter baumelte eine kleine braune Umhängetasche. Was Martin zögern ließ, war der Hüne an ihrer Seite. Er war das genaue Gegenteil von ihr: Er war sehr groß, breitschultrig, hatte einen skeptischen und energischen Ausdruck und strahlte Kraft und einen starken Willen aus. Außerdem war der Riese eine Spur zu groß für seinen grauen Anzug. Aus den Ärmeln ragten Hände, die ohne Weiteres das Ausflugsboot hinter ihnen mitsamt seinen zwanzig Passagieren hätten umkippen können. Die Oberarme waren so kräftig, dass die Nähte der Ärmel aufzureißen drohten. Martin fürchtete den unausweichlichen Händedruck. Würde er danach jemals wieder eine Traubenschere richtig halten können? Wer war das – ihr Freund, ihr Ehemann oder ihr Leibwächter? Er hatte etwas von einem Slawen und einem Araber an sich. Letztere kannte er aus Frankreich, die Slawen gar nicht.

»Mein Bruder Lucien«, sagte Sofia, heute wesentlich entspannter als im Ministerium.

Die Ähnlichkeit war deutlich, die Augenpartie mit Nase und Augenbrauen hätte die von Zwillingen sein können. Und auch Luciens Augen glichen denen auf den Ikonen.

»Ich habe von unserem Treffen berichtet, Lucien wollte Sie daraufhin unbedingt kennenlernen. Wir haben selten interessanten Besuch aus der Branche, wir haben mehr mit Technikern, Geschäftsleuten und Politikern zu tun. Da wird kaum ein klares Wort gesprochen. Ich habe mir gedacht, wir machen einen Ausflug, er wird uns guttun. Wir zeigen Ihnen die grüne Seite von Bukarest.« Sie lächelte ihr trauriges Lächeln, das allzu schnell ins Weinen hätte umschlagen können. Sie setzte eine Sonnenbrille auf und zog sich hinter die Gläser zurück.

Lucien drückte nur mäßig zu, Martin bekam seine Hand heil zurück. Hoffentlich klopft mir Rübezahl nicht auf die Schulter, dachte er, aber das war bei seinem zurückhaltenden Wesen nicht zu erwarten. Sofia ging voran auf den Anleger, einerseits stolz, mit diesen zwei stattlichen Männern hier aufzukreuzen, andererseits schien es ihr unangenehm zu sein, denn sie sah sich mehrmals scheu um. Sie zahlte, man bestieg das kleine Boot als Letzte, und sofort wurde abgelegt.

Martin wunderte sich darüber, dass die Geschwister das Ufer und die Spaziergänger beobachteten, als ob sie jemanden erwarteten oder sichergehen wollten, dass ihnen niemand folgte. Ihre Blicke schienen leer, sie fixierten nichts, schweiften scheinbar gedankenlos über die Weiden am Ufer und die Menschen, die dem Boot hinterherblickten. Es hatte den Anschein, als wären Sofia und Lucien derartige Manöver gewohnt, sie wirkten aufeinander eingespielt. Dass es kein Spiel war, begriff Martin schnell. Wovor fürchteten sie sich? Und was wollten sie von ihm?

»Wir werden englisch sprechen«, meinte Sofia, »Luciens Französisch ist nicht so gut.«

Obwohl ihm Deutsch oder Französisch lieber gewesen wäre, war Martin einverstanden. Um keine Fehler zu machen, fragte er: »Haben Sie mit Wein zu tun oder sind Sie auch in der Politik?«

»Nein. Ich arbeite bei der Advent International, einem US-Konzern, eine Private-Equity-Gesellschaft.« Luciens Stimme schien aus den Tiefen eines Bergwerks zu kommen.

»Mein Bruder würde lieber bei einer rumänischen Firma statt bei einem Multi arbeiten«, unterbrach ihn Sofia, »aber es gibt nicht viele Möglichkeiten, genug Geld zu verdienen …«

Lucien warf seiner Schwester einen strafenden Blick zu, der wohl sagen wollte, dass er gut für sich selbst sprechen konnte. »Advent hat die rumänische LaborMed Pharma übernommen. Private Equity ist Ihnen ein Begriff?«

Martin schüttelte den Kopf und blickte hinüber zur Getränkeausgabe hinter dem Rudergänger; es war heiß, mindestens dreißig Grad, er hatte höllischen Durst. Er riss sich zusammen, er wollte nicht unhöflich sein und mit banalen Problemen kommen wie einem trockenen Mund.

»Advent hat unsere rumänische Firma aufgekauft. Jetzt wird sie umgebaut, viele Mitarbeiter werden rausgeworfen, die Struktur wird umgekrempelt, und wenn alles zur Zufriedenheit der Investoren verläuft, werden sie LaborMed wieder verkaufen. Das wird immer so gemacht bei Unternehmen, die nicht an der Börse notiert sind. Hundertsiebenundzwanzig Millionen haben sie gezahlt.«

»Wer hat das Geld, den Kaufpreis, bekommen?«

»Viele. Der Staat, Politiker, Anwälte, Vermittler, die Direktoren, alle, die das Geschäft eingefädelt haben …«

»Sie arbeiten dort nicht gern, entnehme ich Ihren Ausführungen.« Martin wollte höflich sein. »Meist zahlen Multis besser als die Einheimischen, in der Dritten Welt ist es überall so …« Kaum hatte er es gesagt, war ihm der Vergleich peinlich, es war ihm herausgerutscht.

Lucien ließ sich nicht anmerken, ob er beleidigt war. »Sie bezahlen nur ihre eigenen Leute gut, wir Rumänen haben uns zu bescheiden. Aber das ist es nicht, was mich stört, es sind die Methoden, die mir nicht gefallen. Der Mensch gilt nichts. Wir hatten das vorher schon, ein schreckliches System unter der Diktatur, alle hatten gehofft, dass es besser würde, ja, jetzt sehen wir klarer.« Das Bergwerk seufzte, bevor es für einen Augenblick die Arbeit einstellte, und man hörte ein Rauschen und den Motor des Bootes.

»So viel werden Sie von der kommunistischen Diktatur nicht mitbekommen haben, bei Ihrem Alter.« Martin schätzte Lucien auf Mitte dreißig.

»Als Ceauşescu 1989 erschossen wurde, war ich zwanzig Jahre alt. Ich habe damals studiert …«

»... wenig später hat man ihm die Studienerlaubnis entzogen«, ergänzte Sofia.

Daher weht der Wind, dachte Martin. Wenn der Bruder so kritisch dachte wie Sofia, dann gestalteten die beiden Geschwister ihr Leben recht kompliziert. »Was war der Grund für den Rausschmiss? Westkontakte?«

»Ich hole uns etwas zu trinken. Was darf ich Ihnen mitbringen«, fragte Sofia. »Coca Cola, Pepsi, Fanta, Sprite, 7up, Hohes C – oder möchten Sie lieber ein Orangensaftkonzentrat, vakuumverpackt? Wir haben alles in Rumänien, alles, was das Herz begehrt.«

Ein Bier wäre Martin recht, der Bruder zog mit, und Sofia nutzte den Weg zur Getränkeausgabe, um die Gesichter der Fahrgäste genauer zu prüfen.

Im Bergwerk wurde die Arbeit wieder aufgenommen: »Sie kennt die Geschichte«, flüsterte Lucien, »aber es schmerzt sie noch immer, wenn sie es hört. Wir brauchen kein Geheimnis daraus zu machen, der Fall ist so offiziell, dass es offizieller nicht geht. Unser Vater war ein Dissident, einer der wenigen, die es in diesem Land damals gab – und heute noch gibt. Gefängnis, Verhöre, Schikanen, was Sie sich nur denken können ...«

Martin konnte es sich nicht denken. Der Fall des Eisernen Vorhanges und der Mauer waren geräuschlos an ihm vorübergegangen, beides hatte ihn insofern berührt, als die Gefahr eines Atomkriegs gebannt war. Aber die DDR war ihm völlig fremd geblieben. Es gab dort keine Verwandten, und er hatte nie das Bedürfnis verspürt, die neuen Bundesländer kennenzulernen. Er hatte den russischen Pufferstaat immer als Hoheitsgebiet von Mitläufern betrachtet. Er war überzeugt, dass jedes System, wie auch das der Nazis, weniger mittels Terror als durch Zustimmung seiner Bürger funktionieren konnte, durch Mitläufer, Spießgesellen, Günstlinge und Profiteure.

»Es gab in Rumänien eine sogenannte Front zur Rettung

des Vaterlandes. Unser Vater stand ihr nahe, aber er war skeptisch. Es gab intern zu viele Ungereimtheiten. Und Vertrauen?, werden Sie fragen. Das ist nur ein Wort. Am wenigsten darf man denen trauen, die es von einem verlangen oder darum bitten, meinte er immer. Das hat sich in der Bankenkrise wieder mal gezeigt. Wenige Tage nach dem Putsch, so nannte mein Vater die Erschießung Ceauşescus, wollte er nach Moskau fliegen. Wir, also Sofia, meine Mutter und ich, haben ihn zum Flugplatz gebracht. Vater ist durch die Passkontrolle gegangen, hat sich umgedreht, hat gewunken – ja, wir glauben, er ist nie in die Maschine gelangt.« Lucien senkte den Kopf, verschränkte die Arme vor der Brust und zog sich ganz in sich zurück. »Die rumänischen Behörden sagen, er sei mitgeflogen. In Moskau hieß es, er sei nicht angekommen.«

»Heißt das, man hat ihn zwischen der Sicherheitskontrolle und dem Rollfeld verhaftet?«

»Entführt!« Lucien legte seine Pranken hilflos auf den Tisch und wirkte wie jemand, der etwas falsch gemacht hat. »Es ist hier oder in Moskau geschehen. Wir haben ihn nie wiedergesehen. In den Kämpfen nach Ceauşescus Hinrichtung hat es an die zweitausend Tote gegeben, während der gesamten kommunistischen Herrschaft sollen es bis zu sechzigtausend gewesen sein. Mütter, Väter, Geschwister, Menschen wie wir, und Freunde. Es gibt die Tränen, und es gibt die Mörder, und sie leben unbehelligt in unserem Land. Und kein Gedanke an Trauer, an Aufklärung, an Vergeltung, nur Schweigen. Ist das nicht fürchterlich?«

»Ihr Deutschen müsst es kennen, bei euch waren es viel mehr«, sagte Sofia, als sie an den Tisch trat. Sie wollte fortfahren, doch ihr Bruder winkte ab.

»Unser Vater wird einer jener sechzigtausend sein – oder er ist tatsächlich in Moskau angekommen, und sie haben ihn dort verschwinden lassen. Doch in der Zeit von Gorbatschow wohl kaum und später auch nicht. Aber was wissen wir eigentlich? Auch die CIA führt hier geheime Gefängnisse, wie bekannt wurde. Die Regierung streitet natürlich immer alles ab.«

Das Verschwinden des Vaters hatte offensichtlich bei beiden, bei Lucien sicher anders als bei Sofia, tiefe Spuren in der Seele hinterlassen, ihr Leben war davon durchdrungen. Martin erinnerte sich an Gastons Tod und an die Wirkung auf sich selbst.

Wäre es indiskret, danach zu fragen, weshalb man den Vater hatte verschwinden lassen? Martin sah Lucien an, und der enthob ihn des Zweifels. »Vater war bekannt, er hatte einen Namen innerhalb der Kommunistischen Partei. Einerseits hat er mitgemacht, andererseits hat er immer ausgelotet, wie weit er gehen konnte. Er war ein Gratwanderer, aber nicht das, was man in jener Zeit einen Kommunisten nannte. Man hat ihn kaltgestellt. Es gab viele geheime Treffen in der Zeit des Umbruchs, der gesamte Ostblock war in Aufruhr, denken Sie an Polen, wir haben damals vieles mitbekommen. Mein Vater gehörte zu einem Kreis von Rumänen, die etwas Ähnliches anstrebten wie das, was im Prager Frühling 1968 gescheitert ist, einen Sozialismus mit menschlichem Antlitz zu schaffen ...«

»Davon reden viele«, seufzte Martin, »vom menschlichen Antlitz.« Er blickte in die ernsten und abweisenden Gesichter ringsum und starrte dann aufs Wasser, das ein Windhauch kräuselte.

»1991 haben wir Studenten protestiert. Wir waren viele, sehr viele, wir wollten Demokratie, wir haben auf der Piaţa Universităţii gesessen, bis Gewerkschaftsführer Miron Cozma seine Bergarbeiter schickte. Und die schlugen erbarmungslos zu, härter als die Polizei.«

»Sie waren selbst dabei?«

Lucien zog den linken Ärmel hoch und zeigte einen großen rotblauen Fleck, sogar die Beule darunter am Knochen war deutlich zu sehen. »Mit einem Knüppel hat man mir den Arm gebrochen. Das waren selbst arme Schweine, aufgehetzt von Miron Cozma. Das Gesicht von diesem Demagogen werde ich nie vergessen, der arrogante Ausdruck seiner Augen, der Schatten des Bartes um den Mund, die hohe Stirn, die eigentlich einen Denker dahinter vermuten lässt – ja, denken konnte er, böse Gedanken. Die von ihm und wahrscheinlich vom späteren Präsidenten Ion Iliescu inszenierten Proteste haben die erste Übergangsregierung nach den Kommunisten gestürzt. Damit war jeder Gedanke an einen Sozialismus mit menschlichem Antlitz dahin. Es gab drei Tote und 300 Verletzte, einer davon war ich.«

Das menschliche Antlitz – dachte Martin, er sah sich wieder um. »Es ist meistens eine unansehnliche Fratze, die so ziemlich alles verdirbt, was sie anschaut. Gab es nicht in der Antike eine Göttin, die alles in Stein verwandelte, was sie anschaute? Jede gute Idee wird von uns Menschen zuschanden geritten, bis sich kein Tropfen Geld, Ansehen oder Macht mehr rauspressen lässt.« Er dachte an die großen Kellereien, die ihre Trauben pressten, bis der Trester staubtrocken war. Dass der Wein davon hart und bitter wurde – na und? Wurde es nicht mit den Menschen genauso gemacht? Wurden sie nicht genauso hart und bitter? »Ist es nicht gleichgültig, worum es geht? Um Religion, Politik oder Wirtschaft? Alles endet in Alleinherrschaft: ein Gott, ein Diktator, ein Konzern ... da hätten wir die neue Dreifaltigkeit.«

»Ich habe Sie bislang nicht für einen Zyniker gehalten.« Sofia verteilte die Getränke und setzte sich. »Muss ich meine Meinung über Sie korrigieren?«

»Was ist das, ein Zyniker?«

»Einer, der alle Wahrheiten verächtlich macht.«

»Wahrheiten? Ich halte mich eigentlich mehr für einen Opportunisten«, sagte Martin fast zu sich selbst, »für einen, der das tut, was ihm geboten scheint.«

»Nicht für einen, der sein Fähnchen nach dem Winde ...«

»… der Kreis war unterwandert«, unterbrach Lucien seine Schwester und winkte ab. »Es gab zu viele Einzelinteressen, die sich kaum vereinbaren ließen. Wer unseren Vater entführt hat? Wir glauben – beweisen können wir nichts –, dass es die Männer um Ceauşescu waren, seine Männer, die alten und neuen Kader, die aus der ersten Reihe der KP. Sie hatten die Zeichen des Umbruchs in Osteuropa erkannt, wie wir von unserem Vater wussten. Sie wussten, dass Ceauşescu sich nicht würde halten können. Aller Hass richtete sich damals auf den Diktator, auf eine einzelne Person. Also haben sie den ›Genius der Karpaten‹ hingerichtet. Sie ließen ihn hastig verurteilen und medienwirksam erschießen. Damit war dem Hass Genüge getan, das Volk hatte seinen Willen, und die ehemaligen Handlanger und jetzigen Vollstrecker blieben ungeschoren. Ion Iliescu war einer von ihnen, er war zuvor Präsident der Front zur Rettung des Vaterlandes – und dann machten sie ihn zum Präsidenten Rumäniens und teilten unser Land unter sich auf. So funktioniert das. Sie wollten die Macht – unser Vater wollte Demokratie, da hätte er gestört … und wir wollen das auch.«

»Es war nie unser Land!«, unterbrach Sofia ihren Bruder, »nichts gehört uns hier.« Und mit der nächsten Frage zog sie Martin wieder ins Gespräch. »Wo fahren Sie als Nächstes hin, Mister Bongers, ach, das Monsieur gefällt mir besser, es passt zu Ihnen. Was ist Ihr Ziel, wenn Ihre Gespräche in Bukarest beendet sind?«

»Ich will an die Küste, ans Schwarze Meer«, antwortete er, der Themenwechsel war ihm lieb, denn das Gesicht seines Gegenübers hatte sich bei den letzten Worten immer mehr verfinstert, das Grollen im Bergwerk war tiefer geworden, Martin fürchtete die Schlagwetterexplosion. »Ich fahre zuerst nach Constanţa, ans Schwarze Meer und nach Murfatlar. Ich möchte mir einen Eindruck verschaffen, ich möchte sehen, was für Weine dort angebaut werden, mich über

Grundstückspreise informieren, mögliche Partner suchen. Ich weiß nicht einmal, ob überhaupt Land zu verkaufen ist.«

»Ich zeige Ihnen etwas.« Sofia zog eine zerfledderte Broschüre hervor. »Wein und Reisen in Rumänien« stand darauf. »Mithilfe Ihrer GTZ hergestellt, der Deutschen Gesellschaft für technische Zusammenarbeit.« Sie blätterte darin. »Sechshundertdreiundneunzig Hektar«, sagte sie. »Und hier, bei der nächsten Kellerei gibt es keine Angaben, aber ich kann Sie Ihnen besorgen. Dann vierhundert Hektar, die nächste besitzt zweihundertvierzig Hektar, und hier die Spitze: zweitausendzweihundert Hektar – das ist Murfatlar, wo Sie hinfahren. Das gehörte alles einmal dem Volk, sozusagen uns! Was glauben Sie, was die jetzigen Besitzer dafür bezahlt haben?«

Martin zuckte mit den Achseln, wie so oft, seit er hier war. »Sie werden es mir sagen.« Weingüter von derartigen Ausmaßen kannte er nicht, Latifundien wie diese gab es in Argentinien, in Südafrika und Australien. Er schmunzelte bei dem Gedanken an die drei Hektar von Gaston, mit denen er angefangen hatte. Nicht einmal das berühmte Weingut Mouton-Rothschild gehörte zu den Großgrundbesitzern.

»Da waren die richtigen Leute zum richtigen Zeitpunkt am richtigen Ort und besaßen die nötigen Stempel, die entscheidenden Kontakte und hatten die entsprechenden Telefonnummern ...«

»... von den richtigen Leuten in der Regierung«, ergänzte ihr Bruder. »Und das war allein die KP, die wusste, wo das Geld im Ausland lag und wie man rankam, die kannten die Nummern der Konten. Unser Vater war vor der Wende im Agrarministerium tätig, zuständig für Weinbau, er war sozusagen das, was Sofias Chef heute ist.«

»Dann hat er die Abhöreinrichtung einbauen lassen?« Martin sah Sofia überrascht an.

»Zynismus hilft uns selten weiter, Mister Bongers. Im Gegensatz zu Ihnen müssen wir hier leben. Sie können gehen, wir nicht ...«

Jetzt war es Sofia, die vermittelte und ihrem Bruder begütigend die Hand auf den Arm legte. »Sei nicht so bitter, Lucien. Vielleicht arbeiten wir demnächst mit ihm zusammen. Möglicherweise können wir Monsieur Bongers helfen und später mit ihm etwas aufbauen. Das wäre doch nicht schlecht?« Jetzt wandte sie sich direkt an Martin: »Wir helfen Ihnen, gute Weinberge zu finden, was ungeheuer schwer ist, denn da sind alle hinterher. Sie können mit uns über Ihre Erfahrungen sprechen, wir wissen vieles über Ihre Gesprächspartner und was oder wer hinter ihnen steht. Im Gegenzug bieten wir Ihnen unser Wissen, unsere Beziehungen zu korrekten Partnern, zu Anwälten und Maklern. Dadurch wird es billiger.«

Martin sah sie verständnislos an.

Sofia lachte. »Ganz einfach. Sie sparen Schmiergeld! Und Sie, Monsieur oder Mister oder Herr Bongers, machen uns Ihre Verbindungen ins Ausland zugänglich. Was halten Sie davon?«

Damit war die Katze aus dem Sack. Im Stillen hatte er längst eine Klarstellung erwartet. Jetzt wusste er, weshalb Sofia ihn ins Vertrauen zog. Immer waren persönliche Interessen im Spiel.

»Noch einmal zurück zu der Abhöraktion.« Sofia ließ ihre Worte wirken und fixierte das Ufer, wo sie aussteigen wollten. »Es war eine Dummheit von meinem Chef, so zu reagieren, es war kurzsichtig. Jetzt weiß ich, dass bei mir ein Mikrofon installiert ist, und sicherlich nicht nur dort.«

»Das haben wir immer vermutet«, warf ihr Bruder ein.

»Es kann sein, dass schon immer eines dort war, das ganze Land war verwanzt. Am ekelhaftesten waren die menschlichen Wanzen, die Zuträger.«

»Das ist es heute wieder ...«, ließ sich das Bergwerk vernehmen und stand auf, »... verwanzt. Lasst uns an Land gehen. Ich hoffe, wir finden im Restaurant einen freien Tisch. Ich habe absichtlich keinen bestellt«, beruhigte Lucien seine Schwester auf ihren besorgten Blick hin.

Der Ober am Eingang taxierte sie auf ihre Zahlungsfähigkeit und wies ihnen einen abseits gelegenen Tisch zu. Den Geschwistern war es recht, Lucien setzte sich so, dass er den Eingang des Gartenrestaurants überblicken konnte.

»Glauben Sie, dass uns jemand beobachtet?« Martin ging die Paranoia auf die Nerven.

»Je mehr Weingüter Sie besuchen, je wichtiger Sie werden, desto mehr wird man auf Sie aufmerksam und will wissen, was Sie tun, wo Sie sind, mit wem Sie sich treffen und was Sie besprechen. Erinnern Sie sich daran. Da fällt mir ein: Sie werden einen Dolmetscher brauchen, wenn Sie an die richtigen Leute herankommen wollen, einen, der vertrauenswürdig ist.«

»Sie sagten eben, Vertrauen sei nur ein Wort ...«

Lucien tat, als hätte er den Einwurf nicht gehört. »Oft entscheiden nicht die Worte, sondern der Tonfall. Die Zwischentöne hören Sie nicht, aber ein Rumäne tut es. Wir haben einen Freund aus Siebenbürgen, der gut Deutsch spricht. Treffen Sie sich mit ihm. Ob Sie mit ihm arbeiten wollen, entscheidet allein Ihr Gefühl.« Lucien grinste. »Teubner ist nicht zu teuer, nicht für Sie; vielleicht siebzig Euro am Tag plus Spesen.«

»Versteht er was von Wein, kennt er die Fachbegriffe?«

»Seine Eltern bewirtschaften einen kleinen Weingarten, mehr zur Selbstversorgung.«

Keine schlechte Idee, dachte Martin und blickte auf die Speisekarte: *pui la ceaun cu mijdei!* Er verstand nichts.

Lucien lachte und half: »Ganz einfach, Brathähnchen mit Knoblauchsoße. Aber wenn Sie lieber Fisch essen – hier ist *păstrăv* sehr zu empfehlen oder *şalău*, Forelle und ...?«

Jetzt half Sofia. »*Sandre* auf Französisch – Zander.«

Martin war überzeugt. »Den Wein überlasse ich Ihnen.«

Während die Geschwister über die Weinkarte gebeugt debattierten, musterte Martin die anderen Gäste. Er sah Gesichter, Großstädter, wie er sie aus Frankreich kannte, aus Deutschland, als Typen etwas markanter, dunkler vom Teint und vom Haar, doch in der Mimik auch so zurückgenommen wie dort, Gesichter mit wenig Freude am Sommerabend und dem idyllischen Platz am See. Es wurde weder gelacht noch laut geschwatzt.

Dann wieder dachte er an den Dolmetscher. Vielleicht war es doch keine gute Idee, ständig einen Fremden um sich zu haben. Als Freund der Geschwister würde er sie über seine Bewegungen wie auch über seine Gesprächspartner informieren und über den Inhalt der Verhandlungen. Andererseits konnte ein Dolmetscher hilfreiche Hinweise geben. Und er könnte ihm gegenüber den Eindruck erzeugen, als wäre er tatsächlich an einer Zusammenarbeit mit Sofia und Lucien interessiert.

Sie hatten sich auf einen Weißwein aus Cotnari geeinigt. »Das, was hier auf der Karte aus Murfatlar angeboten wird, möchte ich nicht empfehlen, die guten Weine sind nicht dabei, ich nehme an, Sie sind kein Freund halbtrockener und süßer Weine ...«

»Gegen einen Sauternes vom Château d'Yquem oder Laville hätte ich nichts einzuwenden.«

»Das tranken nur die Parteibonzen früher, heute meine Chefs. Ich nehme auch nicht an, dass bei Ihnen derartige Kreszenzen alle Tage auf dem Tisch stehen. Der größte Teil unserer Weine wird in Zwei-Liter-Plastikflaschen in Supermärkten verkauft. Dafür trinken wir Rumänen fünfundneunzig Prozent unserer Produktion selbst.«

Lucien nahm zu schnell eine vorwurfsvolle Haltung ein. Er nahm alles viel zu ernst, und er nahm vieles übel, sah hinter allem eine böse Absicht. Martin wusste nicht recht, wie er mit dem spröden und distanziert auftretenden Mann umgehen sollte.

Sofia zeigte sich weniger kompliziert. »Wir wollen natürlich weg vom Image der Vergangenheit, dass aus Rumänien nur süße oder halbtrockene Weine kommen, obwohl das bei uns der gängige Geschmack ist und wir viel davon in die DDR exportiert haben. Liegt Cotnari auch auf Ihrer Reiseroute? Da kommen einige unserer besten Weißweine her.«

Martin wusste es nicht genau, er kannte seinen Reiseplan nicht auswendig und hatte Schwierigkeiten, sich die fremden Namen zu merken, zumal es bei ihm mit der Aussprache haperte.

»In Cotnari sind Sie fast in Bessarabien, vielleicht besser bekannt als Republik Moldawien. Die haben uns die Russen abgenommen.«

Der Wein kam, und Martin betrachtete ihn, wie er ins Glas floss, wie das Glyzerin innen Tränen bildete und die Außenseite beschlug. Es war ein flaches, blasses Gelb, aber der Wein duftete gut, eindeutig, es war das Aroma grüner Äpfel, und er probierte skeptisch.

»Immer auf der Hut?« Sofia lächelte ihn offen an. Martin begann sie zu mögen.

»Der ist gut, ich kenne ihn, hundert Prozent Frâncușă-Trauben, eine autochthone, rein rumänische Rebsorte, im Volksmund ›Tartară‹ genannt. Wie der 2007er ist, kann ich nicht sagen, aber der aus dem Vorjahr war in Ordnung, kein großer Wein, aber was Reelles ...«

Der Wein war nicht süß, wie Martin befürchtet hatte, er war sehr trocken und angenehm frisch. Er rief weder Begeisterung noch Ablehnung hervor. Er stellte das Glas zurück, Lucien schenkte nach.

»Wo kann ich Ihren Dolmetscher treffen?«, fragte Martin. »Oder sprechen Sie mit ihm?«

»Ja. Er wird mit Ihnen Kontakt aufnehmen, aber bitte

nicht per Telefon, das sollten Sie in Zukunft tunlichst vermeiden.«

Während Martin *icre* kennenlernte, einen delikaten weißen Aufstrich aus Fischrogen, und dem Wein mehr zusprach, als es für ihn gut war, erhielt er einen Einführungskurs in die politische Landschaft. Beide, Sofia wie Lucien, waren vom Elternhaus entsprechend geprägt. Sie sprachen von Verantwortung, von Zukunft und von fehlenden Perspektiven.

»Begriffe wie Sozialismus und Kommunismus sind seit der Wende unten durch, das waren sie längst. Wer bei uns von Gemeinschaft redet, macht sich lächerlich, wer gemeinsam mit anderen etwas aufbauen will, gerät sofort in die Defensive – und unter Verdacht. Bei dem Wort Solidarität gehen Ihnen die Leute aus dem Weg. Die Menschen haben Angst ...«

»... noch und schon wieder«, warf Sofia ein. »Und Angst macht dumm. Dem Rest ist alles egal. Der will überleben.«

»... Angst vor der Securitate! Sie steckt in den Knochen, denn alle wissen es, aber keiner redet darüber, dass sie immer da ist. Die Gewerkschaften sind machtlos, höchstens auf betrieblicher Ebene läuft etwas, auch kein Wunder, denn die Arbeiter bei Dacia und Nokia wissen, was die Kollegen im Westen verdienen, und bei uns sind knapp dreihundert Euro im Monat viel. Wer will davon leben?«

»Ein Arbeiter im Weinberg verdient weniger, ich weiß von hundert Euro. Wer schlau ist, geht ins Ausland. Deshalb sind bei uns die Arbeitskräfte knapp. Drei oder vier von zwanzig Millionen Rumänen sind abgehauen ...«

Martin erinnerte sich an Grigore Constantinescu, den Rumänen vom Bistro in Castillon-la-Bataille, er sah den Billardtisch, davor Jacques mit dem Queue, er sah seine Garage, wo er seinen Wein machte, Charlotte kam ihm in den Sinn – ihre Zärtlichkeit fehlte ihm sehr, ihre Stimme an seinem Ohr, ihr verführerischer Nacken ... Er fühlte etwas wie Sehnsucht, eine leichte Traurigkeit, Melancholie, und während er tat, als höre er zu, dachte er an den August, wenn Carolines Kinder kommen und sie im Garten die Tafel aufbauen und zusammen essen würden. Daniel würde bis zur Lese bleiben, er würde eines Tages das Weingut übernehmen und die Arbeit seines Vaters fortsetzen. Charlotte und er hatten es zwar gekauft, aber eigentlich nur geliehen, bis die nächste Generation es übernahm.

»... Gehirnwäsche. Jeden Tag wieder«, meinte Lucien und schien nicht im Geringsten an dem Zander auf seinem Teller interessiert. »Die Amerikaner waren als Erste da, gleich nach der Wende, sie haben uns militärisch gegen die UdSSR abgesichert.«

»Aus lauter Menschenfreundlichkeit«, warf Sofia ein, »Und um die Demokratie einzuführen. Sie lieben uns alle – haben sie gesagt, *we love you all.*«

»Wohl mehr aus strategischem Interesse«, meinte ihr Bruder. »Sie konnten bei uns ihre Al-Quaida-Gefangenen zwischenlagern, bevor sie nach Guantanamo kamen. Die USA erhielten von der Regierung vier Militärbasen: den Flottenstützpunkt bei Constanţa am Schwarzen Meer, dann einen Militärflughafen namens Kogaliceanu. Man überließ ihnen Smârdan bei Brăila an der Donau, vielleicht kommen Sie auf Ihrem Weg nach Cotnari daran vorbei. Es gibt das Ausbildungslager Babadag im Donaudelta, das liegt abseits von Ihrem Weg, aber vielleicht das von Cincu bei Sibiu – oder Hermannstadt, wie ihr Deutschen sagt, das ist ganz in der Nähe.«

Ihr Deutschen? Das erinnerte Martin einmal mehr daran, wie wenig er sich noch so empfand, wie sehr er sich hingegen als staatenlos betrachtete, wie unwichtig das Nationalgefühl geworden war, wie ihm das Europäersein zur Natur wurde.

»Nichts ist umsonst«, grummelte Martin, den das Thema langweilte. Die Geschwister sahen ihn an, als verstünden sie nicht, dass sich seine Bemerkung auf die USA bezog. Ihn ärgerte es, dass sie alle auf den Amerikanern herumhackten, obwohl sie selbst mit ihrem Europa nicht vorankamen, dass Politiker und Kommissionen die Idee der Gemeinschaft mit jedem Tag mehr verwässerten. Es war kein Europa der Menschen, seiner Bewohner, es war eines von denen, die es erfunden hatten, den Protagonisten der Montanunion – den Kohle- und Stahlmagnaten –, und dass die Franzosen und Iren dagegen votiert hatten, hatte ihn gefreut. Viele Bewohner anderer Länder hätten es auch getan, die man deshalb vorsichtshalber nicht befragte.

Was das Wort *îngheţată* mit Eiskrem zu tun hatte, erschloss sich Martin nicht, aber das Eis war gut, der Café crème auch, und der volle Magen entspannte die Atmosphäre nach dem Essen.

»Mister Bongers«, Lucien holte tief Luft, Martin ging das »Mister« immer mehr auf den Wecker, und die nächsten Worte kamen wie mit dem Förderkorb aus den Tiefen des Erdinneren: »Ich möchte Sie um einen Gefallen bitten, im Namen meiner Schwester.« Sie sah ihn an, als wüsste sie, was käme und als wäre es ihr peinlich. Das war nicht gespielt.

»Nur zu«, ermunterte ihn Martin, »sprechen Sie offen. Nein sagen kann man ja immer noch.« Er lächelte.

»Sie treffen morgen Sofias Chef ...«

Sie wussten also von dem Termin.

»... würde es Ihnen etwas ausmachen, wenn wir uns danach noch einmal treffen und Sie uns den einen oder anderen Hinweis geben könnten, was er in Zusammenhang mit Sofia gesagt hat? Die Stellung im Ministerium ist für sie so wichtig, lebenswichtig, und nicht nur persönlich, verstehen Sie?«

Martin verstand es nicht.

»Man hat dort Zugang zu vielem, man erfährt viel, über das Abhören zum Beispiel, wer mit wem ... Wir wollen nicht alles kampflos aufgeben, uns verkaufen, wir wollen nicht in das System der Korruption hineingezogen werden ...«

»Kennen Sie einen Deutschen namens Elmar Harms?«, unterbrach ihn Martin.

Den Verständigungsblick zwischen Sofia und Lucien fühlte er mehr, als dass er ihn bemerkte.

»Nein!« Es kam von beiden in absolutem Gleichklang. Also kannten sie ihn. Von diesem Moment an ging es Martin mit Sofia und Lucien wie mit Coulange in Bordeaux. Das Vertrauen bekam einen Sprung, der nicht zu kitten war. Martin stöhnte, er brauchte einen Moment, um sich von dem Schreck zu erholen, was seinen Gesprächspartnern nicht entging.

»Wäre es für Sie wichtig, dass wir diesen Mann kennen?« Sofia sah ihren Bruder ratlos an. Sie begriff, dass sie einen Fehler gemacht hatten.

Martin wiegelte ab. »Nein, nein, keineswegs. Es hätte sein können und die Dinge für mich eventuell ein wenig einfacher gemacht.« War das Lügen so einfach?

»Wer ist dieser Mann – wie heißt er? Helms? Hat er mit Wein zu tun?« Wieder empfing der Bruder einen Blick, dieses Mal als Aufforderung zum Eingreifen. Es war kläglich, wie Sofia versuchte, die Dinge geradezubiegen.

Martin baute ihnen eine Brücke. »Er heißt Harms und will mich in Constanţa treffen.«

»Nein, wir kennen ihn nicht«, beharrte Lucien.

»Abgesehen davon«, lenkte Sofia ein, »möchte ich auf Luciens Bitte zurückkommen und sie wiederholen. Ich will nicht wissen, was Sie mit meinem Chef besprechen, das ist Ihre Angelegenheit. Es geht mich nichts an. Aber wenn es mich betrifft, wenn es um die Sicherheit – um meine Sicherheit und die meiner Arbeit – geht, wäre ich Ihnen sehr verbunden, wenn Sie mich informierten.«

Hättest du mich eben nicht belogen, Mädchen, als ich gefragt habe, dachte Martin, könnte ich Ja sagen. So aber wich er aus. »Ich glaube nicht, dass sie zu unserem Thema wird, und ich werde im Gespräch nicht erkennen lassen, dass mir die Abhörgeschichte klar geworden ist. Sollte irgendetwas für Sie von Belang sein, dann werden Sie es erfahren.«

»Ich danke Ihnen«, antwortete Sofia mit einem förmlichen Kopfnicken und zog sich zurück. Die Sommernacht war kühl geworden, die Unterhaltung setzten sie zwar fort, aber nur mit Themen, die niemanden direkt betrafen. Eine Lüge hatte sich zwischen sie gestellt. Martin zahlte die Rechnung aus seinem Spesenbudget, schweigend fuhren sie mit dem letzten Boot zurück.

Nebeneinander gingen sie durch den spärlich erleuchteten Park zur Büste Charles de Gaulles, wo Martin in ein Taxi stieg. Lucien und Sofia warteten an der Ampel, dann überquerten sie den Boulevard und tauchten in die glitzernde Kulisse der Großstadt ein, die kleine Sofia an der Seite ihres riesenhaften Bruders. Er würde sie beschützen, aber Martin war trotzdem bedrückt. Sie und ihr Bruder erschienen ihm wie zwei Kinder, die sich verlaufen hatten.

6

Er war nicht besonders groß, er war vom Körperbau weder schlank noch fett, nicht leptosom oder athletisch, Tudor Dragos hatte mehr die Statur des unauffälligen Pyknikers. Ob sie seiner Mentalität entsprach, ließ sich bei dem unscheinbaren Mann schwer sagen. Er wirkte grau wie sein Anzug, die Gesichtshaut war blass, unter der Haut der glatten Wangen zeigten sich dünne Äderchen. Er schaute Martin aus wässrigen Augen an, sie waren blau, grau, irgendwas dazwischen, Augen, bei denen man nicht wusste, was dahinter vorging. Die aufgesetzte Miene sollte ein Lächeln sein. Das Markanteste an Sofias Chef war der blaue Siegelring, der besonders hervortreten sollte, sein Träger war stolz auf ihn. Er legte die rechte Hand wie zur Präsentation vor sich auf dem Schreibtisch über die linke. Er war so alt, dass er die Diktatur, den Übergang und die Besetzung durch die Konzerne miterlebt hatte, womöglich hatte er einst mitgestaltet und die Ohren gespitzt, was er allem Anschein nach noch immer tat. Hätte Martin die Wahl gehabt, er wäre aufgestanden, ohne sich zu verabschieden, ohne sich umzudrehen, wäre gegangen und hätte diesen Mann nie wiedergesehen. Ihn zu vergessen hätte bedeutet, ihn getroffen zu haben, und wäre bereits zu viel der Aufmerksamkeit gewesen.

»Man muss die Vergangenheit endlich ruhen lassen«, sagte der Übersetzer rechts von Martin und blickte Tudor Dragos, auf dessen Visitenkarte Direktor stand, devot und gleichzeitig mit heimlicher Verachtung an. Ob er das merkte? Tudor Dragos nickte ihm aufmunternd zu, als verstünde er die Worte. Er betrachtete selbstgefällig seinen Ring. »Wir leben in der Gegenwart und haben die Zukunft vor uns.«

Dagegen lässt sich wenig sagen, dachte Martin und verbiss sich das Grinsen. Gleichgültig in welcher Sprache, die Politiker trampelten alle auf denselben Gemeinplätzen herum. Das hieß für ihn, dass die Menschen, egal in welchem Land, für dieselben nichtssagenden Parolen empfänglich waren.

»Wir können nicht ewig in der Vergangenheit herumstochern.«

Danach hatte Martin ihn gar nicht gefragt, aber der Direktor ging auch nicht auf seine Fragen nach den neuen Agrarstrukturen, der Privatisierung der Landwirtschaft und ausländischen Investitionen im Weinbau ein. Er salbaderte und nutzte Martins Frage, ob genügend Fachkräfte seinen Investoren zur Verfügung stünden, zum Abschweifen in die Vergangenheit. Anscheinend hielt er die Frage für eine Provokation.

»Eine Gesellschaft, die permanent Nabelschau betreibt, kommt nicht voran. Was wir brauchen, ist Wachstum, sind loyale Mitarbeiter, die ihre Chefs nicht ständig in Zweifel ziehen. Um handeln zu können, braucht man die Sicherheit, dass die Mitarbeiter auch den Anweisungen folgen, um die angestrebten Ziele zu erreichen. Auch Ihr Land wäre weiter, wenn Sie nicht immer wieder in der Vergangenheit herumwühlen würden. Wem nutzt das? Sicher nur interessierten Kreisen.«

Welche Kreise mochte er meinen?, fragte sich Martin.

»Wie lange ist der Krieg vorbei? Mehr als sechzig Jahre. Es hilft niemandem, die Schrecken der Vergangenheit zu beschwören. Was geschehen ist, ist geschehen – ob allerdings in dem Ausmaß, wie behauptet wird, möchte ich bezweifeln. Das sind Vorwürfe, die man uns macht. Da wird mit Zahlen gearbeitet, die sich jeder Überprüfung entziehen.«

Sollte Martin protestieren? Es gab überall Menschen, die den Holocaust leugneten, sogar in Frankreich. Was man in Rumänien den Juden angetan hatte, entzog sich seiner Kenntnis, aber da Rumänien an deutscher Seite gegen die UdSSR gekämpft hatte, waren rumänische Juden sicher nicht verschont worden.

»Man wird nicht frei, wenn man sich ständig selbst zerfleischt«, fuhr der Übersetzer fort, »oder sich Vorwürfe macht. Wir brauchen Loyalität, Zuverlässigkeit und Patrioten, gerade in den Zeiten des Aufbaus. Obstruktion war schon immer die Sache unserer Feinde, aber sie werden sich nicht durchsetzen.«

Welche Feinde meinte der Direktor damit? Die kleine Sofia etwa?

»Wie ergeben wir Rumänen sind, werden Sie bald feststellen, wenn Sie oder Ihre Partner bei uns arbeiten, davon bin ich fest überzeugt. Sie werden Menschen finden, die ihr Letztes geben, um ihre Aufgabe zu erfüllen. Es macht Spaß zu sehen, wie dieses Land sich entwickelt. Der Rumäne ist ein Patriot, er liebt seine Heimat, wir lieben unser Land, das ist möglicherweise der Grund für manchen Fehler, dass viele es zu gut meinten. Viele haben, so müssen Sie das sehen (was der Übersetzer mit einem Kopfnicken unterstrich), aus gutem Glauben gehandelt ...«

»... und dazu gehört es auch, ein ganzes Volk zu überwachen, über Jahrzehnte hinweg?«, wagte Martin einzuwerfen.

Der Übersetzer wand sich, wusste nicht, ob er den Einwurf übersetzen sollte, Martin nickte ihm aufmunternd zu.

Sofort fühlte Tudor Dragos sich angegriffen und wurde lauter, er herrschte den Übersetzer, der Martin nicht namentlich vorgestellt worden war, geradezu an. »Was wissen denn Sie, wie es damals bei uns aussah? Das wissen sogar heute die wenigsten. Und manche, die damals Kinder waren, maßen sich an, darüber eine Meinung zu äußern.« Da konnte wirklich nur Sofia gemeint sein – oder war sie nicht so wichtig?

»Es gibt Menschen, und vor denen sollten Sie sich hüten, die unterwandern den Staat, ja, Sie werden es kaum glauben, sogar dieses Ministerium, sie benutzen die Einrichtungen des Staates für ihr eigenes Fortkommen, bauen ihre Karriere darauf auf, dass sie Kollegen denunzieren. Das haben sie im Kommunismus gelernt, und sie führen dieses schmutzige Spiel weiter. Ich kann Ihnen versichern, sie werden in unserem neuen demokratischen Staat damit nicht durchkommen. Diese Leute erkennt man am sichersten daran, dass ihre fachliche Kompetenz gleich null ist!«

Durch die Übersetzung ergab sich für Martin nicht nur eine ungeheure Distanz zu Tudor Dragos, sondern auch zu dem, was er sagte. Die Worte waren fremd, sie hörten sich an wie ein abgelesener Vortrag, und doch lag hinter allen eine Drohung, ja mehr eine Bedrohung und vielleicht sogar eine Warnung.

»Wir verstehen es, gute Weine zu machen, das ist eine Kunst, die wir bereits in den Zeiten der Daker beherrschten, bevor die Römer bei uns einfielen. Nein, es ist nicht so, wie Sie denken!«

Woher wusste Dragos, was er, Martin, dachte?

»Den Weinbau haben nicht die Römer hierher gebracht, den kannten wir lange vorher, dafür gibt es historische Beweise. In unserem Land finden Sie Weine, die mit den edelsten Gewächsen aus Bordeaux vergleichbar sind.«

Tudor Dragos rief nach seiner Sekretärin, es war jene gut aussehende Frau mit dem tiefen Dekolleté, die bei seinem Gespräch mit Sofia hereingeplatzt war, und schien ihr einen Auftrag zu geben. Während er sich die Hände rieb und selbstverliebt den Ring betrachtete, ging sie hinaus und kam einige Allgemeinplätze später mit einer Flasche zurück, die sie vor Martin auf den Schreibtisch ihres Chefs stellte.

Sec de Murfatlar, 2007, Merlot, ein beige- und burgunderfarbenes Etikett, das in den Siebzigerjahren zuletzt überarbeitet worden war. Es erinnerte ihn im Stil an Kröver Nacktarsch und die billigsten fränkischen Dornfelder. Es war einer jener Weine, die Martin nicht zu öffnen wagte, vor allem nicht im Beisein des Schenkenden. Charlotte hatte ihn gewarnt: »Hüte dich. In deinem Gesicht kann man zu oft lesen, was du wirklich denkst!«

War diese Flasche ein Ausdruck mangelnder Wertschätzung? War es ein Zeichen, dass Tudor Dragos von Wein keinen blassen Schimmer hatte, geschweige denn Geschmack – oder hielt man ihn, Martin, lediglich für einen Geschäftsmann, dem es ausschließlich um Geld statt um ein gutes Produkt ging? Sollte Letzteres der Fall sein, dann war seine Tarnung gelungen. Und das Gefühl, dass dieses Geschenk zeigte, dass Tudor gar nicht wusste, wen er vor sich hatte, verstärkte sich. Oder hatte Martin etwas übersehen? Sollte er den Wein tatsächlich probieren?

»Viel Spaß damit, Sie werden begeistert sein«, sagte der Übersetzer wie ein Sprechautomat, dem Martin weit mehr Ausdrucksstärke zugetraut hätte.

Er wusste sofort, wem er die hässliche Flasche überlassen könnte: Der Hotelportier würde sich freuen. Oder sollte er die Flasche im nächsten Taxi liegen lassen? Das war seine bevorzugte Methode.

Tudor Dragos sprach über die Anstrengungen, die seit der Wende, »seit den dramatischen Ereignissen im Dezember 1989«, wie er es nannte, unternommen worden waren, um den Weinbau zu reprivatisieren. Die Landwirtschaft sei ja seit Ende des Zweiten Weltkriegs kollektiviert worden, lediglich der Besitz von einem Hektar zur Eigenversorgung sei gestattet gewesen. Der Agrarsektor sei längst privatisiert, viel früher als die Industrie. Vierzig Prozent der landwirtschaftlichen Anbaufläche lägen allerdings noch brach, »... da kann Rumänien zum drittgrößten Versorger Europas werden!«, schwärmte der Direktor und sah für sich wohl eine großartige

Karriere voraus. »Hohe Wachstumsraten, eine konsumfreudige Bevölkerung, niedrige Löhne und qualifiziertes Personal – das alles bietet Ihnen ideale Rahmenbedingungen.«

Jetzt runzelte Dragos die Stirn, der Dolmetscher stellte sich darauf ein, es konnte nur ein problematischer Gedanke folgen. Dragos bedauerte, dass der Energiesektor, Öl, Gas und Kohle, zuerst privatisiert worden sei und dass die Russen sich da eingekauft hätten. Und man müsse bis zu fünfzigtausend Kleinlandwirte davon überzeugen, ihre Hybrid-Rebsorten zu roden, um die Forderung der Europäischen Union zu erfüllen. »An deren Auflagen werden wir uns strikt halten. Darauf kann Brüssel sich verlassen.«

»Und was sagen die Landwirte dazu?«

Das interessierte Dragos wenig. »Denen würde ich empfehlen, sich ganz aus dem Weinbau zurückziehen. Durch die Rodungen ergibt sich viel Potenzial für Sie und Ihre Investoren, denn die Landwirte werden die Mittel für Neupflanzungen mit Edelrebsorten wie Cabernet Sauvignon oder Chardonnay nicht aufbringen. Außerdem fehlt das Wissen, sie besitzen nicht die Technik, ihre Betriebe sind unwirtschaftlich. Also geben sie auf. Sie werden es auf Ihrer Reise sehen. Das ist Ihre Chance, Herr ...« Tudor Dragos schaute auf die vor ihm liegende Visitenkarte.

»Bongers«, half der Dolmetscher weiter.

Dragos' Augen leuchteten, große Zahlen gefielen ihm. »Es stehen vierzigtausend Hektar zum Verkauf. Auch können neue Flächen erschlossen werden, Weinrechte, die wir Ihnen verkaufen können, gibt es genug.« Dem gleichgültigen Ausdruck des Übersetzers hingegen war nicht zu entnehmen, was er von der Idee hielt.

Martin wusste von Hybriden lediglich, dass es Kreuzungen von europäischen mit amerikanischen Reben waren. Man hatte die bei Amerikaner-Reben vorhandenen Resistenzeigenschaften gegenüber Rebläusen und Krankheiten auf europäische Reben zu übertragen versucht. Das war misslungen, die Reben brauchten zwar nicht viel Pflege, nur hatten sie häufig ein Aroma, das der Fachmann als »Fuchsgeschmack« bezeichnete.

»In Bezug auf Landerwerb müssen Sie sich vor Ort umsehen und lokale Makler einschalten. Die kennen das Angebot und auch die entsprechenden Gesetze. Wir haben Agenturen, die sich auf die Unterstützung ausländischer Investoren spezialisiert haben und Ihnen helfen. Ich biete Ihnen auch meine Unterstützung an, meine verlässlichen Partner können Sie beraten ...«

Jetzt entspann sich ein Dialog zwischen dem Direktor und dem Übersetzer, denn zum ersten Mal bemerkte Martin bei ihm Unwillen, das Gesagte zu übersetzen. Tudor Dragos schien überrascht, dass der Untergebene nicht folgte. Die Überraschung währte kurz, die Worte wurden mit mehr Nachdruck hervorgebracht, die Stimmen hoben sich, die Sätze folgten schneller aufeinander, bis Tudor Dragos mit den Knöcheln seiner beringten Hand auf den Schreibtisch klopfte.

Als wäre der aufkeimende Widerstand in ihm erstickt worden, senkte der Übersetzer den Blick und übersetzte die nächsten Worte tonlos und abgehackt. »Der Herr Direktor bietet Ihnen seine Unterstützung an, Sie können auf ihn rechnen. Er weiß, dass Ausländer rumänische Gepflogenheiten selten durchschauen. Deshalb schlägt er eine Art Kooperation vor ...«

Es kam zu einem ähnlichen Vorschlag, wie ihn Sofia vorgebracht hatte: Kontakte zu Anwälten, Maklern, Önologen und Behördenmitarbeitern – und im Gegenzug die Offenlegung von Martins Auftraggebern und Kunden in Deutschland.

»Der Herr Direktor fragt nach Ihrer Reiseplanung, welche Regionen und Weingüter werden Sie besuchen? Sie müssen nach Moldawien, nach Transsilvanien, in Oltenien ist Drăgăşani sehr wichtig, Sie sollten ...«

Es folgte eine Reihe von Namen, die Martin keiner Region zuordnen konnte. In den verbleibenden drei Wochen, wie geplant, war die Arbeit für die SISA kaum zu schaffen. Und er hatte heute zum ersten Mal das Gefühl, das ihn nicht mehr verlassen sollte, der Aufgabe nicht gewachsen zu sein.

»Wie sieht Ihre Reiseplanung aus?«, wiederholte der Übersetzer. »Wo werden Sie sich in den nächsten Tagen aufhalten?«

Martin schaute in seinem Kalender nach und sagte es ihm.

»Ich nehme an, Sie werden in Constanţa im Hotel ›Voilà‹ absteigen?«

»Darüber habe ich mir noch keine Gedanken gemacht«, sagte Martin, »ich suche mir eines, wenn ich da bin.«

»Das machen wir für Sie. Natürlich gehen Sie ins ›Voilà‹, es ist das Beste, es liegt im Zentrum, sehr gepflegt, – oder Sie gehen ins Malibu, aber das ist am Strand, weit weg vom Zentrum, da hätten Sie Ihre Ruhe. Außerdem kennt der Herr Direktor den dortigen Direktor, er macht Ihnen einen guten Preis.«

Sie kungeln schon wieder, dachte Martin entnervt. War es das, was mit byzantinischer Mentalität gemeint war? Vierhundert Jahre lang hatten die Türken mit griechischer Hilfe über Rumänien geherrscht, dann waren die Habsburger gekommen, danach die Russen, jetzt die Europäer – immer hatte man sich nach der Decke strecken müssen, da blieb unweigerlich ein Schaden zurück. Wenn Tudor Dragos mir das Zimmer vermittelt, dachte Martin, bemüht, seinen Zorn nicht nach außen dringen zu lassen, dann bekomme ich sicher eines mit Abhöranlage.

Augenwischerei kann ich auch betreiben, sagte er sich und entschied sich für das »Malibu«. Dabei nahm er sich vor, im »Voilà« abzusteigen, und dankte Dragos lächelnd für sein Entgegenkommen. Mit denselben Hintergedanken drückte er sein Interesse am Vorschlag einer langfristigen Zusammenarbeit aus.

»Es freut den Herrn Direktor, dass Sie beide sich so gut verstehen«, sagte der Übersetzer tonlos. »Wenn man auf diesem Niveau weiter kooperieren kann, öffnen sich Türen von ganz allein, auch die zu den Hilfen aus Brüssel. Es ist etwas ganz anderes, wenn man aufgeschlossene Bankiers kennt, die wissen, wie Anträge formuliert werden müssen, wer das tun sollte und wer dahintersteht, es absichert, Sie verstehen?«

Natürlich verstand Martin, was gemeint war.

»Alles Weitere ergibt sich von allein. Dass alle Transaktionen im entsprechenden Rahmen vor sich gehen – der Herr Direktor ist Fördermitglied bei Transparency International, er schätzt und bewundert das Engagement dieser internationalen Anti-Korruptions-Organisation – versteht sich von selbst.«

Tudor Dragos nickte gönnerhaft, stand auf, er war einen Kopf kleiner als Martin, und ließ ihn zur Verabschiedung um den Schreibtisch herumkommen. »Es hat den Herrn Direktor gefreut«, sagte der Übersetzer. »Er wünscht Ihnen eine gute Reise – ich übrigens auch. Er hofft, Sie berichten ihm ausführlich von unterwegs. Ich nehme an, Sie haben ein rumänisches Mobiltelefon? In dem Fall bittet er Sie, ihm die Nummer zu geben, vielleicht gibt es ja Interessantes, was Sie wissen sollten. Wie ist die Nummer?«

Martin schrieb sie auf die Visitenkarte und gab sie mit einer angedeuteten Verbeugung zurück, Tudor Dragos nahm sie in gleicher Weise entgegen.

»Zum Abschluss unseres interessanten Gespräches wiederhole ich Ihnen als Kenner der hiesigen Verhältnisse noch einmal meinen guten Rat von vorhin: Suchen Sie sich Ihre Partner gut aus. Entscheiden Sie sich für die *richtigen* Leute, wenn Sie mit uns langfristig im Geschäft bleiben wollen.«

War das als Rat oder Drohung zu verstehen?

»Hier, vergessen Sie Ihren Wein nicht …«, der Übersetzer lief ihm mit der Flasche nach.

7

Der Bulevardul Basarabia, eine Ausfallstraße, wenn man sie so nennen wollte, führte an den schäbigsten Plattenbauten vorbei, die Martin jemals gesehen hatte. Was man im ehemaligen Ostberlin gemacht hatte, kannte Martin, es waren luxuriöse Stadtwohnungen geworden im Vergleich zu dem, was sich hier zur Linken monolithisch auftürmte. Die Bauten wirkten in ihrer Mächtigkeit wie auch in ihrer Trostlosigkeit wie tot. Sie glichen Termitenhügeln, ging ihm durch den Sinn, obwohl er Vergleiche von Menschengewimmel mit dem von Insekten verabscheute. Diese Bauten schienen verlassen, aufgegeben, verfallen, wie bei Termitenhügeln war von außen kein Zeichen von Leben zu sehen. So würden die in Ostberlin auch heute noch aussehen, ohne Soli-Beitrag, den er jahrelang gezahlt hatte. Man soll alle jammernden Ossis nach Rumänien schicken, dachte er böse, damit sie sehen können, wo andere Länder stehen. Nur kannte er keine jammernden Ossis, sie waren eine Erfindung der Politiker, um an Geld, sogenannte Fördermittel aus der Staatskasse, zu kommen, wie er vermutete. Das einzig Lebendige hier war der zähe, lavagleiche Strom von Autos, der sich auf der sechsspurigen Straße um Schlaglöcher und in dritter Reihe um geparkte Wagen quälte, bis er im Stau erstarrte.

Martin schaute zu den Fenstern hinauf. Hinter nicht einem stand eine Blume, nirgends eine grüne Pflanze an der elend langen Fassade. Blinde und zerbrochene Scheiben, Pappe in den Fenstern, zerschlissene Vorhänge im Wind, verrammelte Veranden. Dieser Anblick verschmolz mit den bisherigen Eindrücken aus Bukarest, und ihn schauderte trotz der Hitze. Es war besser, wieder auf den Stadtplan zu schauen und sich um den Weg zu kümmern. Er war erleichtert, aus der Stadt herauszukommen. Vor ihm lagen die Weinbaugebiete, die Besuche der Kellereien, er würde unter seinesgleichen sein, das würde seiner Seele guttun.

Der schönere, vom französischen Baustil des ausgehenden 19. Jahrhunderts geprägte Kern der Stadt lag weit hinter ihm. Er hatte die deutschen Bombenangriffe zu Kriegsende, als Rumänien hastig die Seiten gewechselt hatte, zum Teil überstanden, dann das schwere Erdbeben 1977, bis der Abrisswahn des größenwahnsinnigen Diktators dem Zentrum zugesetzt hatte. Pompöse Boulevards liefen auf den Palast des Volkes zu oder flankierten seine mehr als dreihundert Meter Seitenlänge. Dafür waren Schneisen in die Stadt geschlagen, Stadtviertel und Teile der Altstadt abgerissen und Menschenmassen zwangsweise umgesiedelt worden. Von vierzigtausend war die Rede.

Gestern, nach dem letzten Treffen mit Sofia, hatte sie ihn dort abgesetzt. Martin hatte sich für den Rundgang durch den Palast des Größenwahns, wie er es nannte, einer Gruppe von US-Touristen angeschlossen. Sie mussten das Gebäude, das größte nach dem Pentagon, wie er von ihnen erfuhr, durch einen Seiteneingang betreten, während die Präsidenten winkend über die Freitreppe durchs Hauptportal schreiten durften.

Der Irrsinn dieses Gebäudes und derer, die es ersonnen hatten, ließ sich für Martin eigentlich nur von außen erkennen. Da hatte es auf ihn wie die Hochzeitstorte eines durchgeknallten Hollywoodstars aus ärmlichen Verhältnissen gewirkt. Dafür waren Kirchen, Synagogen und sogar Klöster gesprengt worden, wie die Museumsführerin zu erzählen wusste. Im Inneren zeigten sich die Wahnvorstellungen des gelernten Schusters Ceauşescu in Rekorden. Martin stand auf einem Teppich, der von zwei Kränen durch Fenster hereingehoben worden war, da er wegen des Gewichts von Menschenhänden nicht bewegt werden konnte. An den Decken prangten Kronleuchter aus Kristall, die mehr als zwei Tonnen wogen, und das Ende des sechs Meter hohen Korridors verlor sich im Dunkeln. Hier hätte man ohne Umbauten den olympischen Hundert-Meter-Lauf veranstalten können.

Je weiter die Touristengruppe in die Eingeweide des monströsen Bauwerks vordrang oder ins Gekröse des Diktators, desto bedrohlicher wirkte es. Martin erinnerte sich an den Roman von García Márquez über den ›General in seinem Labyrinth‹, der sich in seinem Palast in seinen Wahnvorstellungen verloren hatte. Unvorstellbar, dass sich Rumänien diesen Bau heute als Parlamentsgebäude leistete. Ceauşescu hatte die Idee dazu von einer Reise nach Nordkorea mitgebracht, wo ähnlich durchgeknallte Potentaten regierten. Martin hatte sich an die junge Frau gewandt, die sie in endlosen Gängen und auf Marmortreppen mit Zahlen vollstopfte.

»Wieso haben die Leute das damals mitgemacht? Eben sagten Sie, dass zwanzigtausend Arbeiter in drei Schichten rund um die Uhr hier gearbeitet haben und in Arbeitslagern kaserniert waren. Bei denen zu Hause fehlten Fensterrahmen und die Kohle zum Heizen. Hat nicht *ein* Maurer die Kelle hingeschmissen?«

Die junge Frau schaute ihn an und verstand seine Frage nicht, auch als Martin sie freundlich wiederholte. Erst dann entgegnete sie mit einem gewissen Unverständnis, dass es angeordnet worden sei und die Männer dafür bezahlt worden seien. »*They did their job.*«

Martin empfand es als bemerkenswert, wie unkritisch sie das sah. »Es durfte auch niemand sehen, was an anderer Stelle des Palastes gebaut wurde; die Arbeiter mussten den

Eingang benutzen, der ihrem Arbeitsplatz am nächsten lag.« Weiteren Fragen wich sie aus, indem sie sich wieder an die gesamte Gruppe wandte.

»Diese zehn Meter breite Marmortreppe wurde vor dem Bau maßstabgerecht aus Holz angefertigt, denn Frau Elena Ceaușescu konnte sich anhand eines kleineren Modells nicht vorstellen, wie die Treppe aussehen würde. Außerdem übte sie an dem Modell, hinauf- und hinunterzuschreiten. Die Stufenlänge und -höhe sind danach beim zweiten Modell ihrer Schuhgröße angepasst worden.«

Der größte Teil der Reisegruppe war davon beeindruckt, nur wenige hatten gelacht. Anschließend war Martin auf der Suche nach der ›Deutschen Zeitung‹ im Pressehaus gewesen. Es war dem Zuckerbäckerstil der Lomonosov-Universität in Moskau nachempfunden. Ob dort allerdings die Kabel genauso von den Wänden hingen, die Toilettenbecken zugeklebt und die Treppenstufen ausgebrochen waren, entzog sich seiner Kenntnis, und der Innenhof war sicher auch nicht von dichtem Buschwerk überwuchert. Der Zustand dieses Bauwerks drückte für Martin den Wert aus, den man der Presse beimaß. Da hatte es François in seinem Kiosk an der Gironde besser.

Das war erst gestern gewesen. Eingekeilt in den Stau sah Martin jetzt wieder hinauf zu den Plattenblocks. Grau von Abgasen, zerfallend, Gefängnisse für die Masse, die den Palast gebaut hatte. Was war der Mensch bereit zu ertragen oder mitzumachen? Ziemlich viel, wenn er an sein eigenes Leben dachte, aber es gab immer einen Punkt, an dem das Fass überfloss, und dazu reichte manchmal ein Tropfen. Dieser Tropfen war es, über den Albert Camus sich in seinen Essays unter dem Titel ›Der Mensch in der Revolte‹ ausgelassen hatte. Charlotte hatte ihn mit Camus' Schriften bekannt gemacht. Für ihn, als ehemaligen Ingenieur, war Camus neu gewesen, aber hatte nicht er, Martin, auch Charlotte zur Revolte angestiftet? Lebte man nicht ständig in irgendeiner Form von Revolte? Auch bei Charlotte war es ein Tropfen gewesen, vielleicht hatte er die Ereignisse lediglich beschleunigt, an dem Punkt, an dem es ihr gereicht hatte und sie aus dem politischen Geschäft ausgestiegen war. Und dann war sie wieder eingestiegen, allerdings unter anderen Vorzeichen.

Für ihn hatte das konkrete Auswirkungen, er würde diese Reise nicht wie geplant unterbrechen können, um einige Tage mit ihr zu verbringen. Charlotte wollte im Auftrag des Welternährungsprogramms mit einer Delegation in den Tschad fliegen, um mit irgendwelchen Machthabern über Lebensmittelhilfe zu verhandeln. Mit denen hatte sie früher als französische Regierungsbeauftragte bereits zu tun gehabt, und ihr neuer Auftraggeber nutzte ihre Beziehungen.

Sofia war nach dem Treffen am See bemüht gewesen, Kontakte zu vertrauenswürdigen Personen des Weinbaus herzustellen und Martin zugänglich zu machen. Ihr Bruder hatte ihm die Adressen übergeben sowie zwei Umschläge mit Empfehlungsschreiben, die jedenfalls sollten die beiden versiegelten Briefe enthalten, die er »unbedingt nur persönlich« den Adressaten in die Hände drücken sollte. Martin empfand Lucien als kompliziert, schwer zu begreifen, abrupt und radikal in seinem Verhalten, und in Bezug auf den Verfolgungswahn zeigte er sich hysterischer als seine Schwester, obwohl Sofia mehr Grund dazu gehabt hätte.

Sie waren zu dritt auf der Suche nach einem netten Straßencafé im alten Stadtzentrum herumgelaufen, und Lucien hatte sich fortwährend umgeschaut. Als sie sich im Schatten einer Markise setzten, hatte er wieder alles im Blick behalten müssen. Sofia hingegen hatte Martin ganz entspannt einiges über das Viertel erzählt, über die Geschichte der neoklassizistischen Bauten, die in sich zusammenfielen, über die streunenden Hunde. »Sie säen nicht, sie ernten nicht, und obwohl sie niemandem gehören, werden sie doch ernährt.« Während Lucien als Leibwächter und Beobachter fungierte, bekam Martin von Sofia die renovierungsbedürftigen Jugendstil-Stadthäuser vorgeführt, sie sprach von deren illustren Bewohnern und über die damaligen Gründerjahre, die sich im Grunde, wie sie meinte, von den jetzigen im Wesentlichen nicht sehr unterschieden. Bei dem Geschichtsbild der Geschwister war es verständlich, dass niemand eine Lobrede auf die »gute alte Zeit« hielt.

»Die hat es für uns nie gegeben! Kaum war Großrumänien nach dem Ersten Weltkrieg gegründet, begannen die Pogrome gegen Juden, im Zweiten Weltkrieg dann der Massenmord. Aber gute Weine wurden damals schon gemacht.«

Martin wusste nicht, wie er die Bemerkung einordnen sollte. Sofia beschönigte nie etwas, wahrscheinlich hatte sie ihr lediglich als Überleitung zu dem Thema gedient, das Martin mehr beschäftigte: Wenn die von Lucien genannten Kontaktpersonen ihm in Sachen Wein weiterhelfen konnten, sollte es ihm recht sein.

»Mit dem Dolmetscher habe ich gesprochen. Er hilft Ihnen gern, er hält es für eine interessante Aufgabe, mit Ihnen zu reisen. Josef Teubner stößt in Focşani zu Ihnen, Ihrer nächsten Station nach Constanţa.«

Als Martin den ersten Wegweiser zur Hafenstadt entdeckte, geriet er in den nächsten Stau. Er brauchte sich für einen Moment lang weder auf den Stadtplan noch den Verkehr zu konzentrieren und schaute sich um. Rechts von ihm rosteten einige Autowracks am Straßenrand, zwischen ihnen stieg seltsamerweise Rauch auf, und er nahm eine flüchtige Bewegung wahr. Er stutzte, überlegte, ob das, was er sah, möglich war, und konnte sich kaum durchringen, es zu glauben. In einem dieser Schrotthaufen lebte eine alte Frau, die durch eine Beifahrertür ins Freie krabbelte. Die Fenster des Wagens hatte sie mit Plastiktüten verhängt, drinnen lag eine Matratze. Da hockte sich die in Lumpen gehüllte Frau vor ein offenes Feuer, und als Topf diente ihr eine Blechdose …

Ihr Gesicht sah er nicht, es war von zotteligem Haar verdeckt. Das Gesehene unwillkürlich abwehrend, fuhr er weiter, wusste nicht, was er denken sollte. Ein Gefühl aus Schrecken, Abscheu und Mitleid breitete sich in ihm aus, er fragte sich, warum diese Frau dort gelandet war – sozusagen als Mensch auf dem Schrott – was für ein Leben sie hinter sich hatte und was noch kommen sollte …

»Der Teufel hat den Ekel erfunden, um uns vom Mitleid abzuhalten.« Charlotte hatte das gesagt. Es dauerte eine Weile, bis das Bild der Frau vor Martins Augen verschwand.

Das tat es schlagartig, als kurz vor ihm ein Pferdefuhrwerk einbog und ihn wegen des entgegenkommenden Sattelzuges zur Vollbremsung zwang. Anderthalb Stunden hatte er von der Mietwagenfirma bis an die Stadtgrenze gebraucht. Er war mit den Nerven fertig, noch bevor er die Autobahn erreicht hatte.

Er bereute, dass er keinen V8 Geländewagen gemietet hatte, sondern nur einen blauen VW Passat, zwar einen Kombi, wie er ihn selbst zu Hause fuhr, aber für hiesige Verhältnisse war es ein Kleinwagen. Es hätte mindestens die S-Klasse, ein 5er BMW oder ein Land Cruiser sein müssen, um es mit diesem Land aufzunehmen. Aber kaum war er auf der Autobahn, war es mit den Riesen-Pkws vorbei.

Die grüne Weite umfing ihn, die Leere war endlos, ringsum erstreckte sich das Nichts, die Autobahn berührte am Horizont den strahlend blauen Himmel über der Walachei. Also existierte sie doch, die »Walachei«. Es war nicht nur ein Wort, ein Synonym für das Nirgendwo, es gab sie zu Martins Überraschung tatsächlich, und in dieser Ebene, wo ein Haus auf zwanzig Kilometer sichtbar wurde, verstand er, weshalb die deutsche Sprache sich dieser Landschaft, die sich vom Südhang der Karpaten über die Donau hin bis zum Schwarzen Meer erstreckte, in Form einer Metapher bemächtigt hatte. Es ging nur geradeaus. Er hatte die gerade rote Linie der Autobahn auf der Karte bemerkt und sie für einen

Irrtum gehalten, aber hier gab es nicht die geringste Kurve, es gab schlicht keine Notwendigkeit dafür. Etwas Ähnliches hatte er bislang weder in Europa noch in Südamerika gesehen, wohin ihn Charlotte auf einer ihrer Reisen mitgenommen hatte.

Charlotte. Er dachte an sie, auf dieser Autobahn konnte man denken, träumen. Er seufzte, sie fehlte ihm, sie hatten letzte Nacht lange telefoniert, er hatte in Shorts auf dem Bett des aufgeheizten Hotelzimmers gelegen, das Telefon am Ohr. Er hatte sich verloren gefühlt und sich wieder einmal über seine Unterschrift unter den Vertrag mit der SISA geärgert.

Während er an der Obergrenze der Geschwindigkeitsbegrenzung geradeaus fuhr, streifte er im Geiste durch sein Haus, durch seine Weinberge und versuchte, sich an den Geschmack des Weins in jedem einzelnen Fass zu erinnern. Bald würde es Zeit für die Assemblage, für die aus einer einzigen Rebsorte. Er füllte den gesamten Wein zur Harmonisierung nie in einen einzigen Tank, sondern mischte nur den Inhalt ganz bestimmter Fässer. Es war eine Spielerei, denn es kamen drei, wenn nötig vier oder fünf Merlot-Cuvées dabei heraus, die er speziell kennzeichnete und für die er seine speziellen Kunden fand.

Bei Dragalina überquerte er die erste Donaubrücke, und vor der Stadt Cernavodă, an der zweiten, passierte er die Schleusen zum Schwarzmeer-Kanal.

»Noch ein unnützes Werk, das uns der Genius der Karpaten auf einige Jahrhunderte hinterlassen hat«, wie Sofia gemeint hatte. »Niemand braucht den Kanal, zwei Milliarden Dollar hat er gekostet, der ist nur gut für die Fische, aber für sie viel zu verdreckt.« Sie ließ nicht ein gutes Haar an ihrem Land.

An den Schleusen war der Fahrspaß vorbei, von jetzt an quälte sich Martin in einer Kolonne mit Lastwagen über eine zerfahrene Landstraße, deren Löcher noch nicht mit EU-Euros zugeschüttet worden waren. Über die Gleise zur

Rechten rumpelte ein Zug verrosteter Tankwagen, die bei höherem Tempo jeden Augenblick aus den Schienen springen konnten. Ich muss mich zusammenreißen, dachte Martin und blickte konzentriert nach vorn, sonst denke ich wie Sofia und ihr Bruder, an dessen Bergwerksgrollen er sich erstaunlich gut gewöhnt hatte.

Für die siebzig Kilometer bis Constanţa brauchte er länger als für die zweihundert von Bukarest bis hierher. Er gelangte ins Stadtzentrum und hielt an einer Tankstelle, um sich nach dem Hotel »Malibu« zu erkundigen. Es dauerte eine Weile, bis ein anderer Fahrer, des Englischen mächtig, ihm erklärte, wie er zu dem Hotel nördlich der Stadt käme. Martin wollte es sich zumindest ansehen, obwohl er sich vorstellen konnte, dass es denen der spanischen Costa del Sol glich. Die Befürchtung traf zu, das »Malibu« gehörte zu einem Vergnügungspark für jene, die im Urlaub Sicherheit statt Erholung suchten und das Risiko scheuten. Er kehrte um, Preisersparnis hin oder her, er gab hier sowieso nicht sein eigenes Geld aus, und es war ihm lieb, dass er nicht unter Beobachtung eines »Genossen« von Tudor Dragos stehen würde. Auf die Absage verzichtete er.

Das »Voilà« war ein Mittelklassehotel in einer ruhigen Straße, die geradewegs auf den Hafen zuführte, die Halle schnörkelig wie das Wohnzimmer von Biedermanns, die Betten getrennt und puritanisch schmal und auch hier wie in den übrigen Hotels, Läden oder Restaurants ein wenig interessiertes, undurchdringliches Gesicht an der Rezeption. Anfangs hatte Martin geglaubt, das sei die ablehnende Haltung Ausländern gegenüber, aber die Rumänen gingen ähnlich lieblos miteinander um – verschlossen, distanziert und misstrauisch, nicht mal ein Lächeln, wenn man sich entgegenkam und beide zur gleichen Seite hin auswichen, woraus ein tänzelndes Hin und Her werden konnte und eine Verlegenheit sich ergab, die mit diesem Lächeln aufgelöst wurde. Langsam entstand in ihm ein Gefühl für das, was hier in den Zeiten der Diktatur mit einem ganzen Volk geschehen war.

Hatte Martin bislang die Idee des Kommunismus als etwas Positives gesehen, als ein Gesellschaftsmodell, das sich soziale Gerechtigkeit auf die Fahnen geschrieben hatte, so geriet sein Weltbild nun ins Taumeln. Aber soziale Gerechtigkeit, Mitbestimmung und/oder Demokratie – »Jedem nach seinen Bedürfnissen und jeder nach seinen Fähigkeiten« –, das war hier nie praktiziert worden. Kommunismus war das nicht gewesen, nichts von einem menschlichen Antlitz, wenn es das überhaupt gab. Eine Clique von Apparatschiks hatte von den Russen die Erlaubnis erhalten, an ihrer Stelle Macht auszuüben und das – so wie es sich für Martin darstellte – mit wachsender Begeisterung und steigenden Vergünstigungen genossen und sich selbstständig gemacht. Alle Versuche weltweit, diesen Kommunismus zu praktizieren, waren gescheitert, aber der Kapitalismus produzierte nicht weniger Elend und Tote. Wenn Charlotte von einer ihrer Reisen in die Katastrophengebiete zurückkam, brauchte sie Wochen, um sich davon zu erholen. Es war an der Zeit, dass sie damit aufhörte.

Als er das Hotel verließ, nickte ihm der Nordamerikaner, der mit ihm eingecheckt hatte und jetzt in der Lobby vor einem Kaffee saß, freundlich zu. Erstaunt grüßte Martin zurück, es war das erste Lächeln an diesem Tag. Er zählte das Lächeln, es war so selten, dass er leicht die Übersicht behielt, und besser gelaunt machte er sich auf den Weg zum Strand. Das Meer würde ihm guttun. Bei der armenischen Kirche am Ende der Straße trat er ans Steilufer.

Es hätte ihn nach einer Woche in Rumänien nicht gewundert, wenn das Schwarze Meer tatsächlich schwarz gewesen wäre, aber es war grau und in der heißen Windstille zu Blei erstarrt. Es war ein Meer, wie er es noch nie gesehen hatte. Ihm fehlte jegliche Dimension von Weite, und er konnte sich vorstellen, dass dort, wo das Meer an den Himmel stieß, ein

Bretterzaun stand. Die Vorstellung, dass es einen Ausgang zum Mittelmeer geben sollte, war geradezu abwegig. Von dort waren die römischen Galeeren gekommen, hatten hier ihre nordafrikanischen Söldner ausgespuckt, die Söldner aus Kleinasien hatten gleichzeitig eine Brücke über die Donau gebaut und sich in Eilmärschen mit den Gelandeten verbündet. Dann wurden die dakischen Männer umgebracht und die Frauen vergewaltigt. Das war römische Zivilisation. Es war einer der Schrecken, die diesem Volk zugemutet worden waren. Der Trübsinn ergriff wieder von Martin Besitz.

Eine Treppe aus Schüttbeton führte durch wucherndes Gestrüpp hinunter zum Strand. Er hatte den Hauch des Meeres erwartet, stattdessen schlug ihm aus den verwilderten Büschen der Gestank von Urin entgegen, im ungemähten Gras des Steilhangs lagen Papierfetzen, Plastikflaschen und Kot – von Menschen und Hunden.

Als er noch überlegte, ob er weiter zum Wasser hinuntergehen sollte, kamen ihm zwei Männer entgegen, halbnackt und barfuß der eine, der andere trug ein zerrissenes Hemd, eine Anzughose und zwei verschiedene Turnschuhe. Die schweißüberströmten Männer schleppten einen alten Blechschrank. Der obere Teil war einigermaßen erhalten, unten herum war der Schrank total verrostet.

Kaum gelangten sie nach oben an die Promenade, krachte der Schrank donnernd wie der Gong eines hinduistischen Gebirgsklosters zu Boden, was alle Passanten zum Stehenbleiben veranlasste. Der Träger mit dem Hemd beschimpfte den mit nacktem Oberkörper, die Schaulustigen rückten näher. Das Publikum zeigte keine Reaktion auf das Gebrüll der Männer. Wahrscheinlich stritten die Hitzköpfe um die richtige Methode, wie man einen halb verrosteten Blechschrank transportiert, oder warfen sich gegenseitig Versagen vor. Es nutzte ihnen wenig, denn kaum hatten sie ihn aufgenommen, rutschte er dem Hintermann aus den Händen und gab mitleiderregende Knirsch- und Klagelaute von sich, worauf auch der Vordermann seinen Teil aufs Kopfsteinpflaster fallen ließ. Der Lärm rief immer mehr Menschen zusammen, sie säumten bereits die Straße. Die Debatte setzte sich fort, jetzt wurde allerdings dazu heftig gestikuliert. Die Zuschauermenge wuchs, aber niemand sagte ein Wort, kein Laut, kein Beifall, den die braun gebrannten Männer mehr als verdient hatten. Als nach weiteren zehn Metern der Schrank erneut zu Boden ging, hätte Martin durchaus Geld für das Schauspiel gegeben. Es war besser als alle öffentlich vorgeführten Skatertricks, Straßenmusikanten und zu Tränen rührende Bettler, die er in diesem Land bisher gesehen hatte. Dabei hatte die Situation in aller Komik durchaus eine tiefe Tragik, und er befürchtete, dass Lachen hier als unangebracht empfunden werden konnte. Also setzte er den Abstieg fort.

Der Strand war schmutzig, der Sand von den Schleuderspuren der Autos und Quads aufgerissen. Die Strandbuden hatten vor zwanzig Jahren ihre Hochzeit gehabt und dienten mehr als Aborte, wo Leitungen und Rohre, soweit noch vorhanden, aus den Wänden ragten. Vorn, auf dem weit ins Meer reichenden Wellenbrecher, wohin es Martin zog, um das, was in seinem Rücken lag, nicht sehen zu müssen, angelten vier Jungen. Eine mehrfach gebrochene Betonpiste, deren Platten sich wie Eisschollen übereinandergeschoben und verkeilt hatten, führte zu ihnen. Die Jungen, nur einer besaß eine Rute, die anderen wickelten ihre Angelschnure auf Flaschen, hatten nichts gefangen, es hätte Martin auch gewundert, wenn in diesem Meer Fische gelebt hätten. Er kletterte auf dem Wellenbrecher so weit wie möglich hinaus, um Constanţa hinter sich zu lassen, aber das Meer wurde deshalb nicht blauer, es roch nicht nach Meer, es war ruhiger, als er die Ostsee jemals gesehen hatte, und kein Schiff zeigte sich am Horizont, sie kamen nicht durch den Bretterzaun da hinten ...

Zurück auf der Promenade gewann er einen Blick über

ein Hafenbecken mit einem gewaltigen Bau an der Uferstraße, ein einzeln stehendes Gebäude, das alte Casino, Neobarock aus Marmor oder welcher Stil auch immer, alles war irgendwie neo, wahrscheinlich war auch die hiesige Spielart des Sozialismus irgendwie »neo« gewesen. Die rostigen Hafenkräne im Hintergrund stammten sicher aus jener Zeit, nur die Lichtreklamen des Kapitalismus waren von heute.

Dass der römische Kaiser Augustus den Dichter Ovid hierher verbannt hatte, wunderte Martin nicht im Geringsten. Tomi hatte die Stadt damals geheißen. Martin schaute hinauf zu der Bronze des Mannes in der Toga und hätte wahrscheinlich ein ähnlich verzweifeltes Gesicht gezogen, wenn er länger hätte bleiben müssen. Er war froh, am nächsten Tag weiterzufahren, denn dieser Stadt fehlte jene Offenheit, die Hafenstädten zu eigen war, oder auch jenen, die im Gebirge lagen und einen weiten Blick gestatteten. Er begann mit der Suche nach einem Restaurant; es war Zeit fürs Abendessen. Nach einer Stunde kehrte er zurück. Er hatte Plätze gefunden, wo er sich gern niedergelassen hätte, wo es aus der Küche angenehm duftete – der Geruch der Küche war für ihn fast wichtiger als der Blick auf die Speisekarte, die er sowieso nicht verstand –, doch die lückenlose Beschallung mit amerikanischer Popmusik, Stimmen, die so klangen wie Paris Hilton aussah, verleideten ihm jeden Appetit, und mürrisch betrat er das Hotel.

Der Amerikaner, der ihm vorhin so freundlich zugenickt hatte, saß immer noch in der Lobby, statt beim Kaffee jetzt hinter einer rumänischen Zeitung. Als Martin an ihm vorbeiging, fragte er ihn, ob er ein empfehlenswertes Restaurant kenne. »Auf das, was die Dame an der Rezeption empfiehlt, will ich mich nicht verlassen.« Die Hotels würden die Gäste immer dahin schicken, wo sie die meisten Prozente bekämen.

Martin musste ihn enttäuschen. »Ich habe im Reiseführer

gelesen, dass man im Casino gut essen soll, außerdem gibt es auf der Terrasse Musik.«

Der Gast bedankte sich, und Martin ließ sich den Zimmerschlüssel geben. Er legte sich aufs Bett und starrte an die Decke, nur um sich kurz darauf in die Joggingklamotten zu stürzen und wie gehetzt zum Hotel »Malibu« zu fahren, wo er am Strand entlanglief, bis sein Kopf einigermaßen klar war und er nicht länger mit seiner Aufgabe haderte. Sie war zu schaffen und zeitlich begrenzt, er war nicht verbannt wie der antike Dichter und er wollte sich mit dieser Stadt und den Menschen versöhnen. Die Dusche wusch die graue Farbe aus seinen Gedanken, die immer wieder zu Sofia, Tudor Dragos und Lucien zurückeilten. Er hatte ein ungutes Gefühl und er hätte zu gern gewusst, was tatsächlich zwischen den dreien ablief. Er würde sie alle bestimmt wiedersehen – hoffentlich unter angenehmen Umständen.

Er zog eine helle Hose an, streifte ein weißes Hemd über und fühlte sich endlich erleichtert. Von der Hotelterrasse im siebten Stock genoss er einen distanzierten Blick auf Constanţa. Die Stadt war zwar da, aber sie war weit genug entfernt, um ihn nicht zu berühren.

Auf der Speisekarte fand er einen *salată asortată*, was sicher ein gemischter Salat war, und das *biftec* konnte eigentlich nur ein Steak sein. Außerdem sprach der Ober Englisch und schien hilfsbereit. Als Martin nach einem Wein fragte, trat ein Herr lächelnd neben den Ober und schob ihn höflich, aber bestimmt beiseite:

»Gestatten? Herr Bongers, Martin Bongers? Man hat mir gesagt, ich würde Sie hier oben finden.«

»Wer hat ...?« Martin stand auf.

Der Fremde schüttelte seine Hand. »Elmar Harms. Ich habe Ihnen in Bukarest eine Nachricht zukommen lassen. Darf ich mich zu Ihnen setzen?«

Ohne die Antwort abzuwarten, nahm er Martin gegenüber Platz und sagte etwas zu dem Ober, der noch mit der Weinkarte am Tisch stand, überreichte ihm vorsichtig eine Flasche Rotwein, wobei seine Hand das Etikett zur Hälfte verbarg. Es war schwarz und grau mit silberner Schrift, Martin glaubte, aus den Linien, die von der Hand halb verdeckt waren, auf einen Kreis mit griechischen Buchstaben schließen zu können. Oder war es ein Tierkreiszeichen, eine Windrose? Er kannte Hunderte von Etiketten aus seiner Tätigkeit als Weinhändler. Ein derartiges jedoch war ihm noch nie begegnet, er hätte sich daran erinnert.

Harms war blond, trug das Haar kurz, hatte wässrig blaue Augen, er schien zu grinsen, aber sein Blick war ins Innere seines Gegenübers gerichtet, und er wirkte ziemlich aufgeweckt, ein Handelsvertreter, der seine Kunden mit ansteckender Fröhlichkeit gewann. Als wäre er eingeladen oder hier zu Hause, hängte er die Jacke seines Anzugs über die Lehne des Stuhls und nestelte an der Krawatte. Sie war nicht zu eng gebunden, es war eine Manie, die Martin schnell nervös machte.

»Es war richtig von Ihnen, das Hotel zu wechseln, obwohl ich mehr das Anonyme liebe. Aber auch hier sind wir unter uns.«

Martin stutzte und sah auf. »Wie – wie haben Sie mich gefunden, Herr … Harms?« Martin fand, dass dieser Nachname nicht zu seinem Gegenüber passte. Elmar vielleicht, aber Harms? Der Mann war kein Norddeutscher, seine Aussprache wirkte neutral und steril.

Harms lächelte, als ob sie sich lange kennen würden und gerade eben jemandem einen Gebrauchtwagen zum Preis eines neuen verkauft hätten. »Nachdem Sie nicht im ›Malibu‹ abgestiegen sind – einige Anrufe – so viele Hotels gibt es in Constanţa nicht.«

Wenn Harms vom »Malibu« wusste, gehörte er zu Tudor Dragos' Leuten. Sollte er ihn danach fragen? Hätte er ihn kennen müssen? »Was verschafft mir das Vergnügen Ihrer

Anwesenheit?« Distanzierte Höflichkeit war besser geeignet, sein Unwissen zu überspielen.

»Ich habe die Unterlagen mitgebracht.« Harms klopfte auf etwas hohl Klingendes unter dem Tisch. Martin hatte nicht bemerkt, dass er dort seinen Aktenkoffer abgestellt hatte. Es war sowieso schwierig, den Bewegungen von Harms' Händen zu folgen. Mal steckten sie in seinen Hosentaschen, dann lag eine auf dem Tisch, die andere im Nacken, oder er stemmte sie in die Hüfte.

»Von wem stammen die Unterlagen, wer schickt Sie?«

»Mich oder die Unterlagen? Herr Bongers. Übrigens, der Name gefällt mir.« Harms lachte, und in gespielter Empörung zog er Martins Namen in die Länge. »Es sind Freunde, die gern mit Ihnen arbeiten möchten, die Ihre Fähigkeiten schätzen, die vermeiden wollen, dass Sie Fehler machen.«

Es sind zu viele Freunde, eindeutig zu viele, die um mich besorgt sind, dachte Martin. Ich sollte mir ernsthaft Sorgen machen. So viele Menschen haben sich noch nirgends um mich gekümmert. »Ich kann ganz gut selbst auf mich aufpassen. Besten Dank«, sagte er ärgerlich.

»Glauben Sie das tatsächlich?« Harms klang ziemlich arrogant. »Darum geht es auch gar nicht, Herr Bongers. Sie kennen Ihren Auftrag, und den sollen Sie ausführen. So, da kommt Ihr Essen und auch Ihr Wein. Ich habe dem Kellner die Flasche gegeben, damit er den Wein kühlt und dekantiert. Er darf nicht zu lange atmen, er ist alt. Sie sollten ihn heute noch trinken, es kann sein, dass er rasch umkippt. Ich hoffe, er hat die ideale Temperatur.«

»Brutal gekühlt ist nichts für Wein.«

»Sie sagen es, Herr Bongers, Sie sind der Fachmann.«

»Glauben Sie nicht, dass Sie mich mit jemandem verwechseln, Herr Harms? Ich habe ganz den Eindruck, dass es sich um eine Verwechslung handelt. Ich kenne Sie nicht …«

»Lassen Sie es gut sein.«

»… ich habe in Bukarest lediglich eine E-Mail von Ihnen

bekommen und konnte nicht einmal antworten. Die Anschrift war falsch. Um was für Unterlagen geht es? Was soll ich damit? Was ist das für ein Wein? Was haben Sie eigentlich für Referenzen?«

»Dieselben wie Sie, Herr Bongers. Genießen Sie den Tropfen und machen Sie sich nicht zu viele Gedanken. Es hat alles seine Ordnung. Hier, wenn es Sie beruhigt.« Damit reichte er Martin eine Visitenkarte.

Öno-Consult International, Elmar Harms. Es folgte eine Anschrift in Köln und eine in Bukarest nebst der dazugehörigen Telefonnummer.

Dieser Harms hat dieselben Referenzen wie ich?, fragte sich Martin erschrocken. Dann weiß er von der SISA und weiß, wer ich bin?

Harms sah sich um, sie waren die einzigen Gäste auf der Terrasse, er entnahm seinem Aktenkoffer eine Zeitung, legte sie auf den Tisch und stand auf. »Ich wünsche Ihnen viel Spaß bei der Lektüre. Leider gibt es so viele schlechte Nachrichten. Da freut man sich besonders über die guten.« Er deutete auf die Karaffe. »Genießen Sie ihn. Etwas so Wunderbares werden Sie selten zuvor genossen haben und in Ihrem Leben kaum wieder vorgesetzt bekommen. Guten Abend.«

Harms zog die Jacke wieder an, gab Martin nicht die Hand, drehte sich abrupt um und war mit wenigen Schritten im Fahrstuhl verschwunden, noch bevor der Ober den Salat brachte.

Wie vor den Kopf geschlagen starrte Martin vor sich hin, blickte den Wein an, dann die Zeitung, einen Augenblick überlegte er, diesem Harms zu folgen, doch als er aufstehen wollte, vertrat ihm der Ober mit dem Salat in der Hand den Weg und Martin ließ sich auf seinen Stuhl zurückfallen.

Das Dressing war langweilig, auf der Anrichte unter dem Terrassendach stand keine Menage, weder Öl noch Essig, womit man den Salat hätte verbessern können. Mit dem Wein wollte er warten, bis das Fleisch kam, obwohl ein Hauch vom Duft des Weins wie der Geist aus Aladins Wunderlampe der Karaffe entwich. Er erinnerte sich an eine ähnliche Begebenheit – noch zu seiner Zeit als Weinhändler – in einem Restaurant im katalanischen Priorat. Damals hatte es sich um den großartigen Clos Mogador des berühmten Winzers René Barbier gehandelt.

Nein, auf so einen Wein konnte Martin nicht warten, welche Zweifel er an dem Überbringer auch hegen mochte. Er schenkte den Wein, dem man die leichte Braunfärbung des hohen Alters am Rand bereits ansah, zwei Finger breit ins Glas. Es war gar nicht nötig, die Nase hineinzustecken, um die Aromen wahrzunehmen. Dieses Gewächs war durch die lange Lagerung besser als die Weine, die er machte, besser als die vieler bekannter Winzerkollegen, er war grandios, einmalig, wundervoll. War das eines der fantastischen Bordelaiser Gewächse? Oder hatte Tudor Dragos etwa recht, und es gab in Rumänien ähnlich große Weine?

Bei diesem hier handelte es sich zweifellos um eine Cuvée aus Cabernet Sauvignon und Merlot. Da war die Kraft, die Struktur und die Ernsthaftigkeit, und da waren die Tannine vom Cabernet sowie das Aroma von Schwarzer Johannisbeere, etwas Leder und Schokolade. Gleichzeitig zeigte sie die Geschmeidigkeit der Merlot-Traube, seiner Traube, die Frucht, die Kirsche, etwas vom typischen Früchtekuchen und alles harmonisch zusammengefügt, dicht und intensiv. Die Säure hielt den Wein am Leben, die Süße machte ihn spielerisch. Es stimmte, was Elmar Harms behauptet hatte.

In der Tat, ein großer Wein, im Moment seiner höchsten Reife! Wenn ich es schaffe, mit dem, was ich selbst vorhabe, annähernd diese Qualität zu erreichen, dachte Martin, kann ich mich glücklich schätzen. Und wenn ich herausfinde, woher dieser Wein kommt, wenn es dort Land zu kaufen gibt, können Coulange und die SISA sich glücklich schätzen.

Das Essen interessierte Martin nicht mehr, er saß über das Glas gebeugt und atmete den Wein statt zu trinken, oder er trank ihn vielmehr mit der Nase. Er versuchte sich vorzustellen, auf welchem Boden der Wein entstanden war, welche Klone für das Ausgangsmaterial verantwortlich gewesen waren und wie man ihn vinifiziert hatte. Er überlegte, wie er diese Fragen beantworten und an das Geheimnis dieses Wein kommen könnte. Denn da spielte neben Cabernet Sauvignon und Merlot eine weitere Rebsorte mit.

»Könnte ich die Flasche bitte sehen?«

Der Ober schüttelte den Kopf. »Sorry, der Herr vorhin – er hat sie mitgenommen, aber ich habe versucht, den Text auf dem Etikett zu lesen. Es war kyrillische Schrift, glaube ich, bulgarisch oder russisch, vielleicht, doch der Name stand auch lesbar drauf, den habe ich erkannt – er hieß Zodiac!«

8

Es hatte eine Weile gedauert, bis Martin das System erkannt hatte, nach dem die Liste aufgebaut war. Die Namen der Makler, der Anwälte, ihrer Kanzleien und potenzieller Verkäufer sowie die von Personen, in der Rubrik »nützlich« aufgeführt, waren nach Regionen gegliedert. Er hatte eine Landkarte zur Hand nehmen müssen: Muntenia war mit der Walachei identisch und reichte von den Karpaten bis hinunter an die Donau. Am jenseitigen Ufer begann Bulgarien. Das Gebiet Dobrogea, wo er sich gegenwärtig aufhielt, grenzte im Osten ans Schwarze Meer und an die Ukraine, darüber, weiter nördlich, lag Moldova. Alles »böhmische Dörfer«, obwohl er nicht eines kannte. Der Spruch war so blöd wie »irgendwo in der Walachei«.

Wenn er hier in Murfatlar seine Arbeit beendet hätte, wollte er nach Odobeşti, es lag zwanzig Kilometer von Focşani entfernt, der nächsten größeren Stadt, wo ihn der Dolmetscher treffen wollte. Beide Orte lagen nordöstlich des Weinbaugebietes Dealu Mare, wo angeblich die besten Rotweine Rumäniens herkamen. Wenn das stimmte und wenn der Zodiac ein rumänischer Wein war, kam er womöglich von dort. Vom Boden und dem Klima her musste sein Ursprungsgebiet ideal sein. Dann fehlten noch die richtigen Rebstöcke und die Hand eines großartigen Winzers. Bei dem Alter des Weins – er war sicher seine dreißig Jahre alt – war es zweifelhaft, ob der Mann überhaupt noch lebte und ob das

Weingut nicht längst irgendwelchen sozialistischen Enteignungen oder kapitalistischen Bodenreformen anheimgefallen, verkauft und aufgeteilt war. Martins Spürsinn hatte angesprochen, er hatte eine Duftspur entdeckt, von der er nicht mehr lassen wollte – oder konnte? Duft und Geschmack des Zodiac hatten sich unauslöschlich in sein olfaktorisches Gedächtnis geschrieben. Am liebsten wäre er sofort nach Dealu Mare aufgebrochen, aber Murfatlar stand auf dem Programm.

Wie ließe sich Harms Liste sinnvoll einsetzen? Wenn Martin alle aufgeführten Personen besuchen würde, wäre er mit seinem Bericht in zwei Monaten noch nicht fertig. Aber am Einschlafen hatten ihn ganz andere Fragen gehindert: Woher kannte Harms seinen Auftrag? Bestand zwischen ihm und der SISA eine Verbindung? Stand er mit Sofias Chef, mit ihr oder Lucien in Verbindung? Martin erinnerte sich an das, was er zwischen den Geschwistern als heimliches Einverständnis wahrgenommen hatte, als er nach dem Namen gefragt hatte. Oder kam noch jemand ganz anderes infrage? Einer der Winzer vielleicht, mit denen er in den nächsten Wochen Besuche vereinbart hatte?

Die Frage hielt Martin wach, er warf sich im Bett von einer Seite auf die andere, hörte die Stimmen von der Straße, Fahrgeräusche, zuklappende Autotüren, die Toilettenspülung und das Schnarchen aus dem Nebenzimmer. Wie viel entspannender wäre das Rauschen des Meeres gewesen, wenn er im »Malibu« ein Zimmer mit Meerblick genommen hätte. War Harms ihm von dort aus gefolgt? Dann ließ ihn die Hitze nicht schlafen, doch hätte er die Klimaanlage eingeschaltet, wäre er am nächsten Morgen mit Halsschmerzen aufgewacht. Er musste herausbekommen, wer dieser Harms war, was er wollte und wer ihn geschickt hatte. Sich mit den Personen auf der Liste zu beschäftigen lenkte zu sehr von seiner eigentlichen Aufgabe ab. Er musste ein Weinbaugebiet finden, wo gute Weine wachsen konnten, und dort Weinberge finden, die zum Verkauf standen. Alles andere waren Nebensächlichkeiten. Also sollte er auch Harms als eine solche betrachten.

Da war noch eine andere Frage, die durchaus mit seiner Aufgabe in Verbindung stand, und sie betraf den Wein. Einen ähnlich bemerkenswerten Tropfen hatte er lange nicht vorgesetzt bekommen. Woher kam der Zodiac wirklich? Weshalb standen griechische Buchstaben auf dem Etikett? Hatte der Ober sich womöglich geirrt? Waren es die Rebsorten, die Martin vermutete, denn es gab noch diesen fremden Ton, der nicht dazu passte. Welchen Jahrgang hatte er probiert? Und die dümmste Frage von allen, weil sie mit einem Warum begann, lautete: Warum hatte Harms ihn all das nicht wissen lassen? Sein Wein musste sich nirgends verstecken, er war durchaus zu vergleichen mit großen Namen wie dem Clos Mogador, dem Barbaresco Angelo Gajas oder Martins über alles geschätztem Pinot Noir von der Domaine Marchand-Grillot, einem Gut der Côte d'Or im Burgund. Ich werde die Liste kopieren und sie an Sichel schicken, dachte er. Sein Freund in Frankfurt hatte sich auch um die SISA gekümmert und nichts herausgefunden, zumindest nichts Nachteiliges. Möglich, dass man zu dem einen oder anderen Namen weiter recherchieren konnte …

Als er aufwachte, glaubte er, vom Zodiac geträumt zu haben, und trotzdem war keine Frage beantwortet. Auch beim morgendlichen Strandlauf am Meer entlang klärte sich nichts. Das Einzige, was er sich vorstellen konnte, war, auf eine Fährte gelockt worden zu sein. Aber das war lächerlich, und es konnte nur jemandem einfallen, der ihn sehr gut kannte und wusste, dass, wenn seine Nase erst einmal die Witterung aufgenommen hatte, sie ihn und sein Handeln beherrschte. Er kam sich vor wie ein Jagdhund, kaum Herr seines eigenen Willens, er musste der Beute folgen, egal wer oder was ihn zurückhielt. Der Schlamassel, durch den er hindurchmusste, war ihm gleichgültig. Das Gefühl, in etwas hineinzugeraten, das er nicht durchschaute, das ihn bereits in Bukarest beschlichen hatte, verstärkte sich mit jedem Schritt über den schmuddeligen Sand.

Noch ist Zeit, die Reise abzubrechen, dachte er und lief auf die aufgehende Sonne zu. Ich habe bislang nicht zu viel investiert, der Schaden ist noch nicht zu groß, er lässt sich beheben, auch kann ich der SISA gegenüber das Gesicht wahren. Hier geschieht etwas, das ich nicht durchschaue, wer weiß, wohin mich der Auftrag führt und ob ich bereits an der Nase herumgeführt werde.

Doch die Hellsichtigkeit dieses Augenblicks wurde von einem Quad gestört, das ihm auf seinem Weg zum Wasser den Weg abschnitt.

Der nächste Gedanke galt Sofia. Er nahm sich vor, sie anzurufen und auf Harms anzusprechen, er wollte sich baldmöglichst mit ihr in Bukarest treffen. Außerdem hatte sie versprochen, ihm die wahre Geschichte von Graf Dracula zu erzählen und was historisch hinter dieser unheimlichen Figur des Vampirs und den Holzpflöcken stand. Angeblich hatte der Fürst Vlad Tepes als Vorlage gedient, Vlad Tepes, der Pfähler, der fünfhundert gefangene türkische Soldaten, die Vorhut der Armee, hatte pfählen lassen.

Ungeduldig lief Martin nach dem Duschen in seinem Zimmer auf und ab und schaute auf die Uhr. Er wollte nicht vor der üblichen Bürozeit die Telefonnummern auf Harms' Visitenkarte ausprobieren. Er schloss die Liste im Koffer ein und ging frühstücken. Unter dem Vordach der Terrasse war das Büfett aufgebaut, bis auf einen waren die wenigen Tische besetzt, sodass ihm gar keine Wahl blieb. Angeblich betrachteten es die Rumänen als grobe Unhöflichkeit, wenn man sich zu ihnen setzte. Als er sein Frühstück zusammengestellt und sich gerade gesetzt hatte, trat der Nordamerikaner aus der Lobby an seinen Tisch.

»Darf ich mich zu Ihnen setzen?«, fragte er lächelnd in breitestem amerikanischem Englisch und legte die Hände auf die Stuhllehne. »Marc Simion, *I am from America.*«

USA hieß das immer noch, Vereinigte Staaten. Was glauben diese Amis eigentlich?, ärgerte sich Martin. Dass es reicht zu sagen, woher sie kommen, und schon hätten alle ihnen den nötigen Respekt zu erweisen? Wie ein Nordamerikaner sieht er nicht aus, dachte Martin, aber wie sehen Nordamerikaner aus? Und er starrte auf den Adamsapfel, der beim Sprechen auf und nieder hüpfte. Nachdem er genickt hatte, widmete er sich der Melone. Eigentlich war ihm die Nationalität, die Hautfarbe oder Religion eines Menschen völlig schnuppe, solange die Leute in Ordnung waren und ihm mit irgendwelchen daraus abgeleiteten Dogmen nicht auf den Geist gingen. Das »Wir«, das er in Frankreich gebrauchte, bezog sich nicht auf die Franzosen, es bezog sich auf die Menschen, in deren Mitte er lebte und die ihn als einen der ihren betrachteten.

Marc Simion ging zum Büfett. Er mochte um die sechzig sein, hatte eine hohe Stirn, die in eine Halbglatze überging, das kurz geschnittene Haar war an den Schläfen ergraut. Eine Brille saß vorn auf der langen, schmalen Nase. Er musste sich schon länger an der See aufhalten, denn er war braun gebrannt, als käme er aus dem Urlaub, aber wie ein Badeurlauber sah er nicht aus. Simion trug eine helle Leinenhose, ein feines blaues Hemd und darüber, trotz der Wärme, ein leichtes Sakko. Auch beim Schuhwerk war er konservativ, statt Turnschuhen trug er geflochtene Lederschuhe. Grinsend kam er mit einem Teller voll Ruhrei, Bacon und geschmorten Tomaten zurück und bat die Bedienung um Kaffee.

»Machen Sie Ferien hier an der Küste?«, fragte er kauend.

Martin, dem nicht nach einer Unterhaltung zumute war, antwortete kurz angebunden. »Ich bin geschäftlich hier.«

Wenn er Ferien machte, was selten geschah, dann begleitete er höchstens mal Charlotte, sonst erforderten der Weinberg, die Garage und der Weinverkauf seine ständige Anwesenheit in Saint-Émilion. Er hätte sich an dem strahlenden Morgen lieber an Charlotte erinnert, an ihren Blick, ihren Duft, er hätte gern von seinem Zuhause geträumt, von seinem Haus und dem späten Frühstück im Garten, für das sie sich stets Zeit nahmen, statt dem Amerikaner zuzuhören, der anscheinend dringend Publikum brauchte. Dabei war ihm der Mann nicht unsympathisch.

»Meine Großeltern stammen von hier«, erzählte er. »Sie waren Rumänen, sie sind vor dem Krieg ausgewandert. Die Not hat sie getrieben. Meine Eltern sind bereits in Georgia geboren, wir sind Amerikaner, verstehen Sie?«

Martin verstand, wenn es bedeuten sollte, dass Simion auf seine Nationalität stolz war. Stolz? Das war eines dieser Worte, mit denen er nichts anfangen konnte. Wie konnte man auf einen Geburtsort oder eine Nationalität stolz sein? Das war ja bereits bei der eigenen Leistung schwierig, da wusste man selbst kaum, was eigenes oder fremdes Zutun, Glück oder Zufall war. Eine Sekunde lang schauderte ihm bei dem Gedanken, hier am Schwarzen Meer geboren worden zu sein.

»Anfang letzten Jahres ist meine Frau an Krebs gestorben, wissen Sie, es war eine lange Krankheit, ich habe sie bis zuletzt gepflegt und begleitet ...«

»*I am sorry*«, murmelte Martin, er verabscheute diese Floskel, nicht ein US-Film konnte darauf verzichten.

»Oh, das war eine schwere Zeit für mich, nein, das wünsche ich niemandem, ja, jeder muss sein Schicksal tragen. Und jetzt habe ich Zeit, viel Zeit, zu viel Zeit, und da habe ich gedacht, jetzt, wo in Rumänien alles anders ist, wo die Kommunisten weg sind, besuche ich meine alte Heimat. *Back to the roots,* verstehen Sie?«

»Und – haben Sie die Wurzeln gefunden?« Martin beschlich das Gefühl, dieses Gespräch bereits häufiger geführt zu haben.

Simion zögerte. »Ja vielleicht, sicher, aber anders, als ich gedacht habe.«

»Und was haben Sie gefunden?« Martin fragte mehr aus Höflichkeit, als dass es ihn interessierte.

»Ich bin noch nicht lange hier, ich spreche die Sprache nicht, da bleibt man draußen, obwohl viele Leute Englisch sprechen und wir Amerikaner hier sehr beliebt sind, beliebter als in vielen anderen europäischen Ländern. Sie sind aus Frankreich?«

Martin stutzte. »Nein, ich bin Deutscher«, sagte er ausweichend. Die Kurve hatte er noch im letzten Moment gekriegt. Wie kam Simion darauf?

»Geschäftlich – was bedeutet das? Bitte, entschuldigen Sie, aber ich bin neugierig. Hier ist so vieles geschäftlich. Was ist Ihr *business?*«

»Der Wein ...«

»Der Wein?« Simions Stimme schaltete auf Begeisterung um. »Großartig, wirklich großartig. Ich liebe Wein. Ich bin ein Fan guter Weine. Sie haben sicherlich gehört, dass Robert Mondavi gestorben ist? Schade um ihn, ein großer Mann.« Simion seufzte. »Schrecklich, dass die guten Leute immer zu früh sterben ...«

»Er ist immerhin vierundneunzig Jahre alt geworden.«

»Ich war noch vor drei Jahren in Oakville im Napa Valley, noch zu Lebzeiten meiner Frau, wir haben den Opus One probiert«, Simion verdrehte die Augen, während er von einem Würstchen abbiss, »ein Traum von einem Wein. Eine Legende, der Wein so gut wie der Mann. Sie wissen, dass er und Baron Philippe de Rothschild damals auf Hawaii die Idee zu dem gemeinsamen Weingut hatten? Rothschild – von Château Mouton-Rothschild. Auf Hawaii – unglaublich ...«

Normalerweise verabscheute Martin Leute, die mit ihrem Weinwissen hausieren gingen. Er wurde dann still und tat, als ob er zuhörte, dabei sah er sich die Klugscheißer ganz genau an, und langsam glaubte er, sie, wie auch die Etiketten- und Punktetrinker, von Weitem zu erkennen. Sie zu beobachten war eine Art Sport geworden. Aber Simion machte nicht den Eindruck, dass er protzte. Er schien aufrichtig begeistert, er strahlte, so wie die meisten Amerikaner, die Martin kannte, die sich in aufschäumender Begeisterung ergingen, doch der Schaum sackte meist so schnell in sich zusammen wie der eines zu schnell gezapften Bieres.

»Sie haben den Opus One probiert? Aus welchem Jahr?«

»Ich weiß es genau, es war der Jahrgang 2000, der größte Teil war Cabernet Sauvignon, etwas Merlot in der Assemblage und Cabernet Franc, und, soweit ich mich erinnere, auch Petit Verdot ...«

Martin war überrascht. Der Mann hatte tatsächlich Ahnung. Als Gaston noch lebte und er als Weinhändler nur Einkaufspreise zahlen musste, hatten sie sich mal eine Flasche geleistet, aus reiner Neugier.

Simion sah ihm das Erstaunen an. »Hätten Sie nicht gedacht, dass ich das weiß, nicht wahr? Ha, okay, soll ich Ihnen noch sagen, dass der Wein mehr als vierzig Tage auf der Maische war und dass er nur in französischen Barriques ausgebaut wird?« Simion grinste breit und schaufelte Rührei in sich hinein. »Wein ist mein Hobby«, sagte er kauend, »die letzte Leidenschaft eines alten Mannes. Ich hoffe, auch hier den einen oder anderen Tropfen zu finden, aber leider kenne ich mich nicht aus. Ich weiß nicht, wo ich mit der Suche anfangen soll. Wenn Sie mit Wein zu tun haben, wozu würden Sie mir raten?«

»Lassen Sie mich nachdenken«, antwortete Martin, nahm seinen Teller und ging zum Büfett. Während er sich am Quark, Schafs- und Ziegenkäse bediente, dachte er daran, Simion vielleicht nach Murfatlar mitzunehmen. Er könnte ihn testen, ihm die allgemeinen Fragen überlassen, sich selbst im Hintergrund halten und die Gesprächspartner in Ruhe beobachten. Eingreifen konnte er immer noch. Aber er durfte es Simion nicht zu leicht machen, er musste ihn dazu bringen, ihn darum zu bitten. Gab es einen Grund, weshalb Simion nichts von seinem Auftrag erfahren durfte? Nein, seine Tarnung allerdings musste er ihm gegenüber genauso aufrechterhalten wie gegenüber allen anderen.

»Sprechen Sie Französisch?« Martin musste es wissen, um sich nicht beim Telefonieren überraschen zu lassen, außerdem beunruhigte ihn, dass Simion gefragt hatte, ob er aus Frankreich stamme. Eigentlich merkwürdig, denn Franzosen sprachen Englisch immer mit deutlich erkennbarem Akzent. Hatte er sich den eventuell angewöhnt und merkte es selbst nicht? Das wäre gefährlich.

»Das Vergnügen, diese wunderbare Sprache zu lernen, hatte ich leider nicht, aber ich habe Frankreich bereist, ich war im Burgund, in Bordeaux und in der Champagne, überall mit meiner Frau – und in Paris – da natürlich ohne sie.« Simion grinste anzüglich. »Es hat ihr sehr gefallen, wir waren begeistert.«

Er schwärmte weiter, vom Louvre, den Tuilerien, Versailles, dem Invalidendom und von Napoleon als Vorreiter eines modernen und vereinten Europas.

Martin hielt Bonaparte eher für einen größenwahnsinnigen Massenmörder. Um den Schwärmereien ein Ende zu machen, sprach er davon, dass er vorhabe, den wichtigsten Weinregionen Rumäniens einen Besuch abzustatten.

Simion zeigte sich überaus interessiert, er lächelte verhalten und zierte sich, bevor er sich eine Frage gestattete. »Kann man ... ich meine, unter Umständen vielleicht mitkommen? Sich mal, nur für einen Augenblick, Ihnen anschließen? Vielleicht, ich meine nur, eventuell, es könnte ja sein. Ich will nicht stören, auf keinen Fall, ich will Sie bei Ihrer wichtigen Arbeit nicht belasten, aber mit einem Experten reisen? Das wäre großartig. Nur einen Tag? Sind Sie Önologe oder Winzer?«

Darauf war Martin vorbereitet, man hatte ihm die Frage bereits in Bukarest gestellt. Er hätte es auch gefragt. »Ich bin Agronom und habe mich mit Kellerwirtschaft beschäftigt, ich habe damit eine Art Grundausbildung im Weinbau durchlaufen.« Das ließ sich mit dem Wissen, das er sich als Weinhändler und später als Winzer angeeignet hatte, untermauern. Und auf die Idee, ein Diplom zu verlangen, kam niemand.

Während er sich über den Käse hermachte, sprach Simion von seiner bisherigen Reise, dass er seinen Sohn gebeten habe, ihn zu begleiten, ihm auch angeboten habe, die Reise zu bezahlen, aber der Sohn sei beruflich sehr eingespannt, und seine Tochter wollte ihren Mann und die Kinder nicht allein lassen. So hätte er zu seinem Bedauern allein reisen müssen. Aber wenn es Martin nicht zu viel ausmache – er würde ihn heute sehr gern begleiten, er würde sich ruhig verhalten: »Ich stelle auch keine dummen Fragen.«

Martin versprach, darüber nachzudenken. Jetzt hätte er allerdings dringend etwas zu erledigen. Er wollte Sofia und Harms anrufen, dann seine Liste kopieren und an Sichel schicken. Er musste zur Post. Simion würde bis Mittag von ihm hören. Er würde gegen vierzehn Uhr aufbrechen, bis zum Weingut sei es nicht weit.

»Ich weiß«, sagte Simion, »ich bin daran vorbeigekommen.« Er stand auf und schüttelte Martin herzlich die Hand. »Ich heiße eigentlich Simionescu, rumänisch, wissen Sie, aber in Amerika haben wir die letzten vier Buchstaben weggelassen. Man passt sich an. Nennen Sie mich Marc.«

»Die von Ihnen gewählte Rufnummer ist leider nicht verfügbar!«

Unter der Festnetznummer war Harms nicht zu erreichen – und die Mobilfunknummer? Sie war besetzt. Also versuchte er es bei Sofia im Ministerium. Die sei heute nicht zur Arbeit gekommen und habe sich auch nicht entschuldigt, erklärte die Frau, die das Gespräch entgegennahm, vorwurfsvoll. Lucien habe sich heute freigenommen, sagte ein freundlicher Kollege des Riesen und gab Martin die private Rufnummer, wo sich auch niemand meldete. Dann wieder Harms, wieder besetzt. Zumindest konnte er beim Weingut den Termin für den Nachmittag bestätigen lassen. Ärgerlich machte Martin sich auf den Weg zur Post, an der er gestern vorbeigekommen war. Hoffentlich würde er sie wiederfinden. Er sollte dort auch einen der Briefe abschicken, die Lucien ihm mitgegeben hatte. Aber Sofias Bruder stand nicht als Absender auf dem Umschlag.

9

Ließ Rumäniens Regierung die Post absichtlich verkommen, um sie dann zu einem niedrigen Preis an einen Investor zu verkaufen? Ein derart heruntergekommenes Postamt hatte Martin bislang noch nirgends gesehen. Zwanzig Jahre waren seit dem Untergang des Kommunismus vergangen – was hatten sie hier seitdem gemacht?

Sichel hatte seine Adresse in Frankfurt nie geändert. Solange Martin den Versicherungsmakler kannte, wohnte er als Schnecke in einem kleinen Einfamilienhaus mit einem verwilderten Garten. Sichel hasste Umzüge, er hasste es, wenn seine Mandanten umzogen und in allen Dokumenten die Anschrift geändert werden musste. Und er hasste neue Telefonnummern. Seit Gastons Tod war Sichel Martins bester Freund. Er wusste fast alles von ihm, kannte seine finanziellen Verhältnisse, hatte mit ihm die Kreditverträge für den Kauf der neuen Weinberge aufgesetzt, er war sein Trauzeuge gewesen und er machte jedes Jahr bei ihm Ferien und half bei der Lese. Sichel war sein Anlageberater, sein Versicherungsmakler, Geldbeschaffer und seine Auskunftei.

»Da gibt es irgendwelche Verbindungen zu einer Holding mit Sitz in Atlanta, aber das braucht dich nicht zu interessieren, heute gehört jede Firma irgendeiner anderen, jede gehört allen, und keinem gehört nichts. Sie haben alles so miteinander verbandelt, damit keiner durchblickt, vor allem nicht die Finanzämter. Aber bei der SISA habe ich nichts gefunden. Entweder sind sie wahnsinnig geschickt oder sauber.«

Erst nach dieser Auskunft war Martin bereit gewesen, den Vertrag mit der SISA zu unterschreiben. Jetzt schrieb er Sichels Adresse aufs Kuvert, schob die fünf Kopien hinein, eine davon mit der Bitte, sich anderweitig nach einem »Zodiac« zu erkundigen, das Internet hätte er bereits danach durchforstet. Und während er das tat, hatte er zum ersten Mal selbst das ungute Gefühl, beobachtet zu werden. Hatte er sich bei Sofia oder Lucien angesteckt? Er ließ den Kugelschreiber wie unbeabsichtigt fallen und sah sich beim Bücken diskret um, aber die beiden alten Frauen und der Mann hinter ihm interessierten sich mehr für den runtergefallenen Kugelschreiber als für ihn. Die Frau hinter dem Postschalter betrachtete ihn ausdruckslos, als könnte sie in ihrem Leben nichts und niemand aus der Ruhe bringen. Sogar stoisch oder gleichgültig zu sein wäre für sie ein extremer Gefühlsausbruch, so absurd das auch klang. Sie nahm den Umschlag, klebte die Marken darauf und schob Martin einen Zettel mit den zu zahlenden Gebühren zu. Er lächelte, bedankte sich, aber das leere Gesicht bediente bereits den nächsten Sturkopf.

Martin betrachtete das Postamt von außen, die vertrockneten Büsche davor, die eingeschlagenen Scheiben der Telefonzelle, das abgeschabte Treppengeländer und die Box des Losverkäufers, deren unteres Ende so vom Rost zerfressen war wie der Schrank, der gestern vom Strand heraufgebracht worden war. Ob die beiden Männer noch immer unterwegs waren, oder hatten sie ihn irgendwo liegen lassen?

Während er zur Straße ging, wo sich die skurrile Szene abgespielt hatte, wägte er ab, welche Vorteile ihm Simions Begleitung einbrachte. Der Mann, noch ein Verlorener auf der Suche nach längst vertrockneten, ausgerissenen oder gekappten Wurzeln, tat ihm leid. Seine Frau war tot, die Kinder hatten keine Zeit, er war in Rente – Martin könnte es mit ihm ein oder zwei Tage lang ausprobieren. Wie ließ sich seinen Gesprächspartnern gegenüber Simions Anwesenheit erklären? Außerdem erwartete er den Dolmetscher, der mit ihm deutsch reden würde, der Amerikaner hätte nichts davon. Die Situation nagte an seiner Laune, Martin spürte seinen Missmut, wie immer, wenn er unentschieden war und sich zu etwas durchrang, was er im Grunde genommen nicht tun wollte. Egal was er auf dieser Reise begann, es endete in Frustration. War Simion die Ausnahme? Wenn nein, könnte er sich auf der Stelle von ihm trennen, wenn ja, dann sollte er es versuchen.

Sie fuhren mit zwei Wagen hintereinander aus der Stadt heraus über ein breites Asphaltband, eingerahmt von ärmlichen Häuschen und wild wuchernden Gärten. Die Straßenränder waren mit Wahlplakaten zugeklebt, der Himmel von quer über die Straße gespannten Spruchbändern verdeckt. Von rechts, von links und von oben sahen wichtig dreinblickende Politiker Vertrauen heischend auf Martin herab, Gesichter von Apparatschicks der Parteien, Verbände, Gewerkschaften und ähnlich obskurer Organisationen. Kommunalwahlen standen bevor, eine neue alte Riege war angetreten, sich aus der maroden Staatskasse und dem prallen Geldsäckel der Europäischen Union zu bedienen. Die Gegenleistung würde katastrophal sein. Aber die Zukunft sollte besser werden, das meinte Martin, einem der Plakate entnommen zu haben.

Darüber hinaus verwirrten ihn die am Straßenrand liegenden Hunde, er fürchtete, sie könnten aufschrecken und ihm vor den Wagen laufen. Hunde streunten hier wie in Bukarest durch die Straßen, herrenlose Köter, einzeln oder als Meute, denen Futter auf den Gehsteig gestellt wurde. Dass seine Befürchtungen berechtigt waren, zeigten die plattgefahrenen Kadaver, ausgetrocknet oder noch blutig, und je häufiger er sie sah, desto mehr ekelte er sich davor.

Die Schrott sammelnden Kinder erinnerten ihn an die

Szene am Vortag. Jetzt erst verstand er den Sinn der skurrilen Aktion am Steilufer. Die Männer waren Schrottsammler – und er hatte sich gefragt, was man mit dem verrosteten Schrank anfangen könnte. Die Jungen hier waren dunkelhäutig und ebenfalls halb nackt, rotzfrech diskutierten sie mit Erwachsenen, zumindest sah es Martin so, als sie die Kreuzung überquerten und sämtliche Fahrzeuge zum Anhalten zwangen. Er hielt sie für Zigeuner.

Bis nach Murfatlar brauchten sie eine halbe Stunde.

Er war nie in Begleitung auf Weingütern erschienen, auch nicht mit anderen Weinhändlern, denn jeder versuchte, für sich die besten Konditionen auszuhandeln, den Konkurrenten die Bezugsquellen nicht zu verraten und sich nicht in die Karten sehen zu lassen.

Das Weingut hatte er bereits gestern passiert, der Flachbau auf der Anhöhe, im Stil der Sechzigerjahre des letzten Jahrhunderts, verdeckt von einigen Bäumen, war ihm aufgefallen, besonders die lange Baumreihe, die dort hinführte, gefiel ihm. Die Straße jedoch weniger. Die Lücken zwischen den Betonplatten waren breit und tief, die Platten gebrochen. Auf der rechten Seite zogen sich von Wirtschaftswegen abgegrenzte Weingärten weit ins Land, links wurden sie vom nahen Dorf begrenzt. Im Süden reichten sie bis weit über die Bahnlinie hinaus, bis an den Donau-Schwarzmeer-Kanal. Nach Norden hin verloren sich die Rebzeilen im Dunst. Und das war bei Weitem nicht die gesamte Fläche. Zum Weingut gehörten mehr als zweitausendzweihundert Hektar, das entsprach der Hälfte von Saint-Émilion, und das gesamte Rheingau umfasste gerade mal siebenhundert Hektar mehr ...

Simion und Martin parkten ihre Wagen gegenüber vom Haupteingang im Schatten. Martin blieb sitzen, er rief Sofia noch einmal an.

»Ich kann Ihnen jetzt schon mehr sagen«, flüsterte die vorwurfsvolle Sekretärin in den Hörer. »Sie hatte einen Unfall, ist mir gesagt worden. Sie kommt heute auf keinen Fall mehr ins Ministerium – habe ich gehört –, sie ist im Krankenhaus. Mehr weiß ich auch nicht.«

Einen Unfall? Martin erschrak. Er war wie vor den Kopf gestoßen. Vor seinem inneren Auge spulten sich die Bilder vom Gespräch im Ministerium und vom Ausflug mit ihr und ihrem Bruder ab, er erinnerte sich an ihre Unruhe und den unsteten Blick. Ein Unfall?

Es klopfte an die Scheibe, Martin schrak auf. Simion lächelte auffordernd an der Wagentür, und Martin erwachte aus seiner Starre. Gemeinsam gingen sie auf das Verwaltungsgebäude zu. Es wirkte abgeschabt und verbraucht. Linkerhand standen neue Tanks aus Edelstahl, eine Kolonne gewaltiger Kessel, die Halle dahinter war wie die anderen in den Zeiten des kollektiven Weinbaus errichtet worden und reif zum Abriss. Aus jener Epoche mochten auch die Farben der Gebäude stammen, ein schmutziges, dunkles Gelb und ein verwaschenes Bordeauxrot. Das hier war keine Kellerei, es war eine Weinfabrik, der noch immer das Stigma der landwirtschaftlichen Produktionsgenossenschaft anhaftete. Es war nicht das, was man sich landläufig unter einem Weingut vorstellte.

In der Empfangshalle wurden sie erwartet. Martin hatte angerufen und Simion als einen amerikanischen Kollegen angemeldet. Hier machte alles einen sauberen und gepflegten Eindruck, doch es war ein wenig wie eine Zeitreise. Man begleitete sie ins Werksmuseum, zeigte ihnen Amphoren und mit Weinlaub verzierte steinerne Fragmente der römischen Besatzungszeit und ließ sie Fotos von Skulpturen und Torsi anmutiger Jünglinge mit Weinkrügen bestaunen. Auch die grob gezimmerte Vorgängerin einer hölzernen Korbpresse fehlte nicht.

Martins Besichtigungstour begann normalerweise mit einem Rundgang durch die Weinberge und die Keller, da erschloss sich ihm bereits vieles. Dann nahm er sich Zeit zum Verkosten und für Gespräche über die Philosophie des Gutes und die daraus resultierenden Weine. Die hiesige Philosophie war die der Macht. Ein knappes Drittel aller rumänischen Weine stammte aus Murfatlar. Martin kannte keine andere Kellerei mit einer derart marktbeherrschenden Stellung. Ein solches Weingut, wenn er Bordeaux mit seinen zehntausend Winzern als Maßstab nahm, empfand er als zutiefst undemokratisch.

Als der Vertreter des Weingutes die Frage nach dem Klima behandelte, hörte Martin kaum zu. Simion bemerkte es und warf ihm einen sowohl strafenden wie fragenden Blick zu. Es war die Rede davon, dass hier das Schwarze Meer einen ähnlichen Einfluss ausübte wie der Atlantik auf Bordeaux. Was für ein Unsinn. Man brauchte nur auf das Thermometer zu schauen, um zu merken, dass diese beiden Regionen nichts miteinander zu tun hatten. Und der Boden, das hatte er sogar im Vorbeifahren bemerkt, war völlig anders. Aber Martin schwieg, er war nicht zum Diskutieren gekommen. Doch was sollte er mit Informationen, die mehr dem Marketing als der Wahrheitsfindung dienten?

Dann wieder hieß es, der Boden und das Klima hier entsprächen dem der Champagne. Der geringe Kalkgehalt des Bodens fand seinen Ausdruck im Wein. Es war ein Chardonnay von 2006 mit dem Namen *trei hectare*. Er war hervorragend, aber er entsprach weder Weinen aus Entre-deux-Mers noch der Champagne. Es war ein delikater, weicher Wein, der seine Frische behielt, obwohl er im Barrique ausgebaut war. Vielleicht lag es daran, dass das Holz sehr gut eingebunden war und den Geschmack gelber Früchte nicht zerstörte, oder dass man ihn in bereits genutzten Eichenfässern ausbaute, die nicht mehr so viel Lignin an den Wein abgaben. Jedoch das Delikate und Filigrane, das kalkhaltiger Boden mit sich brachte, fehlte völlig.

Die zweite Probe war ein Muskat-Ottonel, die Rebsorte kannte Martin aus Österreich. Wäre hier, trotz der Nähe zum Meer, der Kalkgehalt im Boden groß gewesen, hätte diese Rebsorte wenig Chancen. Sie reagierte empfindlich auf Chlorose: Zu viel Kalk ließ die Blätter vergilben und absterben, die Photosynthese wurde unterbrochen, die Stöcke starben. Bei diesem Wein, »unserem Bestseller«, wie es hieß, hatte Martin den Eindruck, der auch von anderen Weinen immer wieder bestätigt wurde, dass alle Weine zu fett, das hieß, die Böden dieser Gegend zu schwer waren – Säure und Frische, Leichtigkeit und Eleganz blieben auf der Strecke. Er hatte einen bösen Gedanken, der sich leise einschlich und heimlich breitmachte, wie alle bösen Gedanken: Es ist das Terroir, das den Wein macht – und damit vielleicht auch den Menschen?

Beim Wein mit dem Namen »Tränen des Ovid« war der Alkohol künstlich auf fünfzehn Volumprozent aufgespritet worden. Es sollte ein Wein ähnlich einem Port sein, einem Madeira oder Sherry. Wieder verstärkte sich Martins Eindruck, sich in einer Fabrik aufzuhalten, die technisch bestimmte Produkte herstellte, nach denen ein anonymer Markt verlangte oder dahin gebracht wurde, danach zu fragen. Die Tränen des Ovid waren eine Cuvée aus Pinot Grigio, Chardonnay und Traminer. Es fehlte nur noch das Salz der Tränen. Hier entschieden Labor und technischer Standard, was aus der Kellerei kam, und nicht der Weinberg.

Der Fetească Neagră, der in Deutschland mit dem abschreckenden Namen »Schwarze Mädchentraube« von vornherein alle Liebhaber durch das Image des Billigweins auf Abstand hielt, war die interessanteste Probe. Die internationalen Sorten hatte Martin alle an anderen Orten besser erlebt. Aber wenn sich die Weinmacher auf ihre Regionen konzentrierten, waren die Weine meist unnachahmlich – und damit unschlagbar. Diesen Wein sollte man lieber drei Jahre in den großen Holzfässern lagern, die Martin und Simion in den langen und kalten Kellergängen gesehen hatten. Die Lagerung würde ihn teurer machen. Weshalb sollte man ihn dann nicht gleich verkaufen, wie es hieß, wenn der Fetească Neagră den Kunden auch so gefiel?

Der Cabernet Sauvignon wurde der Thermovinifikation unterzogen, einer Methode, die Martin verabscheute. Die Trauben wurden auf fünfundsechzig Grad erhitzt und dann gepresst. Seiner Meinung nach verlor der Wein an Geschmack, an Farbe und Tannin. Aber so ließen sich große Mengen verarbeiten und die Farbe aus den Beerenhäuten ziehen. Der Gärvorgang lief schnell ab. Rumäniens Weinindustrie begab sich auf die Höhe der Zeit.

»Wie kommt man an knappe dreitausend Hektar Weinberge?«, fragte Simion abends im Parkrestaurant von Constanţa beim Essen, wo sich ein Ober bereit erklärt hatte, die Musik leiser zu stellen. Man konnte sich unterhalten, ohne zu schreien. Sie begannen das Abendessen mit einem Sec de Murfatlar, einem Sauvignon Blanc, der Martin nur wenig an die heimischen Weine erinnerte.

»Ich meine das Weingut, das wir heute besichtigt haben«, sagte Simion. »Bis 1989 hat alles dem Volk gehört. Und jetzt ist es eine private Gesellschaft. Wie ist die Privatisierung hier abgelaufen? Sie als Deutscher sollten das wissen.«

»Das Gut ist Teil einer Holding«, sagte Martin und erinnerte sich, was ihm ein Mitarbeiter darüber erzählt hatte, als er sich unter einem Vorwand von Simion entfernt hatte. Alles wollte er ihm nicht auf die Nase binden. »Im Jahr 2000 wurde es gekauft. Bei einer Holding weiß man nie genau, wer der Besitzer ist. Hier handelt es sich um eine gewisse EuroGroup, die etwa zwanzig Duty-Free-Shops an Rumäniens Grenzen besitzt. Es gab nach der Wende einen Fonds zum Auffangen der Staatsgesellschaften, den SOF, mit der Treuhand in Deutschland vergleichbar. Die haben dann an Investoren, woher auch immer und zu welchen Preisen auch immer, verkauft. Sechzehn Millionen Rumänen erhielten Anteilscheine am Staatsbesitz, die sie gegen Aktien einlösen konnten, aber wie und wo das geschehen ist, wer tatsächlich was bekommen hat – ich weiß es nicht ...« Martin starrte auf seinen Teller. Über das, was er sonst noch wusste, schwieg er besser. Er musste Simion erst länger auf den Zahn fühlen, auch wenn er ihm nur das erzählte, was öffentlich zugänglich war.

»Sie wissen eine ganze Menge für einen Fremden.«

»Vergessen Sie nicht, dass ich nach Weinbergen suche, die zum Verkauf stehen. Da muss ich mich auch für die wirtschaftlichen Rahmenbedingungen interessieren.«

»Dann werden Sie sicher die Preise hier kennen, als Wein-Consultant, das sind Sie doch, oder?«

Wieso blickte Simion ihn jetzt so merkwürdig an? Glaubte er ihm nicht? Martin fühlte sich unwohl, wieder sah er sich in die Rolle gedrängt, die ihm Unbehagen bereitete. Er eignete sich nicht für Geheimniskrämereien und Versteckspiel.

»In Frankreich, Italien oder Spanien liegt der Preis, soweit überhaupt was zu verkaufen ist, weit über dem Rumäniens. Obwohl hier die Preise in den letzten Jahren kräftig gestiegen sind, bekommt man für sieben- bis zehntausend Euro bereits einen Hektar. Dann müssen Sie den Boden analysieren und vorbereiten, brauchen die entsprechenden Klone, die Kellerei ...«

»Da sind all die gut beraten, die das alles frühzeitig geregelt haben«, meinte Simion, »und die gute Beziehungen zu den früheren Besitzern oder Verwaltern hatten. Nehmen wir an, die haben zweitausendfünfhundert Hektar für je fünftausend Euro gekauft, dann sind das zwölfeinhalb Millionen.« Simion sah Martin ausdruckslos an. »Das ist nichts. Die kriegt man an jeder Ecke.«

Man konnte auch zu einer anderen Meinung gelangen. Martin erinnerte sich, wie kompliziert es für ihn gewesen war, das Kapital für die neuen drei Hektar aufzutreiben. Niemand hatte ihm das Kapital leihen wollen, bis Sichel mit einer Bürgschaft eingesprungen war. Auf lange Zeit gehörten die neuen Weinberge der Bank und nicht Charlotte und ihm. »Ich glaube, es kommt darauf an, wer man ist und wen man wie gut kennt ...«

»... und der Zeitpunkt ist entscheidend. Könnte es sein, dass Sie, lieber Martin, ein wenig spät hier erschienen sind?«

Das war Martin heute auch in den Sinn gekommen. »Um das herauszufinden, bin ich hier.«

»Das kostet doch sicher viel Geld, so eine Untersuchung zu machen, die Sie durchs ganze Land führt. Wer bezahlt Ihnen das?«

»Niemand. Ich bezahle das, so ist das bei Freiberuflern, man trägt das Risiko allein.« Simion hatte ihn schon wieder verunsichert, und er schaute auf seine Armbanduhr, um dem Blick des Amerikaners auszuweichen. Er musste dringend erfahren, was mit Sofia geschehen war, wie es ihr ging und um was für eine Art Unfall es sich handelte. Er stand abrupt auf. »Sie entschuldigen mich bitte, Marc!«

»Aber Ihr Essen wird kalt.«

Martin kümmerte sich nicht darum und ging ins Innere des Restaurants, wo er nach den Toiletten fragte. Auf dem Weg dorthin dachte er an Coulange und seine Ausrede bei ihrem ersten Zusammentreffen in Bordeaux. Vor der Toilettentür blieb er unter einem Rundbogen stehen und behielt Simion im Auge, der sich gut gelaunt über sein Fischgericht hermachte.

Lucien meldete sich sofort.

Simion sah erstaunt auf, als Martin an den Tisch zurückkam. »Was ist mit Ihnen? Sie sehen aus, als sei jemand gestorben. Sie sind entsetzlich blass.«

Martin setzte sich langsam und rückte mit dem Stuhl an den Tisch. Er griff nach dem Weinglas und blickte lange hinein, ohne etwas zu sagen. Er sah die reflektierende Oberfläche, die winzige Wellen warf, denn seine Hand zitterte. Schweigend sah er Simion ins Gesicht, was diesem sichtlich unangenehm war, und unsicher wich er Martins Blick aus.

»Was ist los mit Ihnen? Geht es Ihnen nicht gut?«

In Simions Augen meinte Martin Besorgnis zu sehen oder eine diffuse Unruhe, es konnte auch Angst sein, Angst vor dem, was Martin jetzt sagen würde?

»Eine Bekannte von mir ist tot.« Wenn sie ehrlicher gewesen wäre, hätte sie auch eine Freundin werden können, dachte er und schämte sich über sein eigenes Versteckspiel. »Sie wurde letzte Nacht in Bukarest angefahren, Fahrerflucht. Heute ist sie im Krankenhaus gestorben.«

»Fahrerflucht?«

Martin nickte. »Ja. Sie lag leblos auf der Straße.«

Simion ließ die Gabel auf den Teller sinken. »Hat nicht früher Ceaușescus Geheimdienst Securitate seine Gegner auf diese Weise umgebracht?«

10

Da Lucien am Telefon nichts weiter über die Todesumstände seiner Schwester hatte sagen wollen, fuhr Martin am nächsten Vormittag kurzerhand nach Bukarest zurück. Simion hatte er mitgeteilt, dass er den Dolmetscher abholen wollte, und sich mit ihm für den übernächsten Tag in Odobeşti verabredet, dem Weinbaugebiet östlich von Dealu Mare, wo er eine neue Kooperative besuchen wollte. In Bukarest stieg er schweißgebadet nach einer nervenaufreibenden Tour in einem anderen Hotel ab als beim ersten Aufenthalt. Die Paranoia der Geschwister hatte ihn tatsächlich angesteckt. Und Simions Andeutungen bildeten den perfekten Nährboden für Verfolgungswahn.

Vom Hotel aus nahm er sofort Kontakt zu Lucien auf, doch der vertröstete ihn von Stunde zu Stunde, mehrmals rief Martin bei ihm an, merkwürdigerweise erschienen bei jedem zweiten Anruf andere Telefonnummern auf dem Display seines Mobiltelefons. Als sie sich endlich trafen – es war mittlerweile Abend geworden –, war Martin ärgerlich und gleichzeitig beunruhigt, denn mehr, als dass Sofia angefahren worden war und der Fahrer anschließend geflüchtet sei und dass sie im Hospital an einer Schädelfraktur gestorben war, hatte er nicht erfahren. Ansonsten hatte Lucien am Telefon lediglich ihren Treffpunkt durchgegeben.

Als sie sich in dem winzigen Café im Zentrum trafen, sprach Martin ihn auf sein Gebaren an, nachdem er ihn seines Mitgefühls versichert hatte, was sich ziemlich flau angehört hatte. Am ehrlichsten waren da noch Tränen, ein Händedruck, ein klarer Blick in die Augen und eine wortlose Umarmung. Sofias tödlicher Unfall war für Martin bislang lediglich ein erschreckendes Ereignis gewesen, jetzt aber, wo er sich an ihren gemeinsamen Abend am See erinnerte, merkte er, dass ihr Tod ihn traf. Und womöglich betraf er sogar ihn?

Lucien bemühte sich um Fassung und um eine klare Antwort. »Ich habe die SIM-Karten gewechselt, weil ich nicht will, dass Sie mit reingezogen werden oder dass man auf Ihrem Mobiltelefon feststellt, wer Sie angerufen hat. Ich möchte nicht, dass unsere … äh, unsere Verbindung bekannt wird.«

Was war hier eigentlich los? Worum ging es? Wer waren die Beteiligten an irgendetwas, das sich Martin nicht erschloss? Unter diesen Umständen war ihm wenig nach einer Auseinandersetzung zumute, es wäre auch nicht schicklich und obendrein pietätlos gewesen, Lucien Fragen zu stellen, aber das undurchsichtige Verhalten des Rumänen ließ ihm kaum eine Wahl.

»Sie machen mich nervös, Lucien, Ihre dauernde Unruhe überträgt sich auf mich. Ich fühlte mich bereits in Constanţa verfolgt. Und jetzt der Tod Ihrer Schwester. Was soll ich von Ihren Andeutungen halten, was hat das alles zu bedeuten? Sie sehen sich ständig um, als wäre jemand hinter Ihnen her, genau wie Ihre Schwester neulich. Am Telefon sagen Sie nichts über den Hergang des Unfalls …«

»Welcher Unfall?« Lucien verzog das Gesicht. »Ein Unfall? Ha!« Er lachte kurz, um sofort in Verzweiflung abzugleiten. »Glauben Sie das tatsächlich?«

Weshalb hätte Martin etwas anderes annehmen sollen? Er bemühte sich, den Einwurf zu übergehen, obwohl er sich an das erinnerte, was Simion dazu gesagt hatte.

»Verheimlichen Sie mir etwas? Sie sagen, es war kein Unfall, Sie nehmen es zumindest an. Was ist mit Ihrer Schwester wirklich passiert? Wo ist sie?«

»Sie verstehen nichts, Mister Bongers, gar nichts.«

Martin wurde ärgerlich, er fühlte sich mit Halbwahrheiten in die Irre geführt. »Dann helfen Sie mir auf die Sprünge, klären Sie mich auf, weihen Sie mich ein, statt mir etwas vorzuwerfen. Ich habe nie behauptet, Ihr Land zu kennen. « Da erst wurde ihm bewusst, dass er sich im Ton vergriff, dass Lucien weitaus Wichtigeres auf dem Herzen hatte, als sich mit ihm zu beschäftigen – er trauerte um seine Schwester. Er saß vor ihm wie ein Häufchen Unglück. Der Riese war zusammengesunken, hatte das Gesicht in den Händen verborgen, und als er sie von dort wegnahm und auf den Tisch legte, schwammen seine Augen in Tränen.

»Sie haben keinen Grund, mir zu misstrauen, Mister Bongers. Eher ist es umgekehrt. Ich weiß nichts von Ihnen, wer Sie sind, was Sie hier wollen, für wen Sie arbeiten, mit wem Sie sich treffen – ich weiß lediglich, dass Sofia Ihnen vertraute, und da sie jemand mit einem perfekten Gespür für Menschen ist – war –, reicht mir das. Sie wollte nicht, dass Sie in die falschen Hände geraten. Ich erinnere nur an Tudor Dragos. Sofia berichtete mir von Ihrem Besuch – und von dem abrupten Ende, als sie zu ihrem Chef gerufen wurde. Dass er auf das Gespräch so heftig reagierte, bedeutet, dass man sie bereits längere Zeit beobachtete und dass sicher auch ihre sonstigen Kontakte überprüft wurden, ihre Bewegungen ...«

»Wer sollte sie überwachen und aus welchem Grund?«

»Wer?« Lucien rümpfte die Nase voller Verachtung, aber sie galt nicht Martin. »Wer? Was für eine Frage. Da gibt es bei uns genügend Leute, die das können und die nicht erst seit Ceauşescus Ende Erfahrung darin haben. Etwa achtzig Prozent aller ehemaligen Securitate-Agenten wurden in den neuen Geheimdienst SRI übernommen. Der Rest landete in der Privatwirtschaft. Womöglich sind auch einige in den Konzern übernommen worden, wissentlich oder unwissentlich, bei dem ich beschäftigt bin. Vierzigtausend offizielle und vierhunderttausend inoffizielle Mitarbeiter hatte die Securitate. Es klingt abwegig, aber das ist es nicht: Der Putsch gegen Ceauşescu wurde von der Securitate mitinszeniert. Auf diese Weise hat sie sich über die Wende gerettet – sich und die KP mitsamt ihren Strukturen. Viele damalige Mitglieder mögen heute tot sein, aber ihr Geist nicht – und Kinder haben diese Leute auch. Von ihnen wurde dieser Staat umgebaut und den veränderten Verhältnissen angepasst. Als Deutscher sollten Sie das wissen. Ihr Geheimdienst wurde nach dem Zweiten Weltkrieg auch von ehemaligen Nazis aufgebaut, die Organisation Gehlen, der heutige Bundesnachrichtendienst – und Ihre Stasi-Leute, wo sind die jetzt?«

»Jedenfalls nicht im Staatsdienst.«

»Ach nein? Eine derartige Einstellung spricht zwar für Ihren guten Glauben, aber nicht unbedingt für Ihre Intelligenz.«

Es fiel Martin schwer, auf diese Frechheit nicht zu reagieren, oder hatte Lucien recht?

Der richtete sich auf, die Stimme gewann an Kraft, in seinem inneren Bergwerk wurde die Arbeit wieder aufgenommen. »In Ihrer Stasi-Unterlagen-Behörde arbeiten sechsundfünfzig frühere Mitarbeiter des Ministeriums für Staatssicherheit. Und dann sind noch vierunddreißig ehemalige Personenschützer der Stasi als Wachleute dort. Deren Kaderakten sollen verschwunden sein – und nicht nur die, auch alle Akten, die Aufschluss über mögliche Westkontakte von Stasi-Agenten geben.«

Martin war ehrlich verblüfft. »Sie wissen ja verdammt gut Bescheid.«

»Es ist meine Aufgabe, Bescheid zu wissen.«

»Sie werden mir ja sicherlich irgendwann erzählen, weshalb. Und was hat es mit dem Unfall Ihrer Schwester auf sich?«

Lucien besann sich wieder. »Sofia?« Er senkte den Kopf,

seufzte und tastete die Jackentaschen ab. »Haben Sie Zigaretten? Nein, Sie rauchen nicht?« Er stand auf und ging zum Tresen, wo er ein Päckchen kaufte. Er zündete sich eine Zigarette an und zog den Qualm tief in seine Lungen, bekam einen Hustenanfall, aber er rauchte weiter. »Vor vier Jahren habe ich es aufgegeben – letzte Nacht, im Krankenhausflur, da habe ich wieder angefangen. Sie ist gestorben. Ich war dabei. Erst unser Vater. Dann starb sie, jetzt bleibt mir nur noch die Mutter.«

Er wurde blass, sodass Martin fürchtete, er könne umfallen.

»Sofia – ja, meine Sofia.« Lucien gab sich einen Ruck. »Sie war im Begriff, im Ministerium etwas aufzudecken. Es existiert ein Netzwerk, ein kriminelles, ein Ring von Beamten. Das hat ihr nicht gefallen, mit solchen Leuten in Regierung und Verwaltung schafft man keinen demokratischen Staat. Lobbyisten werden finanziert, sie kaufen sich über die Parteien einen sicheren Listenplatz, der Preis liegt bei etwa hunderttausend Euro – und schon sind sie im Parlament. Seit zwei Jahren war sie an der Arbeit, hat recherchiert, beobachtet, gefragt, alte Akten und Verträge durchforstet, sehr viele Leute befragt – anscheinend war sie nicht vorsichtig genug. Sie hat sich diskret nach Hilfe umgesehen, niemandem hat sie vertraut, niemandem – und Sofia hat sich Sorgen um Sie gemacht, Martin. Ja. Es geht um Beamte, um Anwälte, um Politiker und Behörden, Unternehmer, Banken, und auch um Leute wie Sie …«

»… oder solche wie Elmar Harms …«, unterbrach ihn Martin.

»… um wen auch immer, und wie sie auch momentan heißen mögen«, brummte Lucien ausweichend und schaute weg. So einfach ließ er sich nicht zu einer unbedachten Äußerung hinreißen. »Was hat Sofia Ihnen bei Ihrem Gespräch neulich im Ministerium Brisantes mitgeteilt? Woran erinnern Sie sich?«

Martin verstand nicht, worauf Lucien hinauswollte. »Was hat ihr Tod damit zu tun? Hat er damit was zu tun?«

»Das will ich ja gerade herausfinden.«

»Es ging eher allgemein um Korruption, auf das Land bezogen. Bei privaten Investoren sei vieles besser geworden. Aber sobald man mit dem Staat und den Behörden zu tun hätte, wäre es eine Katastrophe. Das bekäme Rumänien einfach nicht in den Griff. Und sie bezweifelte, dass die Regierung es überhaupt anstrebe. Namen und konkrete Fälle hat sie gar nicht genannt.«

»Und doch scheint das bereits zu viel gewesen zu sein. Es hat gereicht. Ich bin überzeugt, dass sie ermordet wurde.«

Hatte Martin bis jetzt geglaubt, dass Lucien sich in eine fixe Idee verrannt hatte, so war dieser Satz mit so viel Ernst vorgebracht, dass ihn fröstelte. Er blickte sich verunsichert in dem kleinen schmuddeligen Café um. Bis auf die Bedienung, zwei Jugendliche, die in einer Ecke Händchen hielten, und zwei Alte, die wortlos in ihren Tassen rührten, war niemand im Raum. »Wissen Sie irgendwas Konkretes?«

Lucien hatte seine Reaktion bemerkt und lächelte. »Es gibt einen Zeugen, ein Mann hat den Wagen gesehen, er beschleunigte, als sie über die Straße ging, er fuhr ohne Licht auf sie zu und bremste nicht eine Sekunde. Sofia wurde in hohem Bogen durch die Luft geschleudert. Der Wagen fuhr dann mit hoher Geschwindigkeit weiter. Es war ein neuer silbergrauer BMW oder Audi, davon gibt es Hunderte in Bukarest. Leider war der Zeuge so geschockt, dass er vergaß, sich die Autonummer zu merken. Das hat man mir jedenfalls so gesagt.«

Lucien drückte die Zigarette aus und zündete sich nach einem kurzen Moment die nächste an. »Oder er hat Angst, eine Aussage zu machen«, murmelte er nach einer langen Pause.

»Das ist durchaus möglich, wenn es sich so verhält wie Sie vermuten«, pflichtete Martin bei. Gleichzeitig wehrte er sich gegen diesen Gedanken und Luciens Verfolgungswahn. Er wehrte sich dagegen, dass diese Gefühle auf ihn übergriffen. Sie konnten seinen Auftrag gefährden. »Haben Sie den Zeugen getroffen oder selbst mit ihm gesprochen?«

»Es war die gängige Methode der Securitate, um politische Gegner zu beseitigen. Ein Verkehrsunfall ist was Alltägliches, besonders bei der Fahrweise meiner Landsleute, das haben Sie sicher bereits zu spüren bekommen. Früher hieß es dann noch, jemand sei in den Westen geflohen und untergetaucht. Wir hatten keine Möglichkeit, das zu überprüfen. Und die meisten hatten Angst. Ob ich den Zeugen getroffen habe? Nein. Ich kenne nicht einmal seinen Namen, man hält ihn von mir fern.«

»Und jetzt glauben Sie ...«

»Ja, das tue ich. Und da Sie bei diesem Schlüsselgespräch dabei waren, wird man auf Sie auch aufmerksam geworden sein. Passen Sie auf.«

Martin wischte den Gedanken beiseite. »Die Polizei wird sicher ermitteln ... Es gibt Spuren an Sofias Kleidung, Lackspuren an der Unfallstelle, Kratzer und Beulen am Fahrzeug ...«

»Hier hat jedes Auto Kratzer.« Wieder dieses zynische Lachen, dazu das Grollen aus dem einstürzenden Stollen des Bergwerks. »Die Polizei tut, was man ihr sagt. Polizisten und Richter werden von Politikern eingesetzt, Gewaltenteilung funktioniert nicht, so wie Sie es kennen, die ist nicht vorgesehen. Glauben Sie, dass die Richter etwas unternehmen, was den Interessen ihrer Dienstherren zuwiderläuft? Bei uns wird sogar die Kriminalstatistik als geheim eingestuft.«

Für Martin klang das unwahrscheinlich. »Man kann gar nichts unternehmen? Schließlich ist Rumänien Mitglied in der Europäischen Union und an gewisse Gesetze gebunden.«

Lucien sah ihn nur verzweifelt an. »Soll ich vor den Europäischen Gerichtshof gehen? Mit welchen Beweisen? Mit welcher Anklage? Mit welcher Forderung?«

»Sie machen nicht den Eindruck eines Mannes, dem nichts einfallen würde, Lucien!«

Der Rumäne winkte ab und häufte in seiner Verzweiflung vor sich zerbrochene Streichhölzer auf. »Ich kann es nicht fassen, dass sie tot ist. Erst unser Vater, jetzt sie. Wie soll ich allein weitermachen? Wozu? Für wen?«

Martin suchte nach Worten des Trostes, aber er fand sie nicht. Er durfte nicht von seinen Erfahrungen beim Tod von Gaston sprechen, es hätte womöglich seine Tarnung zerstört, und letzten Endes ging ihn die Sache mit Sofia nichts an. Oder doch? Er zögerte, er dachte an Elmar Harms und sprach den Namen noch einmal laut aus. Jetzt hörte Lucien ihm endlich zu.

»Ich glaube, dass Sie ihn kennen. Als ich seinen Namen neulich erwähnte, meinte ich, das an Ihrer Reaktion und der Ihrer Schwester bemerkt zu haben. Sagen Sie nicht, dass Sie ihn nicht kennen. Wer ist er? Was macht er?«

»Was haben Sie mit ihm zu tun?«

»Beantworten Sie Fragen immer mit Gegenfragen? Also kennen Sie ihn. Woher?«

»Er ist Deutscher, so wie Sie.«

»Das habe ich bemerkt.«

»Er macht eine ähnliche Arbeit wie Sie, Sie kommen ihm in die Quere, wenn Sie weiter nach Weingütern suchen. Er hat die Verbindungen, die Sie suchen und brauchen, wenn Sie hier Geschäfte machen wollen. Oder er glaubt, Sie gehören zu seinen Leuten, man könnte Sie geschickt haben.«

»Sie meinen, er gehört zu diesen Kreisen, die Ihre Schwester beobachtet haben?«

Lucien nickte.

Noch wehrte sich Martin dagegen, ihm zuzustimmen, doch das, was Lucien vermutete, war nicht von der Hand zu weisen. Aber er wusste zu wenig. »Harms hat mit mir Kontakt aufgenommen, erst im Hotel in Bukarest und jetzt in Constanţa.«

Lucien stieß den Zigarettenrauch hörbar aus. »Da bin ich aber erleichtert.«

»Sie sprechen in Rätseln.«

»Wir dachten, nachdem Sie den Namen genannt hatten, dass Sie zusammenarbeiten.«

»Er hat mir eine Liste mit Namen gegeben, die anscheinend die Weinwelt und mit ihr verbundene Personen aus der Wirtschaft enthält. Anwälte sind dabei und Behördenvertreter, Landwirtschaft, Umweltamt, Gesundheit – auch Banken sind aufgeführt, mögliche Kreditgeber ...«

Lucien warf sich vor Überraschung fast über den Tisch. »Kann ich die Liste haben? Ich meine – darf ich einen Blick hineinwerfen?« Der letzte Satz war so heftig gekommen, dass die anderen Gäste herschauten. Lucien bemerkte sein auffälliges Verhalten und sank auf seinen Stuhl zurück. »Es könnte sein, dass das genau die Leute sind, die Sofia gesucht hat. Wo haben Sie die Aufstellung?«

»Im Hotel, in meiner Aktenmappe. Ich habe nicht gedacht, dass es sich um derart brisantes Material handelt.«

»Sind Sie wahnsinnig? So etwas zu besitzen kann Sie Kopf und Kragen kosten. Wir sollten sie schnellstmöglich an einem sicheren Ort deponieren.«

Dass eine Kopie auf dem Weg zu Sichel war, brauchte Lucien nicht zu wissen. Er zeigte ihm zu viel Interesse, und Martin konnte nicht überprüfen, was dahinterstand. Lucien war Martins Zurückhaltung nicht entgangen, und er machte einen Rückzieher. »Ich möchte lediglich, dass die Liste nicht in falsche Hände gerät. Sie können mit den Namen nichts anfangen, sie nicht zuordnen, aber ich könnte Ihnen sagen, was sie eventuell bedeuten. Ich will lediglich einen Blick darauf werfen.«

Das könnte nichts schaden, dachte Martin, und ihm konnte es nutzen. Vielleicht hatte dieser Harms sich nur aufspielen wollen, ein Schaumschläger, vielleicht sogar ein Betrüger – aber dann erinnerte sich Martin an den Zodiac, und der war über jeden Zweifel erhaben.

»Haben Sie von einem Wein oder Weingut gehört, das Zodiac heißt?«

Lucien bedauerte. »Nein, leider war der Wein nie mein Thema. Das war Sofias Domäne – und früher die unseres Vaters. Ich könnte einen Freund fragen, wenn es Ihnen wichtig ist – ach, das ist der Freund, den ich Ihnen als Dolmetscher vorgeschlagen habe, Josef Teubner.«

»Ist der Mann vertrauenswürdig oder Ihnen verpflichtet? In welchem Verhältnis stehen Sie zu ihm? Einen Aufpasser wie zu sozialistischen Zeiten will ich nicht, schlagen Sie sich das aus dem Kopf.«

»Sie unterschätzen mich, und Sie misstrauen mir«, sagte Lucien gekränkt, »allerdings verstehe ich das. Ich würde an Ihrer Stelle ähnlich reagieren. Was ist nun? Kann ich die Namensliste sehen?«

»Wenn Sie mit ins Hotel kommen ...«

»Wir sollten getrennt fahren. Sie nehmen ein Taxi? Ich werde dem Wirt sagen, dass er eines für Sie bestellt. Ich komme nach, wenn Sie losgefahren sind. Lassen Sie Ihr Geld stecken«, sagte Lucien, als Martin nach der Brieftasche griff. »Den Kaffee kann ich mir gerade noch leisten, auch wenn wir ein armes Land sind.«

Eine halbe Stunde später betrat Martin das Zimmer 704 – und erstarrte: Sein Koffer war aufgebrochen, Dokumente lagen verstreut auf dem Boden und dem Bett, die Schubladen waren nach der Durchsuchung nicht einmal richtig zugeschoben worden – da hatte sich jemand so sicher gefühlt, dass er noch nicht einmal den Anschein erwecken wollte, dass alles seine Richtigkeit hätte.

Martin war nicht besonders überrascht. Nicht dass er damit gerechnet hätte, aber nach dem Eindruck, den er von

Lucien gewonnen hatte, und nach dem gewaltsamen Tod von Sofia folgte die Durchsuchung seines Zimmers einer gewissen Logik. Er blieb ruhig im Zimmer stehen und betrachtete das Chaos. Dann durchsuchte er die Unterlagen, die er im Koffer eingeschlossen hatte. Wie erwartet fehlte Harms' Namensliste. Bevor er wieder auf den Flur trat, sah er sich um, so wie Sofia und Lucien es gemacht hatten. Es war niemand zu sehen, in einem anderen Zimmer plärrte der Fernsehapparat. Martin fuhr hinunter und ging zur Rezeption.

»Würden Sie bitte die Polizei rufen?«

Der Portier sah ihn erschrocken an. »Die Polizei? Weshalb?«

»In meinem Zimmer ist eingebrochen worden ...«

»Sind Sie sicher?«

»... und ich will, dass die Polizei der Sache nachgeht.«

»Ich rufe den Hoteldirektor an«, entgegnete der Portier.

»Das können Sie meinetwegen tun, aber erst rufen Sie die Polizei.«

»Weshalb das?«, raunte das Bergwerk in Martins Ohr, Lucien war hereingekommen.

»Sie gehen besser wieder, oder Sie werden da mit reingezogen. Man hat mich bestohlen. Mein Zimmer wurde durchsucht, der Koffer aufgebrochen, und mir sind Unterlagen entwendet worden. Das, was Sie sehen wollten, ist weg. Ich rufe Sie morgen an.«

»Bitte tun Sie das«, sagte der Riese und war verschwunden.

11

»Mister Bongers, wachen Sie auf! Hallo! Martin!«

Martin zog die Schulter weg, die Berührung war ihm unangenehm. Er wollte schlafen, er war hundemüde, der Nacken war steif, und der Rücken tat ihm weh. Zu blöd, dass er eingeschlafen war. Er wollte nicht mit irgendwelchen Geschäftsleuten reden, er wollte keine Weingüter kaufen, nichts über Bodenpreise in Erfahrung bringen und auch mit niemandem über die Weitergabe undurchschaubarer Listen verhandeln, deren Bedeutung ihm kaum verständlich war. Er wollte schlafen, sich an Charlotte schmiegen, seine Wange an ihre warme Schulter legen und sich die Decke über den Kopf ziehen.

Aber die Stimme gab keine Ruhe. Er wollte sich aufrichten und fiel zu Seite, merkte, dass er auf der Sitzgarnitur der Eingangshalle des Hotels eingeschlafen war, und vor ihm stand – Simion?

Stöhnend richtete Martin sich auf. »Wie kommen Sie denn hierher?« Er war zu verschlafen, um verblüfft zu sein.

»Mit dem Auto«, lautete die lapidare Antwort.

»Dass Sie nicht geflogen sind, ist mir klar«, grummelte Martin ärgerlich und versuchte, sich aufzurappeln und Ordnung in seine Gedanken zu bringen. »Ich dachte, wir waren in Odobeşti oder Focşani verabredet.«

Noch ehe Simion antworten konnte, traten zwei ziemlich gewöhnlich aussehende und in Anzüge gesteckte Männer durch die Hoteltür. Martin wusste nicht, warum, aber sie sahen aus wie Polizisten. Er sah auf die Uhr: Es war kurz vor Mitternacht. Also hatten sie zwei Stunden gebraucht, um herzufinden. Der Nachtportier wies auf ihn, und die beiden kamen herüber.

»Ist was passiert?«, mischte sich Simion in einer Mischung aus Neugier und Besorgnis ein.

»Nichts von Belang.« Martin räusperte sich einige Male, der Frosch saß tief, und auch die Polizisten blickten ihn erstaunt an und griffen nach ihren Dienstausweisen. Dabei öffneten sie ihre Jacken so, dass man die Schulterhalfter mit den Waffen sah. Angeber waren das, Angeber. Martin ahnte, dass es unangenehme Diskussionen geben und eine lange Nacht werden würde.

Simion fertigte er kurz ab. »Ich erzähle Ihnen morgen alles. Lassen Sie uns jetzt bitte allein.« Wie hatte der Kerl ihn gefunden? Er hob abwehrend die Hand, und Simion zog sich zurück. Es stand ihm ins Gesicht geschrieben, dass er vor Neugier fieberte. Dem Mann fehlt eine Aufgabe, vermutete Martin, er ist einfach zu früh pensioniert worden, aber es wäre zu viel verlangt, dass er darauf Rücksicht nahm.

Der ältere der beiden Polizisten war ein gemütlich wirkender Mann, Typ Familienvater, Hundeliebhaber, mit buschigen Augenbrauen, einer Kassenbrille, die seine Augen verbarg, kurz geschnittenem Haar auf dem Kopf und schrecklich viel schwarzem Haar auf den Handrücken. Der Jüngere hatte den Schädel rasiert, einen breiten Mund mit nach oben gezogenen Mundwinkeln, er lächelte dauernd, obwohl die obere Gesichtshälfte starr blieb. Sein Gesicht war so hager, die Wangenknochen standen so weit vor, dass Martin ihn für unterernährt hielt, oder ein Bandwurm machte ihm seine Ernährung streitig. Während das Sakko des Älteren über dem Bauch spannte, war dem Jüngeren die Jacke um zwei Nummern zu groß, und sie passte nicht zu dem schwarzen T-Shirt, das er darunter trug. Er glich mehr einem Verbrecher als einem Polizisten.

»Zu welcher Polizeieinheit gehören Sie?«, fragte Martin. »Sind Sie für Diebstahl zuständig?«

»Die Fragen stellen wir«, sagte der Ältere betont, und der Jüngere lächelte – ein ekelhafter Typ, der Mann fürs Grobe.

Martin hatte einige Erfahrung mit der Polizei in Frankfurt gemacht und mit der in Bordeaux. Aber das war fünf Jahre her. Er sah in Polizisten wie auch in Soldaten oder Agenten die Vertreter einer fremden Macht. Ihn störte, dass sie bewaffnet waren und fremden Befehlen folgten. Er hatte nie das Gefühl, dass sie auf seiner Seite standen oder etwas für ihn taten. Besonders nicht bei den beiden hier vor ihm, die ihn nach seinem Ausweis fragten und mit dem Dokument an den Tresen gingen und sich Notizen machten.

Martin sah sich um. Da stand Simion, er trank ein Bier an der Bar und tat, als ginge ihn das alles nichts an, dabei beobachtete er das Geschehen sehr genau. Er würde einen guten Zeugen abgeben, ihn konnte er getrost mit aufs Zimmer nehmen, denn allein wollte Martin sich den Polizisten nicht aussetzen. Dazu musste er ihm jedoch von dem Einbruch berichten. Er musste sich schnell entscheiden, ob das sinnvoll war. Warum nicht? Ein US-Amerikaner in der Nähe war hilfreich, denn wenn sie ihm zu nahe kämen, würde sein Präsident die Kavallerie in Marsch setzen. Die war längst in Rumänien eingetroffen, wie Lucien gesagt hatte.

Der Lärm lauter Stimmen unterbrach seine Gedanken, sowohl die Drehtür wie auch die gläserne Tür daneben schepperten, Lachen und Gejohle tönte durch die Halle, eine angetrunkene Gruppe von ziemlich bieder wirkenden Touristen brach wie eine Welle ins Foyer. Die Plastiktüten in ihren Händen sahen schwer aus, der Inhalt klirrte, es war das unverwechselbare Geräusch voller Flaschen. Alle, die nicht zum Trupp gehörten, wie Simion und die beiden Polizisten, schauten betreten, und der Portier versuchte vergeblich, für Ruhe zu sorgen.

»Es kommen ständig mehr Russen hierher«, sagte der

ältere Polizist oder Kriminalbeamte. »Was sie bei uns wollen, weiß ich nicht.«

»Denen gehört eine der drei Tankstellenketten, und im Stahl sind sie auch, ein Teil des rumänischen Öls kontrollieren sie bereits. Sie kaufen immer mehr, an Geld fehlt's denen nicht.«

»Wahrscheinlich wollen sie zeigen, wie viel sie davon haben und wie großartig sie sind«, mischte Simion sich ein. »Die zweite Weltmacht benimmt sich, als wäre sie wieder eine. Na, ihr Europäer kriecht ihr ja in den Hintern. Seht zu, dass ihr euch dabei nicht schmutzig macht.« Die letzten Worte waren für Martin bestimmt.

Martin zuckte mit den Achseln, ihn interessierte nicht, was die Nordamerikaner von Russen oder den Europäern hielten. In der Beziehung war er Franzose geworden, und seine Weine verkaufte er ausschließlich in Deutschland und Holland. Hingegen beschäftigten ihn die beiden Polizisten. Wie kann ich ihnen erklären, fragte er sich, dass mir eine Namensliste gestohlen wurde, die ich nicht haben wollte und die von einem Mann stammt, von dem ich so gut wie nichts weiß und der nicht zu erreichen ist? Und wenn Luciens Vermutungen zutreffen, dann gehört Harms sogar zu einer rumänischen Seilschaft – Martin sah den Ärger geradewegs auf sich zukommen.

Doch in diesem Moment trat einer der lauten Touristen vor ihn, zog eine Wodkaflasche aus der Plastiktüte und hielt sie Martin vors Gesicht, wobei er ihn laut zu irgendetwas aufforderte, wahrscheinlich mit ihm zu trinken. Mit Gesten versuchte Martin dem Russen klarzumachen, dass das nicht möglich sei, wobei er deutsch sprach. Der Portier mischte sich ein, die Kriminalbeamten gingen dazwischen, und Simion, wie Martin fassungslos beobachtete, verdrückte sich grinsend in eine Ecke. Martin schüttelte den lästigen, dabei aber nicht unfreundlichen Russen ab. Er folgte Simion und setzte ihm sein Anliegen auseinander. Zu seinem Erstaunen willigte der Amerikaner sofort ein, ihn zu begleiten, und sie winkten die Kriminalbeamten zum Fahrstuhl.

Als der Lift sich in Bewegung gesetzt hatte, waren sie in Sicherheit. »Woher wissen Sie, wo ich abgestiegen bin?«, fragte Martin, der alle anderen um fast einen Kopf überragte. Erst in der Enge der Kabine fiel es ihm selbst auf.

»Sie haben es mir gegenüber erwähnt, woher sonst? Außerdem haben Sie gesagt, dass Sie nicht in Ihrem ehemaligen Hotel übernachten wollten.«

Martin war sich sicher, dass er das nicht gesagt hatte, oder hatte er es vergessen? Sie verließen den Fahrstuhl und gingen über den dicken Teppich, der jeden Laut schluckte, den langen Flur entlang zu seinem Zimmer. Er hatte nichts angerührt, alles lag so wie vorhin, als er hereingekommen war …

Die Kriminalbeamten sahen sich flüchtig um, zogen hier eine Schublade des Schreibtisches auf, lugten unter die Schreibmappe und ließen sich Martins Geschäftsunterlagen zeigen. Sie öffneten den Kleiderschrank, untersuchten Martins Anzüge und begutachteten die aufgebrochenen Schlösser des Koffers. Sie taten es nur oberflächlich und fingerten so ungeschickt daran herum, dass Martin ärgerlich wurde, da sie mögliche Fingerabdrücke verwischten. Im Bad interessierten sie sich für sein Rasierwasser und hoben den Deckel der Toilettenspülung an. Martin wurde den Eindruck nicht los, dass sie nicht nach Spuren des Einbruchs suchten, sondern den Raum in Augenschein nahmen. Simion stand mit verschränkten Armen ans Fenster gelehnt und beobachtete aufmerksam jede Bewegung im Raum. Er war der Wachsamste von allen.

Die Kriminalpolizisten verlangten nach Martins Agenda, blätterten darin herum und ließen sich den bisherigen Reiseverlauf erklären. Sie verständigten sich auf Rumänisch und schienen sich abzusprechen, denn der Jüngere nickte dem Älteren zu, der sofort eine Erklärung vorbrachte, die sich eingeübt anhörte.

»Das Schloss zu Ihrem Zimmer wurde nicht aufgebrochen, also wird jemand aus dem Hotel Ihr Zimmer durchsucht haben. Wir sprechen morgen mit der Direktion – oder Sie haben das alles selbst so hergerichtet.«

»Wie bitte?« Martin meinte, sich verhört zu haben. Verblüfft sah er von einem zum andern, und auch Simion gab seine Abwehrhaltung auf und ließ überrascht die Arme sinken.

»Ich soll das gewesen sein? Und wozu? Können Sie mir sagen, weshalb ich das tun sollte?«

»Damit wir glauben, dass eingebrochen worden ist.«

»Seid ihr hier alle verrückt? Leidet ihr alle an Paranoia? Was ist denn das für ein Land?«

Das Gespräch nahm eine für ihn äußerst unangenehme Wendung, es ging in eine Richtung, die er nicht erwartet hatte, und schon gar nicht hatte er damit gerechnet, zum Beschuldigten gemacht zu werden. Was wollten die Polizisten? Wollten sie Geld sehen?

»Sie haben Unterlagen verschwinden lassen und erwecken den Eindruck, als wären sie gestohlen worden ... vielleicht haben Sie die Dokumente versteckt oder verkauft und verdecken das mit dem Diebstahl. Vielleicht gibt es die Dokumente gar nicht ... haben Sie eine Kopie davon?«

»Nein«, antwortete Martin und überlegte, in welchem Postsack und in welchem Flugzeug der Brief an Sichel wohl sein mochte. Oder er lag noch auf dem Postamt in Constanţa?

Simion verdrehte die Augen ob so viel Dreistigkeit, aber er blieb bewegungslos stehen. Er hielt sich raus, er sollte sich auch nicht einmischen, er sollte später nur bezeugen, was hier vorgefallen war.

»Setzen Sie sich dahin.« Der junge Polizist wies auf den Stuhl vor dem Schreibtisch, und als Martin der Aufforderung nicht gleich nachkam, machte der Ältere drohend einen Schritt auf ihn zu. Sie wollten ihn unter sich haben, über ihm stehen und ihn so einschüchtern. Es lag wohl in der Natur dieser Hampelmänner, die sonst wenig zu sagen hatten. Oder sie waren es von früher gewohnt, der Ältere vielleicht, der konnte vor zwanzig Jahren dabei gewesen sein. Martin blieb stehen, lehnte sich an die Wand und verschränkte wie Simion die Arme vor der Brust.

Die Kriminalpolizisten blickten zu Simion, der sie freundlich angrinste, als verstünde er kein Wort, und Martin war heilfroh, ihn mitgenommen zu haben.

»Jetzt erzählen Sie uns, was Sie hier in Rumänien wollen, was für Geschäfte Sie betreiben – und wer dieser Mann da am Fenster ist. Dessen Ausweis oder Pass will ich auch sehen.« Mit diesen Worten wandte er sich direkt an Simion.

»Ich muss ihn erst holen.« Simion verließ den Raum, und Martin stellte sich in die offene Tür. Mit den Polizisten, die im Zimmer herumstöberten, wollte er um keinen Preis allein im Raum bleiben.

Als Simion zurückkam, gab er ihnen eine Plastikkarte und seinen Pass, den beide ausführlich studierten. Sie berat-schlagten einen Moment, während Martin bis zum Äußersten gespannt war. Die Situation konnte jeden Moment explodieren. Simion, die Ruhe selbst, erhielt seine Dokumente mit einem Lächeln zurück.

»Jetzt zu Ihnen«, sagte der Ältere mit seinem harten Englisch zu Martin. »Was machen Sie in Rumänien?«

Er erklärte es den beiden Polizisten.

»Und was soll dabei herauskommen?«

»Ich gehe meiner Arbeit nach, verdiene damit mein Geld, meine Partner investieren hier, und Ihnen hilft es, Ihre Wirtschaft zu entwickeln.«

»Wollen Sie damit sagen, wir seien unterentwickelt? Wer hat Sie aufgefordert, herzukommen?« Plötzlich sprach auch der Jüngere Englisch.

»In wessen Auftrag handeln Sie?«, fragte der Ältere.

»Im eigenen Auftrag. Ich bin Weinbauexperte und stelle

mir meine Aufgaben selbst.« Martin zwang sich ein Lächeln ab und erzählte etwas ausführlicher, obwohl er die beiden Kriminalpolizisten lieber vor die Tür gesetzt hätte. Er war hoch konzentriert, um ja keinen Fehler zu machen, nichts zu sagen, woraus ihm Nachteile entstehen könnten. Er war in einer dieser Situationen, von denen Charlotte berichtet hatte: »Du kannst in gewissen Situationen sagen, was du willst, sie drehen dir einen Strick daraus.«

Einmal mehr stellte sich das Gefühl ein, mit der Annahme dieses Auftrags eine falsche Entscheidung getroffen zu haben.

Während er sprach, waren die Augen der Kriminalpolizisten pausenlos in Bewegung. Sie tasteten den Raum ab, das Bett, den Schreibtisch, sein Laptop, es sah aus, als würden sie sich alle Gegebenheiten genauestens einprägen.

Da schaltete Simion sich ein. Als der Älteste im Raum schien er den Polizisten gegenüber eine gewisse Autorität auszustrahlen. Martin erschrak über den harten Ton, den der Amerikaner anschlug.

»Meine Herren, wir sollten das beenden. Es ist spät, und alle wollen zu Bett. Befragen Sie das Hotelpersonal oder wen auch immer. Ziehen Sie Ihre Schlüsse. Mein Freund hier«, er wies auf Martin, »hat Ihnen gesagt, was gestohlen wurde und unter welchen Umständen. Schreiben Sie ein Protokoll, das werde auch ich unterzeichnen. Und das sehen wir uns morgen an. Sollte es Probleme geben, schalte ich die Amerikanische Botschaft ein. Ich glaube, es gibt hier und heute für Sie nichts mehr zu tun. Gute Nacht!«

Was Verbindlichkeit und Erklärungen nicht geschafft hatten, bewirkten die befehlsartig vorgebrachten Worte. Anscheinend wusste Simion, wie mit den Leuten umzugehen war. Seine Härte zeigte den gewünschten Erfolg. Der Ältere schrieb eine Adresse auf ein Stück Papier, dazu eine Telefonnummer. »Da gehen Sie morgen vorbei und unterschreiben das Protokoll.«

Als Martin die Männer zum Fahrstuhl begleiten wollte, um sicherzugehen, dass sie nicht irgendwo hier in der Nähe herumschwirrten, schickte ihn der Ältere barsch zurück. »Wir finden den Weg allein, wir sind nicht zum ersten Mal hier.«

Es hörte sich an, als hätte er »nicht zum letzten Mal« gesagt.

Die Tür schloss sich hinter den beiden, und Martin ließ sich aufs Bett fallen.

Simion hockte sich vor die Minibar und inspizierte den Inhalt. »Nun erzählen Sie mir mal, um was für eine Liste es sich handelt. Sie muss ja ungeheuer wichtig sein, dass jemand deshalb einbricht und eine derartige Unordnung veranstaltet. So – und jetzt schauen wir, was Ihre Minibar hergibt. Das geht auf Sie, wo ich Ihnen aus der Patsche geholfen habe.«

Er nahm jede Flasche in die Hand und betrachtete das Etikett, bei den kleinen Schnapsflaschen prüfte er sogar die Verschlüsse. »Man weiß nie, ob die Zimmermädchen die Flaschen mit Tee auffüllen, und dann sind wir es angeblich gewesen ... Was darf ich Ihnen anbieten?«

Martin war klar, dass er so einfach nicht aus der Situation herauskam. Am liebsten hätte er geduscht und wäre zu Bett gegangen, obwohl die Aufregung ihn kaum schlafen lassen würde. Mittlerweile sah er das, was Lucien ihm berichtet hatte, in einem ganz anderen Licht. Er hatte richtig gehandelt, als er Lucien weggeschickt hatte, es wäre falsch gewesen, ihn hier mit reinzuziehen. Welche Schlüsse hätten die Polizisten wohl aus seiner Anwesenheit gezogen? Dass Simion, den er gerade mal zwei Tage kannte, von der Sache viel zu viel mitbekommen hatte, war nicht schlimm, er hatte damit nichts zu tun.

»Was Sie trinken wollen, habe ich gefragt. Hören Sie auf, sich Gedanken zu machen, das führt zu nichts. Die Rumänen werden Sie nicht verstehen. Die machen lediglich ihren

Job und denken nicht viel nach. Die haben früher pariert und tun es noch heute. Ich will keinen Wein, ich brauche was Kräftiges, einen Bourbon mit Gingerale, am liebsten einen doppelten. Wo ist hier Eis? Es ist kein Eis da. Verdammt ... ich gehe welches holen, wollen Sie auch Eis?«

Martin nickte geistesabwesend, es war ihm egal, was er trank, die Hauptsache war, dass Simion ihn bald schlafen ließ. Aber diese Nacht war noch lange nicht vorbei, der Amerikaner würde auf Erklärungen warten – er musste ihm welche geben, er musste Zeit gewinnen, sollte Simion das verdammte Eis holen gehen und möglichst lange wegbleiben.

Simion verschwand, und Martin dachte nach. Wer hier eingebrochen hatte, wusste, was er wollte, der Einbrecher hatte gezielt nach der Liste gesucht und nach nichts anderem. Martin durchwühlte seine Unterlagen von Neuem, nichts fehlte sonst, was seine Vermutung bestätigte. Und dieser Jemand musste ihm gefolgt sein – da kam ihm ein Verdacht, der ihn starr werden ließ – wenn er Simion erzählt hatte, wo er in Bukarest bleiben würde, dann konnte nur er es weitergegeben haben. Wer war Simion? Er wusste kaum etwas von ihm. Er musste ihn ausfragen, ihn löchern und genauestens auf Widersprüche achten.

»Was waren oder sind Sie eigentlich von Beruf, Marc?«, fragte er, als der Amerikaner mit einem Gefäß voll Eiswürfel zurückkam. »Davon haben Sie mir nichts erzählt.«

»Stimmt. Ist das wichtig? Ich habe das hinter mir.«

»Sie machen nicht den Eindruck, als wären Sie wirklich ein Rentner. Dazu sind Sie viel zu aktiv, zu wach und beweglich.«

»Vielen Dank für das Kompliment.«

»Vom Alter her ist es möglich, aber Sie wirken gesundheitlich ziemlich fit.«

»Ich bin zwar über sechzig, aber ich treibe viel Sport, ich schwimme, ich gehe segeln – können Sie segeln? –, ich jogge viel und fahre Rad. Das hält mich jung. Aber seit meine Frau tot ist, fehlt mir der Antrieb, das alles macht mir nicht wirklich Spaß, verstehen Sie?«

»Was sind Sie denn von Beruf ...«

»Ich war in der medizinischen Forschung tätig, ich bin CAS-Spezialist – *Computer Assisted Surgery.* Dabei geht es um den Einsatz von Computern zur Unterstützung operativer Eingriffe. Wie können Rechner den Chirurgen helfen, welche Arbeiten können sie übernehmen, welche Messungen während der Operation vornehmen, die den Operateur entlasten, damit er sich auf das Wesentliche konzentriert. Wir verkürzen die Anästhesiedauer und die Zeit der Operation. Patienten werden weniger belastet, und man verringert das Risiko wiederholter Operationen. Ich war zuletzt bei einem weltweit operierenden medizinischen Konzern in leitender Stellung tätig. Genug? Haben Sie sich endlich für einen Drink entschieden? Ich habe noch acht Fläschchen Bourbon mitgebracht.« Er zog sie grinsend aus den Jackentaschen. »In den kleinen Dingern ist kaum was drin. Ich habe sie von der Bar unten, diese Minibars sind albern.«

Martin war fürs Erste mit der Antwort zufrieden und willigte ein. »Ich lasse sie auf meine Rechnung setzen.«

»Nein, das geht auf meine Rechnung.« Simion setzte sich an den Tisch und reichte Martin ein Glas mit Bourbon und Eis. »Gingerale?«

»Nein danke.«

»Sie gestatten mir eine Frage?«

»Selbstverständlich.«

»Wer kommt auf die Idee, Ihr Zimmer zu durchwühlen und eine Liste zu stehlen? Es muss sich um interessante Daten gehandelt haben.«

»In der Wirtschaft wird Datenklau immer gängiger. Man belauert sich, hört sich ab und bestiehlt sich, Agenten werden eingeschleust ... Die Liste habe ich erst vorgestern von einem Kollegen bekommen. Sie enthält Namen von möglichen Geschäftspartnern.«

»Alles Rumänen – oder auch andere Nationalitäten?«

»Allem Anschein nach ja; es waren mir wenig geläufige Namen.«

»Und Sie haben keine Kopie?«

»Nein, von keinem einzigen Dokument.« Martin wies auf seine Unterlagen. »Da fehlt nichts, die Papiere sind aber auch durchwühlt worden. Analysen, Statistiken, Tabellen und Karten, was man so braucht ...«

»Wer kann damit etwas anfangen?«

»Mitbewerber, Konkurrenten, Leute, die wissen wollen, was ich hier mache.« War das schon zu viel für Simion? Martin stutzte. Wie er in diesem Moment darauf kam, dass Harms sich die Liste zurückgeholt haben könnte, wusste er später nicht mehr zu sagen. Er behielt diesen Gedanken für sich. Es war besser, von Harms nichts verlauten zu lassen.

»Denken Sie, dass jemand vom Hotelpersonal im Auftrag eines Dritten gehandelt haben könnte?«

»Sicher, der Auftraggeber selbst wird bestimmt nicht hier gewesen sein«, sagte Martin und kippte den Inhalt des Glases herunter. Er hatte nicht übel Lust, sich zu betrinken, denn er merkte, wie er vor Anspannung vibrierte. »Aber da nur die Liste fehlt ...«

»Glauben Sie, dass die Polizei was unternimmt?«

Martin füllte sein Glas erneut und ließ beim Schwenken die Eiswürfel klingeln. »Nach dem Auftritt eben? Nein, auf keinen Fall. Die Nachtschicht hat ihre Pflicht getan. Ich weiß natürlich nicht, ob man den Nachtportier noch verhört, ihn befragt, wer hier Zugang hat. Es gibt für alle Hotelzimmer einen Nachschlüssel und sicher auch einen Generalschlüssel, beziehungsweise eine Karte.«

Simion stand auf und öffnete die Tür. »Diese modernen Systeme sind elektronisch gesteuert. Vielleicht gibt es ein Protokoll.«

»Ein Protokoll? Wofür?«

»Ein Rechner speichert, wann die Tür geöffnet wurde

und mit welchem Schlüssel. Dann wird es Kameras im Flur geben.« Simion trat hinaus, sah sich um und kam wieder ins Zimmer. »Die sind winzig, ich kenne sie aus meinem Beruf, oft werden sie in die Sprinkleranlage integriert, damit es dem Gast nicht so auffällt und er sich nicht beobachtet fühlt. Hey, was sehen Sie mich so an? Misstrauisch?«

»Woher wissen Sie das so genau? Weshalb kümmern Sie sich darum? Halten Sie sich raus, sonst kriegen Sie womöglich Ärger.«

»Das bringt mein Beruf mit sich. Was glauben Sie, wie klein die Kameras sind, mit denen wir in der Medizin arbeiten.«

12

Martin kam nur mühsam zu sich. Schlaftrunken griff er nach dem Telefonhörer und fragte sich, wer ihn so früh am Tag anrief. Es war der Weckdienst des Hotels. Er hatte um einen zweiten Anruf eine halbe Stunde nach dem ersten gebeten, denn nach den vielen, gut eingeschenkten Drinks von Simion hatte er nur drei Stunden Schlaf gehabt. Ans Laufen war an so einem Morgen sowieso nicht zu denken, die Stöße hätte sein Gehirn nicht ausgehalten. Er hätte vorsichtiger sein müssen. Worüber sie sich unterhalten hatten? Im Laufe des Tages würde es ihm einfallen. Hoffentlich hatte er keinen Unsinn geredet, nicht über Lucien und Sofias Tod gesprochen oder sich verraten. Er durfte sich zukünftig nicht mehr in derartige Situationen hineinziehen lassen.

Beim Frühstück dachte er missmutig an die Termine des Tages. Er konnte sich kaum konzentrieren. Lag es am Alkohol? Lag es an den vielen fremden Gesichtern ringsum? Sie störten ihn beim Frühstück. Die Nähe so vieler Menschen, von denen zwei sogar an seinem Tisch saßen und sich in einer ruppigen, unverständlichen Sprache unterhielten, war er nicht gewohnt. Die Stille seines Weinkellers und die Ruhe, die er zwischen den Reben fand, machten ihn empfindlicher für Einflüsse von außen, die er als verwirrend und sogar als verletzend empfand.

Der Verabredung im Wirtschaftsministerium, die er nach seiner überraschenden Rückkehr nach Bukarest am Vortag noch kurzfristig hatte vereinbaren können, sah er mit gemischten Gefühlen entgegen. Außerdem wollte er zur Polizei, um dem Diebstahl weiter nachzugehen, obwohl Simion ihm davon abgeraten hatte und nicht glaubte, dass er dort in irgendeiner Weise weiterkommen würde.

»Für Sie, Martin, bedeutet der Verlust des Dokuments möglicherweise viel, was die Polizei nicht ermessen kann. Für die handelt es sich um eine Lappalie. Sie sind nur ein störender Ausländer, der den Betrieb stört, mit einem lächerlichen Problem. Sparen Sie sich die Zeit und den Ärger.« Und daran, dass er seine Dokumente wiederbekäme, sei überhaupt nicht zu denken. Der Weg, über die Betrachtung der von Überwachungskameras gemachten Filme den Dieb zu identifizieren, war nach Simions Ansicht der einzig Erfolg versprechende.

»Aber wenn es jemand vom Hotelpersonal gewesen ist, kann der sich rausreden, dass er im Zimmer etwas erledigen musste, zum Beispiel, die Schokolade aufs Kopfkissen legen.«

»Lassen Sie die Hotelangestellten ihre Ausreden selbst erfinden, Sie nehmen ja alles vorweg!« Damit hatte der Amerikaner in der Nacht die leicht alkoholisierte Debatte zu diesem Thema beendet.

Das Treffen mit Lucien heute war wichtig. Er hatte sich freigenommen, um die Beisetzung seiner Schwester zu regeln. Und trotz seines Schmerzes wollte er Martin mit dem Dolmetscher bekannt machen. Es musste ihm viel daran liegen. Auf den Dolmetscher von Tudor Dragos wollte Martin lieber verzichten. Er hatte zwar nie eine Reise in den ehemaligen Ostblock unternommen, aber gehört, dass diese Dolmetscher, Reiseleiter oder Betreuer ihre Schutzbefohlenen auf Schritt und Tritt überwachten. »Der Tradition verpflichtet, aber der Moderne gegenüber aufgeschlossen.« Dieser dämliche Satz fand sich in zahllosen Hochglanzbroschüren von Kellereien. Martin wusste nicht, was damit gemeint war, aber in Bezug auf Rumänien könnte er passen.

Wieder in seinem Zimmer wählte er erneut Harms' Telefonnummern – wieder erreichte er ihn nicht. Wer war dieser Harms? Er wusste keine Antwort. Und dann der Zodiac. Der Wein war ein Gedicht über die Erde, trinkbare Lyrik, ein Duft orchestraler Dimension, dabei ohne jeden Dünkel, einfach und geradeaus und großartig und auch ein wenig tragisch. Mit dem Kellermeister oder Winzer, der für das Meisterwerk verantwortlich war, würde er sich zu gern unterhalten und mit ihm gemeinsam diverse Weine in ihren verschiedenen Reifestadien verkosten, so wie mit Gaston früher. Ein Tag würde dazu nicht reichen. Von dem Winzer oder Kellermeister könnte er lernen. Er ist längst ein alter Mann, kam Martin erst jetzt in den Sinn. Einem jungen Winzer hätte er den Wein nie zugetraut.

Der Termin mit dem Wirtschaftsreferenten war erst für elf Uhr angesetzt. Das Ministerium lag an der Piaţa Victorie. Martin war dort bereits vorbeigekommen und wusste, dass er nicht länger als eine halbe Stunde gehen würde. Er konnte sich die nervenaufreibende Warterei im Taxi und den grantelnden Fahrer ersparen. Ein ausgedehnter Spaziergang würde den Kater vertreiben.

Er war pünktlich, aber man ließ ihn warten, der Sachbearbeiter für Auslandsinvestitionen befand sich in einer wichtigen Besprechung. Es war hier wie überall: Bei den Behörden ließ man ihn immer warten, hingegen hielt man in den Unternehmen die Termine genau ein.

Der Sachbearbeiter machte einen gehetzten und zerrissenen Eindruck. Bereits beim Betreten des kleinen Besprechungszimmers, in das man Martin bugsiert hatte, zeigte er sich in Eile, er brachte das Gefühl mit, dass man ihm seine knappe Zeit raubte. Jede Frage, die Martin stellte, war eine zu viel. Mihail Streja war ein vielbeschäftigter Mann. Mit sorgenvoll zerknirschtem Gesicht erklärte er, wie der Privatisierungsprozess nach der »Revolution« abgelaufen sei, dass achttausendsiebenhundert Staatsunternehmen hätten privatisiert werden müssen und dass die Rückgabe von Immobilien noch immer nicht vollständig abgeschlossen sei. Er stöhnte, als müsse er das alles allein abwickeln.

Die Übernahmen hingegen seien so gut wie abgeschlossen, derart große Geschäfte wie zwischen der deutschen E.ON und dem rumänischen Gasverteiler Distrigaz Nord gäbe es heute nicht mehr, er lachte und setzte bei Martin offenbar das Verständnis dafür voraus, worüber gelacht wurde. Vielleicht über die damals gezahlten Provisionen?

Jetzt sei die Zeit der Neugründungen gekommen. »Das Land wächst. Täglich öffnen sich interessante Möglichkeiten für Ihre Investoren auch in der Bauwirtschaft.«

War das ein verdeckter Hinweis auf Geldwäsche? Der Einsatz von Schwarzgeld funktionierte in Frankreich nicht anders, auch nicht auf seinem kleinen Weingut. Mochten es bei ihm zwei Sack Zement sein, dann waren es hier zwei Lastzüge oder Waggons, deren Ladung, aus welchen Kassen auch immer, bar bezahlt wurde.

»Im letzten Jahr haben neunhundert deutsche Firmen ihren Sitz hier angemeldet, da wird auch für Sie ein Platz zu finden sein.« Die großen zusammenhängenden Weingüter seien zum größten Teil verkauft, aber Rumänien verfüge über viele Forschungseinrichtungen in jedem Weinbaugebiet, dazu gehörten Hunderte von Hektar besten Reblandes, gesundes Rebmaterial und gute Klone. »Wenn man acht von zehn Forschungseinrichtungen auflöst und die restlichen zwei privatisiert, kommen einige Tausend Hektar zusammen. Sie müssen sich beeilen, das Wettrennen ist längst gestartet, der Kampf ist entbrannt. Stellen Sie sich das nicht einfach vor, besonders da Sie fremd sind. Sie brauchen dringend Hilfe, denn allein finden Sie sich nie zurecht. Ihre Gegner, oder Mitbewerber, wie es heißt, ziehen Sie allemal über den Tisch.«

Bot sich da der Nächste an, der an der Internationalisierung Rumäniens oder dem Ausverkauf seiner Heimat teilhaben wollte? Anders konnte Martin den Prozess nicht nennen, denn in wenigen Jahren würde den Rumänen im eigenen Land nichts mehr gehören.

Eigentlich sei es ja nicht seine Aufgabe, Investoren zu beraten, meinte Mihail Streja und lächelte gewinnend, aber er komme Martin gern entgegen, da er einen so beleumdeten Fürsprecher wie Tudor Dragos habe.

Martin zuckte zusammen. Er hatte nicht erwartet, dass die Kommunikation so schnell und so gut funktionierte. Dann waren sie über seine Schritte im Bilde – vielleicht auch über mehr, über Harms – und womöglich auch über seinen wahren Auftraggeber? Ihm wurde heiß, das Blut stieg ihm in den Kopf, und er beschloss, es wie Lucien zu machen, der die SIM-Karten seines Mobiltelefons ständig gewechselt hatte. Er musste den Laden für Mobiltelefone dringend aufsuchen und sich beraten lassen. Für einige Euro wäre der Verkäufer sicher bereit, ihn in die Telefonpraxis der Russenmafia einzuführen. Hieß es von hier an, mit den Wölfen zu heulen? Martin erschrak vor sich selbst, ihm wurde schlagartig bewusst, dass er sich damit der Methoden bediente, nämlich der Bestechung, die er zutiefst verabscheute.

»Es wurde eine Agentur eigens für Investoren gegründet, an die müssen Sie sich wenden«, riet Mihail Streja. »Ich werde meine Sekretärin anweisen, Ihnen die Adresse zu notieren und Sie dort anzumelden, bevor Sie gehen. Das sind Experten, Anwälte, vertrauenswürdig, schnell – allerdings nicht ganz billig, dafür aber sehr diskret, die kennen das Prozedere genau.«

Martin meinte, ein leicht kumpelhaftes Grinsen im Gesicht seines Gegenübers wahrgenommen zu haben, und die nächsten Worte bestätigten seinen Eindruck.

»Die Mitarbeiter der Agentur wissen, wie Projekte konzipiert und die Anträge richtig formuliert werden müssen, über welche Banken die Finanzierung abgewickelt werden muss, welche Expertisen von den Ämtern beigebracht werden müssen, damit die Zuschüsse auch wirklich fließen. Wer kann es sich heutzutage erlauben, lange zu warten? Die rumänische Regierung bekommt das Geld für die Projekte aus Brüssel, und wir leiten es an die Antragsteller weiter.«

»Und wie hoch sind die Kommissionen?«, fragte Martin. Ihm war klar, dass er sich mit dieser direkten Frage weit vorwagte, aber er musste es wissen. Coulange hatte ihn nicht auf die Reise geschickt, nur um Spesen zu machen. Er wollte klare Ergebnisse, eine Anleitung zum Handeln, und er musste kalkulieren können.

»Nur der Tod ist umsonst«, sagte der Vertreter des Ministeriums in einer Art, als würde er darüber sprechen, mit welchen Kerzen der Geburtstagskuchen seiner Tochter dekoriert werden sollte. »Das ist zum einen Verhandlungssache. Es kommt darauf an, wie hoch die gesamte Investition ist, welche Schwierigkeiten gelöst werden müssen und wie hoch das Projekt angesiedelt ist.«

»Was meinen Sie damit?«

»Auf welcher politischen Ebene darüber entschieden wird. Ich spreche hier nicht davon, dass man dem Umweltminister das Badezimmer kachelt, verstehen Sie mich nicht falsch! Das kann er selbst zahlen.«

Mit dieser Klarstellung im Kopf – möglicherweise ein deutlicher Hinweis oder gar eine Drohung – trat Martin auf die Straße. Vom nächsten Internetcafé aus, einer dunklen und verrauchten unterirdischen Bude, schickte er die Adresse der Agentur an Sichel nach Frankfurt. Der sollte sehen, was er darüber herausfand.

Als Martin sich im Polizeipräsidium nach den beiden Kriminalpolizisten erkundigte, die bei ihm im Hotelzimmer gewesen waren, wurde ihm die Auskunft verweigert. Man verweigerte ihm auch die Auskunft darüber, weshalb man ihm die Auskunft verweigere. Er bekam noch nicht einmal einen Beamten zu sehen, sondern wurde in einem schäbigen

Warteraum mit Plakaten gegen die Korruption, die das Land und seinen Fortschritt schädige, von einem stoischen Pförtner abgefertigt. Worauf die mehr oder minder einfachen Leute warteten, die sich auf Bänken um einen Tisch herum gruppiert hatten, ob sie Opfer, Täter oder Zeugen waren, erschloss sich weder aus ihren Worten noch aus ihrem Verhalten oder der Weise, wie sie von den Beamten angesprochen wurden.

Als er jedoch heftiger darauf drängte, zumindest am Telefon mit jemandem aus der Abteilung für Diebstahl reden zu dürfen, gab ihm eine freundliche Frauenstimme auf Englisch endlich Auskunft: »Reichen Sie Ihre Anfrage bitte schriftlich ein!«

»Und wann kann ich mit der Antwort rechnen?«

»Wir behalten uns vor, Ihre Anfrage gar nicht zu beantworten, falls der Sachverhalt als geheim eingestuft wird.«

»Und wovon hängt das ab?«

»Das kann ich Ihnen nicht sagen.«

Als er sich dann noch dummerweise nach Sofia erkundigte, wurde der Telefonhörer an einen Mann übergeben, der ihn aufforderte, den Pförtner ans Telefon zu rufen. Die beiden sprachen kurz miteinander, der Gesichtsausdruck des Pförtners veränderte sich, Spannung ließ ihn den Kopf zwischen die Schultern ziehen, die Gestalt ging in eine Angriffsstellung über. Er legte den Hörer beiseite und kam aus seinem Pförtnerkäfig.

»Sie bleiben hier! Sie gehen nicht weg! Sie setzen sich sofort hin!« Er zeigte auf die Bank am Tisch mit der zerkratzten Resopalplatte. »Hinsetzen und warten.«

Martin war überzeugt, dass man ihn von jetzt an für in hohem Grade verdächtig hielt. Zwei bewaffnete Uniformierte erschienen im Warteraum, einer begann mit dem Pförtner ein Gespräch, der andere ließ Martin nicht aus den Augen. Als er aufstand, um dagegen zu protestieren, dass man ihn hier festhielt, rückten die beiden bedrohlich nahe, er hätte handgreiflich werden müssen, um an ihnen vorbeizukommen. Es sah aus, als warteten sie nur darauf.

»Das ist Freiheitsberaubung, dazu haben Sie kein Recht.« Kaum hatte Martin den Satz ausgesprochen, wurde ihm die Lächerlichkeit der Worte bewusst. Sie würden ihn auch keinen Anwalt rufen lassen, er dachte dabei an die Anwälte der Agentur, die Mihail Streja empfohlen hatte.

»Hinsetzen! Warten!« Der Pförtner wiederholte sich, einer der Polizisten versuchte, die englischen Worte nachzusprechen, was in einem bedeutungslosen Stammeln endete.

Martin hatte das Gefühl, in eine Falle gegangen zu sein, und nur aus Dummheit oder Überheblichkeit? Er hatte keinerlei Vorstellung, was man ihm wegen seiner Frage nach Sofia vorwerfen oder womit er sich strafbar gemacht haben könnte. Allein sich nach einem Verkehrsopfer zu erkundigen konnte keine Straftat sein, oder?

Wer war Sofia wirklich gewesen? Worin war sie verstrickt gewesen, dass die bloße Nachfrage sogar ihm Schwierigkeiten einbrachte? Ihr Bruder musste das aufklären. Aber dazu musste Martin erst einmal hier raus.

Nach anderthalb Stunden ließen sie ihn gehen. »Sie können sich beschweren, wenn Sie wollen«, sagte der Pförtner höhnisch, »schreiben Sie einen Brief.«

Es war das erste Mal, dass Martin daran dachte, weshalb der Autor Bram Stoker Rumänien als AOC, als *Appellation d'Origine Contrôlée*, in seinem Roman bezeichnet hatte. Das hier war das Ursprungsgebiet des Grafen Dracula. In Bran stand das Schloss, das die Vorlage abgegeben hatte, ein Ort an den westlichen Ausläufern der Karpaten, nahe der Stadt Braşov. Martin beschloss, die Reise so einzurichten, dass er dort vorbeikam. Sofia hatte versprochen, ihm die wahre Geschichte des Grafen Dracula zu erzählen. Jetzt musste Martin jemand anderen finden, der ihm die Geschichte erzählte …

»Haben Sie über die Todesumstände Ihrer Schwester mehr erfahren können?«

Der Riese schüttelte den Kopf. »Man sagt mir nicht einmal, wer der Zeuge ist.« Luciens Stimme entsprach heute mehr der von stampfenden Maschinen. »Die Begründung müssen Sie sich anhören: Der Zeuge sei sich nicht sicher, ob es ein weißer Mercedes oder ein gelber Audi gewesen sei und ob ein Mann am Steuer saß oder eine Frau. Daher tappe die Polizei im Dunkeln. Für mich ist das eine klare Sache: Sie haben Sofia beseitigt.«

»Ich war heute bei der Polizei und habe mich ganz nebenbei erkundigt, was mit Ihrer Schwester passiert ist.«

Luciens Entsetzen war echt. »Sind Sie verrückt? Hier geht man nicht freiwillig zur Polizei, da wird man höchstens hingebracht. Was mischen Sie sich ein?« Lucien wurde laut: »Sofias Tod geht Sie nichts an! Vergessen Sie die ganze Sache, vergessen Sie's, das ist ausschließlich mein oder unser Problem – der Familie, meine ich.«

»Ihre Schwester hat uns miteinander bekannt gemacht, weil sie es wollte. Von den politischen Verhältnissen haben Sie mir erzählt, weil Sie es wollten. Über Korruption in Ämtern haben Sie berichtet, den Dolmetscher haben Sie mir angeboten – nicht ich habe danach gefragt. Sie bringen einiges durcheinander, Lucien.« Es war selten, dass Martin laut wurde, aber er war noch nicht fertig:

»Und jetzt schnauzen Sie mich an? Das verbitte ich mir. Euer Ceauşescu mag an vielem schuld sein, aber nicht an allem. Mit den Nazis habt ihr euch verbündet, um die Russen zu überfallen, um Moldawien zurückzubekommen. Wozu habt ihr hundertsechzigtausend Juden umgebracht? Dann schnell die Seiten gewechselt, aber das hat euch die Besetzung durch die Sowjetunion eingebracht. Dass Hitler hochkam, lag an den Deutschen, dass Ceauşescu aufstieg, habt ihr zu verantworten. Vielleicht war er der kleinste gemeinsame Nenner für alle? Dass ihr weder den Holocaust noch eure Securitate-Scheiße aufarbeitet, liegt nicht nur am Sozialismus. Sie, Lucien, reden vom Sozialismus mit menschlichem Antlitz?«

Lucien blickte ihn entsetzt an.

»Dann setzen Sie erst mal selbst eines auf, ein menschliches Gesicht meine ich! Üben Sie vor dem Spiegel, es kann nicht schaden, erst recht nicht in eurem neuen Raubtierkapitalismus. Guten Tag!«

Es stank Martin hier, es stank ihm ganz gewaltig. Er wollte sich mit Menschen aus dem Weingeschäft umgeben, mit Menschen, die noch den Himmel sahen, den Boden betrachteten und mit ihren Händen über die Weinstöcke strichen und die Berührung genossen, die eine Vision entwickelten und Geschmack und das Genießen liebten. Er wollte weg, weg aus dieser Hauptstadt, diesem Meer aus Stein und den neurotischen Menschen.

Er stand auf und sah Lucien an, der Riese saß wie versteinert auf seinem Kaffeehausstuhl. Es war das dritte Café, in das er Martin bestellt hatte. Weshalb lud der Rumäne ihn nicht zu sich nach Hause ein? Tat man das hier nicht – oder schämte er sich?

»Ich habe gelernt, Anteil an den Menschen zu nehmen, bei mir zu Hause (in Frankreich wollte er sagen, verkniff es sich aber gerade noch), da macht man das. Vielleicht war das falsch.«

Lucien war das Kinn heruntergeklappt. Martin konnte sich gegen das aufsteigende Mitleid nicht wehren. Lucien mochte ein Riese sein, schien unerschütterlich in seiner Körpergröße, aber die persönlichen Verluste, die er hatte hinnehmen müssen, waren wohl zu hart gewesen.

Martin wurde unsicher. Reagierte er überhaupt angemessen, oder musste Lucien dafür herhalten, dass ihm alles zu viel wurde und er sich selbst im Weg stand?

»Ich haben Sie nur warnen wollen …«

»Dann sagen Sie das so, dass man es versteht.«

»Sie machen sich verdächtig. Kommen Sie zurück, setzen Sie sich wieder. Wer fragt, macht sich verdächtig – und unbeliebt. Es gibt Fragen, die stellt man besser nicht.«

»Sie fragen doch auch.«

»Das ist was anderes. Es ist mein Land, ich weiß, wen ich fragen kann und wonach, vor allem wie, ich kenne mich aus, ich weiß, wie weit man sich vorwagen darf, ich kenne das Risiko ...«

»Das scheint ziemlich hoch, falls der Unfall Ihrer Schwester fingiert war. Mir tut man nichts, ich bin Ausländer. Andererseits – mich raushalten? Ich bin schließlich EU-Bürger, das hier ist ein EU-Land.«

Lucien seufzte mitleidig. »Man merkt, dass Sie im Westen aufgewachsen sind. Sie begreifen nichts.«

»Was sollte ich denn begreifen?«

»Dass wir byzantinisch sind. Der Rumäne sagt nie die volle Wahrheit. Vierhundert Jahre lang mussten wir die Türken an der Nase rumführen. Sie sind nicht mit uns fertig geworden und haben Griechen als Verwalter geschickt. Mit denen mussten wir uns dann arrangieren. Anschließend kamen die Habsburger, also mussten wir denen Sand in die Augen streuen, ja, und anschließend uns selbst, dabei ist es geblieben – jetzt ist Europa dran ...«

»... und dabei werden wir nicht einmal mit uns selbst fertig.«

Es war eine fremde Stimme, die das in Martins Rücken sagte, und er schnellte erschrocken hoch. Da hatte jemand akzentfrei Deutsch gesprochen.

Hinter ihm stand ein freundlicher Mann in Luciens Alter und machte das Victoryzeichen. »Josef Teubner, sehr zu Diensten. Und Sie, vermute ich mal, sind der deutsche Weinfreak?«

Lucien erhob sich, drückte Martin auf seinen Stuhl zurück und zog den Fremden an den Tisch. Widerstand war zwecklos, Luciens Hände hätten jeden zerquetscht, eine davon beließ er auf Martins Schulter. »Er wollte gehen, nachdem er mir stellvertretend für alle Rumänen die Meinung gesagt hat.«

»Sie blasen gern anderen den Marsch. Am deutschen Wesen soll die Welt genesen, oder so ähnlich, habe ich mal gehört«, sagte Teubner. »Worum ging's denn?« Er rief der Bedienung etwas zu, die böse herüberblickte. Teubner strich mit der Hand unter dem Tisch entlang, als könnte dort ein Mikrofon versteckt sein, dann zog er die tropfenden Blumen aus der kleinen Vase und schüttelte sie kurz an seinem Ohr. »Entweder man macht es richtig oder gar nicht. So – Herr Martin, jetzt muss ich mal kurz mit meinem Freund reden, in unserer Sprache. Wir haben nichts zu verheimlichen, aber Angelegenheiten, die das Gefühl betreffen, kann man besser in der eigenen Sprache ausdrücken. Es geht schließlich um den Tod einer Freundin.«

Martin brauchte kein Verständnis zu heucheln, sein Groll verschwand bei Teubners Art. Lag es daran, dass er von jenen viel zitierten Siebenbürger Sachsen abstammte?

»Es waren keine Sachsen«, erklärte Teubner, nachdem er die Unterhaltung mit Lucien, in der oft der Name Sofia gefallen war, beendet und eine riesige Portion Schokoladeneis verdrückt hatte. »Meine Urahnen stammen ursprünglich von der Mosel, von dort haben sie auch den Weinbau mitgebracht. Mein Großvater hat unter Ceauşescu in der Nähe von Hermannstadt – dem heutigen Sibiu – noch Weinbau betrieben; er hatte selbst sieben halbe Hektar. Mehr als einen halben Hektar durfte man später nicht behalten, was darüber lag, wurde enteignet. Aber er hatte die Weingärten der anderen Familienmitglieder unter seiner Obhut. Daher kenne ich mich aus. Ich habe ihn als Kind oft begleitet und mit ihm gearbeitet. Es hat mehr Spaß gemacht, als mir in der Schule idiotische Sachen von verschüchterten Lehrern anhören zu müssen. Das nur zum Hintergrund, und deshalb würde ich Sie gern begleiten.«

Mit den Menschen rückte die Geschichte näher; was sonst nur Daten und Ereignisse in einem Buch waren, bekam ein Gesicht. Das von Teubner fand Martin sehr sympathisch. Er konnte sich gut vorstellen, mit ihm zu reisen. Simion passte schlecht dazu. Aber ihn jetzt auszubooten, wäre link gewesen. Doch da war noch die wie immer geartete Beziehung zu Lucien. Und die empfand Martin als gefährlich. Teubner würde ihn über seine Schritte informieren. »Woher kennen Sie …«

»Lucien? Von den Demonstrationen. Vielmehr aus dem Krankenhaus, wo man uns hinterher behandelt hat. Ihn hat's härter erwischt als mich, er hat sich wohl auch stärker gewehrt. Seitdem hasse ich Bergarbeiter. Aber von den Siebenbürgern waren kaum welche dabei.«

»Er hätte abhauen können, die Siebenbürger wussten, wohin sie gehen sollten, die konnten nach Deutschland, es ist kaum noch einer hier, wir hingegen …«

»Er hat recht.« Teubner bestätigte Luciens Einwand. »Euer Kanzler Schmidt hat uns von 1972 an raus- oder freigekauft, wie die DDR-Bürger, zehntausend jedes Jahr. War ein gutes Geschäft für Ceauşescu, aber schlecht für Rumänien, weil die Siebenbürger gearbeitet haben, sie waren ein Motor, anders als die Rumänen, die Ungarn, die Zigeuner und die Moldawier, die Mentalität war anders. Diese Leute fehlen uns heute.«

»Wenn die anderen gewusst hätten, wo sie hätten hingehen können, wären sie auch gegangen, alle wären gegangen, und der Letzte hätte das Licht ausgemacht.«

»Das wäre von allein ausgegangen«, meinte Lucien. »So absurd es klingt, obwohl keiner hier wirklich Interesse an Europa hat, vor allem sich Westeuropa nicht zugehörig fühlt, ja sich sogar überlegen wähnt und die dortigen Länder als lächerlich empfindet, ist Europa, sind die Regeln und Gesetze der EU, für uns die einzige Rettung.«

»Wovor?«, fragte Martin verwundert.

»Vor uns selbst«, antwortete Lucien an Teubners Stelle.

»Das verstehe ich nicht.«

»Wir verstehen es ja kaum selbst. Was von unserer Regierung zu erwarten ist, erleben Sie ja selbst.«

»Und was erwarten Sie von den westlichen Konzernen?«

Teubner sah Lucien an, für derartige Fragen war er der Experte. »Sie wollen, dass wir ihnen unser Land und unsere Wirtschaft schenken und umsonst für sie arbeiten. Globalisierung nennen sie das. Wir werden auf das Niveau chinesischer Wanderarbeiter gedrückt werden. Demnächst auch von den Deutschen.«

»Die russischen Konzerne sind auch nicht besser«, wandte Teubner ein.

»Davon habe ich keine Ahnung«, sagte Martin und hoffte, dass ihm jemand dazu was sagen würde oder dieses idiotische Thema beendete.

»Aber wir«, meinte Lucien und sah den Dolmetscher vielsagend an, der ihm zunickte und sich an Martin wandte.

»Und – wie geht's weiter? Arbeiten wir nun zusammen?«

»Kennen Sie ein Weingut namens Zodiac?«

Teubner lehnte sich zurück und dachte nach. »Zodiac? Habe ich, glaube ich, mal gehört. Ist lange her. Ich werde meinen Großvater fragen.«

»Tun Sie's bitte, es ist wichtig für mich«, sagte Martin. »Und es wäre schön, wenn es bald sein könnte. Wir treffen uns morgen früh, um neun Uhr. Kommen Sie zum Hotel? Oder soll ich Sie irgendwo abholen?«

»Nein, ich komme zu Ihnen, Sie kriegen ja sowieso früher oder später beim Fahren Ihren Herzanfall.«

Martin verstand die Bemerkung nicht. »Wir fahren morgen nach Odobeşti. Dort möchte ich eine Kooperative besuchen, angeblich die einzige im Land, die wieder funktioniert, mithilfe des Instituts für Internationale Kooperation. Ihre Spesen übernehme ich. Und wie hoch ist Ihr Tagessatz?«

Teubner nannte ihn, er war akzeptabel und man wurde sich einig. Die Situation entspannte sich, sogar Lucien taute auf.

»Wir haben alle unsere kleine eigene Geschichte mit dem Diktator. Josef hat auch eine. Wie er darum herumkam, den Diktator zu küssen. Er erzählt sie gern.«

Der Dolmetscher ließ sich nicht lange überreden. »Alle Diktatoren zeigen sich gern mit Kindern, ich weiß nicht weshalb, vielleicht soll es Vertrauen schaffen, vielleicht versprechen sich die einfachen Leute was davon, bei denen wirkt das. Hitler hat es gemacht, Stalin, Roosevelt – Adenauer und auch Ceauşescu. Mit einigen aus meiner Klasse war ich dazu ausersehen, dem Diktator Blumen zu überreichen, und wir sollten ihn küssen. Aber er hatte immer Angst vor Infektionen, deshalb kamen die auserwählten Kinder, also auch wir, eine Woche vorher ins Krankenhaus, zur Untersuchung und sozusagen in Quarantäne. Ich hatte am Tag vor der Einweisung Brombeeren gesammelt und hatte mir die Beine an den Ranken aufgerissen. Das sah schlimmer aus, als es war, aber die Ratscher waren nicht verheilt, nur deshalb hat man mich ausgemustert – aber alle anderen haben ihn geküsst …«

13

Mitternacht war längst vorüber, als Martin aus dem Fahrstuhl stieg und den Weg zu seinem Zimmer einschlug. Als er begriff, was dort vor sich ging, war es zu spät. Der Mann, der vor seiner offenen Zimmertür stand, rief etwas nach drinnen, rannte auf ihn zu und packte ihn am Arm.

Martin riss sich los und schrie laut um Hilfe, worauf der Mann zu einem Schlag ausholte, aber Martin wich aus und schlug zurück. Der Angreifer taumelte, dann war ein zweiter Mann bei Martin und warf ihn zu Boden. Zu zweit stürzten sie sich auf ihn und drehten ihm die Arme auf den Rücken. Nein, das waren keine Diebe, hinter dem Überfall steckte was anderes, das war der einzig klare Gedanke in Martins Kopf, während er versuchte, die beiden abzuschütteln. Glücklicherweise betraten in diesem Moment Gäste den Flur, ein Hotelangestellter versuchte, Martin von den Angreifern zu befreien, bis sich eine herrische Stimme einmischte. Sie ließen von ihm ab. Der Befehlshaber half ihm auf. Er war der älteste und anscheinend auch intelligenteste von ihnen, er entschuldigte sich, während seine Männer die fassungslosen Hotelgäste in die Zimmer zurückscheuchten.

»Ich bedauere diesen Vorfall. Meine Mitarbeiter haben mich falsch verstanden. Sie dachten, Sie wollten fliehen.«

Das Englisch des knapp Fünfzigjährigen war so hart wie sein Blick. Es war erstaunlich, dass Augen den Eindruck hervorrufen konnten, sie bestünden aus dunkelgrauem Granit.

»Was wollen Sie von mir?«, schnauzte Martin den Mann an. »Was sind das für Umgangsformen? Weshalb sollte ich fliehen, und wer sind Sie überhaupt? Was haben Sie in meinem Zimmer zu suchen?«

Noch bevor er eine Antwort bekam, bat er den Hotelangestellten, der zwischen Protest und Gehorsam schwankte, Simion zu holen, der einen Stock tiefer in Zimmer 218 logierte. Der Hotelangestellte war als Zeuge ungeeignet, er ließ sich einschüchtern, er hatte nicht die Augen des Befehlshabers. Rumänen waren es anscheinend noch nicht gewohnt, auf ihr Recht zu pochen. Und wenn er es täte, würde ihn die Hoteldirektion rauswerfen. Martin brauchte jemanden, der keine Angst hatte, den nicht ein Leben voller Unterdrückung gedemütigt hatte. Himmel, wo war er hineingeraten?

»Wir haben einen Hinweis bekommen, dass sich Dokumente des Agrarministeriums in Ihrem Besitz befinden ...«

»Mitten in der Nacht?«, unterbrach ihn Martin. »Bei mir suchen Sie vergebens. Warum fragen Sie mich nicht? Ich bin gestern erst bestohlen worden. Sind Sie von der Polizei oder von der Securitate?« Er sagte es so verächtlich, dass der Hotelangestellte sofort den Kopf einzog und Simion holen ging.

»Machen Sie schnell«, rief Martin ihm nach, »bevor sie mich wieder niederschlagen oder sonst was.«

»Niemand schlägt Sie nieder. Wir sind für die Sicherheit des Ministeriums zuständig. Die Securitate wurde bereits vor zwanzig Jahren aufgelöst. Das sollten Sie eigentlich wissen! Wären Sie kein Ausländer, würde ich Ihre Bemerkung als Unverschämtheit auffassen. Niemand will Sie abführen. Wir wollen uns vergewissern, dass sich keine vertraulichen oder geheimen Dokumente in Ihrem Besitz befinden, die Ihre Sicherheit gefährden könnten. Wenn Sie uns die Arbeit schwer machen, wird Ihre Aufgabe in unserem Land nicht leichter. Wir haben keine Ausländer nötig, die uns sagen, was wir tun oder lassen sollen. Das wissen wir selbst. Haben Sie mich verstanden?«

»Es war laut genug. Ich möchte Ihren Namen, den Ihrer Dienststelle und den Ihres Vorgesetzten!«

»Sie? Was wollen Sie? Ich glaube, Sie verkennen die Situation. Wer etwas verlangt, sind wir! Jetzt gehen Sie, gehen Sie in Ihr Hotelzimmer ...«

Mitten im Satz schnauzte er seine Untergebenen an, worauf die beiden Männer die neugierigsten Hotelgäste, die sich nichts entgehen lassen wollten, erneut vertrieben. Als Simion im seidenen Morgenrock mit Halstuch erschien, ganz Grandseigneur, mit einem Gesicht und in einer Haltung, als käme der Chef des Hotels und gleichzeitig Leiter dieser obskuren Sicherheitsbrigade, stutzten die Männer einen Moment, dann schoben sie Martin vor sich her ins Zimmer. Es sah bedeutend schlimmer aus als nach dem gestrigen Einbruch.

Wenn man nach Dokumenten gesucht hatte, wozu hatte man dann den Inhalt seines Reisenecessaires auf dem Bett verstreut? Wozu waren die Schubladen aus dem Schreibtisch gezogen und vor dem Fenster aufgereiht worden? Weshalb war der Inhalt des Kleiderschranks gewendet worden, als hätten sie in den Nähten des Sakkos nach eingenähten Mikrochips gesucht? Die Unterlagen und Dokumente über Weinbau sowie die Prospekte der Weingüter hingegen lagen fein säuberlich zu zwei Stapeln aufgeschichtet. Auf dem linken lag als Erstes die Bodenanalyse der diversen Weinbaugebiete, mit dem Emblem der Regierung vorne drauf. Auf dem rechten Stapel mit den Prospekten lag sein Reiseplan.

»Was machen Sie hier, Herr ... Bongers?«

»Ich stehe rum und frage mich, was diese Unordnung zu bedeuten hat und was Sie von mir wollen.« Martin wusste, dass es unangenehm für ihn werden konnte, frech zu werden, aber ihm war nicht danach, vor diesen Figuren zu kuschen. Sie fielen bei ihm ein wie die Heuschrecken und machten, was sie wollten. Teubner hatte berichtet, wie es bei der NATO-Tagung zugegangen war. Wer möglicherweise protestieren würde, war weggesperrt worden. Jugendliche, beim Besprühen von Transparenten erwischt, waren krankenhausreif geschlagen worden, und die Polizei hatte eine angefahrene Frau sterben lassen, weil sie angeblich Befehl hatte, sich nicht von der Stelle zu rühren.

»Bei unserer Polizei und den Geheimdiensten werden alte Denkmuster auf Knopfdruck reaktiviert. Sehen Sie sich vor«, hatte Teubner gewarnt.

Willkommen in der Europäischen Union, dachte Martin.

»Wir wollen von Ihnen eine Erklärung, wie Sie in den Besitz dieser Unterlagen gekommen sind.« Der Chef des Sondereinsatzkommandos, der es nicht nötig hatte, sich mit Namen vorzustellen oder seine Dienststelle zu nennen, hielt einen Packen Dokumente in der Hand, oben drauf Papiere mit dem Regierungsemblem, mit der anderen rieb er sich das Gesicht. Seine Kettenhunde sahen Martin lauernd an, es hätte ihnen gefallen, die Nummer auf dem Teppich zu wiederholen.

»Bei Ihnen weiß die rechte Hand anscheinend nicht, was die linke tut.« Martin staunte über seine eigene Frechheit, denn die Situation gefiel ihm überhaupt nicht, gleichzeitig empfand er sie als zu absurd und grotesk, als dass sich Angst einstellen wollte. Das Geschehen ließ sich kaum ernst nehmen. Es ist lächerlich, irgendwie sind es Zuckungen eines sterbenden Regimes, dachte er, und ihm war, als stünde ein anderer an seiner Stelle hier – er dachte an Coulange. Wahrscheinlich hat der Feigling gewusst, was auf mich zukommt, und sich derartige Aufführungen ersparen wollen.

»Die Unterlagen habe ich von Sofia Rachiteanu.«

»Das werden wir prüfen.«

»Das wird kaum möglich sein. Sie ist tot!« Martin merkte, dass alle verblüfft innehielten. Vielleicht habt ihr sie umgebracht, hatte er anfügen wollen, schluckte es aber rechtzeitig herunter.

»Das werden wir prüfen«, wiederholte der Chef. »Ich kann nicht glauben, dass derartige Dokumente offiziell an Fremde weitergegeben werden.«

»Hier sind doch alle fremd«, hörte Martin sich sagen und blickte den Amerikaner erleichtert an, der ins Zimmer getreten war, »nicht wahr, Mister Simion?«

Der Angesprochene grinste, der Chef blies sich wichtigtuerisch auf. »Ach, Sie sind das«, meinte er, »unser Zeuge. Darf ich um Ihren Pass bitten? Und Ihren will ich auch, Mister Bongers. Dann schreiben Sie mir auf, wo Sie sich demnächst aufhalten werden, alle Termine will ich haben.«

»In dem Stapel in Ihrer Hand finden Sie meinen Reiseplan – oder Sie fragen am besten Tudor Dragos, der wird es genau wissen.« Martin dachte daran, dass er Sofia von seinen Reisezielen erzählt hatte, demnach würde es auch ihr Chef über die Abhöranlage mitbekommen haben. »Sicher ist alles protokolliert. Nun sagen Sie mir doch endlich, von welchem Verein Sie sind. Politische Polizei, Steuerfahndung, Antikorruptionsbehörde oder Mordkommission …«

Der Chef stutzte. »Mordkommission? Sie haben eben von einer Toten gesprochen. Was wollen Sie damit sagen? Woher wissen Sie …?«

»Sofia Rachiteanu – es ist möglich, dass Sie die Frau kennen …«

»Woher wissen Sie von ihrem Tod?«, fuhr ihn der Chef an, und auch Simion reckte den Kopf.

Bin ich nur von Idioten umgeben?, fragte sich Martin und sah wieder zu Simion hin. Der hatte eine Entschuldigung, er konnte nichts wissen. Der Amerikaner setzte sich auf die Lehne eines Sessels, schlug lässig die Beine übereinander und zog den blauseidenen Morgenrock über die Knie. Er sah der absurden Aufführung mit distanzierter Gelassenheit zu.

Über die wahren Gründe des nächtlichen Überfalles nachzudenken, verbot Martin sich einstweilen, die Situation erforderte seine Aufmerksamkeit, und er reichte dem Chef den Personalausweis. »Wie ich vermute, haben Sie längst in alles Einblick genommen. Die Liste mit den Besuchsterminen können Sie sich auch vom Weinbauverband holen, das scheinen mir die einzig vernünftigen Leute hier zu sein. Aber ich glaube, Sie haben den Reiseplan bereits.«

»Wir waren hier keinen Augenblick allein, das machen wir nicht, der Hotelangestellte war dabei. Wir halten uns an Recht und Gesetz, verstehen Sie?«

»Natürlich ...«

»Jetzt verraten Sie mir, was das Theater sollte.« Simion saß wieder auf der Lehne, die Agenten des Ministeriums oder Geheimpolizisten waren abgezogen, sie hatten einige Dokumente, die Martin in Bukarest erhalten und sich besorgt hatte, beschlagnahmt. Es war eine Katastrophe und gleichzeitig zu lächerlich. Martin war froh, dass er seine täglichen Berichte per E-Mail abgefasst und die wichtigsten Unterlagen gescannt und nachgeschickt hatte. Das Laptop hatte niemanden interessiert. Merkwürdig. Und man hatte ihm nicht untersagt, die Reise fortzusetzen.

»Morgen, Mister Simion, Marc, morgen erzähle ich Ihnen mehr, Sie müssen sich gedulden. Ich bin kurz vor dem Durchdrehen.« Martin dehnte den Hals und rieb sich den schmerzenden Nacken. Am liebsten wäre er gelaufen, aber nicht in der Stadt und auch nicht auf den asphaltierten Wegen des Cişmigiu-Parks, sondern über lebendige Erde, durch einen Weinberg, am Wald entlang, stundenlang, nur weg hier. Er fragte sich ernstlich, ob er weitermachen sollte. Wozu weitere Risiken eingehen? Morgen früh würde er Charlotte anrufen und mit ihr darüber reden. Sie war der einzige vernünftige Mensch, den er kannte. Sicher, es gab noch einige andere, von denen ein ehrlicher Rat zu erwarten war, vielleicht sogar von Josef Teubner, der hatte ihn positiv beeindruckt.

»Heute Nacht, Marc, gibt es kein Besäufnis. Heute gehen wir schlafen. Ich danke Ihnen sehr, dass Sie gekommen sind, schon zum zweiten Mal …«

»Es war mir ein Vergnügen.« Als Simion aufstand, fiel sein Morgenrock über das rechte Bein, und es zeigte sich eine riesige, hässlich verwachsene Narbe, eigentlich waren es mehrere, die ineinander übergingen und bis zur Hüfte reichten.

»Was ist das Schreckliches«, fragte Martin befremdet, »was ist Ihnen passiert?«

Simion wickelte sich erschrocken in den Morgenrock. »Heute gehen wir schlafen. Nur damit Sie noch was zum Grübeln haben, falls Sie nicht schlafen können – Vietnam. Ich war in Vietnam Soldat … Seien Sie froh, dass Ihnen das erspart geblieben ist.«

»Du kommst sofort zurück!«

»Nein, Charlotte. Und was soll ich da, wenn du in den Tschad fliegst?«

»Ich musste verbindlich zusagen, es ging nicht anders.«

»Da ist es schlimmer als hier, da wird geschossen, Regierungstruppen, Aufständische, Rebellen, alle bringen sich gegenseitig um, da herrscht das Elend – und du steckst mittendrin. Von jetzt an schlafe *ich* keine Nacht mehr ruhig, wenn ich weiß, dass du dort bist.«

»Das tust du doch momentan auch nicht, nach dem, was du mir erzählt hast. Wir werden eine Lösung finden, Martin. Bei dir geht es um Politik, im Gegensatz zu dir kenne ich die Bande, ich habe dazugehört. Es hat für mich den Anschein, dass die Interessen verschiedener Gruppen oder Fraktionen des Apparats aufeinanderprallen. Alle wollen ans Geld, das du in gewisser Weise repräsentierst, es ist immer das Gleiche. Sie wollen ans Geld, das aus Brüssel kommt, und dazu wollen sie dich benutzen. Du kannst nur verlieren.«

»Das glaube ich nicht, dann wären sie freundlicher. Ich habe damit nichts zu tun, außerdem halte ich mich raus, ich sehe mir alles an und komme nach Hause ...« Den letzten Vorfall hatte er ihr wohlweislich verschwiegen.

»Martin, sei nicht so naiv, du bist mittendrin.«

»Wir brauchen das Geld, das ich hier verdiene, Charlotte. Wir haben investiert. Ich kriege fünfundzwanzigtausend Euro. Verstehst du? Ein Drittel haben wir schon, und ich bin länger als eine Woche hier – der Leihwagen, die Reise, das Hotel, das alles kostet ...«

»Deine Gesundheit ist mir wichtiger. Komm zurück, Liebster. Wir kriegen das auch anders hin. Mein jetziger Auftrag ist auch sehr lukrativ ...«

»Ach! Dein Geld ist leichter verdient? Nun gut, ich komme unter einer Bedingung!«

Charlotte schwieg am anderen Ende der Leitung.

»Ich komme zurück, wenn du nicht in den Tschad fliegst.«

»Unmöglich, Martin, ich habe es versprochen, und außerdem reise ich mit einer kleinen, dafür aber offiziellen Delegation und nicht allein, so wie du.«

»Ich bin auch nicht allein, Charlotte, ich kriege einen Dolmetscher. Und außerdem kenne ich dich! Die anderen gehen dir nach zwei Tagen auf den Geist, und du machst dich selbstständig, machst auf eigene Faust weiter und dich überall unbeliebt. Du stellst zu viele Fragen.«

»Ich bin eben so wie du, Liebster.«

»Und was nun?«, fragte Martin und sah auf die Uhr. Es war Zeit, Frühstücken zu gehen, außerdem würde Josef Teubner gleich eintreffen.

»Wir machen das, was wir in solchen Fällen immer tun. Solange niemand beim anderen ein Veto einlegt, tut jeder, was er für richtig hält ...«

Das ist unser Abkommen, dachte Martin und seufzte.

Wenn ich mein Veto einlege, muss auch ich die Reise abbrechen, und das will ich nicht. »Wann kommst du wieder?«

»In genau zwei Wochen ...«

»Du musst mich von jetzt an anrufen, ich komme nicht zu dir durch. Der gesamte Tschad ist ein Funkloch.«

»Unserer Gruppe wird ein Satellitentelefon gestellt ...«

»... was dann zufällig nicht funktioniert?«

Beim Frühstück erinnerte sich Martin daran, dass Simion am Vortag Behörden hatte besuchen wollen, um nach den Spuren von früheren Verwandten zu forschen.

»Sind Sie fündig geworden?«, fragte er, als der Amerikaner sich mit einem Teller Cornflakes und Joghurt zu ihm setzte und nachdenklich eine Kiwi wie ein gekochtes Ei auslöffelte.

»Es gibt Spuren, ja, ganz umsonst sind meine Anstrengungen nicht. Es gibt gewisse Kontakte, es ist nur schwer, mit den Behörden vernünftig zusammenzuarbeiten. Sie sind es nicht gewohnt, Auskünfte zu geben. Es gibt keinerlei Dienstleistungsmentalität. Man kommt sich vor wie ein Bittsteller. Und dann ist da dieses dauernde Misstrauen. Man braucht viel Geduld.« Er hatte sie anscheinend, denn er löffelte die Kiwi so geschickt aus, dass nur noch die dünne haarige Haut in seiner Hand zurückblieb. »In der kommunistischen Zeit sind die Melderegister anders geführt worden, vieles wurde nach dem Umbruch – eine Wende will ich das nicht unbedingt nennen – verlegt, man findet es nicht. Und an die interessanten Archive kommt man nicht dran.«

»Haben Sie es mal mit Kirchenbüchern oder Taufregistern versucht? Die Pfaffen haben wieder Hochkonjunktur. Überall werden neue Kirchen gebaut, Glaube statt Brot, Beten statt Mitbestimmung. Beides zusammen wäre mir ja recht ...«

»Habe ich gesehen, überall, das Volk findet zum Glauben zurück.«

Darauf konnte Martin nur mit Sarkasmus antworten: »Was anderes bleibt ihnen sonst auch nicht übrig. Zu beißen gibt es ja nicht so viel.«

»Ist doch alles da.« Simion zeigte mit dem Löffel in der Hand auf das reichlich ausgestattete Büfett des Fünf-Sterne-Hotels.

Diese Amis sind zu komisch, dachte Martin, sie kapieren einfach nicht, wo auf der Welt sie sich befinden. Sie meinen, jeder muss so leben und denken wie sie. Simion ist sicher ein intelligenter Mensch, besonders bei diesem Beruf, andererseits macht er einen unbedarften Eindruck. Von einem Rumänen hatte sein Tischnachbar nichts an sich, obwohl Martin nicht sagen konnte, wodurch ein Rumäne sich auszeichnete.

Was er bis jetzt zu spüren bekommen hatte, waren Distanz, Misstrauen, Unfreundlichkeit und Desinteresse – fast hätte er die Grobheit vergessen, aber das hatte sicher weniger mit der Mentalität zu tun als mit den Polizeiorganen. Das lag in der Natur der Sache. Allerdings taute Lucien langsam auf, seine Schwester hatte schnell Vertrauen geschöpft, und auch Josef Teubner war ein durchaus angenehmer Zeitgenosse.

Der Dolmetscher kam pünktlich. Martin machte ihn mit Simion bekannt und merkte schnell, dass die beiden sich nicht leiden konnten. Als Teubner hörte, dass der Amerikaner mit von der Partie sein würde, zog er kaum merklich ein Gesicht. Es gefiel ihm ganz und gar nicht. Das fehlte noch. Als Simion dann erklärte, dass er im eigenen Wagen hinterherfahren und nur dann und wann auf ein Weingut mitkommen würde, konnte Martin dem Dolmetscher ansehen, dass er halbwegs versöhnt war.

»Dass unser neuer Reisebegleiter heute zu uns stößt, hätten Sie mir ruhig vorher sagen können«, meinte Simion bissig, als Teubner zum Frühstücksbüfett gegangen war, und machte keinen Hehl aus seiner Verstimmung. »Geben sie den Ausländern noch immer Spitzel mit? Da sind wir nie ungestört, Martin, das finde ich schade. Kein persönliches Wort kann man reden, ohne dass der Fremde mithört. Was wissen Sie von ihm?«

Martin stand der Sinn nicht nach Erklärungen, er drängte zum Aufbruch. Sollten die beiden sehen, wie sie miteinander zurechtkamen. Der eine begleitete ihn freiwillig, und der andere wurde für seine Arbeit bezahlt. Würde Simion ihn stören, würde er die Reise jederzeit ohne ihn fortsetzen. Teubner war wichtiger, der konnte ihm helfen, aber auch in seinem Fall war er nicht bereit, Zugeständnisse zu machen. Zur Not konnte er sich selbst mit Englisch oder Französisch behelfen, in Siebenbürgen eventuell sogar mit Deutsch. Die meisten Winzer, so die bisherige Erfahrung, sprachen zumindest eine Fremdsprache.

»Wir sollten aufbrechen«, sagte Teubner, wohl auch um das angespannte Schweigen am Frühstückstisch zu beenden. »Bis nach Odobeşti sind es zweihundert Kilometer, dafür brauchen wir mindestens vier Stunden.«

Martin hielt das für übertrieben.

»Sie werden es erleben«, lachte Teubner. »Sie kennen unsere Straßen nicht. Sind Sie mal zehn Kilometer hinter einem Pferdefuhrwerk hergezockelt? Es gibt keine Umgehungsstraßen. Wir müssen mitten durch jede Ortschaft. Versuchen Sie hinter uns zu bleiben, Mister Simion, was auch passiert. Außerdem sind wir ja verbunden.« Er tippte auf sein Mobiltelefon. Er klang schon etwas aufgeräumter, Martin glaubte, dass Teubner mit der Situation besser umzugehen verstand. Er musste diplomatisch sein, er konnte sich seine Kunden nicht aussuchen, anders als Martin, der sich als Winzer in der glücklichen Lage sah, dass die Händler mehr von seinem Wein haben wollten, als er liefern konnte. Aber leider war er hier nicht als Produzent seltener

Bordelaiser Garagenweine unterwegs. Er sollte Teubner bitten, Simion bei seinen familiären Nachforschungen ein wenig unter die Arme zu greifen, als Beitrag zur Entspannung.

»Die Löcher, Mister Simion, die Löcher«, sagte Teubner ernst. »Achten Sie auf Schlaglöcher. Die sind metertief. Was fahren Sie für einen Wagen?«

Es war ein großer schwarzer Ford Geländewagen – was hätte ein Amerikaner auch sonst fahren sollen? »Einen Japaner«, meinte Teubner lapidar, als er neben Martin saß und ihm den Weg nach Nordosten aus der Stadt wies. »Die kaufen alles in Japan – neuerdings in China.«

Mit Teubner im Wagen fühlte Martin sich wesentlich wohler. Er bekam gesagt, wohin er zu fahren hatte, und konnte sich auf den Verkehr konzentrieren. Es war entspannend, nicht alles selbst entscheiden zu müssen. In der Stadt fuhr man gesittet, aber kaum hatten sie die Außenbezirke erreicht, ging der Tanz los. Was er am Straßenrand sah, schockierte ihn heute weniger als auf der Fahrt nach Constanţa, er nahm die Armut wahr, den Verfall und das Neue, die Aldi- und Obi-Architektur der Vorstadt.

Der Verkehr war heftig, die Schnellstraße ging in eine Landstraße über, und die bestand nur aus zwei Spuren sowie einer Standspur auf jeder Seite. Martin grauste bei riskanten Überholmanövern, ihn schauderte, wenn jemand im letzten Moment vor dem Zusammenprall einscherte und ihn so schnitt, dass er heftig in die Bremsen treten oder auf die Standspur ausweichen musste, wo die Pferdewagen zockelten. Offenbar war er der Einzige, der sich sorgte, für Teubners Geschmack fuhr er zu langsam. Und kurz darauf klingelte Martins Mobiltelefon.

Simion war dran. »Sie fahren mir zu langsam. Wir treffen uns im Hotel in Focşani.« Genau in diesem Moment überholte er, das Telefon am Ohr, wie Martin sah, dann war er weit voraus und rasch außer Sicht. Simion hatte keine Hemmungen, sich dem chaotischen Fahrstil anzupassen. Die typisch ruhige amerikanische Fahrweise der Highways, wie Martin sie kannte, war das nicht. Er wich entsetzt einem Lkw im letzten Moment aus, der ihm auf seiner Spur entgegenkam und ihn auf den Standstreifen zwang, was Teubner völlig kalt ließ.

»Sie haben keine Nerven, Herr Bongers. Sie müssen sich anpassen.«

Teubners Kritik an seiner defensiven Fahrweise war absolut überflüssig, andererseits war es für Martin geradezu eine Erlösung, dem Dolmetscher auf Deutsch zu antworten: »Mich anpassen? Das ist nicht mein Stil!«

Es war ein Fehler gewesen, diesen Auftrag anzunehmen, nur war er nicht der Mensch, der ein gegebenes Versprechen brach. Die jüngsten Erfahrungen in den Ministerien hatten jedoch einen positiven Aspekt: Er war Charlotte nähergekommen; er verstand sie besser denn je und weshalb sie die Arbeit als Staatssekretärin im Ministerium für Entwicklungshilfe hingeschmissen hatte.

»Was sind Sie so schweigsam geworden?«, fragte Teubner in die Stille des monotonen Brummens. Draußen zog eine fruchtbare Landschaft vorbei, rechts die Ebene der Walachei, links zeichnete sich im Glast des Mittags ein Höhenzug ab – die Ausläufer der Karpaten. Auf sie war Martin gespannt, es sollte ein wildes und schönes Gebirge sein, und an den südöstlichen Ausläufern wuchsen die besten Rebsorten.

»Ich habe gestern meinen Großvater angerufen und ihn nach dem Wein gefragt, den Sie mir genannt hatten, nach dem Zodiac.« Teubner wollte reden.

»Tatsächlich? Was hat Ihr Großvater gesagt?«

»Er erinnert sich dunkel. Es sei lange her, meinte er, aber es hat mal einen Wein mit diesem Namen gegeben, in den Siebzigerjahren – in Zusammenhang mit einem deutschstämmigen Winzer. Er hat nur davon gehört, ihn aber nie zu

Gesicht bekommen. Die guten Tropfen waren den Bonzen vorbehalten. Das Volk, für das sie angeblich da waren, hat nie was davon gesehen, geschweige denn getrunken.«

Nach diesen Worten war Martin wieder hellwach. »Er kann nicht sagen, wann genau das gewesen ist und wo der Wein herkam, Jahrgang und Ursprung?«

»Nein, aber er will sich darum kümmern. Er will ein wenig herumfragen – natürlich diskret«, unterstrich Teubner, als er Martins Seitenblick auffing. »Was liegt Ihnen daran? Woher wissen Sie von dem Wein? Wer hat Ihnen davon berichtet?«

Das waren zu viele Fragen, als dass Martin nicht seinerseits hellhörig wurde. Das war nicht nur Neugier, da war mehr dahinter, und er musste mit der Antwort vorsichtig sein.

»In Murfatlar hat mir jemand davon erzählt, aber man wusste auch nicht mehr zu sagen, außer dass es ein großartiger Wein gewesen sein muss. So etwas könne heute niemand mehr machen – oder das gäbe es nicht, die teuren Weine von heute folgten alle einer moderneren, internationalen Linie oder lägen auf der Billigschiene.«

»Wer hat das gesagt?«

»Ich weiß es nicht, irgendwer erwähnte es im Gespräch auf dem Weingut.« Martin fühlte sich ein wenig in die Enge getrieben, er musste das Gespräch auf ein anderes Gleis bringen. »Darf ich Sie etwas im Vertrauen fragen?« Er wusste, wie dusselig diese Formulierung war, aber sie war als Einleitung ganz brauchbar. Sie machte den anderen neugierig – und wer ließ sich nicht gern ins Vertrauen ziehen?

»Ich bin schließlich Ihr Dolmetscher. Wenn Sie kein Vertrauen haben, kann ich im nächsten Dorf aussteigen. Ich will es nicht einfordern, das ist ganz und gar Ihre Sache.«

»Es ist aber persönlich.«

»Was ist nicht persönlich? Wir werden zwei Wochen miteinander reisen, vierzehn Tage zusammen verbringen, gemeinsam arbeiten, auf engstem Raum.«

»Schon gut. Es dreht sich um Sofia, Sie kennen sie?«

»Ja, ich kannte sie!«

Martin verstand die Richtigstellung. »Halten Sie es für möglich, dass es stimmt, was ihr Bruder annimmt?«

»Sie bezweifeln, dass man Sofia absichtlich überfahren hat, um sie aus dem Weg zu räumen?«

Klarer ließ es sich nicht sagen, und es war Martin peinlich, es zuzugeben. »So in etwa. Sie sehen doch, wie die Leute hier fahren, wie die Bekloppten, als hätten sie den Wagen erst seit gestern ...«

»So ist es«, unterbrach ihn Teubner, »sie haben die Autos erst gestern gekauft. Ihr habt sie ihnen verkauft: Mercedes, BMW, Audi, damit kann man großartig angeben.«

»Nichts passt hier: die Autos nicht zu den Menschen, die Straßen nicht zu den Autos und die Geschwindigkeiten nicht zu den Menschen.«

Hinter ihm flammte eine Flutlichtanlage auf, dazu ertönte das Horn eines Zwanzigtonners, Martin riss vor Schreck das Steuer nach rechts, und im Abstand von Zentimetern rasten an ihm ein Ferrari, ein mächtiger Geländewagen und eine weiße BMW-Limousine vorbei.

»Genau das meine ich«, sagte Martin keuchend.

»Das ist Landstraße, da müssen sie ihre Spielzeuge ausprobieren.«

»In Bukarest hört man nachts auf den Boulevards die Motoren heulen ...«

»Sofia wurde in einer Seitenstraße überfahren! Es gibt einen offiziellen Autopsiebericht und das, was die Assistentin des Pathologen Lucien im Vertrauen gesagt hat – wir sollten das Thema beenden.« Teubner klang verstimmt.

Sie erreichten den Ortseingang von Buzău, und es war Martin lieb, dass er sich auf den Verkehr der Kleinstadt konzentrieren musste. Quer durch die Stadt herrschte rote

Welle, an jeder Ampel, es gab alle zweihundert Meter eine, war er zum Halten gezwungen. Ließ sich nur so dem neuen Geschwindigkeitsrausch der Rumänen Einhalt gebieten? Am Ortsausgang überquerten sie den Fluss, nach dem Buzău benannt worden war, dahinter stieg das Land leicht an, der ferne Höhenzug rückte näher, links breiteten sich die ersten Weingärten aus. Bei diesem Grad von Verwahrlosung konnte es sich nur um Anlagen mit Hybridstöcken handeln oder um die Weingärten verarmter Bauern, doch auf die Entfernung hin ließ sich das nicht genau sagen.

Der Dolmetscher griff das letzte Thema wieder auf. »Würde ich an Luciens Worten zweifeln, dann wäre er nicht mein Freund. Wir sind unser halbes Leben lang befreundet.«

»Sie kannten seinen Vater?«

»Nein. Davon hat er Ihnen erzählt? Das erstaunt mich, dann muss Lucien viel von Ihnen halten, darüber redet er sonst nicht. Er ist der misstrauischste Mensch, den ich kenne, ich zweifele nie an dem, was er sagt.«

An seinem Freund Gaston hatte Martin auch nie gezweifelt. Aber als er einmal nicht richtig auf die Zwischentöne geachtet hatte, ein einziges Mal in den zehn Jahren, in denen sie sich gekannt hatten, war es zur Katastrophe gekommen. Was andere auch sagen mochten – er machte sich deshalb bis heute Vorwürfe.

»Hat er Ihnen den möglichen Grund genannt?«

»Wer? Wofür?«, fragte Martin.

»Na, Lucien natürlich.«

»Ach, es hätte mit ihrer Arbeit im Ministerium zu tun. Dann wissen Sie, dass wir bei unserem Gespräch abgehört wurden?«

»Wir werden immer abgehört, sie haben die Leitungen nie gekappt. Wer hätte es tun sollen? Alles ging so weiter wie bisher. Die Kommunistische Partei wurde nie entmachtet, nur anders angemalt, statt Hammer und Sichel jetzt Shareholder Value und Mikrochip. Sie wissen von dem Ausschuss zur Aufklärung der Securitate-Verbrechen?«

»Ist das so etwas wie die deutsche Gauck-Behörde?«

»Dort haben wir uns nach langer Zeit wiedergetroffen, Lucien und ich. Die Behörde wurde erst zehn Jahre nach dem Umsturz gegründet. Bis dahin ließen sich alle kompromittierenden Dossiers entsorgen und alle Lebensläufe umschreiben. Erst vor zwei Jahren wurden die restlichen Akten, oder das, was man rausgeben wollte, an die CNSAS überstellt, so heißt die Behörde. Ihre Mitarbeiter haben ein ehrliches Interesse, aber ihnen sind die Hände gebunden, von der Regierung, vom Parlament, von der Justiz. Unsere Richter werden von der Politik bestimmt. Das Verfassungsgericht hat kürzlich ein Urteil gefällt, dass die CNSAS ihre Befugnisse überschreite und die Freiheitsrechte der Betroffenen einschränke, wenn sie Informationen über die kompromittierende Vergangenheit Einzelner veröffentlicht. Die Begründung: Eine Art der parallelen Justiz sei inakzeptabel. Das Urteil hat Dan Voiculescu erwirkt, der früher für die Securitate unter dem Decknamen ›Felix‹ gearbeitet hat, er war Ceaușescus Devisenbeschaffer. Heute ist er ein Medienmogul, Parlamentsmitglied und Chef der Konservativen Partei. Der Schuldspruch der CNSAS hätte ihn automatisch von politischen Ämtern ausgeschlossen, aber das ist vom Tisch. Es geht nicht um Wahrheit, es geht um Macht. Wer vom anderen etwas weiß, kann ihm schaden.«

»Wird das irgendwo anders gehandhabt?«, fragte Martin. Er glaubte es nicht. Mit zunehmendem Alter blickte man besser durch und wandte sich angeekelt ab, oder konkreter Hilfe zu wie Charlotte. Wenn er nicht mit ihr verheiratet wäre, hätte er alles drangesetzt, sie kennenzulernen.

»Für uns ist es wichtig, wer seine Nachbarn bespitzelt hat, wer in den Betrieben spionierte, welcher ehemalige Agent heute auf der demokratischen Welle surft oder als Journalist auftritt.«

»Und was macht ihr mit den Informationen? Ihr übt Macht aus …«

»Das ist was anderes.«

Das sagen sie alle, dachte Martin, aber es war jetzt besser, den Mund zu halten. Seine Lebensphilosophie war es, nie so groß zu werden, dass man gesehen wurde und andere ihn für gefährlich halten konnten, er durfte nicht auffallen und damit Neid erwecken. Er wollte seine Ziele ohne großes Geschrei erreichen. Einmal hatte er sein Prinzip aufgegeben und sich wirklich exponiert, was ihn fast das Leben gekostet hätte. Aber das musste er Teubner nicht auf die Nase binden. Stattdessen wiederholte er seine Frage: »Sie haben mir nicht gesagt, was Sie mit dem Wissen über andere anfangen.«

Teubner betrachtete die Pferde, die rechts der Straße auf zaunlosen Weiden grasten. »Sie können sich nie austoben.« Er schien zu überlegen, ob Martins letzte Frage ernst gemeint war oder was er antworten sollte. Er kämpfte anscheinend mit sich selbst, dann überwand er sich.

»Wir sind dabei, eine neue politische Gruppierung zu schaffen, eine mit ernsthaften Zielen …«

Das menschliche Antlitz Luciens, dachte Martin, da war es wieder, er hätte es sich denken können, wenn Lucien mit von der Partie war. Noch zwei Wahnsinnige oder Verirrte, dachte er, mit einem sicher gut gemeinten, aber verzweifelten Unterfangen. Die Menschheit gab allem Anschein nach den Traum einer gerechten Gesellschaft nicht auf. In den Verbänden der Winzer war es ähnlich. Es gab die Vorsitzenden und die Apparatschicks, die hätten am liebsten allein geherrscht, aber sie mussten sich, mehr übel als wohl, mit den Mitgliedern arrangieren. Da waren die Mitläufer, Claqueure und das Stimmvieh, Karteileichen, solche wie er, und es gab die, die immer wieder gegen die verkrusteten Strukturen anrannten. Er ließ Teubner reden.

Ihn interessierte der bevorstehende Besuch bei der Kooperative. Es würde sich zeigen, was aus dem Versuch gemeinschaftlichen Handelns werden würde. Der Kellermeister der Kooperative hatte ihm einen Lageplan des Hotels in Focşani zugefaxt und den weiteren Weg nach Odobeşti beschrieben. Beides hatte Simion auch erhalten, aber er war nicht dort, weder im Hotel noch bei der Kooperative – und am Telefon meldete er sich auch nicht.

14

Auf dem wackligen Tisch mit der abgeschabten Platte standen Gläser, in einigen noch die Neige der letzten Probe, andere waren unbenutzt. Es waren runde Gläser »wie beim deutschen Italiener an der Ecke« und nicht die genormten tulpenförmigen INAO-Gläser für Wein-Degustationen der französischen Sommelier-Union. Solche benutzte Martin, obwohl sie ihrer Form wegen nicht mehr als ideal galten. Aber das konnten Argumente der Glashersteller sein, den eigenen Bestand würde er nur in dem Maße ersetzen, wie der alte zu Bruch ging. Außerdem waren die Gläser für seine Entscheidungen hinsichtlich eines Weins nicht von Bedeutung, entscheidend war seine Nase.

Wieder erinnerte er sich an den Mann, der ihn den deutschen Grenouille genannt hatte. Der Mann war inzwischen tot, erschossen, er hatte zu hoch gepokert und verloren. Niemand hatte ihm eine Träne nachgeweint.

All das ging ihm durch den Kopf, während er im Keller der Kooperative von Odobeşti die Gegenstände auf dem Tisch betrachtete. Er sehnte sich nach seiner Garage, es war tatsächlich eine gewesen, als Gaston darin angefangen hatte, Wein zu keltern. Martin sehnte sich nach den Barriques, nach dem Duft in seinem Keller, nach seinem Wein. Die Umgebung hier führte ihm das alles plastisch vor Augen. Bei ihm zu Hause konnte man vom Boden essen, hier hingegen herrschte ein sympathisches Chaos. Der Kellermeister der

Kooperative oder Erzeugergemeinschaft, wie sie sich nannten, um nicht in den Geruch zu kommen, belasteten Ideologien anzuhängen, unterhielt sich mit Teubner.

Martin griff nach der Taschenlampe auf dem Tisch und knipste sie an. Man würde sie brauchen, denn das Licht im Keller war schlecht. Die grauen Betonwände sogen es auf, die hohen stumpfen Kunststofftanks, in Deutschland ausgemustert und dort günstig erstanden, schluckten es, das Licht gelangte kaum auf den Boden, und wenn etwas unter einen der Tanks rollte, so wie jetzt sein Kugelschreiber, mit dem er die Äußerungen des Kellermeisters notiert hatte, war er auf die Taschenlampe angewiesen. Er fand den Kugelschreiber unter dem Tank mit dem Sârba, einer nur hier im Gebiet von Vrancea heimischen Rebsorte.

»Sehr anfällig für Mehltau«, hatte der Kellermeister gemeint, der nach seiner Ausbildung auch in Deutschland gearbeitet hatte. Es war ein recht schöner Wein, ziemlich ausgewogen in Bezug auf Süße und Säure, für Martins Geschmack jedoch weder mineralisch genug, noch verfügte er über die nötige Spritzigkeit. Das war nicht der Ausdruck eines Bodens, auf dem er gern Weinstöcke gepflanzt hätte und den er der SISA und Coulange zum Kauf empfehlen würde.

Er legte seinen Notizblock neben die Digitalwaage, sie war etwas kleiner, als jene, die man beim Fleischer fand. Martin hatte sein halb volles Glas darauf abgestellt. Es wog 187 Gramm. Sonst diente sie wahrscheinlich zum Abwiegen des Schwefels, mit dem der Wein stabilisiert wurde. Diese Methode war nach Hippokrates und Plutarch bereits seit der Antike bekannt. Nicht nur er schwefelte den Wein, auch Biowinzer taten es, ansonsten wurde der Wein schal und matt, er alterte schnell, wurde kratzig und verlor seine brillante Farbe.

Dichtungsringe lagen auf dem Tisch, ein Filzschreiber, ein Taschenrechner, das größte Objekt in diesem Durcheinander war das Rührgerät, eine riesige Bohrmaschine mit einem Aufsatz für den Propeller am Ende. Er diente dazu, die Hefe aufzuwirbeln.

Das Gebäude war in grauer Vorzeit bereits als Kellerei genutzt worden und dann von der Kooperative von Odobeşti vor sieben Jahren wiederbelebt worden – unter höllischen Geburtswehen. Es wurden hauptsächlich leichte junge Weißweine gekeltert, Odobeşti war berühmt dafür, doch auch für diverse Panschereien der Großkellereien. Flüchtige Säuren waren mit Kräuteraromen abgedeckt worden, und Wasser sowie Alkohol hatte man zugesetzt. Das traf für die Erzeugergemeinschaft nicht zu, nur litt auch sie unter dem schlechten Ruf der Vorgänger und Nachbarn, wie der Kellermeister erklärt hatte.

Der stand mit Teubner im Halbschatten unter den mit silberner Folie isolierten Rohren, die sich an den Tanks entlangzogen. Die Trauben wurden bereits nach dem Aufbrechen gekühlt und die Temperatur des Mostes, der durch diese Leitungen floss, nach dem Pressen weiter abgesenkt. Martin betrachtete die Leitungen mit Skepsis, sein Dolmetscher stand genau darunter, er hätte sich nicht gewundert, wenn Teubner sich plötzlich an den Kopf gegriffen hätte. Hier wurde weniger mit Kapital und moderner Technik als mit Überzeugung und Engagement gearbeitet. Hier wurde improvisiert und gestückelt, geflickt, repariert – und diskutiert. Es war eine lebendige Kellerei, und sie bot den kleinen Produzenten eine Perspektive.

»Wir haben erst einmal die Weinbauern mit einem Stück Land davon überzeugen müssen, dass wir eine Chance haben«, erinnerte sich der Kellermeister. »Das war schwer. Die Großkellereien greifen nach jedem Hektar, den sie kriegen können. Wo sie das Geld herhaben, ist mir schleierhaft. Ein Anteil bei uns kostet zweihundert Euro, fünf darf man höchstens besitzen, das hält sich in Grenzen, das ist bezahlbar. Aber tausendfünfhundert Hektar wie der Senator? Unsere fünfzig Mitglieder halten zusammen nur hundertzwanzig Hektar.«

»Und wie heißt der Senator?«, fragte Martin.

Der Kellermeister blickte Teubner an, als ob der es wüsste. Teubner machte, wenn er übersetzte, ein unbeteiligtes Gesicht, zeigte keine Regung.

»Wir nennen ihn den Senator, aber ich glaube, sein Name tut nichts zur Sache«, fuhr der Kellermeister fort, und Teubner übersetzte simultan. »Er will alles kaufen, aber niemand von uns verkaufte. Ja, dann haben sie behauptet, dass wir unmöglich Erfolg haben könnten, danach versuchten sie es mit dem Argument, dass alles, was man gemeinsam macht, zum Scheitern verurteilt ist – sozusagen als ideologisches Erbe des Kommunismus. Sie erklärten sich bereit, die Weingärten auf ihre Kosten zu bewirtschaften, und boten als Pacht dafür zwanzig Prozent des Ertrags. Wer will das kontrollieren? Und für einen Liter Wein zahlen sie dreißig Cent, wir zahlen vierzig!

Der Kellermeister ging zum Tisch und holte ein Glas, Martin nahm seines von der Waage, das von Teubner stand auf einem Sockel unter dem Tank. Ein kleiner Hahn wurde geöffnet und die Gläser zwei Finger breit mit einem Fetească Regală gefüllt. Martin empfand den Wein aus der Weißen Mädchentraube als blumig, da war ein wenig Zitrusaroma, aber nur im Duft und weniger in der Säure, die er als zu weich empfand, da war kein Biss, nicht das saftig Frische, das ein solcher Wein haben sollte und was er schätzte.

Die Tanks waren nicht beschriftet, aber der Kellermeister kannte den Inhalt: Die nächste Rebsorte hieß Galbenă Odobeşti. Auch dieser Wein zeigte, was Martin als regionales Problem empfand. Er hatte zu wenig Säure, zu wenig Aroma. Das wäre ein Wein gewesen, den man vielleicht im Barrique hätte ausbauen und ein halbes Jahr lang auf der Hefe lassen können, es wäre auf einen Versuch angekommen. Aber dafür war kein Geld da.

»Wir haben Bodenanalysen gemacht«, erklärte der Kellermeister, »gleich 2001, wegen fehlender Nährstoffe. Ab 1989 war kein Geld mehr da, um Dünger zu kaufen. Und wir mussten sehen, was dem Boden fehlte.«

»Da hättet ihr auf ökologischen Weinbau umstellen können.«

»Nein, gespritzt wurde immer, ohne geht es nicht, dazu ist es zu feucht.«

Martin war neugierig auf die Rotweine, aber der Kellermeister ließ ihn zappeln. Vor dem Merlot, den Martin selbst pflanzte, war ein italienischer Riesling an der Reihe, der ähnliche Schwächen – so sah es Martin – wie die bisher probierten Weine aufwies. Aber dann kam ein Pinot Grigio, ein Grauburgunder, der eindeutig besser als die meisten Italiener war und durchaus mit den besten Qualitäten aus dem Markgräfler Land mithalten konnte. Auch der erste Jahrgang eines Muskat-Ottonel, gelesen 2003, stark und mit leichtem Rosenduft, gefiel ihm gut.

Der Merlot war eindeutig zu dünn. Das Aroma war nicht rebsortentypisch, was an den hiesigen Klonen liegen mochte. Aber vom Geschmack her war er für einen Jungwein recht passabel, nur haperte es an der Farbe.

»Das erreicht man nur mit Thermovinifikation«, meinte der Kellermeister.

Oder ihr verlängert die Standzeiten auf der Maische, dachte Martin und behielt es für sich. Er war nicht zum Kritisieren hergekommen.

»Diese Weine sind nicht für den internationalen Markt gemacht, sondern für uns«, sagte Teubner, als sie an die Oberfläche zurückkehrten, »wir trinken das gern. Wir lieben die Süße. Ein Riesling wie in Deutschland wird bei uns als sauer erachtet. Die Böden, die Sie im Vorbeifahren gesehen haben, sind schwarz und schwer, viel Humus. Andere gibt es nicht.«

Doch, die gibt es, dachte Martin und erinnerte sich an den Duft des Zodiac. Der war auf anderem Boden gewachsen.

Kaum hatten sie den Lagerraum betreten, wo Frauen an einem großen Tisch von Hand Zwei- und Dreiliterflaschen mit Etiketten beklebten, stürzte ein Mann mit einem Redeschwall auf den Kellermeister zu.

»Da hören Sie, wie es bei uns zugeht«, sagte Teubner.

»Ich verstehe kein Wort ...«

»Entschuldigen Sie, ich vergaß. Manchmal ist man so drin in einer Sache, dass man ...« Er sah dem Kellermeister nach, der dem Besucher folgte und im Bürocontainer verschwand.

»Haben Sie die Paletten mit den Flaschen im Hof gesehen, in Folie eingeschweißt?« Er zeigte aus dem Fenster und fuhr fort, ohne Martins Antwort abzuwarten. »Die Gesundheitsbehörde verlangt, dass die Flaschen aus sanitären Gründen in geschlossenen Räumen untergebracht werden. Kann man ja verstehen, nur müssten sie erst bauen. Und sie haben kein Geld. Und jetzt soll hier dichtgemacht werden. Das ist eine der administrativen Methoden, die Kooperative in die Knie zu zwingen. Eine Schikane nach der anderen, der Kellermeister hat es mir vorhin erzählt. Bei den Großkellereien sind die Kontrolleure blind, weil ihnen Geldscheine auf die Augen geklebt werden. Und wenn sie nicht parieren – ein Anruf beim Behördenchef –, dann ist der Job weg. So geht das, sie fliegen raus. Die politischen Parteien wollen die Erzeugergemeinschaft an sich binden, wie früher bei den Kommunisten so was wie Politoffiziere einschleusen und dann die Kontrolle übernehmen. Eine andere Schweinerei war die Besteuerung der Hilfen aus Deutschland. Maschinen, die sie erhalten haben, wurden geschätzt, und sie mussten fünfundzwanzig Prozent auf ihren Wert an Steuern zahlen, genauso wie bei den Subventionen. Das heißt, dass der Staat ein Viertel davon eingesteckt hat. Es ist verständlich, dass die Leute Angst haben, sich einzusetzen. Wozu ein Risiko eingehen, wenn man nie weiß, was auf einen zukommt.«

»Und die Justiz?«, fragte Martin.

»Ein Witz ...«

Zur Begehung der Weingärten waren sie wegen des Regens nicht gekommen. In nachdenklichem Schweigen fuhren Martin und Teubner zurück. Auf dieser Strecke hatte Martin bereits auf dem Hinweg mit den wirklichen Straßenverhältnissen Rumäniens Bekanntschaft gemacht, aber da war er in Eile gewesen und hatte nur ans Fahren gedacht. Erst jetzt bemerkte er, dass sich sogar Simions Geländewagen in den riesigen Löchern die Achsen brechen konnte. An einigen Stellen kurvte Martin in Schlangenlinien um die Gruben und Bombentrichter herum. Diese Krater waren nur mit den Mitteln des Europäischen Strukturfonds zu füllen.

»Wie lange würdet ihr ohne Hilfe aus Brüssel brauchen, das Land auf einen einigermaßen erträglichen oder mit dem übrigen Europa vergleichbaren Stand zu bringen?«, fragte Martin, ohne Teubner provozieren zu wollen.

Der Dolmetscher verstand ihn richtig. »Aus eigener Kraft? Nie! Wir würden immer weiter zurückbleiben, auch gegenüber den anderen ehemaligen sozialistischen Ländern. Eure alte DDR ist ein Paradies dagegen. Wir hören manchmal von den Schwierigkeiten zwischen Ossis und Wessis. Wir wären froh, wenn wir Wessis hätten, wir haben was Ähnliches, an die vier Millionen Rumänen, die sich im Ausland schinden und Geld schicken. Da kommen jährlich einige Milliarden zusammen. Viele hier verhungern nur deshalb nicht, weil ihre Verwandten Geld schicken. So ist das.«

»Wollen Sie einen Vorschuss auf Ihr Honorar?«

»Könnte ich gebrauchen.«

»Weshalb sagen Sie das nicht?«

»Wir sind es nicht gewohnt zu fordern.«

»Das sollten Sie sich angewöhnen.«

Martin hielt am Park von Odobeşti vor dem Geldautomaten der Transsilvanischen Bank. Irgendwie fand er den Namen absurd, es klang nach »Draculas Geldinstitut«, zu dem Blutsauger hätte es gut gepasst, und er erinnerte sich wieder daran, dass Sofia ihm niemals die Geschichte von Dracula, dem Pfähler, würde erzählen können. Martin tätigte mehrere Abbuchungen von dem eigens für diesen Auftrag von Coulange im Auftrag der SISA eingerichteten Konto, bis die Eurosumme in Lei zusammen war. Das Bündel Plastikscheine übergab er Teubner.

»Die Quittung bekommen Sie im Hotel«, sagte er.

Freute sich Teubner darüber oder bildete Martin sich das nur ein? Ihm war es peinlich, wie er verwirrt bemerkte. Was war Anrüchiges dabei? Schließlich bezahlte er auch andere, die für ihn arbeiteten.

Im Supermarkt nebenan kaufte Martin Obst und staunte beim Weg zwischen den Regalen, wie viele Produkte aus Deutschland hier angeboten wurden. Kaum etwas stammte aus Rumänien, nicht einmal das Gemüse. Die europäischen Lebensmittelkonzerne hatten auch die Ernährung Rumäniens bereits im Griff.

Die Armut ringsum, die aus morschen Brettern gezimmerten Häuser an der endlosen Straße durch das kilometerlange Dorf, die einzelnen modernen Neubauten, Zäune aus Bettgestellen, aufgeschnittene Blechdosen als Dachpfannen, schrottreife Trabis, Ladas und Wartburgs zwischen weißen Luxuskarossen, das alles deprimierte Martin genauso wie das Wetter. Der Regen des Nachmittags war heftig gewesen, das Wasser stand in den Niederungen neben der dammartigen Straße, die angrenzenden Gärten und Höfe waren überschwemmt, die Häuser standen im Wasser, wo ein Bauer auf ein Pferd einschlug, das den eingesunkenen Wagen aus dem Schlamm ziehen musste. Sogar dem Kutscher reichte die graue Brühe bis zum Hintern. Das Pferd bemühte sich, der Mann schlug trotzdem, Martin hätte ihn ohrfeigen können.

Sie saßen im Hotelrestaurant mit Blick in den Garten, als Simion wieder auftauchte. Er war wie immer piekfein angezogen, graue Hose, blauer Blazer, lächelte und war bester

Laune. Er rief nach dem Ober, ließ sich die Karte bringen und bestellte für alle eine Flasche Wein. »Ihr seid eingeladen.« Er überließ sogar Teubner die Auswahl. Es sah ganz so aus, als wollte er für gutes Wetter sorgen.

»Man könnte den Eindruck gewinnen, als wären Sie mit Ihren Recherchen weitergekommen, Mister Simion.«

»So ist es, Mister Teubner, aber nennen Sie mich Marc. Martin tut es auch, nicht wahr, Martin?« Er fletschte die Zähne zu einem Zahnpastalächeln.

»Weshalb sind Sie so plötzlich verschwunden. Sie haben Gas gegeben …«

»Ich wollte nach … Ich habe unterwegs einen Anruf bekommen, von jemandem, der angeblich von meiner Familie gehört hat, eine andere entfernte Linie. Es soll der Enkel meines Großonkels sein.«

»Der müsste dann in Ihrem Alter sein. Haben Sie ihn getroffen?«

»Leider nicht, er ist verreist, er lebt in Satu Mare, an der Grenze zu Ungarn. Kommen wir da vorbei, Martin?«

»Das kommt darauf an …«

»Worauf?« Simion blickte lauernd von einem zum anderen, als vermutete er ein geheimes Einvernehmen zwischen dem Dolmetscher und Martin.

»Es dauert alles länger, als ich dachte. Möglicherweise kann ich nicht alle Weingüter besuchen, die mir empfohlen wurden«, sagte er ausweichend. »Morgen sind wir schon wieder in Odobeşti, allerdings bei einer Großkellerei, die zirka tausend Hektar Weinland gepachtet hat.«

»Ach so«, meinte Simion und war beruhigt, aber er kam nicht von seinem inneren Alarmzustand herunter. Er aß zu schnell, er trank zu viel, er verfehlte immer knapp den richtigen Moment zum Einstieg in ihre Unterhaltung. Was hatte ihn an diesem Tag aus dem Tritt gebracht?

Martin hatte von Teubner den Namen des Senators erfahren und zermarterte sich das Hirn, ob er auf Harms' Liste gestanden hatte. Es waren zu viele und fremdartige Namen, als dass er sie sich hätte merken können.

Teubner hingegen sprach vom Fall eines Italieners, der hier eine Kellerei hatte bauen lassen, ohne über Weinberge zu verfügen oder Liefergarantien von Weinbauern für Trauben zu besitzen.

»Ich vermute, dass das auch gar nicht sein Ziel war«, meinte der Dolmetscher. »Ihm ging es um die zwei Millionen aus Brüssel. Er selbst hätte zwei Millionen einbringen müssen, um die anderen beiden zu kriegen. Aber er hatte sie nicht, beziehungsweise er hat sie nicht eingesetzt, nur das Geld aus Brüssel. Und das ist weg.«

»Und wie soll das funktionieren?«, wunderte sich Martin und dachte an die französischen und deutschen Gesetze und Kontrollen.

»Das ist einfach«, meinte Teubner. »Sie lernen einen Rechtsanwalt oder Investitionsberater kennen. Der bringt Sie mit einem Politiker zusammen. Das sollte der Pate eines Bankiers oder dessen Freund sein. Die Paten sind bei uns besonders wichtig. Die richten Ihnen ein Konto ein – mit demselben Betrag, den Sie aus Brüssel haben wollen. Dafür zahlen Sie natürlich Zinsen, haben aber keine Verfügung darüber. Sie reichen Ihr Projekt beim Ministerium ein, dazu kommt der Businessplan, den die Bank als wirtschaftlich absegnet – und fertig ist die Kellerei. Dann kommt als nächster Schritt der Kauf von Weinbergen, das geht genauso, dann werden Weinstöcke gepflanzt …«

Martin schüttelte den Kopf. »Das klappt nicht. Sie vergessen die Kontrollen.«

Das hässliche Lachen des Übersetzers irritierte ihn genauso wie Simion. »Glauben Sie wirklich, dass da jemand kommt, in die Gummistiefel springt und sich Ihre Baustelle ansieht, die Stahlträger zählt oder die Anzahl der Gärtanks? Genau das ist das Problem der EU, dass die Korruption bis in die höchsten Spitzen der Politik reicht. Die sichern sich gegenseitig alle Immunität zu. Unser Ex-Premier Nastase behält dank des Parlaments seine Immunität, damit sind die weiteren Anti-Korruptions-Untersuchungen gegen ihn blockiert. Er wird sich erkenntlich zeigen, nichts ist umsonst. Sie glauben doch nicht im Ernst, dass ein Richter, den Sie ernannt haben, Sie verurteilt?« Die letzten Sätze hatte er auf Deutsch gesagt, und Simion fuhr unwirsch dazwischen. Teubner sprach auf Englisch weiter, und Simion gab sich beruhigt.

»Das Schlimmste, das Gefährlichste ist die Verbindung von Wirtschaft und Geheimdienst. Genau dadurch sind die Oligarchen entstanden, in Russland wie bei uns, nur ist hier alles wesentlich kleiner, geradezu niedlich, aber deshalb nicht weniger gefährlich. Die Strukturen breiten sich aus, Netzwerke entstehen. Das sind die Leute, die in Badelatschen ins Casino gehen.« Voller Verachtung wies er auf einen Nebentisch, an dem drei Männer im Campingplatzoutfit eine Flasche Whisky niedermachten. Einer von ihnen war vorhin aus einem achtzigtausend Euro teuren Audi ausgestiegen und hatte die Wagentür mit dem Fuß zugeschlagen.

»Geheimdienst und Wirtschaft, da kann Marc sicher auch was beisteuern«, meinte Martin provozierend, um Simion aus der Reserve zu locken, denn dessen Schweigsamkeit störte ihn. »Soweit ich weiß, hören die US-Geheimdienste nicht nur die europäischen Firmen ab und geben die Informationen an ihre Konzerne weiter, sie kontrollieren auch den europäischen E-Mail-Verkehr, unsere Internet-Bewegungen – das nennen sie dann Terrorbekämpfung. In Wirklichkeit ist es Wirtschaftsspionage.«

»Und was habe ich damit zu tun?«, fragte Simion lächelnd. »Außerdem sind es unseren GIs und Marines, die sterben, wenn sie für euch wieder irgendwo auf der Welt die Kohlen aus dem Feuer holen.«

»Nicht die Kohlen, Mister Simion, das Öl«, korrigierte Teubner und wackelte wichtigtuerisch mit dem Kopf. »Das

Öl. Deshalb sind Sie hier. Weil Ihre Jungs eine Pipeline von Georgien am Schwarzen Meer entlang durch Rumänien und Bulgarien bauen wollen. Und die muss sicher sein.«

»Woher wissen Sie denn das schon wieder?«, fragte Simion entnervt.

Tief in der Nacht klopfte es heftig an Martins Zimmertür. Es war Simion, er stand aufgeregt im Bademantel vor ihm.

»Kommen Sie, Martin, ich muss Ihnen was zeigen – oder warten Sie«, er eilte durch den Raum zum Fenster und zog die Vorhänge zurück. »Von hier aus sieht man es auch. Schauen Sie!« Er zeigte nach unten.

»Es muss ja was höllisch Wichtiges sein, dass Sie mich mitten in der Nacht wecken«, knurrte Martin verschlafen, wankte zum Fenster und schaute hinunter. Die Auffahrt vor dem Hotel war menschenleer, der Parkplatz auf der gegenüberliegenden Straßenseite war gut besetzt. Der Rasen und die Bäume dahinter lagen in tiefer Dunkelheit, das Licht von der Hauptstraße reichte nicht bis dorthin. Und auf dem Fußweg davor stand Josef Teubner, eingerahmt von zwei Männern. Die Gesichter waren im fahlen Licht der Straßenlaterne kaum zu erkennen, aber dass es sich um seinen Dolmetscher handelte, der sich in einer prekären Situation befand, daran bestand für Martin kein Zweifel. Es sah nicht so aus, als stünde er freiwillig dort.

»Was macht er da, Ihr Mann, mitten in der Nacht?«

Es fehlte nur, dass Simion noch »... na bitte, was habe ich gesagt ...« hinzufügte. Bevor Martin irgendetwas entgegnen konnte, überschlugen sich unten die Ereignisse. Einer der Fremden stieß Teubner vor die Brust, was ihn zurückweichen ließ, dann folgte ein Schlag ins Gesicht, Teubner taumelte, der nächste Schlag schickte ihn zu Boden. Der Schläger beugte sich über ihn, redete auf ihn ein und hielt ihm dabei drohend einen Finger vors Gesicht. Der Begleiter stand mit verschränkten Armen neben dem Liegenden und blickte wortlos auf ihn herab. Teubner war den beiden hilflos ausgeliefert, daran bestand kein Zweifel. Als Martin das Fenster öffnen wollte, um hinunterzubrüllen und die Männer zu verscheuchen, verschwanden sie in der Dunkelheit der Bäume.

Dieses Gesindel taucht ein bisschen zu häufig auf, dachte Martin wütend und zog sich rasend schnell an.

Simion hielt ihn fest. Sein Griff war überraschend hart. »Was wollen Sie da? Das geht uns nichts an. Wir dürfen uns nicht einmischen. Halten Sie sich raus!« Seine Stimme hatte einen Befehlston angenommen, der ehemalige Soldat brach durch.

Damit war er bei Martin falsch. »Es ist mein Dolmetscher, ich werde ihn da nicht liegen lassen, wir müssen ihm helfen.«

»Wissen Sie, worum es geht?«, schnauzte ihn Simion an.

»Nein, verdammt.« Martin starrte Simion böse an. »Es interessiert mich auch nicht.« Das tat es doch, und er war sich sicher, dass es nicht um die fünfhundert Euro ging. Wahrscheinlich hing es mit ihm, seinen Dokumenten oder mit Sofia zusammen. Oder lief hier noch etwas ganz anderes, von dem er keine Ahnung hatte?

15

»Ich muss zurück nach Bukarest. Es ist eine private Angelegenheit, sie duldet keinen Aufschub, so leid es mir tut. Ich wäre gern weiter mit Ihnen gereist. Sie werden sicher einen anderen Dolmetscher finden.«

»Und wo soll der plötzlich herkommen, mitten in der Walachei?« Martin war über Teubners Eröffnung entsetzt. »Gute Leute fallen nicht vom Himmel. Sie können mich nicht einfach im Stich lassen.«

»Bisher sind Sie auch ohne mich ausgekommen.«

»Ab jetzt wird alles komplizierter.« Martin lief Teubner, der mit dem Koffer in der Hand zur Rezeption ging, hilflos hinterher. Vielleicht konnte er ihn ja doch noch umstimmen. Bereits nach einem Tag der Zusammenarbeit begriff Martin ihn als wertvollen Helfer und sogar als Ratgeber, als Seismograf für zukünftiges Grollen und für Beben in der Vergangenheit. Er hielt ihn für ehrlich, nur in diesem Fall nicht. Was Teubner als Grund für die überstürzte Abreise vorbrachte, wirkte an den Haaren herbeigezogen: Familienangelegenheiten! So ein Quatsch! Er hätte sich etwas Einleuchtenderes ausdenken sollen. Das hier war zu durchsichtig.

»Es hat mit der Sache von letzter Nacht zu tun«, sagte Martin, und davon war er überzeugt. Er schob Teubner zur Seite. »Die Rechnung des Herrn geht auf mich«, sagte er zum Portier.

»Welche Sache von letzter Nacht? Hier, Ihr Vorschuss.« Teubner hielt Martin das Geld hin, das er am Vortag erhalten hatte. »Das Honorar für gestern habe ich abgezogen. Brauchen Sie eine Quittung? Was war denn letzte Nacht?«

»Tun Sie nicht so unschuldig. Das wissen Sie selbst am besten. Sehen Sie in den Spiegel, da hängt einer.« Martin zeigte auf die verspiegelte Säule neben dem Hoteleingang. Die Rötung und die Schwellung unter Teubners rechtem Auge waren nicht zu übersehen, sie würden sich im Laufe des Tages blau färben. »Wer waren die beiden Männer? Was wollten die von Ihnen? Die sind der wahre Grund für Ihre plötzliche Abreise. Warum hat man Sie geschlagen? Ich habe das von oben gesehen. Sie müssen mir das sagen. Oder hat es mit Simion zu tun?«

»Gar nichts muss ich. Außerdem fragen Sie zu viel. Hier, Herr Bongers, nehmen Sie Ihr Geld.« Er stopfte Martin die Scheine in die Hemdtasche. »Ich will es nicht.«

»Habe ich Sie durch irgendetwas verärgert? Sie sind mir geradezu böse.« Langsam verlor Martin die Geduld. Er war sich keiner Schuld bewusst, allerdings konnte er dem Dolmetscher mit irgendeiner unbedachten Äußerung auf die Füße getreten haben. Sie hatten gestern dem Wein gut zugesprochen, allerlei dummes Zeug geredet und gelästert. »Oder passt Ihnen die Anwesenheit des Amerikaners nicht?«

»Nein. Das Problem sind Sie! Sie ziehen das Unglück an, Herr Bongers, das ist es, es reist mit Ihnen. Sie wirbeln Staub auf. Ich denke an Sofia. Lucien hat mir von den ...« – er zögerte – »... von den Besuchen der Polizei und vom Sicherheitsdienst des Ministeriums berichtet. Das ist mir zu viel. Ich will damit nichts zu tun haben. Trotzdem wünsche ich Ihnen viel Glück bei Ihrem Unternehmen – ja. Gute Reise weiterhin.« Mit diesen Worten drehte Teubner sich um und ging auf den Ausgang zu.

»Und wie erfahre ich, was Ihr Großvater über den Zodiac weiß?«

»Angeblich stammt er aus Dealu Mare, aber das werden Sie auch ohne ihn rausfinden.«

»Wie wollen Sie zurück nach Bukarest kommen?«, rief Martin ihm nach.

Teubner hob nur die Hand in einer wegwerfenden Geste. »Mit dem Bus, wie alle hier.«

»Er ist weg«, sagte Martin niedergeschlagen, als Simion sich zu ihm an den Tisch setzte und nach Teubner fragte. »Er ist einfach weg. Er sagte, dass es wegen seiner Familie sei, eine kranke Mutter, um die er sich kümmern müsse.«

Simion gab sich keine Mühe, seine Befriedigung zu verbergen. »Lassen Sie es dabei bewenden. Die Rumänen sind sowieso unzuverlässig wie alle Levantiner, diese ganzen Mischvölker zwischen Orient und Abendland, falsch und unzuverlässig. Mit den Winzern können wir auch allein reden, dazu brauchen wir ihn nicht.«

»Wir? Wieso wir?«

»Sie meine ich natürlich, Sie!«, korrigierte er sich rasch. »Sie schaffen das allein.«

Das Misstrauen kommt selten mit einem Schlag, es kommt leise, es schleicht sich ein und macht sich breit, infiziert zuerst die Gefühle, dann die Gedanken. Martin betrachtete Simion, der Rührei und Bacon mit Messer und Gabel aß. Er hatte oft gesehen, dass Amerikaner nur mit einer Hand die Gabel führten und den linken Arm auf die Beine stützten. Er dachte daran, dass seinem Gegenüber die Gesellschaft Teubners von Anfang an missfallen hatte, und ihm kam der Gedanke, dass Simion die Schläger bezahlt haben könnte, um Teubner zu vertreiben. Aber wozu? Nein, es war zu weit hergeholt. Das mit den Levantinern hatte ihm auch nicht gefallen, er kannte kaum ein gemischteres Volk als die Nordamerikaner, das war völliger Mischmasch. Die Art, wie Simion es gesagt hatte, war unschön.

»Erzählen Sie mir von Vietnam, Marc! Wann und wie

lange waren Sie dort?« Martin musste mehr über ihn erfahren, sich ein klareres Bild von ihm machen und dann sehen, ob er seine Gesellschaft weiter genießen wollte oder ob sie ihm unerträglich war. In dem Fall würde er sich auf der Stelle von dem Amerikaner trennen.

»Vietnam? Wann sind Sie geboren?«

»Was hat das damit zu tun?«

»Um richtig davon zu erzählen, muss man wissen, welche Bilder Sie im Kopf haben, welche Vorinformationen, wie die Feindpropaganda bei Ihnen gewirkt hat. Der Krieg hat eine ganze Generation bewegt, sowohl bei uns wie auch in Europa, womöglich auch Ihre Eltern, und selbst in Südamerika haben die Kommunisten gegen uns demonstriert.«

»Wohl nicht nur Kommunisten ...«

»Sehen Sie? Genau das meine ich. Was wissen Sie überhaupt davon? Sie waren damals ein kleiner Junge von – zehn, fünfzehn Jahren vielleicht?«

»In etwa ... ich bin Jahrgang 1963 ...«

»Na also, dann wissen Sie nichts! 1973 sind wir abgezogen worden und haben das Land den kommunistischen Terroristen vor die Füße geworfen. Vietcong hat man sie hochtrabend genannt, dabei waren das Mörder, Terroristen, die haben sogar ihre andersdenkenden Landsleute umgebracht, wie im Irak, wie in Afghanistan. Amerika fehlte der Wille zum Sieg. Das war die Schuld der Heimat, der Kommunisten in den USA wie Joan Baez und Bob Dylan, die Hunderttausende mit ihren Songs eingelullt haben. Die Anti-Kriegsbewegung hat uns das Rückgrat gebrochen, in Verbindung mit Black Power. Die Schwarzen, die Frauenbewegung, hinter allem steckte Moskau ... und wenn man Russland heute betrachtet, hat man den Eindruck, der KGB ist noch immer an der Macht – das ist er auch, Expräsident Putin ist einer von ihnen und sein Ziehkind Medwedew auch. Putin hat bei euch früher in Ostdeutschland als KGB-Agent die Strippen gezogen. Eiskalt. So jemanden bezeichnete Ihr ehemaliger Bundeskanzler Schröder als seinen persönlichen Freund? Unglaublich.« Simion war ehrlich entsetzt. »Betrachten Sie Putins Gesicht: keine Regung, die kalte, undurchdringliche Maske der Macht. Wenn wir euch Europäern nicht auf die Finger sehen, macht ihr einen Fehler nach dem anderen. Eure Energieabhängigkeit ist der Ausverkauf der europäischen Interessen.«

»Das interessiert mich weniger«, unterbrach Martin den Vortrag – als wenn die USA jemals europäische Interessen gewürdigt hätten. Außerdem waren ideologische Betrachtungen von Kriegsveteranen meist von traumatischen Erlebnissen, Geschichtsklitterung und Heldenepen geprägt, jeder ehemalige Soldat bastelte sich seine private Ilias. »Was haben Sie konkret gemacht, ich meine, in welcher Waffengattung haben Sie gekämpft, was war Ihr Dienstgrad?« Martin wollte es konkret wissen; nicht im Allgemeinen, sondern im Besonderen machten die Leute Fehler. Außerdem erinnerte er sich an die Bilder im Fernsehen damals, die Bombardierung im Urwald, das Grauen, das ihn als Kind beschlichen hatte, die Angst vor Hubschraubern, besonders vor dem Lärm, den sie machten. In seiner Familie, obwohl er sie sonst für ziemlich blind hielt, war niemand gewesen, der das in irgendeiner Weise gutgeheißen hatte, was Simion hier verteidigte.

»Ich war im Sanitätsstab, ich habe im Feldlager operiert, bis zu den Knöcheln im Blut, unter feindlichem Feuer unseren Jungs das Leben gerettet, und nicht nur ihnen, auch den Vietnamesen, die dann zum Dank später Handgranaten in unsere Zelte warfen. Nein, ich bin nicht so, wie Sie denken, mein Fronteinsatz war anders …«

Als Martin später seinen Koffer packte und sich auf den nächsten Kellereibesuch vorbereitete, versuchte er, die Ereignisse der letzten Nacht noch einmal genau Revue passieren zu lassen. Die Männer, mit denen Teubner zu tun gehabt hatte, waren zu weit entfernt gewesen, als dass er ihre Gesichter hätte erkennen können. Er konnte nicht sagen, ob einer darunter war, mit dem er bereits unerfreuliche Bekanntschaft nach dem Diebstahl und bei der Zimmerdurchsuchung gemacht hatte. Wieso glaubte Teubner, das Unglück reiste mit ihm? Der Satz machte ihm Sorge. Er sah sich um und suchte in seinem Gepäck nach den unbenutzten SIM-Karten. Hätte die Polizei sie gefunden, wäre die Befragung sicher peinlicher verlaufen. Es war die Frage, wie der Händler sie erworben hatte, da sie nicht auf irgendeinen Namen registriert waren. Es schien, als hätte er gewusst, wofür Martin sie benötigte, und der Preis war dreimal so hoch wie üblich. Dann war er nicht der Einzige, der sich einer Überwachung entzog.

Den Weg zur Kellerei Vincon Vrancea fand Martin von allein beziehungsweise den Anweisungen des Portiers zufolge. Vincon Vrancea, oder VV, war einer der größten regionalen Produzenten mit internationalen Verbindungen. Chefverkäufer und Önologe sprachen Englisch beziehungsweise Französisch, so konnte Martin notfalls auf Letzteres ausweichen, falls ihm Simion auf den Geist ging oder etwas zu besprechen war, was nicht für seine Ohren bestimmt war. Beim Probieren der Weine zeigte sich jedoch, dass er den Amerikaner unterschätzt hatte. Er verstand sowohl etwas vom Anbau wie von Produktionstechniken, er kannte heimische Rebsorten wie Busuioacă de Bohotin, die nur an der Grenze zu Moldawien angebaut wurde, wie auch die Rebsorte Tămâioasa Românească, die in Pietroasa und Cotnari die besten Ergebnisse zeigte.

Hier steuerte Martin diskret auf die Frage des Personals zu, ohne sein eigenes Interesse durchschimmern zu lassen, ob und wo man Mitarbeiter finden konnte und wie sie ausgebildet waren. Bis vor wenigen Jahren hatte es in Bukarest ein Ausbildungsprogramm gegeben, wie er erfuhr, das die Universität von Montpellier finanziert hatte, was aber wegen undurchsichtiger Abrechnungspraxis eingestellt worden war. Es sah ganz so aus, als ob nicht ein Bereich der Gesellschaft von Korruption verschont war. Mittlerweile schlugen sich nach Ansicht des Verkaufsleiters die Weinhersteller und Kellereien um die besten Absolventen der agrarischen Fakultät.

»Es kommen nur wenige infrage, die meisten Studenten haben zu viele Wirtschaftsmagazine gelesen, sie wollen sofort ans große Geld (das wird hier nicht viel sein, dachte Martin), möglichst wenig arbeiten, am liebsten gleich als Berater – nur in Bezug worauf hätte man die Berufsanfänger konsultieren sollen? Außerdem will niemand aufs Land und schon gar nicht in die Provinz. Sich im Weinberg die Hände schmutzig machen?«

Das bedeutete, falls andere die Aussage bestätigen, dass man sein Personal mitbringen musste. Solche Leute in Frankreich zu finden war glücklicherweise nicht Martins Aufgabe. Es konnte nützlich sein, sich vor dem Rückflug in der entsprechenden Fakultät zu informieren.

»Uns fehlt die unternehmerische Initiative«, fügte der Verkaufsleiter hinzu. »Sie müssen das verstehen. Wo soll der Unternehmergeist herkommen, wenn jede private Initiative unterdrückt wurde? Alles kam vom Staat, alles regelte der Staat, der Staat wusste alles …«

Davon sind auch wir nicht mehr weit weg, dachte Martin, nur dass der Staat von den Konzernen abgelöst wird. Sogar das Abhören übernahmen bereits Telekom und Google. Er empfand es immer wieder erstaunlich, wie Menschen einem so gnadenlosen System zustimmen konnten. Sie rechneten sich immer noch ein Chance aus, wenn sie schon längst keine mehr hatten. Die Monopolisierung schritt fort, und das Publikum zeigte sogar Verständnis dafür. Er selbst durfte in seiner kleinen Garage nur weitermachen, weil sie so klein war, so klein, dass er niemandem in die Quere kam.

VV war eine Aktiengesellschaft. Der ehemalige Fußballer, Gheorghe Popescu, der in Italien, in Spanien und bei Hannover 96 gespielt hatte, sowie der Mehrheitsaktionär vom Fußballclub Universitatea, Gigi Neţoiu, hatten hier ihr Geld angelegt. Das Rebland war gepachtet, denn die alten Besitzer wollten nicht verkaufen und waren auch nicht bereit, ihre Trauben für dreißig Cent pro Kilo abzuliefern. Es musste eine Sisyphusarbeit gewesen sein, die Ländereien bei der vorherrschenden Zerstückelung zusammenzukriegen, aus den Flicken einen Teppich zu knüpfen – aber als Martin erfuhr, dass in den Kellern Wein lagerte, der lange vor der Wende gekeltert worden war, änderte sich seine Ansicht. Teubner hatte erwähnt, dass es hilfreich gewesen war, zum richtigen Zeitpunkt am richtigen Ort gewesen zu sein, das nötige Geld in der Hand gehabt zu haben und die richtigen Stempel. Die Funktionäre von damals hatten alle Bedingungen erfüllt. Sämtliche Anlagen, fünfundzwanzig Kelterstationen sowie fünfundneunzig Prozent aller Weinberge, die sich jetzt im Besitz von VV befanden, hatten zuvor dem Staat gehört. Das war die andere Version. Der Wein war als Bulkware verkauft worden, in Tankwagen, auf den nationalen und den internationalen Märkten, als Grundwein für billige Sekte oder Spezialabfüllungen auch in Deutschland. Martin hatte das dumme Gefühl, viel zu spät unterwegs zu sein. Die Spielkarten waren längst ausgeteilt, und die Asse steckten im Ärmel. Aber er fragte sich, wie lange diese Unternehmen am Leben bleiben würden, er wusste nichts über ihre Rentabilität, über Preisgestaltung, Rendite und Marktchancen. Darüber würde er hier keine Auskunft bekommen.

»Die französische Supermarktkette Carrefour verlangte von uns zehntausend Euro, nur damit wir unsere Weine in ihre Regale stellen durften«, hatte der Kellermeister der Kooperative erklärt. »Bei Metro/Real mussten wir zu den Geschäftseröffnungen eine von drei Flaschen gratis liefern, andernfalls hätten sie unsere Weine nicht aufgenommen.«

Wieder erstaunten Martin die Ausmaße dieser Kellerei: Zweitausendeinhundert Hektar kontrollierten sie, aufgeteilt in sechzehn Viticultural Farms oder Profit-/Kostencenter. Achthundertachtzigtausend Hektoliter wurden so pro Jahr mit Zukäufen gekeltert. Auf die Verkostung dieser Weine war er gespannt.

»Der weiße Şarba von 2005 hat mir gefallen«, meinte Simion abends im Hotel beim Essen, wo sie über die Ereignisse des Tages sprachen. »Recht frisch und spritzig, ganz angenehm in der Säure, ich habe mir ›grasig‹, ›aromatisch‹ und ›Duft weißer Blüten‹ notiert.« Der Amerikaner schaute auf den Zettel mit seinen Notizen. »Der Grasă hingegen war hin, der hatte Kork, unverständlich, dass die uns so etwas anbieten. Haben die das beim Öffnen nicht gemerkt?«

Martin staunte, er selbst war zu ähnlichen Schlussfolgerungen gekommen, auf jeden Fall in Bezug auf den Grasă. »Und was halten Sie von dem Tămâioasă Românească?«

»Das war der Beste von allen.«

»Das war heute nicht Ihre erste Verkostung«, vermutete Martin, denn auch hier teilte er die Ansicht des Amerikaners.

Der lachte selbstgefällig und war sich seines Urteils sicher. »Ich sagte Ihnen doch, ich bin Weinliebhaber. Und das bedeutet, dass man sich damit beschäftigt. Meinen Weinkeller zu Hause in Georgia sollten Sie sehen ...«

Martin war auf die Roten gespannt gewesen, ob einer darunter war, der dem Zodiac nahe kam. Aber der Fetească Neagră war zu leicht gewesen, obwohl er von dreißig Jahre alten Reben stammte, außerdem war der Holzgeschmack der Barrique (oder der Eichenspäne?) im Vordergrund. Auf den Pinot Noir hatte er sich gefreut, doch leider war der Medium Dry von 2004 eine Enttäuschung, er schmeckte nach Bretanomyces-Hefen, was für ihn ein Zeichen von Unsauberkeit war, mochte auch mancher Weinliebhaber den Geruch von Sattelleder oder Pferdeställen sehr schätzen.

»Da beißt man doch lieber gleich in ein richtiges Pferd«, frotzelte Simion und hob sein Bierglas.

Auf halbem Weg zum Mund hielt Martin inne und schaute in die Ecke des Speisesaals vor dem Fenster. Am Tisch dort saßen ein Mann und eine Frau und stritten. Obwohl beide sich bemühten, leise zu sein, nahm nach und nach der gesamte Speisesaal Anteil an der zischend geführten Auseinandersetzung. Auch die Kellner konnten nicht umhin, dem ungleichen Paar neugierige Blicke zuzuwerfen. Die Frau war eine dunkelhaarige Schönheit, ihr wesentlich älterer Partner oder Ehemann war ganz das Gegenteil. Sie trug das Haar lang und offen, ein rötlicher Schimmer lag darauf, es verdeckte das Gesicht. Sie hatte den Kopf vorgeschoben, als würde sie zum Angriff übergehen. Sie trug eine Art Tunika mit grünen, braunen und goldenen Punkten über der hautengen Jeans. Er war zu dick, klein und hatte in alberner Weise das aschblonde Haar von einer Seite des Kopfes auf die andere gekämmt, um seine Glatze zu verbergen. Die lachsfarbene Krawatte zum hellgrauen Anzug war das einzig Lebendige an ihm.

Derartig gegensätzlichen Paaren war Martin häufiger begegnet. Ein wohlhabender, älterer Mann hatte sich die junge Schöne gekauft. Er machte die Ansagen, sie genoss – bis zu einem gewissen Grad – schweigend den Luxus. Aber diese hier war widerspenstig. Irgendetwas war schiefgegangen. Die Stimmen der beiden wurden lauter, das Verhalten aggressiver, von dem, was sie sich an die Köpfe warfen, verstand Martin kein Wort. Rumänisch war es jedenfalls nicht, das meinte er mittlerweile herauszuhören.

Jetzt sprang die Frau wütend auf, herrschte den Mann mit bebender Stimme an, dann stieß sie mit dem Handrücken ihr Weinglas um – anscheinend in voller Absicht. Der Rotwein spritzte über die Teller, ergoss sich über das Tischtuch und rann auf den Mann zu, der erschrocken aufsprang, wobei sein Stuhl nach hinten kippte. Peinlich berührt sah er sich von den übrigen Gästen beobachtet und presste wütend die Lippen aufeinander, während seine Angebetete erhobenen Hauptes aus dem Saal rauschte.

»Ich liebe derartige Szenen.« Simion war begeistert. »Das ist nach meinem Geschmack. Wenn man selbst ein ganz anderes, harmonisches Leben geführt hat, kann man derartige Auftritte als Theaterstück betrachten, als gekonnt inszenierte Komödie. Man könnte Beifall klatschen. Haben Sie selbst Derartiges erlebt?«

Martin dachte an seine frühere, recht konfliktreiche Beziehung zu Petra, aber er hatte stets mit Schweigen reagiert, hatte sich nie auf Streit eingelassen. »Ich bin kein Freund von Szenen oder Auftritten, man kann Konflikte anders lösen.«

Simion war anderer Meinung. »Es kommt darauf an, worum es geht. Uns kann das, was die da eben abgezogen haben, egal sein. Doch manchmal ist ein reinigendes Gewitter sogar vonnöten.«

»Also verfügen Sie doch über die entsprechende Erfahrung?« Martin war überzeugt, dass Simion ihm nicht die Wahrheit sagte.

»Wenn man so alt ist wie ich, hat man vieles gesehen und erlebt. Man steht über den Dingen, man lässt sie geschehen, man regt sich nicht mehr auf. Es ist sinnlos. Aber die Dame sah großartig aus, blendend, eine byzantinische, ja beinahe orientalische Schönheit, auch die slawischen Frauen sollen sehr schön sein. Und sehr elegant.«

Nach dem Essen trat Martin auf den Portier zu. »Heute Morgen ist mein Dolmetscher leider abgereist, er hatte dringende Familienangelegenheiten zu regeln. Ich weiß, es ist fast unmöglich, hier in Focşani einen Ersatz für ihn zu finden, aber vielleicht kennen Sie einen Rumänen, der Englisch oder Deutsch spricht und mich zu diversen Weingütern begleiten könnte?«

Der Portier schüttelte den Kopf. »Da bin ich überfragt. Ich wüsste auch nicht, wen man fragen könnte, vielleicht fragen Sie besser auf den Weingütern?«

Sein Kollege trat näher, ein Grinsen um die Augen. »Sie haben die Dame gesehen, die vorhin aus dem Speisesaal stürmte, die Schwarzhaarige? Sie ist Dolmetscherin – bisher hat sie für diesen russischen Geschäftsmann übersetzt, mit dem sie am Tisch saß. Könnte sein, dass sie jetzt frei ist ...«

16

Auf dem Weg nach Cotnari war Ana Cristina bereits dabei. Sie kannte sogar den Weg zum Weingut. Im Rahmen einer Rundreise mit österreichischen Investoren hatten der Besuch der Kellerei und eine Probe der berühmten Cotnari-Weine zum Unterhaltungsprogramm gehört, und Ana Cristina hatte übersetzt. Sie und Martin waren sich bereits am Abend nach dem Eklat im Speisesaal einig geworden. Da sie den bisherigen Job hingeschmissen hatte, war sie bereit, sofort für Martin zu arbeiten. Der Mann an ihrem Tisch war weder ihr Mann noch ihr Liebhaber gewesen.

»Gott bewahre«, hatte sie gestöhnt und nach dem Kreuz gegriffen, das an exponierter Stelle im Ausschnitt über ihrem üppigen Busen baumelte, und Simion waren beim Schielen fast die Augen aus dem Kopf gefallen. Martin hatte ihn gebeten, sie allein zu lassen, denn es handelte sich um geschäftliche, also vertrauliche Gespräche, und der Amerikaner war schmollend abgezogen.

Ana Cristina war eine gut, ja sehr gut aussehende Frau, der die Männer im Hotel, inklusive des Personals, schmachtende Blicke hinterherwarfen. Sie war eine Augenweide, aber Martin interessierte es nicht im Geringsten. Die schönste Frau war Charlotte.

»Der Russe ist zudringlich geworden«, hatte Ana Christina gesagt. »Früher haben wir sie auf Abstand gehalten, ich wusste nie, weshalb, heute weiß ich es. Seitdem die Grenzen offen sind, seit sie meinen, unser Land aufkaufen zu können, fallen sie regelrecht ein. Und sie glauben auch, die Menschen kaufen zu können. Da haben sie sich getäuscht!« Stolz hatte sie ihren Kopf in den Nacken geworfen, das schwere schwarze Haar mit dem rötlichen Schimmer hatte dabei ihren Kopf umwölkt.

Sie täuschen sich nicht, dachte Martin in Hinsicht auf die Russen. Er dachte an die dramatisch gestiegenen Preise der toskanischen Weine zum Beispiel. Wenn Antinori oder Barolo auf dem Etikett stand, zahlten Russen jeden Preis, beim Brunello war es nicht anders als bei den Bordelaiser Weinen. Wenn ein Russe oder eine Russin beim Einkaufen ein Röllchen Scheine aus der Tasche zog, bekamen alle Verkäufer leuchtende Augen; die Überheblichkeit der Neureichen stieß sie ab, aber ihr Geld nahmen sie gern.

Martin hatte man noch kein entsprechendes Angebot in Bezug auf seinen Pechant gemacht, außerdem belieferte er nur einzelne Weinhändler und keine Großhändler. Damit behielt er einigermaßen die Kontrolle über seinen Wein. Das hatte bereits Gaston so gehalten, als Martin seine Weine auf dem deutschen Markt vertrieben hatte. Es bereitete mehr Arbeit, aber Charlotte und er waren sich darin einig.

Charlotte – er hatte an sie gedacht, als sie am Morgen aufgebrochen waren, und er versuchte sie sich vorzustellen, wie sie in der Karawane von weißen Geländewagen mit den Experten der UN im Tschad unterwegs war ... was für eine Katastrophe. Er konnte sie nicht erreichen, und sie hatte gestern nicht angerufen. Sie fehlte ihm, er hatte Sehnsucht. Auch fünf Jahre, nachdem er sie kennengelernt hatte, verzehrte er sich immer noch nach ihr. Wenn sie verreist war, dachte er beim Einschlafen an sie, stellte sich vor, wie sie neben ihm lag, ihr Kopf an seiner Schulter, und beim Aufwachen musste er feststellen, dass er auf ihrer Seite des Bettes lag und ihr Kopfkissen zerwühlt hatte. Zwei Wochen war er mindestens noch in Rumänien unterwegs, bis er sie wiedersah. Der Flug nach Hause würde kurz sein, sie würde ihn am Flughafen erwarten ... Außerdem konnte er Jacques und seinem Schwiegervater Jérôme nicht länger die Verantwortung für das Weingut aufhalsen, es war die Zeit der Blüte, und besorgt hatte er am Morgen wie immer den Wetterbericht für Saint-Émilion im Internet studiert und kurz mit seinem Schwiegervater telefoniert. Zu Hause war alles in Ordnung. Martin stellte überrascht fest, wie er die Tage zählte. Das hatte er bislang noch nie getan.

Sicher hatte es nicht länger als eine Sekunde gedauert. Er hatte den entgegenkommenden Lastwagen spät gesehen; seit sie die Stadt Bacău hinter sich gelassen hatten, war die Strecke hügelig und voller Kurven. Als hinter dem Lastwagen ein zweiter hervorbrach und nicht wieder dahinter einscherte, sondern größer wurde und bedrohlich auf ihn zuraste, war Martin zuerst verblüfft, dann stellte sich schieres Entsetzen ein. Der zweite Lastwagen blieb auf der Überholspur – hier gab es keine Möglichkeit zum Ausweichen, kein Entkommen. Der Tod raste auf sie zu, Ana Cristina schrie, dann sah Martin die Lücke zwischen den Bäumen.

Er schaltete jeden Gedanken ab, sah nur die Weide hinter der Lücke, und der Wagen raste zwischen den Bäumen hindurch, sprang über Ackerfurchen und zog eine breite Spur durchs hohe Gras, bis er im weichen Boden stehen blieb. Martin war völlig ruhig, er öffnete die Tür und setzte die Füße auf den Boden.

Ana Cristina sah ihn bleich an. Beim Anzünden der Zigarette zerbrach sie ein Streichholz nach dem anderen, bis sie mit zitternden Fingern in ihrer ledernen Umhängetasche ihr goldenes Feuerzeug fand. Als sie etwas sagen wollte, winkte Martin ab, sie sollte verdammt noch mal den Mund halten, er wollte kein Wort hören, nicht ein einziges, das sagte er zwar nicht, aber es lag in seiner Geste. Das eben war kein

Mordversuch gewesen, aber da hatte der Fahrer seinen Tod im Straßengraben billigend in Kauf genommen.

Ein Bauer zog sie mit seinem Traktor aus der Wiese, allein wären sie nicht herausgekommen, die Reifen hatten durchgedreht. Sie würden zu spät zur Verabredung auf dem Weingut kommen, doch Martin scheute sich, schnell zu fahren, nur sehr langsam erholte er sich von dem Schock, die Beinahe-Kollision hatte ihn dünnhäutig gemacht. Glücklicherweise schwieg Ana Cristina, seit sie wieder auf der Landstraße waren, und Martin konnte in Ruhe das Hügelland betrachten. Es brachte ihn ganz allmählich auf andere Gedanken. Aber die Angst blieb, die Angst vor einer Gefahr aus dem Nichts, und er dachte an die Polizei im Hotelflur und an Sofia.

Die Moldau, zu der das Weinbaugebiet von Cotnari gehörte, war der Lage und des Klimas wegen nicht sonderlich für den Weinbau geeignet. Die Region lag in etwa auf dem Breitengrad des Rheingaus, hier sanken im Winter die Temperaturen bis weit unter den Gefrierpunkt, und die Sommer waren auch nicht besonders heiß. Den Ausgleich schuf der früh und mild beginnende Frühling, und der Herbst wartete bis in den Oktober mit hohen Temperaturen auf. Dadurch ergab sich eine lange Reifeperiode, was sich sehr gut auf die Trauben auswirkte. Im neunzehnten Jahrhundert hatte ein Franzose behauptet, dass die Weine aus Cotnari »zu den besten der Welt« zählten, aber Martin gab wenig auf die selbst ernannten Weinpäpste à la Parker und Konsorten. Wer wollte beurteilen, was das Beste war?

Eine andere Stimme verbreitete, dass die großen rumänischen Weine mit denen aus Bordeaux vergleichbar waren. Es war eine Anmaßung in Bezug auf das, was er bislang probiert hatte. Wäre es so gewesen, dann würden diese Weine längst auf den westeuropäischen Märkten gehandelt. Außerdem war er nicht in Rumänien, um Weine zu probieren, die den Bordelaiser ähnlich waren, sondern landestypische Gewächse. Etwas Vergleichbares zum Zodiac hatte sich bislang nicht einmal in Ansätzen gezeigt, aber er sah sich erst am Anfang.

Wein war zuerst das Ergebnis von Weinstock, Boden, Klima, Bearbeitungsmethode und Erntemenge. Im Keller konnte man den Wein zwar versauen, ihn jedoch keinen Deut besser machen. Lediglich Fehler ließen sich oberflächlich kaschieren. Dann kam die Lagerung im Eichenfass, wenn die Trauben dafür die nötige Kraft mitbrachten, und die Flaschenreife als Abschluss. Unter zweieinhalb Jahren verließ kein Wein seine kleine Kellerei. Was er im Jahr 2006 geerntet hatte, kam frühestens 2009 auf den Markt. Am besten blieb der Pechant dann noch einmal so lange liegen, möglichst dunkel und kühl. Mit dem Wein von seinem neuen Weingarten würde er anders verfahren, der würde früher trinkreif sein. Er bemerkte, dass er schon wieder an seine Arbeit zu Haus dachtee, statt diese hier zu erledigen.

»Erzählen Sie mir was von Cotnari«, sagte er zu seiner schweigsamen Begleiterin, die seit dem Ausflug in die Wiese verängstigt und konfus wirkte, als wäre bei ihr im Kopf etwas durcheinandergeraten. Manchmal half es, die Mitmenschen zu fordern, damit sie sich wieder auf sich selbst besannen. Den sicheren Tod so kurz vor sich gehabt zu haben ging natürlich an Martin nicht spurlos vorbei, doch ihm half sein leichtes Phlegma, das sich auch in anderen Situationen positiv bemerkbar gemacht hatte.

Er fuhr Schritt, vor ihm hatte sich eine Fahrzeugschlange gebildet, und als eine weite Rechtskurve die Sicht freigab, erkannte er den Grund dafür. Weit vor ihnen war ein Treck unterwegs, eine Karawane von Pferdewagen.

»Zigeuner«, sagte Ana Cristina abfällig, »auch ein Grund, dass Rumänien nicht vorankommt und wir so rückständig bleiben. Die wollen nicht arbeiten, die wollen nichts lernen, sich nicht integrieren, aber alles haben!«

Eine Reihe von Franzosen und Deutschen, die Martin

kannte, dachten ähnlich, und er seufzte still vor sich hin. Sich zu Ana Cristinas Ansichten zu äußern wäre dumm gewesen, einen Menschen, der so dachte, überzeugte man nicht mit Argumenten. Womit dann, fragte er sich? Was soll man mit den Leuten machen?

»Am besten, sie wandern aus – nach Italien. Sollen die Italiener sich mit ihnen rumärgern oder die in Brüssel, die haben so viele überzeugende Integrationsprogramme und Anti-Diskriminierungsgesetze. Da werden sie sich wundern, wen sie sich ins Land holen.«

»Manouches« nannte man die Sinti und Roma in Frankreich, auch da gab es Menschen mit ähnlichen Ansichten wie die seiner Beifahrerin.

»Erzählen Sie mir was von Cotnari«, wiederholte er und übte sich hinter der Kolonne in Geduld.

»Was wollen Sie wissen? Wollen Sie wissen, dass hier mit etwa zweitausendeinhundert Sonnenstunden zu rechnen ist? Der traditionelle Cotnari ist weiß, es ist eine Cuvée. Sie setzt sich aus Rebsorten zusammen, die Sie in Deutschland nicht kennen werden. Grasă, Fetească Albă, Frâncuşă und Busuioacă. Die Weine werden meistens einzeln für sich gekeltert und ausgebaut und erst vor der Klärung vermählt, das heißt assembliert.«

Martin war angenehm überrascht. »Wunderbar, dass Sie so viel von Wein verstehen, das macht die Arbeit leichter – und für uns angenehmer.« Er lachelte sie zum ersten Mal an, und sie lächelte dankbar zurück. In der Gesellschaft von Josef Teubner hätte er sich wohler gefühlt, mit ihm hätte er eine gute Zeit verleben und das Land kennenlernen können, zu Teubner hatte er rasch Vertrauen gefasst. Aber Ana Cristina gegenüber würde er distanziert bleiben. Wo sie herkam, was sie früher gemacht hatte und wie sie über die Dinge des Lebens dachte, ging ihn nichts an. Es war entspannend, dass sie ihre Ansichten über Sozialismus und Kapitalismus nicht vor sich hertrug.

Während er ruhig den weit geschwungenen Kurven der Landstraße folgte – die Weingärten reichten hier bereits bis an die Straße, manche schienen aufgegeben, andere wieder waren in perfektem Zustand –, fragte Martin sich, wo sie übernachten würden. Er hoffte, entweder heute Abend oder morgen früh wieder laufen zu können. Er brauchte das Laufen, es befreite ihn, sein Kopf wurde klar, er dachte dabei zwar an nichts Konkretes, aber bereits bei der Dusche danach merkte er, dass sich die Gedanken sortiert hatten, und mancher Knoten löste sich von allein. Den Versuch am Morgen hatte er nach einigen hundert Metern aufgeben müssen, anderenfalls hätten ihm die Straßenköter Focşanis die Waden zerfetzt, und mit einem Knüppel oder einem Stein in der Hand zu laufen und sich damit die Biester vom Leib zu halten machte wenig Freude.

Schließlich bogen sie von der Hauptstraße ab, die weiter nach Iaşi führte, jetzt gab es nur noch eine schmale Allee, wie Martin sie aus Frankreich kannte und aus seiner Kindheit, von Sonntagsausflügen im Vogelsberg. Die schwarzen und mit Holzschindeln gedeckten Holzhäuser der Bauern und ihre finstere Armut gemahnten ihn daran, wo er sich befand. Dann tauchte links eine Kneipe auf, das Haus schien im Rohbau stecken geblieben zu sein, oder dem Besitzer war das Geld ausgegangen. Auf dem Schotterplatz davor parkten einige Wagen, Männer unterhielten sich an ihre Autos gelehnt, und um die schmutzigen Pfützen kurvten Jungen mit ihren Rädern. Es ging auf Feierabend zu, und die Männer trafen sich zum Bier hier, was Martin schmerzlich an seine Billard-Kneipe erinnerte. Daneben führte eine gerade Straße den leicht ansteigenden Hügel hinauf zum Kamm, rechts davon lag die Kellerei inmitten der Weinberge.

Simion wartete vor dem Portal, der Amerikaner kam ärgerlich zur Fahrertür. »Zwei Stunden haben Sie mich warten lassen, ich hatte nicht einmal eine gute Ausrede, weshalb Sie nicht gekommen sind. Wieso haben Sie Ihr

Mobiltelefon nicht eingeschaltet?« Dann stutzte Simion, er sah den Schmutz am Wagen, der über die Türen bis an die Scheiben reichte. »Was ist passiert?« Er blickte Ana Cristina an. »Dass Sie mir nicht unsere Schönheit in Gefahr bringen.« Er ging zu ihr und legte ihr den Arm um die Schultern, was sie lächelnd gestattete. »Alles okay?«

»Ich glaube, unsere Dame kann ganz gut auf sich selbst aufpassen, wie wir gestern gesehen haben.«

Simions Schmeichelei kam bei Ana Cristina besser an. »Mister Bongers hat in beispielhafter Weise reagiert. Wenn er nicht so gute Nerven hätte, dann ... Er hat uns das Leben gerettet.« Ihr Englisch war ausgezeichnet.

»War's so schlimm?«

»Unsinn«, sagte Martin, dem das Geschwätz auf den Geist ging. Seine Laune hatte sich in dem Maß verschlechtert, wie sich der Himmel zugezogen hatte. »Es gab nur einen Ausweg, und den habe ich genommen. Und Sie, Mister Marc, haben Sie uns die Arbeit abgenommen und bereits alle Weine verkostet? Wo ist das Protokoll?«

Simion sah ihn entgeistert an. »Das meinen Sie nicht ernst, oder?«

»Was wollen Sie?«, fragte Martin, dessen Laune auf den Nullpunkt sank. »Wollen Sie rumspielen oder ernsthaft mitmachen? Das Zeug dazu hätten Sie. In einer Woche mache ich einen guten Verkoster aus Ihnen. Also, sperren Sie die Nase auf, da kommen unsere Gastgeber.«

Simion strahlte. Aber kurz darauf zitterte er vor Kälte. Sie folgten ihren Begleitern in die endlosen Kellergänge mit Hunderten von Holzfässern – es war erbärmlich kalt. Martin war wie seine Führer die Temperaturen gewohnt.

Von einem etwa zehn Meter unter der Erde liegenden Hauptgang zweigten rechts zahllose Nebengänge ab. Ein wenig erhöht lagen darin, in zwei Reihen übereinander, die fünfhundert bis zweitausend Liter fassenden Fässer. Cotnaris Weißweine lagerten hier für zwei, drei oder gar zehn

Jahre im Holz. Die Weinbautradition dieser Region reichte bis ins vierzehnte Jahrhundert zurück, und in einem Dokument aus dem folgenden Jahrhundert wurde ein hiesiger Wein als der teuerste überhaupt aufgeführt, wie Ana Cristina erklärte.

»Die Süßweine aus Cotnari werden in einem Atemzug mit denen aus dem französischen Sauternes genannt, mit dem ungarischen Tokaier, dem Ruster Ausbruch vom Neusiedler See oder einer Trockenbeerenauslese von der Mosel.«

Martin empfand den Vergleich als vermessen, er hatte nie von Cotnari gehört, bevor er seinen Fuß in dieses Land gesetzt hatte, und er war ziemlich viel herumgekommen. Oder war es eine Sache für Süßweinspezialisten? Umso spannender würde die Verkostung sein. Vielleicht stimmte es ja, ihm fiel es nicht schwer, sein Urteil zu revidieren. Er ahnte, dass er in dieser Weißweingegend die Erde, die ein Zodiac brauchte, auch nicht finden würde.

Die Holzfässer, obwohl bereits in die Jahre gekommen, waren in bestem Zustand, zumindest von außen; innen waren sicher alle Poren längst vom Weinstein zugesetzt, wenn sie nicht regelmäßig mit einem Hochdruckwasserstrahl gereinigt und danach geschwefelt wurden. Das war durchaus denkbar, wo sogar der Betonboden in den Gängen lackiert war und blitzsauber gehalten wurde. Die Räume waren gut belüftet, es war keine Spur von Muff oder gar Fäulnis wahrzunehmen. Diese Kellerei wurde mustergültig geführt, doch was nutzte die größte Umsicht, wenn die Weine das nicht widerspiegelten? Und es machte Martin nervös, dass sich ihm der Eindruck aufdrängte, dass Ana Cristina sich mehr mit ihren Begleitern unterhielt, als dass sie ihm wortgetreu das Gesagte übersetzte. Vielleicht wäre es besser gewesen, er hätte sich radebrechend auf Englisch unterhalten, denn jetzt redete Simion auch noch dazwischen. Es lag Martin fern, ihm den Mund zu verbieten oder ihm Anweisungen zu geben. Weder hatte er das in seinem

Weinladen nötig gehabt noch erforderte es der Umgang mit den Menschen, die ihm bei der Lese und danach in seiner Garage halfen. Wenn er so freundlich war, Simion mitzunehmen, und Ana Cristina bezahlte, konnte er ein gewisses Einfühlungsvermögen erwarten. Aber Erwartungen erfüllten sich selten.

Er verkniff sich eine Zurechtweisung, dafür beobachtete er Ana Cristina umso intensiver. Sie hatte etwas Herrisches an sich, etwas Herablassendes, als wäre sie der Ansicht, dass ihre Gesprächspartner unter ihr stünden. Martin zwang sich zu seinem vielfach auf Messen erprobten Dauerlächeln, so merkte ihm niemand seinen Unmut an.

Die letzte Station, bevor sie wieder an die Erdoberfläche traten, war die Vinothek oder der Friedhof, wie die Spanier das Flaschenlager nannten, ein hundertzwanzig Meter langer Gang, an dem auf beiden Seiten Tausende von Flaschen bis unter die Decke gestapelt waren.

Ana Cristina und Simion zeigten sich beeindruckt, aber einer ihrer Begleiter erklärte einschränkend: »Jenseits der Grenze, in Moldawien, in der Kellerei Cricova, existiert das größte Kellersystem der Welt. Das Labyrinth bedeckt eine Fläche von dreiundfünfzig Hektar mit sechzig Kilometer langen Gängen.«

Wozu das Ganze?, fragte sich Martin, als sie ans Tageslicht traten und er blinzeln musste, die Sonnenstrahlen fielen flach durch das Fenster des Verkostungssaals und spielten als bunte Reflexe auf dem glänzenden Tisch. Er fragte sich das immer häufiger, der Aufwand war künstlich, wurde nur um seinetwegen betrieben. Jetzt, nach dem Wechsel vom Dunkel ins Tageslicht sah Martin deutlich, was ihn an der Dolmetscherin störte: Sie war eine Spur zu feminin, eine Spur zu sehr geschminkt, etwas zu betont angezogen, sie lachte ein wenig zu laut über die Scherze der Männer, sie lächelte zu dankbar, wenn man ihr die Tür aufhielt, und sie war zu aufreizend die Treppe hinaufgestiegen. Ihr fehlte

Diskretion. Sie war nicht das, was sie vorgab zu sein, sie war nicht echt, sie gab sich, sie spielte. Wenn sie gewissenhafter übersetzt hätte, wäre es Martin gleichgültig gewesen, zumal sie hervorragend Französisch und auch Englisch sprach. Er fühlte sich in ihrer Gegenwart unfrei.

Rasch setzte er sich darüber hinweg und konzentrierte sich auf die Reihe schlanker Flaschen vor ihnen. Die Feuchtigkeit kondensierte an der Oberfläche, feine Perlen liefen am Glas herunter.

Sie probierten zuerst den Fâncuşă, einen trockenen, frischen und sogar spritzigen Wein, der ihn an die Semillion-Traube erinnerte und damit an die klaren und schlichten Gewächse aus Entre-deux-Mers. Er hielt sein Urteil zurück, kommentierte nichts, hörte eigentlich gar nicht auf die Erklärungen, um sich nicht verwirren zu lassen, und probierte. Der zweite Wein hieß Château Cotnari, eine Cuvée aus einheimischen Sorten. Der Wein war dicht, intensiv und vielschichtig. Aber ein »önologisches Kunstwerk«, wie am Tisch behauptet wurde, war er nicht. Der dritte fiel bei ihm völlig durch. Da schmeckte er saure Drops, Rhabarber und etwas Gemüse raus, es war ein vierteltrockener Wein und damit sowieso nicht sein Geschmack. Dafür hatte der Wein einen langen Nachklang, auf den Martin jedoch gut verzichten konnte.

Der Grasă de Cotnari 2000 sollte in die Richtung eines edelfaulen Süßweins gehen. Er hatte ungeheuer viel Zucker angesammelt, hatte eine wunderschöne Farbe – aber dem Wein fehlte die Tiefe, von den Aromen her kein Vergleich mit einem Sauternes oder einem Ruster Ausbruch vom Neusiedler See, obwohl der Grasă auch aus edelfaulen Trauben gekeltert war, bei denen der Botrytis-Pilz die Beerenhaut durchlöchert hatte und das Wasser verdunstet war. So hatten die Trauben Geschmacksstoffe und Zucker konzentrieren können. Das für Botrytis-Weine typische Aroma erinnerte an Bienenwachs, hier ließen sich Rosinen erahnen, auch Mandeln, aber es war eine Melange, eine undefinierbare Mischung, eher gefühlt als gerochen, da war die Nummer fünf der Probe, der Tămâioasă Românească leider nicht viel besser. Und Martin, der die ganze Zeit zum Verdruss seiner Gastgeber geschwiegen hatte, verlangte nach einem älteren Wein.

Es war kompliziert, in der Nähe ein Hotel mit drei Einzelzimmern zu bekommen. Ana Cristina gelang das fast Unmögliche, obwohl Simion am liebsten ein Doppelzimmer mit ihr bezogen hätte. Noch vor Einbruch der Dunkelheit erreichten sie den einsam gelegenen Hotelneubau an der Landstraße nach Iaşi. Das ruhigste Zimmer, im dritten Stock nach hinten gelegen, beanspruchte Martin für sich. Wenn die Rumänen lärmten, sollten sie auch darunter leiden.

Im Hotelrestaurant und auf der verglasten Terrasse davor tobte ein Fest. Nach einer Mischung aus arabischen Klängen und Techno-Rap wurde getanzt und die Vorderfront beschallt. Simion störte das wenig, wenn sein Zimmer nur nahe genug an dem von Ana Cristina gelegen war. Was dachte der Mann sich dabei? Er war penetrant, außerdem hatte er bei ihr nicht die geringste Chance. War er zu blind, das zu sehen?

Martin trug sein Gepäck in den dritten Stock, seine Begleiter logierten ein Stockwerk tiefer. Er zog Jogginganzug und Laufschuhe an und nahm bereits die Treppe im Laufschritt. Er wollte raus, er fühlte sich wie eingesperrt. Links neben dem Hotel führte ein asphaltierter Weg in die Felder, der kurz danach in Schotter überging. Hier vorn, in der Ebene längs der Straße, war es flach, das Getreide war noch grün, auf der anderen Seite des Wegs wuchsen Kartoffeln, weiter links spross der Mais. Dann kam eine Wiese mit hohem Gras und einigen Pferden. Sie war nicht eingezäunt, was Martin zuerst auf Geldmangel zurückgeführt hatte – bis er bemerkte, dass die Pferde angehobbelt waren. Bei anderen führte ein Strick vom Halfter zu einem der Hinterbeine, was die Tiere am Traben und Galoppieren hinderte. Anhobbeln war das Wort, er hatte es bei Karl May gelesen, und Martin lächelte bei dem Gedanken, auf welche Weise man das – im übertragenen Sinn – mit Menschen machen müsste. Es war einfach. Man musste ihnen nur so viel Besitz oder Angst vor dem Verlust desselben ans Bein binden, ihnen so viel Arbeit aufhalsen, bis sie stehen blieben. Oder man überschüttete sie derart mit fremden Ideen, dass für eigene kein Platz mehr blieb. Mit den Gedanken war es wie mit den Dingen: Man musste wissen, was man wirklich brauchte.

Es war gut zu laufen, er ließ Simion und Ana Cristina hinter sich. Martin machte sich Sorgen, er fühlte sich verantwortlich. Luciens politische Ansichten klangen ihm nach wie vor im Ohr – aber Sofia stellte im Moment die größte Belastung dar. Und noch ein Gedanke brach sich Bahn: Wer war in diesem Spiel eigentlich das, was er zu sein vorgab? Niemand. Was konnte er von den anderen erwarten, wenn nicht einmal er selbst der Winzer aus Saint-Émilion sein durfte? Authentisch war für ihn bislang nur der Kellermeister in der Kooperative gewesen, bei allen anderen hatte eine merkwürdige Spannung geherrscht, als hätte er danach gefragt, wo die Besitzer der Weingüter das Kapital zum Kauf aufgetrieben hatten, woher es gekommen war, wer die Bosse waren und wer welche Anteile besaß. Mochten auch viele bekannte Châteaux in Bordeaux inzwischen Fluggesellschaften und Versicherungskonzernen gehören – die Eigentümer waren längst keine Menschen aus Fleisch und Blut mehr –, so hatte er doch nie das Gefühl, dass Schiebung beim Erwerb mit im Spiel war – lediglich Geld und Macht.

Der Weg stieg an, hier begannen die Weingärten, sie waren nach Süden ausgerichtet, und Martin blieb heftig atmend stehen. Geld und Macht! Aber Schiebung? Er dachte an die Geschichte von Mouton-Rothschild. Die Familie hatte im 19. Jahrhundert Fürstenhäuser finanziert, ihre Feste genauso wie ihre Kriege. Sie hatten Bokassa, der sich zum

Kaiser der Zentralafrikanischen Republik hatte ausrufen lassen, anlässlich seiner Krönung vierundzwanzigtausend Flaschen Wein verkauft.

»Dich hat ja noch keiner gefragt«, hieß es immer, wenn er das kritisiert hatte. Er hielt es für eine Schutzbehauptung der Käuflichen, die meinten, dass alle anderen genauso dachten oder denken mussten wie sie selbst. Er hingegen glaubte zu wissen, wer seine Weine trank.

Heute dauerte es länger als sonst, bis er beim Laufen nichts mehr dachte und nur noch bemüht war, ohne nasse Füße den Weg zurück zum Hotel zu finden. Er sah den einsamen Klotz von Weitem, die Lichtreklame wirkte wie ein Leuchtfeuer. Nur die Wege, die er in der Dunkelheit nahm, führten ihn nicht zurück, deshalb nahm er sich die ferne Landstraße zum Ziel, die Scheinwerfer der Autos wiesen ihm den Weg. Der letzte Kilometer an der Landstraße entlang war unangenehm.

Schweißnass und dreckig erreichte er das Hotel, die Schuhe waren durchgeweicht, aber er war zufrieden. Durch die gläserne Trennwand zum Restaurant sah er, dass sich Ana Cristina und Simion unter die Feiernden gemischt hatten und ihm zuwinkten. Aber ihm war nicht nach Lärm und Leuten. Als er sich nach der heißen Dusche auf dem Bett ausruhte, klopfte es eindringlich, es konnte nur Ana Cristina sein.

»Kommen Sie, lassen Sie uns tanzen.« Sie strahlte ihn an, erhitzt und ausgelassen. »Machen Sie uns die Freude. Man darf nicht nur arbeiten.«

Sie fasste nach Martins Hand. »Kommen Sie, beeilen Sie sich, lassen Sie uns nicht warten. Auch Mister Simion würde sich freuen.«

Martin wusste, wie es gemeint war. Er sollte sie vor seinen Annäherungsversuchen schützen; wenn Martin in der Nähe war, hielt Simion sich zurück.

Schließlich willigte Martin ein, vertröstete sie aber noch

um eine halbe Stunde. Er musste Lucien erreichen, um ihn nach Teubner zu fragen und danach, was der wahre Grund für den überstürzten Aufbruch sein konnte. Wenn die Ereignisse der letzten Nacht etwas mit ihm zu tun hatten, musste er das wissen. Die beiden sind befreundet, sagte sich Martin, Teubner wird ihm gegenüber ehrlich sein.

Er erreichte Lucien in einer schwierigen Stimmung, er schwankte zwischen Hilflosigkeit und Aggressivität. Als Martin erzählte, dass Teubner niedergeschlagen worden war und er seine Kündigung damit in Verbindung brachte, horchte Lucien auf, er wurde wieder zum militanten Aktivisten, wie man in Frankreich sagte.

»Von wo aus rufen Sie an?«

»Über die Hotelleitung.«

»Gut. Sie haben die Männer nicht erkannt? Es waren nicht die von der unerfreulichen Begegnung im Hotel?«

»Nein. Um ehrlich zu sein, Josef hat sich rausgeredet. Ich nehme ihm das mit den familiären Gründen nicht ab. Es steckt was anderes dahinter.«

»Was bringt Sie zu dieser Annahme?«

»Als er ging, hat er gesagt, ich würde das Unglück anziehen – so ungefähr. Er hat es mit dem Tod Ihrer Schwester in Verbindung gebracht ...«

»Mit dem Mord an ihr!«

Weder stimmte Martin ihm zu, noch wies er das Gesagte von sich. Aber immer, wenn Lucien diesen Ton anschlug, sprach er als Agitator, es klang nach Parole, nach einer Phrase, er tat seiner Glaubwürdigkeit damit keinen Gefallen.

»Er hat als Vorwand für seinen überstürzten Aufbruch Familienangelegenheiten vorgegeben.«

Luciens Antwort war kurz. »Wenn er das gesagt hat, dann ist es so. Ich werde mit Josef sprechen und Ihnen berichten.«

»Ich kann Sie nur bitten, mir zu sagen, was er Ihnen wirklich erzählt hat.« Sicher war es bei Lucien wirkungsvoller, an seine Hilfsbereitschaft zu appellieren. »Ich hoffe, dass ich mich wenigstens auf *Sie* verlassen kann. Ich bin ziemlich verwirrt. Es gibt Zufälle, die keine zu sein brauchen.« Er dachte an das Auftauchen von Ana Cristina, sie war am selben Tag eingetroffen wie er, und er fragte Lucien, ob er eine Dame dieses Namens kenne.

»Nein, aber ich kann mich erkundigen. Wie heißt sie mit Nachnamen?«

»Giurescu«, Martin las es ab und buchstabierte. »Fragen Sie Josef, es gibt wenige Übersetzer mit internationaler Erfahrung, sie spricht auch Russisch. Die meisten kennen sich untereinander, sie hat angeblich in Brüssel gearbeitet. Bei der NATO-Tagung war sie auch dabei, wie sie sagte.«

»Dann wird es einfach sein, etwas über sie zu erfahren.« Lucien versprach, ihn anzurufen, sobald er etwas erfahren und Josef getroffen hätte. Und er bat ihn dringend, den Kontakt in Iaşi wahrzunehmen, den er ihm empfohlen hatte: »Gehen Sie allein, nehmen Sie Ihre Dolmetscherin auf keinen Fall mit, und sagen Sie Ihrem Amerikaner nichts davon. Und denken Sie an den Brief, den ich Ihnen mitgegeben habe.« Dann legte er auf.

Nachdenklich setzte Martin sich aufs Bett und zog sich Socken an. Woher wusste Lucien von Simion? Hatte er ihm davon erzählt oder Teubner? Also hatte er längst mit ihm gesprochen. Und der Brief – diente er selbst Lucien als Kurier?

Laut schallte Musik durchs Treppenhaus herauf, die Party war in vollem Gange, und Martin wurde eingeladen, sich am Büfett zu bedienen. Ana Cristina erklärte ihm die Speisen. Es war nichts darunter, was er nicht kannte, aber er probierte ihr zuliebe alles, was sie als nationale Spezialität ansah. Weder der Auberginensalat noch der Schmortopf oder die Hammelkeule begeisterten ihn, doch es schmeckte. Ein rumänischer Landgasthof war kein Bordelaiser Gourmet-Tempel. Ein freundlicher junger Mann schenkte sein Glas so voll, dass es überlief, der Wein war semi-dulce und ihm zu süß, aber die jungen Leute tranken ihn gern. Martin war überzeugt, dass sein Wein in diesem Kreis nicht ankommen würde.

Ana Cristina setzte sich nach einem Tanz mit Simion zu ihm, sah ihm eine Weile beim Essen zu und stand auf. »Lassen Sie uns tanzen!« Er konnte sich gerade noch den Mund abwischen, da griff sie nach seiner Hand und zerrte ihn vom Platz weg. Der Griff war hart und entschieden, die Musik war laut, der Rhythmus schnell und die Stimmung ringsum ziemlich ausgelassen. Ana Cristina tanzte gut, sie wusste sich zu bewegen und ihren Körper in Szene zu setzen. Martin vergaß für eine Weile, wo er war, was ihn umtrieb, und er dachte an Charlotte – sie hätten zusammen fast bis zum Umfallen getanzt, wären dann nach oben unter die Dusche gegangen, zusammen natürlich, die Ohren noch immer voller Musik. Als dann der Discjockey ein langsames Stück spielte, wachte Martin auf und wollte zurück zum Tisch, doch Ana Cristina verstellte ihm den Weg, fasste ihn an den Händen und schmiegte sich an ihn. Sie war nicht aufdringlich, aber sie drängte, er spürte, was sie wollte, wenn er auswich, ließ sie es zu und setzte gleich darauf nach. Er versuchte derweil, so viel Abstand zu ihrem nun nicht gerade abstoßenden Körper zu halten, wie es ihm opportun erschien, um sie nicht zu beleidigen. Diese Frau, der auch die jungen Männer nachstarrten, bewegte ihn einfach nicht. Und ihr Parfüm war wieder eine Spur zu …

Als die Musik endete, weil jemand eine Ansprache halten wollte, kehrten sie zum Tisch zurück. »Lassen Sie mich aus Ihrer Hand lesen. Ich werde Ihnen Ihr Schicksal vorhersagen.«

»Das können Sie?« Martin hielt viel von Intuition, von ersten Eindrücken und Ahnungen, aber Handlesen war Humbug für ihn. Simion hingegen streckte ihr begeistert seine Hand hin.

»Sie sind danach dran«, sagte sie, »erst der Chef. Der hat

noch mehr vor sich …« Die letzten Worte wurden auf Deutsch gesagt, und sie zwinkerte Martin zu. Es wirkte ein bisschen ordinär.

»Wie haben Sie das gelernt?« Martin suchte Zeit zu gewinnen und sie mit Worten von ihrem Vorhaben abzubringen. Sie aber hatte seine Hand längst ergriffen und drehte die Handfläche nach oben. »Meine Großmutter hat das bereits gekonnt. Wir Rumänen haben alle ein wenig von den Zigeunern. Sie hat es mir mal gezeigt.« Sie lächelte ihn an und hielt seine Hand in der ihren. Er spürte die Wärme, er ließ es mehr widerwillig zu, sie bog die Finger zurück, und während sie die Linien betrachtete, strichen ihre Fingerspitzen darüber. »Sie haben harte, spröde Hände, so hart wie ein Arbeiter.« Erstaunt blickte sie auf und wurde nachdenklich. »Woher kommt das?«

Martin wurde heiß, er fühlte sich ertappt. Er hatte nicht bedacht, dass ein Consultant weichere Hände hatte als ein Winzer, der Kisten mit Trauben schleppte, bei Eiseskälte Weinstöcke beschnitt, Maschinen reparieren musste und Tanks scheuerte. »Ich habe einen Freund mit einem Weingut in der Nähe von Frankfurt, dem helfe ich viel, da habe ich mein praktisches Wissen her.« Ob Ana Cristina ihm das abnahm?

Sowohl Simion, der plötzlich die Ohren spitzte, als auch Ana Cristina gaben sich anscheinend mit der Antwort zufrieden, und sie betrachtete weiter Martins Linke. Sie stutzte, ergriff die Rechte und legte sie daneben, wurde ernst, nahezu bitter, sah Martin an und schüttelte den Kopf, kaum merklich rückte sie von ihm ab.

»Ich glaube, es geht nicht mehr, Herr Bongers, verzeihen Sie, ich kann das nicht.« Sie zündete sich eine Zigarette an, sog den Rauch tief ein und wandte sich Simion zu. »Geben Sie mir Ihre Hand, Mister Simion – oder – Marc? Mal sehen, ob ich bei Ihnen mehr Glück habe.«

Der Amerikaner strahlte, er hoffte es wohl.

Ana Cristina lächelte, während sie nachdenklich die Innenfläche seiner Hand betrachtete und mit dem Zeigefinger die Linien nachzog.

Dann zog sie die Lider zusammen und runzelte kaum merklich die Stirn, sie wurde ernst, ihr Blick zuckte zu den Seiten, schien dem, was er sah, ausweichen zu wollen, was sie sich nicht anmerken lassen wollte, da sie sich von Martin beobachtet fühlte. Simion bekam davon nichts mit, denn er schaute fasziniert in seine eigene Hand. Ana Cristinas Mund verhärtete sich. »Ihre Hand spricht nicht, Mister Simion, oder ich kann daraus nicht lesen. Was verstecken Sie?«

17

Martin fühlte sich erleichtert, als er auf die Landstraße nach Iaşi einbog und einen Blick in den Rückspiegel warf. Er gab Gas, das Hotel hinter ihm wurde kleiner. Er hatte sich ohne Frühstück weggeschlichen, um Ana Cristina und Simion keine Erklärungen über sein Ziel abgeben zu müssen oder Ausreden zu erfinden, weshalb er allein fahren wollte. Er hätte sagen können, dass es Luciens Bitte gewesen sei, dass er Miriam Vasilescu allein aufsuchte, aber dann hätte Ana Cristina gewusst, wohin er wollte. Die Wahrheit, dass ihm seine ständigen Begleiter auf den Wecker fielen, hätte er sowieso verschwiegen. An der Rezeption lag eine Nachricht, dass er gegen Mittag zurück sein würde.

In den Dörfern vor Iaşi wurde langsam gefahren, mit Messgeräten winkte die Polizei am Straßenrand einzelne Fahrzeuge aus der Kolonne heraus. Martin hielt sich sowieso strikt an die Geschwindigkeit, das machte die Betrachtung der Weingärten zu beiden Seiten der Landstraße möglich, und er gelangte unbehelligt und ohne Stau nach Iaşi. An einer Tankstelle erkundigte er sich nach der Universität, aber er verstand die Beschreibung nicht, bis ein Taxifahrer ihm bedeutete, zu folgen. Wahrscheinlich würde er ein Vermögen dafür verlangen. Zwischen Hochhäusern, Parks, Kirchen mit vier Türmen und neogotischen Prunkbauten verlor Martin rasch die Orientierung. Außerdem kannte der Taxifahrer die Schlaglöcher, kurvte wie wild von einer Straßenseite auf die andere, sodass Martin nur mit Mühe Anschluss hielt. Er würde sich für die Rückfahrt wieder ein Taxi nehmen müssen.

Miriam Vasilescu unterrichtete als Dozentin für Betriebswirtschaft an der Universität. Martin vermutete, dass sie auf Luciens politischer Linie lag. Sie sollte ihm Kontakte zu Personen vermitteln, die ihm behilflich sein könnten – fair und korrekt. Aber nach dem, was Martin in dieser Region an Wein probiert hatte, war das nicht seine Gegend und schon gar nicht das gesuchte Terroir. Es war allerdings denkbar, dass sich durch diese Kontakte andere eröffneten. Ob er es hier auch mit einer Art Mafia zu tun hatte, einer, der es nicht um Geld, wohl aber um politischen Einfluss ging?

Der Taxifahrer hielt vor einem gewaltigen neoromanischen Prachtbau und verlangte nur, was der Taxameter anzeigte. Endlich mal eine angenehme Überraschung. Das Hauptgebäude hatte Martin auf diese Weise zwar erreicht, aber nicht das Büro von Miriam Vasilescu. Dazu benötigte er eine Dreiviertelstunde über Treppen, durch Flure, breite Korridore und Hinterhöfe, dann stand er in einem winzigen Raum, der bis unter die Decke mit Büchern, Zeitschriften und Mappen mit Zeitungsausschnitten vollgestopft war. Für die Dozentin, ihren Schreibtisch und den Stuhl blieben vielleicht zwei Quadratmeter übrig.

Sie war eine kleine und drahtige Frau, sie sah nach einer Kratzbürste aus und legte weder Wert auf Frisur noch auf Kleidung. Rock und Pullover stammten wohl aus einer Altkleidersammlung, ihre Brille aus einer Dritte-Welt-Aktion. Deshalb wirkten ihre hochhackigen Pumps, ohne die sie bedeutend kleiner gewesen wäre, wie ein Stilbruch. »Wollen Sie französisch oder englisch sprechen? Lieber griechisch oder deutsch?«

Dumm war sie nicht und auch nicht unfreundlich, Martin war mittlerweile einiges gewohnt, und nach einigen

Worten auf Deutsch entschied er sich für Französisch, es war ihm lieb und am geläufigsten.

Die Dozentin erinnerte Martin an einen Specht, mit den großen Augen und einem Schnabel wie eine Spitzhacke. Sie hämmerte sofort mit ihren Fragen auf ihn ein. »Sie wollen hier Weinberge kaufen? Für wen? Welche Rebsorten wollen Sie pflanzen? Werden Sie eine Kellerei übernehmen oder eine neue bauen? Wie wird das finanziert, und welche Bank steckt dahinter? Wie viel wollen Sie investieren? Wird es ein Joint Venture, also rumänisch-ausländisch – oder wollen Sie uns gleich unser Land wegnehmen? Werden Sie Ihre Mitarbeiter mitbringen oder Rumänen ausbilden? Zahlen Sie die gleichen Hungerlöhne wie alle Transnationalen? Wenn Sie meinen, Sie können mit uns umgehen wie mit chinesischen Saisonarbeitern, sind Sie bei mir absolut an der falschen Adresse. Wenn Sie sich von mir irgendwelche Vergünstigungen erwarten oder Beziehungen zu sogenannten einflussreichen Persönlichkeiten, dann weiß ich nicht, weshalb Lucien Sie geschickt hat ...«

Martin sackte unter dem Wortschwall zusammen, er war sich nicht einmal klar darüber, wie er die erste Frage beantworten sollte, da fragte sie schon weiter. »Werden Sie für den heimischen Markt produzieren, oder wollen Sie exportieren? Wo werden Sie die Bodenanalysen machen lassen, bei uns? In Deutschland ...?«

So ging es weiter. Je mehr Fragen sie allerdings stellte, desto mehr Respekt gewann sie in seinen Augen, und irgendwann lächelte Martin sie an. »Ich finde, Sie sind großartig! Arbeiten wir zusammen?«

Mit dieser Wendung hatte der Specht nicht gerechnet, der Abwehrplan war nicht aufgegangen. Der Kopf mit dem Schnabel blieb nach vorn gereckt stehen, als hätte man ihm plötzlich den Baum weggezogen.

»Das alles möchte ich gern mit Ihnen besprechen. Deshalb bin ich hier.«

»Lassen Sie mich noch diesen Satz zu Ende schreiben.« Sie wies auf den Bildschirm. »Und dann laden Sie mich zum Kaffee ein. In der Cafeteria gibt es einen traumhaften Nusskuchen. Den backt eine der Köchinnen und verkauft ihn – wie alle – unter der Hand. Bei diesen Hungerlöhnen ist jeder auf Nebenverdienste angewiesen.«

»Die Höhe der Löhne ist wahrscheinlich relativ«, sagte Martin, betrachtete die Papierberge und sah sich vergebens nach einer Sitzgelegenheit um.

»Eben, wie alles. Wenn man ganz unten ist, fängt das Kleine bereits hoch oben an. Ich merke, wir verstehen uns.« Sie stand auf und warf sicherheitshalber noch einen Blick in die Runde, aus Furcht, dass einer ihrer Stalagmiten beim Öffnen der Tür ins Rutschen kommen könnte. Beruhigt wandte sie sich ab. »Wenn niemand auf die Idee kommt, das Fenster aufzumachen, und uns kein Erdbeben erschüttert, bleibt alles liegen.«

Sie war eine Studienkollegin von Lucien, wie sie erzählte, und teilte seine politischen Ansichten. Von Sofias »Unfall« hatte sie bereits einen Tag später erfahren und war wie Lucien der Meinung, dass man Sofia beseitigt hatte. Sie zweifelte keine Sekunde daran. »Das hat man früher so gemacht, das macht man heute so, und das wird morgen wieder geschehen.«

»Sie glauben, dass sich nichts ändern wird?«

»Dazu müsste der Mensch sich ändern, und das tut er nicht, das kann er nicht, er ist wie er ist – von seiner Natur her. Also muss man versuchen, eine Art Gleichgewicht zu schaffen, einen Gegenpol zu bilden, den gibt es auch. Der ewige Kampf zwischen Gut und Böse, zwischen Habgier und Verantwortung, Lüge und Wahrheit. Darin sehe ich meine Aufgabe.«

»Ist das nicht gefährlich?«

»Es gab schon gefährlichere Zeiten. Außerdem finden sich immer Menschen, die dabei helfen, die ein soziales Gewissen haben, denen Ceauşescu nicht jede Art von Mitmenschlichkeit ausgetrieben hat. Aber unsere Gegenwart produziert leider genauso viele Wölfe, nur bellen die anders, leiser. Sie nennen das Wirtschaftswachstum, nachhaltige Entwicklung und Globalisierung. Früher kamen die Wölfe aus dem Osten, heute kommen sie von Westen.«

Damit meint sie wahrscheinlich mich, dachte Martin. »Und wieso wollen Sie mir dann helfen?«

»Vielleicht helfen Sie uns. Lucien war der Ansicht, dass Sie weder zu den Wölfen noch zu den Heuschrecken gehören.«

Es war gut, dass er hinter ihr eine Treppe hinabging und sie sein Gesicht nicht sah. Er war sich längst nicht mehr sicher, ob er nicht doch im Auftrag gefräßiger Tiere unterwegs war.

Er beobachtete die Studenten in der Cafeteria. Sie waren ärmlicher gekleidet als in Bordeaux, und sie waren ernster. Sie hatten weniger vor sich auf den Tellern, die Portionen waren kleiner, und manche teilten sich ein Stück Kuchen oder nippten am Kaffee der anderen.

»Sie beobachten genau«, meinte Miriam, »doch der Augenschein trügt oft.«

»Aber die Nase nicht«, entgegnete Martin und sah sie offen an.

Sie lächelte zurück. »Haben Sie Kinder?«

»Nein, aber ich habe …« Er stutzte, er hatte sagen wollen, dass er Gastons Kinder fast wie eigene betrachtete, besonders Daniel. Aber auch ihr gegenüber durfte er das Versteckspiel nicht aufgeben. »Ich habe einen Neffen und eine Nichte.« Er rührte mit dem Plastikstäbchen in seinem Kaffee, der hier, wie sogar in den besten Cafés, die Teelöffel ersetzte.

»Aber Sie hätten gern Kinder gehabt?«

»Ich nehme an, dass Sie welche haben, Madame Vasilescu.«

»Zwillinge, sie sind zwölf Jahre alt, zwei Mädchen.«

»Und was machen die den ganzen Tag ohne Sie?«

»Vormittags sind sie in der Schule, und sonst ist mein Mann zu Hause.«

»Er ist selbstständig, Freiberufler?«

»Nein, arbeitslos.« Ihr schien der Nusskuchen heute nicht zu schmecken.

»Alle reden davon, dass ein Mangel an Arbeitskräften besteht.«

»Das gilt nur für Menschen, die nicht mitdenken. Nur Linientreue wird belohnt.«

»Und was ist mit Ihnen? Bequem sind Sie nicht gerade.«

»Werden Sie nicht zu persönlich? Wir sollten aufbrechen, um meinen Freund zu besuchen und mit ihm weiterreden. Ich kann mich nur zwei Stunden freimachen. Wir wollen zu Dan, er wird sich freuen ...«

Mit ihrer Hilfe gelangten sie innerhalb von fünf Minuten zu Martins Wagen und in einer halben Stunde zu Dan. Unterwegs kamen sie an einer Synagoge vorbei, »der einzigen von hundertsiebenundzwanzig im Land, die unsere Vorfahren stehen gelassen haben.« Die Art, wie Miriam es vorbrachte, verriet mehr Unverständnis als Abscheu.

»1941 hat es hier das erste große Massaker gegeben, achttausend Juden haben sie umgebracht, sie wurden im Hof des Polizeipräsidiums zusammengetrieben und erschossen, einfach so, und die Bevölkerung hat mitgemacht, nicht die Gestapo, sondern sogenannte einfache Leute. Eine gleich große Gruppe wurde auf Viehwagen verladen und so lange in der Gegend herumgefahren, bis alle darin tot waren. Es wurde verbreitet, dass die Juden für die Bombardierungen der Stadt durch die Russen verantwortlich seien – dabei hat Rumänien Russland angegriffen, zusammen mit den Nazis. Mich ärgert es, wenn es heißt, die Deutschen hätten ... Alle waren dabei, in ganz Osteuropa. Rumänen haben hundertsechzigtausend Juden ermordet – kann man das verstehen? Können Sie das verstehen? Nein. Hundertsechzigtausend? Das ist nur eine Zahl, und Zahlen kann man nicht verstehen. Zahlen kann man nur addieren und multiplizieren … so wie ich in meinem Beruf mit Zahlen hantiere. Sagt man das so, mit Zahlen hantieren?«

Dan, ein glatzköpfiger Mittfünfziger, der sich Industrieberater nannte und sich mit kleinen Aufträgen über Wasser hielt, bestätigte weitgehend die Ansichten Luciens hinsichtlich der Verfahrensweise bei Landerwerb und Investitionsvorhaben. Es gab Fälle, die liefen völlig glatt, da war keinerlei Korruption im Spiel, niemand hielt die Hand auf.

»Aber kaum sind staatliche Stellen im Spiel, beginnt der Ärger. Fußangeln, Selbstschussanlagen und Fettnäpfchen befinden sich überall. Sie müssen höllisch aufpassen, um nichts falsch zu machen. Wir Rumänen sagen nie Nein, aber wir sagen auch nie Ja. Man merkt es am Klang und daran, ob es funktioniert. Bis zu einem gewissen Punkt läuft alles glatt, und auf einmal geht nichts mehr. Aber wenn Sie investieren wollen, müssen Sie sich beeilen. Bald ist alles verkauft, was wir hatten. Und was wir haben, ist auf Pump gekauft. Uns gehört hier fast nichts mehr. Und aus Ländern wie diesem zieht man die Investitionen zuerst ab.«

»Wir sind das Musterbeispiel dafür, wie es bald auch bei Ihnen aussehen wird«, schob Miriam böse nach, und der Specht in ihr hackte, ihr Kopf ruckte nach vorn. »Bereiten Sie sich schon mal darauf vor. Wir sind nur wichtig als Konsumenten, auch von Wein, wir werden ausgebeutet als Wähler, wir dienen als Arbeitskräfte, als Kreditnehmer braucht man uns, wir stellen für die EU eine Datenbasis für Subventionen dar, für Umfragen sind wir nützlich, als strategische Partner für die Weltbeherrscher in Washington. Als Steuerzahler sind wir besonders geschätzt, auch als Opfer des Kommunismus …« Sie machte eine Pause und riss die Augen auf. »Ja, als Opfer sind wir beliebt. Aber als Menschen? Rumänien dient als Zone zur freien Entfaltung der Konzerne, allen voran der aus Österreich. Alle investieren hier, nur wir nicht. Wir verkaufen alles, verpfänden unsere

Wohnungen für einen neuen Golf. Straßen werden von euch gebaut, damit ihr eure Produkte in eure Supermärkte bringen könnt.«

Miriam blickte von ihrem Freund Dan zu Martin, dann vollzog sich etwas in ihr, was mit einem leichten Kopfschütteln begann und in einem sehr klaren Blick endete.

»Nein!«, sagte sie voll Inbrunst. »Nein, Monsieur. Eigentlich will ich das nicht. Ich werde Ihnen nicht helfen! Egal, was Lucien dazu sagt, oder du, Dan! Du kannst ihm gern helfen, ihm die Türen öffnen, oder sonst was, aber mich entschuldigt ihr dabei bitte.«

Miriam stand auf. »Sie brauchen mich auch nicht zurückzufahren, Monsieur, fürs Taxi reicht es gerade noch. Und vielen Dank für den Nusskuchen.«

Dan lief zu ihr und hielt sie fest. »Du bist zu emotional, Miriam. So geht es nicht. Außerdem kann Herr Bongers …«

»Zu emotional!«, fauchte sie, »zu emotional? Wenn man sagt, wie es ist, dann ist man emotional, unlogisch und ideologisch. Ihr lasst uns keinen Moment in Ruhe, wir dürfen uns nicht entwickeln, wie wir wollen. Alles geht so schnell, dass man keinen klaren Gedanken fassen kann, dass niemand überlegen kann, was er eigentlich will. Meine Töchter sind schon ganz krank davon. Schneller, immer schneller, damit wir uns ja nicht besinnen. Sieh mal die Bauern, Dan«, jetzt wurde sie ruhiger. Martin war auch aufgestanden, bestürzt lehnte er an der Wand. »Die Bauern haben uns im Sozialismus gerettet, ohne sie wären wir verhungert. 1989 hatten wir täglich im Winter dreihundert Gramm Brot und ein Pfund Schweinefleisch im Monat – im Monat, verstehst du? Erinnerst du dich? Und nicht einmal das haben wir gekriegt … Jetzt hocken sie da im Elend, in Dreck und Nässe, und dann will man ihnen die Weinstöcke rausreißen und mit der neuen Straßenverkehrsordnung aus Brüssel noch die Pferdefuhrwerke verbieten. Das ist die Wirklichkeit, das ist die EU! Die Subventionen bekommen diejenigen, die längst genug haben, und die Korrupten. Und die Konzerne hetzen die Länder gegeneinander auf, die sich in Unterwürfigkeit überbieten. Deutsche Nokia-Arbeiter gegen rumänische Nokia-Arbeiter. Nein!«

Dann setzte Miriam den Wortschwall auf Rumänisch fort, auch Dan wurde laut, und Martin war es nur noch peinlich. Er war weder Besucher noch Gast, er war der Katalysator. Er sah sich nach der Tür um, Dan und Miriam hatten sich so ineinander verbissen, dass er unbemerkt verschwinden konnte. Sie würden nicht einmal bemerken, wenn er verschwand.

Doch da kam Miriam auf ihn zu, ergriff seine Hand und schüttelte sie. »*Nice to meet you,* alles Gute, *bon voyage.*« Sie verließ den Raum und knallte die Tür, dass die Wände wackelten.

Martin war blass geworden, er sah Dan fassungslos an, der trat ans Fenster und sah hinunter auf die Straße. Miriam Vasilescus Schritte knallten in hartem Stakkato auf dem Pflaster. Es zeigte ihre Härte, ihre Entschlossenheit – und auch ihre Verzweiflung.

Dan war als Typ wesentlich verbindlicher, zugänglich und um Ausgleich bemüht. Auch äußerlich war er weicher, runder im Gesicht, das Haar leicht und wellig, ein Lächeln auf den Lippen. Er erklärte ausführlich, was Miriam mit den thesenartig vorgetragenen Gedanken gemeint hatte. Er zeigte absolutes Verständnis für ihren Zorn und ihren unbändigen Vorwärtsdrang.

»Die einen muss man antreiben, die anderen besänftigen. Ich meine nicht, sie zu beschwichtigen, Miriam hat ja recht. Aber ich sage ihr immer, dass es Zeit braucht. Sie, Herr Bongers, haben Ihre Kulturrevolution in Deutschland auch erst 1968 begonnen, das war dreiundzwanzig Jahre nach Kriegsende.«

»Ich glaube, sie hat Angst, dass es zu spät sein könnte. Es werden Fakten geschaffen.«

»Da liegt Miriam nicht unbedingt falsch. Man muss das

so sehen: Wenn man die kommunistischen Seilschaften als das organisierte Verbrechen betrachtet, Politiker, Militär, Securitate, so helfen die Westkonzerne – und der europäische Steuerzahler –, ihr Geld zu waschen und salonfähig zu werden. Das ist jetzt nicht gegen Sie persönlich gerichtet, verstehen Sie mich nicht falsch …«

»Wie denn?« Martin blickte Dan ratlos an. »Hinter allem steht immer ein Mensch. Und der hier bin ich. Gestatten Sie mir noch eine letzte Frage, bevor ich gehe. Wie gut kennen Sie sich im Weinbau aus?«

Dan zuckte mit den Achseln. »Mit der technischen Seite weniger, mehr mit den Liegenschaften und Grundstückspreisen, den entsprechenden Gesetzen …«

»Ist Ihnen in Ihrer Laufbahn mal ein Wein mit dem Namen Zodiac untergekommen?«

Man konnte Dan ansehen, wie er nachdachte, seine Augen wurden leer, als suchte er etwas lange Vergessenes. »Ja. Es gab mal einen Wein mit dem Namen.«

Martins Lebensgeister kehrten zurück. »Und wo kam der her?«

»Von welchem Weingut? Das weiß ich nicht mehr, aber ich könnte meinen Großvater fragen …«

Das sagen sie alle, dachte Martin, und dann kam nichts mehr.

Auf dem Weg zum Winzer Alexandru Garbor hielt Martin kurz an einem Markt. Auf einigen Tischen hatte er eine Batterie von Plastikflaschen gesehen, Cola, Fanta, Wasser, anderthalb Liter. Alle waren mit einer gelben Flüssigkeit gefüllt. Von Weitem hatte es wie Honig ausgesehen. Der ältere Mann hinter dem Tisch, ärmlich gekleidet, unrasiert und grau im Gesicht, erzählte etwas von *vin alb* und wiederholte es eindringlich. *Vin alb!* – als wäre es eine Qualitätsbezeichnung. Drei Lei verlangte er für die Flasche, das war nicht mal ein Euro. Wahrscheinlich handelte es sich um einen dieser Hybrid-Weine, den die EU bald verbieten würde. Der Alte würde dann hier nicht mehr stehen, er würde nichts mehr zu verkaufen haben und es sich nicht leisten können, seinen halben Hektar mit Merlot, italienischem Riesling oder Fetească Albă neu zu bepflanzen. Die europäische Kommission würde seine Einnahmequelle trockenlegen. Ob sie ihm dann Arbeitslosengeld gewähren würde?

Martin setzte sich in den Wagen, schraubte die Flasche auf und roch daran. Der Wein war längst oxidiert, er roch süß und parfümiert wie das billige Parfüm einer Drogistin. Er blickte zur Seite und sah, dass der Verkäufer ihn beobachtete. Er lächelte und nickte auffordernd. Jetzt scheute er sich, die Flasche gleich wieder zuzuschrauben, setzte die Flasche an die Lippen und trank ein wenig. Es war ein Arme-Leute-Wein: überzuckert, zäh und pappig. Martin wandte sich wieder dem Verkäufer zu und lächelte. Dankbar winkte der Alte, und Martin schämte sich. Er hatte etwas falsch gemacht, er hatte sich in diese Welt begeben, hatte vom Wein probiert, den das Volk trank, war mit einer Intellektuellen aneinandergeraten, die eine verdammt klare Sprache gesprochen hatte, noch dazu seine eigene. Und was ging es ihn an? Nichts. Aber er war in ihre Welt gekommen und nicht sie in die seine. Alles geriet durcheinander. Man musste die Augen schon fest zukneifen, um das Gesehene wieder zu vergessen.

18

Alexandru Garbor schien ein vernünftiger Mann zu sein. Während Martin seine Weine verkostete, hielt er sich mit Kommentaren zurück und sagte erst dann etwas dazu, nachdem Martin probiert hatte. Sie saßen vor der Halle mit den Barriques an einem verwitterten Tisch in der Sonne. Es hatte endlich aufgeklart, aber als ihn Alexandru Garbor durch seine Weinberge gefahren hatte, waren sie mit dessen Limousine vom aufgeweichten Weg abgekommen und in den Graben gerutscht. Er hatte seinen Verwalter mit dem Jeep hertelefoniert, aber der war beim Rettungsmanöver ebenfalls im Schlamm stecken geblieben. Erst der Traktorist hatte beide Wagen rausgezogen. Er kannte die Weinberge, er hatte auf dem Gut bereits unter sozialistischer Verwaltung gearbeitet, wie Alexandru Garbor erklärte. Garbors Vater hatte es nach der Wende gekauft. Wovon? Das hatte Martin nicht zu fragen gewagt. Er hatte das Gefühl, sowieso überall in Fettnäpfchen zu treten. Die Frage, ob dem Traktoristen das kapitalistische Leben besser gefiel als das sozialistische, hatte Martin sich ebenfalls verkniffen, was hätte der arme Mann in Anwesenheit seines Chefs antworten sollen?

Alexandru Garbors Missgeschick zeigte Martin, dass er den Boden und seine Eigenheiten nicht gut kannte. Er machte sowieso mehr den Eindruck eines Geschäftsmanns als den eines Winzers, obwohl es sich hier um eine Kellerei handelte und nicht um eine Weinfabrik. Dass sich die Erde derartig mit Wasser vollsog, zeigte ihren hohen Lehmanteil, der Wein würde entsprechend ausfallen. Demnach wieder nichts Filigranes, kein Hinweis auf einen Zodiac oder Ähnliches. Aber Alexandru Garbor präsentierte einen erstaunlich guten Cabernet Sauvignon aus dem Jahr 2006, ein großartiger Jungwein, wie Martin ihn selten zuvor getrunken hatte. Er war begeistert und erstaunt, dass ein Gewächs auf diesem Boden eine derartige Qualität erreichen konnte. Wenn er selbst mit seinen neuen Reben ein solches Ergebnis erzielen konnte, zumindest in den ersten Jahren, wäre er zufrieden. Der Cabernet bewies ihm, welche Ergebnisse auch hier bei entsprechender Sorgfalt möglich waren.

Der Wein war glatt und rund, weder in der Nase noch am Gaumen störte etwas, das weiche, süße Tannin der Trauben war perfekt eingebunden. Das bedeutete, dass die Trauben sehr sorgfältig und nicht zu stark gepresst worden waren. Der Cabernet wies auch das für die Rebsorte typische Aroma von Schwarzer Johannisbeere auf. Martin konnte gar nicht davon lassen. Der in der Probe folgende Merlot fiel deutlich ab. Er war zu hell, wie alle rumänischen Merlots bisher, er war im rotierenden Gärtank fermentiert. Der Wein war nicht schlecht, er zeigte auch Frucht, leider gab es wenig riechbare Aromen, nur mit Mühe roch Martin die typische Kirsche und Pflaume heraus.

Brombeere, Pflaume und Rauch waren es beim Fetească Neagră, Garbors Variante der heimischen Rebe. Und es gab noch ein neues, unbekanntes Aroma von Hölzern, das der Winzer den Hefen zuschrieb, die vom umliegenden Wald herübergeweht waren.

Über den Verlauf der Gärung waren Martin und er uneins. Martin vergor seine Trauben bei bis zu 30 Grad über den Zeitraum von mindestens drei Wochen. Alexandru Garbor reichten vier bis sechs Tage bei höchstens sechzehn Grad, denn bei längerer Gärung verlor sein Wein angeblich an Frucht. Um zu beurteilen, ob es sich wirklich so verhielt, hätte Martin dabei sein müssen, es war auch möglich, dass einheimische Rebsorten so anders reagierten – was er sich schlecht vorstellen konnte.

Der Rosé aus der Traube Busuioacă de Bohotin war ihm zu süß, nicht durchgegoren, der italienische Riesling nicht sehr aromatisch und ein wenig stumpf. Da ließ er sich lieber noch einmal das Glas mit dem wunderbaren Cabernet füllen. Alexandru Garbor brachte ihn zurück zu seinem Wagen nach Iaşi. Er flog fast über die Straßen und jagte dabei Hühner und Menschen von der Fahrbahn. Und wie der Taxifahrer zuvor führte ihn Alexandru Garbor an den Stadtrand. Von Iaşi, angeblich wie einst Rom auf sieben Hügeln gebaut, hatte Martin weder die sieben Hügel noch die Sehenswürdigkeiten bis auf die Universität bemerkt. Im Laden für Mobiltelefone neben der Tankstelle kaufte er das billigste, und im Gerede über das Woher und Wohin vergaß der Verkäufer, Martins Namen zu registrieren.

Unterwegs zurück zum Hotel ließ Martin die Begegnungen des Tages Revue passieren. Miriam war am eindrucksvollsten gewesen, sie war sowohl Sofia wie auch Lucien und Teubner ähnlich. Es war nicht verwunderlich, sie gehörten allesamt zur rumänischen *Inteligenţa.* Diese Menschen sahen mit offenen Augen, auf welche Untiefen ihr Land zusteuerte und wer am Ruder stand. Sie waren sich einig, dass Wirtschaftswachstum nichts mit Wohlstand zu tun hatte, dass man Zahlen nicht essen konnte. Bevor europäisches Niveau erreicht war, ging es für die Mehrheit bereits wieder abwärts. Martin versuchte, sich an die Debatten nach der Wende in Deutschland zu erinnern, er hatte damals in Frankfurt gelebt, sich zwar nicht sonderlich dafür interessiert, aber man hatte vieles nebenbei mitbekommen. Trotzdem hatte er sich geweigert, ein Urteil abzugeben, und das war richtig gewesen, denn was »der Osten« oder »sozialistische Länder« bedeutet hatten, davon bekam er erst hier eine Ahnung, nichts weiter. Dieses Land war entsetzlich weit von den anderen der Europäischen Union entfernt. Kam damit Luciens These, Rumänien sei nur in die Union aufgenommen worden, um Russland militärisch einzukreisen, der Wirklichkeit am nächsten?

Es war mittlerweile Nachmittag. Martin hatte Hunger, er hielt beim Fahren nach einem Restaurant Ausschau, aber die sich häufenden Schilder mit der Aufschrift Fast Food über dem Eingang von Imbissbuden und Rasthäusern waren um ein Vielfaches größer als der Hinweis Restaurant. Die Parkplätze ringsum waren mit gleichlautender Bandenwerbung versehen, was ihm jeden Appetit nahm. In Iaşi hatte er sogar zwei Dönerbuden gesehen. Er hielt an einem Supermarkt der ETHOS-Kette, über den Namen konnte er mittlerweile schmunzeln, und kaufte etwas Obst, Brot und ein Stück Salami. Damit ließ sich die Zeit bis zum Abendessen überbrücken. Er würde jetzt laufen, was seine Stimmung hob, er würde denselben Weg wie gestern nehmen. Hunde waren ihm nicht begegnet.

Simion war ausgeflogen, und Ana Cristina spielte die Beleidigte.

»Sie haben mich den ganzen Tag warten lassen.« Das klang wie die Beschwerde einer sitzen gelassenen Freundin. Sie zog einen Flunsch. »Seit vierzehn Uhr sitze ich hier, stehe Ihnen zur Verfügung – und Sie tauchen nicht auf, rufen nicht an und sind nicht zu erreichen. Man macht sich Sorgen, es kann etwas passiert sein, und keiner weiß, wo Sie stecken. Sie haben doch meine Mobilnummer?«

»Dann müssen Sie sich jetzt keine Sorgen mehr machen«, sagte Martin entnervt, ihm ging das Getue auf die Nerven. »Ich bin wohlbehalten zurück, habe alles erledigt, was ich wollte, und ich habe all die getroffen, die ich treffen wollte.« Der letzte Satz war ihm herausgerutscht, als hätte er Ana Cristina ärgern wollen. »Sie können Feierabend machen«, schob er vermittelnd nach.

»Essen wir nicht zusammen?« Ana Cristinas Ton änderte sich von einem Augenblick zum anderen.

»Lassen Sie mich erst mal eine Stunde oder zwei entspannen, wir sehen uns später. Wo ist übrigens Mister Simion?«

»Der ist Ihnen auch böse. Er ist nach Iaşi gefahren.«

»Sie wollten nicht mit? Es hätte ihm gefallen, Iaşi ist eine hübsche Stadt, es gibt viel zu sehen ...«

»Ich kenne Iaşi. Außerdem habe ich auf Sie gewartet, Sie hätten mich brauchen können.« Der Vorwurf klang weiter durch.

»Gut, um zwanzig Uhr im Speisesaal, ich lade Sie ein.« Er lächelte gequält, denn er zahlte sowieso ihre Spesen. »Wenn Simion nicht kommt, fangen wir ohne ihn an. Morgen starten wir spät, wir fahren über die Karpaten bis nach Bicaz. Da soll es ein schönes Hotel am See geben, wir haben keine Termine ...«

»Zum Lacul Izvorul Muntelui?«, fragte Ana Cristina und strahlte ihn an. »Er ist wunderschön.«

»Fürs Rumänische sind Sie zuständig, ich werde mir nicht die Zunge abbrechen.« Damit drehte Martin sich um, er hatte heute bereits zu viel geredet und vieles gehört, was ihm nicht gefallen hatte. Er ging an der Rezeption vorbei in Richtung Treppe. Als er sich kurz umdrehte, bemerkte er, dass Ana Cristina ihm nachstarrte – es war ein geringschätziger, feindlicher Blick.

Erleichtert warf er im Zimmer seine Mappe aufs Bett, ging ins Bad, wusch sich Hände und Gesicht mit kaltem Wasser und starrte sich im Spiegel an. Es war ein Fremder, der ihm entgegenblickte, er fand sich alt und abgespannt und misstrauisch, beinahe sich selbst gegenüber. Er war nicht so, wie er sich kannte, er mochte sich in der augenblicklichen Rolle nicht leiden, er war sich fremd geworden. Er schaltete das Licht aus und ging ins Zimmer zurück, wo er mit dem Umziehen begann. In diesen unpersönlichen Hotelzimmern war nichts, was er sein Eigen nennen konnte.

Dann stutzte er. Irgendetwas war anders als am Morgen. Sicher, das Zimmermädchen hatte das Bett gemacht, geputzt und aufgeräumt. Sein Blick schweifte durch das Zimmer, er schaute in den Schrank und schloss die Türen wieder, wurde unruhig, sah nach dem Koffer, der unversehrt war. Er lag an derselben Stelle wie heute früh, genau dreieinhalb Rippen rechts vom Rand der Kofferablage, genau so, wie er ihn hingelegt hatte. Bevor er die Schubladen des Schreibtisches aufzog, betrachtete er ihre Position. Er hatte die oberste fest geschlossen, die mittlere so weit aufgezogen, dass die Innenseite der Schublade mit der Außenkante des Schreibtisches abschloss, und aus der untersten ragte die Spitze eines Blattes Papier. Wenn man sie aufzog, rutschte das Blatt nach innen. So hatte er alles zurückgelassen. Aber es war nicht der Tatbestand, dass man das Blatt nicht mehr sehen konnte, die Schubladen hatte eventuell das Zimmermädchen geschlossen. Etwas anderes sagte ihm, dass jemand, der hier nichts zu suchen hatte, im Zimmer gewesen war; es war seine Nase. Sie nahm einen fremden Geruch wahr – und vor seinem inneren Auge erschien Ana Cristina. Mochte sie sein Zimmer noch so vorsichtig durchsucht und die Spuren beseitigt haben, sie hatte eine Duftspur hinterlassen. Sie hätte lüften müssen. Aber wer denkt schon daran? Für ihn hatte der Geruch dieselbe Beweiskraft wie ein genetischer Fingerabdruck. Ein Hauch ihres etwas aufdringlichen Parfums war im Raum geblieben, zusammen mit ihrem Körpergeruch. Das ergab eine unverwechselbare Mischung. Alle unterschätzten seine Nase. Er hingegen unterschätzte die Bosheit anderer.

Martin setzte sich aufs Bett und zog die Schuhe aus. Was hatte sie gesucht – worauf war sie scharf gewesen – auf Geld? War das auch der Grund für ihren Streit mit dem Russen gewesen? Wie hatte sie die Zimmertür mit dem Sicherheitsschloss aufbekommen? Nichts wies auf ein gewaltsames Eindringen hin. Hatte sie es auf seine Unterlagen und Notizen abgesehen? Es war richtig gewesen, allein nach Iași zu fahren. Konnte er sie fragen? Sie würde alles abstreiten, und wenn er als Grund für den Verdacht ihren Geruch anführte, machte er sich lächerlich.

Er begann systematisch den Raum zu durchsuchen. Ana Cristina musste sehr umsichtig gehandelt haben, denn bis auf die veränderte Position des Papiers fand sich kein Hinweis, dass jemand hier herumgeschnüffelt hatte. Sie verstand ihr Handwerk – oder war er total auf dem Holzweg? Nein, seine Nase hatte ihn noch nie im Stich gelassen. Seine SIM-Karten waren verschwunden, sie hatten in der untersten Schublade gelegen. Ihm wurde heiß, denn genau wie die, die er eben in Iași gekauft hatte, waren sie nicht registriert.

Die Laufschuhe waren noch nass vom Vortag, aber besser mit nassen Füßen laufen als gar nicht. Er brauchte doppelt so lange wie gewöhnlich, bis der Kopf leer war. Der Boden war trockener und damit härter als gestern, was das Laufen leichter machte. Er hatte nie an einem Marathon teilgenommen, obwohl er die Strecke schaffen würde, aber in den Städten war ihm das Pflaster zu hart, hier hingegen fand er die Leichtigkeit, die er brauchte. Er hatte nie versucht, Charlotte zum Laufen zu bewegen. Wenn sie es gewollt hätte, dann hätte sie mitgemacht, aber es war auch gut, einiges allein zu tun. Allmählich fehlte sie ihm wirklich, länger als vierzehn Tage hatten sie sich nie getrennt, und aus dem anschließenden Wiedersehen machten sie stets ein grandioses Fest.

Heute ließ Ana Cristina ihn warten. Simion war eingetroffen und hatte sich zu ihm gesellt. Er erzählte von der Kirche der drei Hierarchen, deren Portale in gotischen Türrahmen ihn mächtig beeindruckt hatten, er schwärmte von den Fresken der Klosterfestung Cetățuia und vom neugotischen Kulturpalast, an dem Martin blind vorbeigefahren war. Mit keinem Wort erwähnte er Martins Verschwinden, aber Ana Cristinas Weigerung, ihn zu begleiten, hatte ihn betrübt.

»Sie mag mich überhaupt nicht«, jammerte er, und Martin konnte nicht beurteilen, ob es ihm tatsächlich naheging. Mit Simion verhielt es sich wie mit allen Nordamerikanern: Man wusste nie, ob ihre Gefühlsausbrüche echt oder ob sie im Kurs für Verhaltenstraining erlernt worden waren. Auch sein Begleiter zeigte die stereotypen Verhaltensmuster von Hollywoodschauspielern, von den Großen der Vergangenheit wie Brando, Nicholson und Jane Fonda mal abgesehen. Das geistlose »Wow« war nur ein Indiz. Die Art, wie Nordamerikaner den Mund verzogen, bekam man von CNN genauso anschaulich vorgeführt wie das Sprechen aus dem rechten Mundwinkel. Simion beherrschte beides perfekt.

Ana Cristina sah großartig aus, und sie genoss ihren Auftritt beim Gang durch den Speisesaal, den sie zum Laufsteg machte. Martin hatte sie zunächst gar nicht bemerkt, erst die Bewegung der Köpfe an den Tischen in dieselbe Richtung erregte seine Aufmerksamkeit. Simion pfiff leise, und Martin erinnerte sich daran, wie er selbst damals Charlotte angestarrt hatte, als sie am Arm des Präfekten auf Château Grandville den Speisesaal unter den kristallenen Leuchtern betreten hatte. Er war hingerissen gewesen, er hätte nie geglaubt, dass er eines Tages mit dieser Frau zusammenleben würde. Der arme Simion – er hatte nicht die geringste Chance – außer er gewann Ana Cristinas Gunst mit Geld.

Sie trug ein rotes, knielanges Kleid, das metallisch schimmerte. Frauen liebten das Glitzern. Sanft fiel es an ihrem Körper herab, sie wusste es zu tragen und sich darin zu bewegen. Nein, sie wusste es nicht, es war wieder eine Spur zu dick aufgetragen, zu auffällig, und der Ausschnitt, gerafft wie bei einer Toga, war zu tief. Über ihrem Busen baumelte wieder das große goldene Kreuz, ein dickes Armband am Handgelenk. Ana Cristina hatte ihn beklauen wollen, und hier spielte sie die Dame.

Zu allem Übel berichtete Simion weiter von seinen Kirchenbesuchen. Geradezu zwangsläufig kamen sie auf die orthodoxe Lehre zu sprechen, die »rechtgläubige«. Demnach war jeder Andersdenkende auf dem falschen Weg. Intoleranz, Verachtung und Krieg kamen dabei heraus. Gleichgültig ob es sich um Christen, Moslems, Hindus oder Juden handelte, alle anderen waren auf dem falschen Weg, gehörten nicht zu den Auserwählten.

Allein war Simion ganz gut zu ertragen, aber in Ana Cristinas Gesellschaft spreizte er sich wie ein Pfau, er wirkte nur eitel und angeberisch mit den Tiraden, wie er seine Kirchengemeinde zu Hause in Georgia unterstützte. Martin beschäftigte sich verzweifelt mit der Weinkarte, heute würde er sich betrinken, der Druck, der sich aus der Anwesenheit seiner beiden Reisegenossen ergab, war für ihn kaum auszuhalten. Er beendete das Kirchenthema auf weltliche Weise, indem er sich von Ana Cristina die Speisekarte übersetzen ließ. Das brachte alle wieder auf den Boden, und Martin verlangte vorweg einen *pălincă,* einen doppelten hochprozentigen Pflaumenschnaps. Der Weißwein zur Hühnersuppe kam aus Cotnari, er hatte den Francuşă bestellt, den er als gut trinkbar in Erinnerung hatte.

Er starrte auf seinen Teller, beteiligte sich kaum am Gespräch, während Simion die Suppe zwar mit dem Löffel verschlang, Ana Cristina jedoch mit den Augen. Es störte sie nicht im Mindesten, und immer wieder versuchte sie, Martin ins Gespräch zu ziehen. Als er sich mit Kopfschmerzen herausreden wollte, stand sie auf und begann, ihm den Nacken zu massieren. Es war peinlich.

»Gehört das auch zu den Aufgaben einer Dolmetscherin?«, fragte Simion anzüglich. »Was bezahlt er Ihnen pro Tag? Ich biete mehr, egal, wie viel es ist.«

Simion war es ernst damit, auch Ana Cristina hatte den Wink verstanden. Sie lachte kokett. Die Spannung am Tisch wurde für Martin fast unerträglich, da rief glücklicherweise jemand vom Hotelpersonal Ana Cristina ans Telefon.

»Lassen Sie Ana nicht aus den Augen«, sagte Simion anzüglich.

»Das tue ich sowieso nicht«, antwortete Martin mit ganz anderen Hintergedanken. Er hoffte, dass sie ihm nichts ins Essen tat.

»Diese Frau ist eine Wucht.«

»Sie interessiert mich nicht im Geringsten.« Martin studierte die Speisekarte, ohne etwas zu verstehen.

»Sind alle rumänischen Frauen so?«

»Das kann ich Ihnen nicht beantworten, Marc, fragen Sie Ana Cristina.« Martin stöhnte gequält.

»Komisch sind sie schon, die Rumänen, ziemlich unverständlich. Ich habe heute eine merkwürdige Geschichte gelesen, ich war auf der Post und habe mir die ›International Herald Tribune‹ nachsenden lassen. Kennen Sie Gigi Becali? Nein? Der Mann ist ein Phänomen – in wenigen Jahren stieg er nach Ceauşescus Fall durch Grundstücksspekulation vom Schafhirten zum Multimillionär auf.«

»Das muss Ihnen doch gefallen, vom Tellerwäscher zum Millionär – ein amerikanischer Traum.«

»Sie reden Unsinn. Ist das auf Ihren Weinkonsum zurückzuführen? Dieser Becali redet auch Unsinn, er hält sich für von Gott auserwählt, um Rumänien zu retten. ›Gott hat in Rumänien jemanden mit Namen Becali geboren, und das bin ich. Ich werde Rumänien zum großen Sieg führen. Ich!‹ So zumindest hat es in der Zeitung gestanden. Waren Sie mal in Mailand?«

Martin bejahte die Frage. »In der Scala. Und worauf wollen Sie hinaus?«

»Im Refektorium der Dominikanerkirche Santa Maria delle Grazie hängt ein Gemälde von Leonardo da Vinci, es heißt ›Das Abendmahl‹. Dieser Becali hat es nachmalen lassen, mit sich anstelle von Jesus, die Spieler seines Fußballvereins als Jünger. Wie weit geht der Irrsinn heutzutage?«

»Das müssten Sie doch am besten wissen, als Amerikaner«, sagte Martin böse. »Sie nennen Amerika ›Gottes eigenes Land‹, und Ihr Präsident beendet jede Rede mit dem Wunsch *God bless you all* und hält dabei die Budweiser-Bierdose in die Kameras.«

»Was ist mit Ihnen, Martin, was war los? Sie sind doch sonst nicht so aggressiv. Wo sind Sie gewesen?«

»Ich bin der stärkste und mächtigste Mann in Rumänien. Alle meine Tugenden hat mir Gott gegeben.« Ana Cristina war zurück und zitierte Gigi Becali.

Simion sprang auf und schob ihr galant den Stuhl unter.

»Im Volk ist Becali wahnsinnig beliebt, er gibt sich als Wohltäter und bezahlt in Bukarester Neubauvierteln die Stromrechnungen der Armen. Und wenn sein Fußballclub siegt, fährt er im Maybach in die Innenstadt und wirft mit Euroscheinen um sich.«

»Dann sollten wir unbedingt dabei sein«, sagte Simion begeistert. Dieser Becali gefiel ihm offenbar doch.

Um nicht reden zu müssen und um einen Vorwand zu haben, Ana Cristinas feurigen Blicken auszuweichen, aß Martin zu viel, und er trank zu viel.

Als er sich mürrisch vom Tisch verabschiedete, war Ana Cristina die Enttäuschung anzusehen, aber es war ihm egal, er wollte weder die Form wahren noch Konversation betreiben. »Wir fahren gegen zehn Uhr ab. Bitte stellen Sie sich darauf ein. Gute Nacht.«

Er hatte gedacht, dass er ins Bett fallen und sofort einschlafen würde. Aber er kam nicht zur Ruhe. Er setzte sich ans Fenster, sah in die Nacht, hörte auf den Verkehr und schaltete irgendwann den Fernsehapparat ein. Er zappte sich durch sieben englischsprachige US-Filme, in denen starke Männer Probleme mit Gewalt lösten. Es folgten drei englischsprachige Tierfilmkanäle. Spanische, französische und brasilianische Seifenopern im Originalton zeigten schöne Menschen in luxuriöser Umgebung, und auf drei Kanälen bewegten sich Volkstanzgruppen zum monotonen Rhythmus langweiliger Musik. Teubner hatte erzählt, dass diese Art von Programm unter Ceauşescu ein wichtiger Beitrag des rumänischen Fernsehens zur allseitigen Entwicklung der sozialistischen Persönlichkeit gewesen sei. Das nationale Fernsehen hatte eine Spielshow zu bieten. Damit trug es wesentlich zur Vollendung des durchschnittlichen europäischen Vollidioten bei. Es folgten ekelhafte Boxkämpfe und brüllende Catcher, dann war er wieder bei den Gesichtsakrobaten von CNN angelangt. Das Unterhaltsame an diesem Kanal war, den Ton abzustellen und sich nur die Gesichter dieser Muppet-Info-Show anzusehen.

Der Anruf von Lucien war geradezu eine Erlösung. Aber was er zu sagen hatte, war nicht erbaulich. »Wir haben Sofia heute bestattet, Josef ist gerade rechtzeitig eingetroffen.«

»Haben Sie mehr herausbekommen, was ihren Unfall betrifft?«

»Wie oft soll ich es Ihnen noch sagen«, fauchte Lucien. »Es war Mord! Der Unfall war inszeniert! Ich habe mich entschieden: Ich gehe, jetzt, wo wir in der EU sind, bis zum Europäischen Gerichtshof. Die Polizei wird die Akten herausrücken müssen.«

»Wenn Ihre Annahme stimmt«, sagte Martin, er ließ sich auch von Lucien nicht einschüchtern, »wenn die Securitate dahintersteckt oder ihre Nachfolger, dann ist der Name Ihres Zeugen längst getilgt. Die Protokolle werden neu geschrieben, neu gestempelt – wenn Sie den Namen des Zeugen nicht finden ... und wenn Sie ihn finden, dann ist auch er in Gefahr, oder?«

Martin wusste aus eigener Anschauung, was es bedeutete, wenn die Polizei oder Geheimdienste die Ermittlungen verschleppten oder andere, »übergeordnete« Interessen wahrgenommen werden mussten.

Eine Weile war es am anderen Ende der Leitung still. »Und was soll ich Ihrer Meinung nach tun, wo Sie in Sachen demokratischer Verfahren so bewandert sind? Nichts tun? Sie bringen bereits den nächsten Menschen in Gefahr!«

»Wieso ich?«, fragte Martin. Gab es wieder etwas, das er übersehen hatte oder nicht entsprechend würdigte?

»Josef hat mir alles erzählt. Er hat den Absprung gerade noch geschafft ...«

Martin zögerte mit der Antwort. »Welchen Absprung?«

»Den von Ihnen. Erinnern Sie sich nicht daran, was er Ihnen zum Abschied gesagt hat? Er hat Sie gewarnt. Er hat Ihnen gesagt, Sie würden das Unglück anziehen. Und ich bin mittlerweile auch davon überzeugt.«

»Das müssen Sie mir näher erklären.«

»Muss ich das? Na gut. Sie haben mich nach Ihrer Übersetzerin gefragt, Ana Cristina Giurescu, die Dame mit der internationalen Erfahrung. Ich habe es über die Beteiligten an der NATO-Tagung herausbekommen. Was glauben Sie, wer sie bezahlt?«

»Na – ich natürlich«, sagte Martin.

»Ja, und Tudor Dragos bezahlt sie auch. Den Herrn werden Sie ja wohl kennen.«

Martin schwieg.

»Ich helfe Ihnen auf die Sprünge. Dragos will Sie unter Kontrolle behalten, er will an Ihre Kontakte, er will an meine Kontakte, er fürchtet, dass die Anti-Korruptions-Spezialisten der EU von seinen Machenschaften erfahren und dass der Geldstrom versiegt. Siebenunddreißig Millionen an Agrarsubventionen wurden schon zurückgehalten. Das geht nicht. Sofia haben sie erledigt, und deshalb ist Josef unter Druck gesetzt worden, die Zusammenarbeit mit Ihnen aufzukündigen. Er ist klug, so viel bedeuten ihm die paar Euro nicht, die er von Ihnen bekommt. Und Dragos Geld wollte er nicht.«

»Mit Ihrer Vermutung könnten Sie recht haben«, sagte Martin.

»Mit meiner Vermutung? Das ist Realität, so merkwürdig

es klingt. In Ihrem Land wird das vielleicht anders gehandhabt, da gibt es für alles ein Gesetz; nur bei Terrorismus ist alles erlaubt.«

»Mit Ihrer Vermutung liegen Sie vielleicht richtig«, wiederholte Martin, »Ana Cristina war heute in meinem Zimmer, sie hat es durchsucht, aber es fehlt nichts – bis auf die unbenutzten SIM-Karten.«

»Wieso sollte Sie etwas mitnehmen? Haben Sie mal daran gedacht, dass sie etwas dagelassen haben könnte?«

19

Es war mehr ein Kratzen als ein Klopfen an der Tür, und es konnte nur von Ana Cristina stammen. Martin lag lediglich mit der Hose bekleidet auf dem Bett und las in einer ihm von Simion überlassenen Zeitung; auf dem Nachtschrank stand neben dem Weinglas eine angebrochene Flasche von Alexandru Garbors bemerkenswertem Cabernet Sauvignon. Martin wunderte sich noch immer, wie ein so gut strukturierter Cabernet auf derart fettem Boden wachsen konnte. Das vergangene Jahr musste extrem trocken gewesen sein.

Es kratzte wieder, Martin reagierte nicht auf den diskreten Laut und zog die Wartezeit in die Länge. Als es zaghaft klopfte, stand er auf, warf ein Hemd über und blieb hinter der Tür stehen.

»Wer ist da?«, fragte er, statt zu öffnen.

»Ich wollte mich vergewissern, dass es Ihnen gut geht«, hörte er die bekannte Stimme sagen. »Lassen Sie mich nicht rein?«

»Aber gern«, antwortete er und konnte sich das Grinsen nicht verbeißen. Ana Cristina würde sich wundern, diesen Abend würde sie nicht vergessen, und er kostete bereits jetzt seine Schadenfreude aus. Es waren die Vorwürfe von Miriam Vasilescu und Luciens Eröffnungen, die bei ihm eine Art Sinneswandel bewirkt hatten. Bislang war er bei den Menschen, die ihm hier begegneten, von der Unschuldsvermutung ausgegangen, von nun an würde er ihnen gleich böse Absichten unterstellen und entsprechend auf der Hut sein. Die Zeiten ändern sich, dachte er, und der alte Zorn auf sich selbst, schon einmal den falschen Leuten vertraut zu haben, kam wieder hoch. Manchmal war es erschreckend, wie lange unterdrückte Gefühle am Leben blieben.

Sie trug zwar noch dasselbe Kleid wie beim Abendessen, aber jetzt kaum noch etwas darunter. Unter dem weich fallenden Stoff zeichnete sich kein Büstenhalter ab, kein Unterrock warf Falten. Darauf soll es hinauslaufen, dachte er, und einen Moment lang bedauerte er sogar, dass ihn diese attraktive Frau völlig kalt ließ und ihr Auftritt das Gegenteil dessen erzeugte, was er bewirken sollte. Er lächelte, sah ihre Augen an sich heruntergleiten und blickte auf das Kreuz auf ihrem Busen.

»Wie schön, dass Sie noch wach sind.« Sie flüsterte mehr, als dass sie sprach, ging so zielstrebig an ihm vorbei, als wäre sie in ihrem eigenen Zimmer, warf einen Blick aufs Bett und stellte die Sektflasche mit den zwei Gläsern auf das Tischchen zwischen den Sesseln vor dem Fenster.

»Die Trauben für diesen Sekt, übrigens dürfte der Extra Brut genau nach Ihrem Geschmack sein, kommen aus Panciu. Es liegt weiter nördlich, dort werden die Trauben mit höherer Säure speziell für Schaumweine angebaut. Ich hoffe, dass er kalt genug ist. Hier, machen Sie auf, Sie sind der Mann!« Sie hielt Martin die Flasche am ausgestreckten Arm hin. Dabei sah sie ihn so schmachtend an, als wäre sie seit Jahren in einem orthodoxen Kloster von der Männerwelt ferngehalten worden.

Wenn man innerlich unbeteiligt ist, wenn einem das, was andere vorführen, gleichgültig bleibt, wenn man weiß, dass jemand geradewegs in die für ihn aufgestellte Falle läuft, kann man den kommenden Ereignissen gelassen entgegensehen. Das einzig Überraschende wäre gewesen, wenn in Ana Cristinas Gefolge zwei Männer hereingestürmt wären und ihn niedergeschlagen hätten; daran dachte Martin zwar, aber damit rechnete er nicht, höchstens damit, dass Simion ihm das Arrangement verdarb.

Martin nahm die Sektflasche, bog den Draht auf und ließ den Korken knallen. »Das gefällt Ihnen?«, fragte er provokant, und Ana Cristina strahlte ihn an.

Sie ging zum Nachttisch, nahm den Radiowecker in die Hand, sah aufs Zifferblatt und stellte ihn zurück. Dabei drehte sie ihn in Richtung Tisch. Sie schaute auf ihre kleine goldene Armbanduhr und stellte die Zeiger ein. »Meine Uhr geht immer etwas vor …«

»Ja, heutzutage geht alles so schnell, da ist es nicht leicht, sich in der richtigen Zeit zu bewegen, die Zeichen der Zeit zu erkennen – und den richtigen Zeitpunkt nicht zu verpassen. Manchmal ist man zu schnell, ein andermal zu langsam.«

»Sie sagen es. Ich glaube zu wissen, wann die Zeit reif ist.« Ihr Augenaufschlag zeigte, was sie meinte. »Man darf seltene Gelegenheiten nicht ungenutzt lassen. *Carpe diem,* sagten die Lateiner, nutze den Tag.«

»Oder die Nacht? Sie sprechen auch Latein?«

»Sie unterschätzen mich, Herr Bongers, ach, eigentlich finde ich Martin viel schöner, und wenn Sie mich Ana Cristina nennen würden … Nun schenken Sie endlich den Sekt ein, er wird sonst warm.«

»Mache ich gern, wenn Sie mir etwas aus Ihrem Leben erzählen, wo Sie aufgewachsen sind, wo Ihr technischer Sachverstand herrührt. Nein, Ana Cristina, ich unterschätze Sie keinesfalls. Jemand, der einer solch anspruchsvollen Aufgabe gewachsen ist wie Sie, eine Frau, die mehrere Sprachen spricht – da gehört der entsprechende Bildungshintergrund dazu.«

Martin schenkte ein, Ana Cristina, geschmeichelt, setzte sich, zündete sich eine Zigarette an und schlug die Beine übereinander, der Saum des Kleides rutschte weit über die Knie. Sie trug auch keine Strümpfe.

Als sie anstießen, was Martin besonders bei den stumpf klingenden Sektgläsern hasste, beugte sie sich weit zu ihm und sah ihm in die Augen.

In dieser Sekunde hatte er das Theater satt, das Versteckspiel ödete ihn an, er stand auf. »Ich habe ein Geschenk für Sie«, sagte er ernst und ging zum Schrank.

»Für mich? Wie aufmerksam. Sonst bekomme ich die Geschenke meiner Klienten immer erst am Ende der gemeinsamen Arbeit.«

»Warten Sie's ab«, knurrte Martin kaum hörbar und kam mit einer Schachtel wieder. Das goldene Geschenkpapier und die rote Schleife hatte ihm die Hotelbesitzerin gegeben.

Ana Cristina lächelte ihn erwartungsvoll an und streckte die Hand nach dem Geschenk aus. Zuerst zog sie die Schleife ab und hielt sie kurz an ihr Kleid. »Wie aufmerksam, sogar die Farbe passt.«

»Das, was drin ist, auch«, Martin strahlte sie an, er war auf ihr Gesicht gespannt, wenn sie den Inhalt der Schachtel sah. Seine Erwartung wurde nicht enttäuscht.

Selten hatte er ein Gesicht gesehen, in dem der Ausdruck freudiger Erwartung so radikal in den von hilflosem Unverständnis und dann in Entsetzen überging, bis der Hass davon Besitz ergriff und sich Angst einstellte. Sie sah zu Martin hin, der laut auflachte, obwohl ihm jetzt nicht mehr danach zumute war, dann schaute sie in Richtung Radiowecker.

»Die Idee ist nicht schlecht«, sagte Martin. »Stammt sie von Ihnen? Der Radiowecker ist unauffällig, er ist die ideale Energiequelle, er ist groß genug, um die Kamera, das Mikrofon und den kleinen Sender aufzunehmen. Der Radiowecker war vorhin nicht da, das Zimmermädchen hätte ihn hingestellt haben können, aber dass Sie im Zimmer waren, habe ich gerochen. Auf Ihr Wohl, Ana Cristina. Es stimmt, der Sekt ist ganz gut, perlt schön, aber wie ich sehe, ist Ihnen nicht gut …«

Ana Cristina saß vornübergebeugt, hatte den Rocksaum über die Knie gezogen, die Ellenbogen darauf gestützt und hielt sich die Hände vor die Augen.

Martin glaubte nicht, dass sie sich schämte. Wahrscheinlich kannte sie das Wort nicht einmal. Sie dachte darüber nach, wie sie dieser Situation für sich positiv wenden oder ungeschoren bleiben konnte.

»Was zahlt Ihnen Tudor Dragos für den Job? Aber, ich kann Sie beruhigen, es interessiert mich nicht wirklich. Ich will davon nichts wissen, ich bin kein Agent, der Sie jetzt umdreht und auf Dragos ansetzt. Und kommen Sie mir bloß nicht mit melodramatischen Storys von der kranken Mutter, für die Sie das tun, weil Sie ja so arm sind. Auch in diesem Land wird es Leute geben, die sich nicht verkaufen. Erinnern Sie sich an den Bauern, der uns aus der Wiese rausgezogen hat? Der wollte dafür nicht einmal Geld haben und hat uns noch bei sich zu Hause zum Essen eingeladen.«

»Aber Martin ...«

»Für Sie bleibe ich lieber Herr Bongers! Und jetzt verschwinden Sie. Ich will Sie nicht mehr sehen. Raus!« Er stand auf. »Und nehmen Sie Ihr Gesöff mit.« Er hielt ihr die Flasche hin, nahm sein Glas, ging ins Bad und goss den Inhalt ins Waschbecken.

Wie gelähmt stand Ana Cristina im Raum. Alle Freundlichkeit, jeder Ausdruck von Charme und Verlangen war aus ihrem Gesicht verschwunden, sie wirkte ziemlich ordinär. »Ich will mein Honorar für gestern und heute, das macht zusammen vierhundert Euro.«

»Wir hatten einen Tagessatz von hundert Euro ausgemacht, das ist mehr, als Teubner bekommen hat.«

»Mein Tagessatz sind hundertfünfzig Euro, sofort!« Sie hob die Hand mit ausgestrecktem Zeigefinger. »Soll ich mir das Kleid zerreißen und der Polizei sagen, Sie seien zudringlich geworden? Einem Ausländer glaubt hier keiner, dafür sorge ich.« Sie fasste sich an den Ausschnitt und lachte ordinär. »Die Webcam werfe ich aus dem Fenster, und Sie lernen rumänische Gefängnisse von innen kennen.«

Martin holte das Geld. »Sie sind widerwärtig.«

»Hüten Sie Ihre Zunge, Herr Bongers, hier haben wir das Sagen! Wenn wir wollen, machen wir Sie fertig.«

»Glauben Sie, das wäre im Sinne von Tudor Dragos?«

»Hüten Sie sich ...«

»Ich habe mich an Ihren Rat gehalten, Marc. Wozu brauchen wir einen Dolmetscher? Das schaffen wir allein, Sie wollten nicht einmal Teubner akzeptieren.«

»Sie haben das Luder tatsächlich rausgeworfen? Nach dem, was Sie mir erzählt haben, hätte ich die kleine Nutte behalten und mich darauf eingestellt. Die Behörden wissen sowieso, wo Sie sind, ob Sie abgehört werden oder nicht. Der Weinbauverband hat Ihnen die Reise ausgearbeitet, hat für Sie die Verabredungen getroffen, und da braucht man später nur anzufragen, wie Ihr Besuch vonstatten ging. Ob sie nun mit dabei ist ...«

»... oder nicht? Dann besser nicht. Sie waren ziemlich scharf auf sie ...«

»War ich nicht!«

»Unsinn. Ab einem gewissen Alter helfen nur noch die späte große Liebe oder das große Geld bei Frauen. Sie war auf mich angesetzt, weiter nichts. Ich hoffe nur, dass sie das Telefonat vorher nicht mitgeschnitten hat.«

»Mit wem haben Sie gesprochen? War es wichtig?«

Es gab Momente, in denen Martin Simions Gesellschaft lästig war. Wenn der Amerikaner einen besonders unbeteiligten Eindruck zu erwecken suchte, geradezu unschuldig, glaubte Martin, dass er dann sehr genau zuhörte.

Das gegenseitige Belauern dauerte nicht länger als einen Lidschlag, und Simion wechselte das Thema. »Es wäre viel amüsanter gewesen, wir beide wären eingeweiht gewesen, und Ana hätte davon nichts gewusst, man hätte tolle Geschichten erfinden können, wie Graham Greene, die Sache mit dem Staubsauger auf Kuba, glauben Sie nicht?«

»Was für ein Staubsauger?«

»Er hat sich eine Geschichte ausgedacht, bei der ein Vertreter aus dem Bauplan eines Staubsaugers eine Verteidigungsanlage konstruiert, und die Geheimdienste fallen darauf rein.«

»Ich bin nicht auf Vergnügungsreise, Marc. Ich werde jetzt die Rechnung der Dame bezahlen, anschließend meine eigene, der Koffer ist gepackt.«

»Hat sie Ihnen da auch eine Wanze reingesteckt? Oder ins Laptop?«

»Ich habe beides untersucht. Mich findet man gleich auf der Landstraße. Wenn Sie wollen, kommen Sie mit – wenn nicht …«, Martin zuckte mit dem Achseln, »… das ist Ihre Sache. Wir treffen uns heute Abend an diesem See mit dem unaussprechlichen Namen.«

Es stellte sich wie zu Anfang der Reise das Gefühl von Freiheit ein, als Martin hinter dem Steuer des Wagens saß und allein über die Landstraße rollte. Er brauchte einen Tag lang mit niemandem zu reden, und es standen keine Pflichtbesuche auf dem Programm. Er war auf die Karpaten gespannt, die vor ihm lagen, und wollte in Târgu-Neamţ das Kloster aus dem 15. Jahrhundert und die Festung besichtigen. Er traf Menschen, für einige Stunden oder zwei Tage, es gab hier und da eine intensive Begegnung. Zu den sympathischen Leuten brachen die Beziehungen durch irgendeine Katastrophe brutal ab. Er sah Landschaften, die er gern länger betrachtet hätte, ohne auf Fuhrwerke, durchgeknallte Lkw-Fahrer und Bombentrichter in der Straße achten zu müssen. Und von den Weinen war er enttäuscht. Von einem Land mit zweieinhalb Jahrtausenden Weinbau konnte man Besseres erwarten. Doch wenn er sah, wie die Menschen miteinander umgingen, wunderte es ihn nicht, dass sie ihre Reben ähnlich lieblos behandelten. Immer wieder hörte er, dass es in dieser oder jener Gegend, die er demnächst besuchen würde, ganz besondere Gewächse geben sollte. Wenn er dann den gelobten Wein probierte, verflog der Nimbus.

Er rollte mit dreißig Stundenkilometern hinter einem Traktor eine Allee entlang und überlegte, ob er etwas falsch machte oder ob die übernommene Aufgabe gar nicht anders zu bewältigen war. Er kam zu dem Schluss, dass es ein Fehler gewesen war, diese Aufgabe übernommen zu haben. Darin lag sein ganzes Dilemma.

»Machen Sie das Beste daraus«, das würde Simion in seiner oberflächlichen Art dazu sagen. »Sehen Sie die Sache positiv!« Sicher hatte Simion die Carnegie-Philosophie über Erfolg und positives Denken gefressen. ›Sorge dich nicht, lebe‹ und ›Wie man Freunde gewinnt‹. *How to make friends,* sagten die Amis, und so dachten sie auch, sie machten Freunde, sie gewannen sie nicht. *Bullshit,* wie Simion es nannte. Der Episode mit Ana Cristina war nichts abzugewinnen, auch Teubners Kündigung nicht – und schon gar nicht den Begegnungen mit offiziellen Stellen, und erst recht nicht Sofias Tod. Alle Zweifel an Luciens These von einem Auftragsmord hatten sich verflüchtigt.

Das Kloster von Neamţ war im fünfzehnten Jahrhundert als spiritueller Rückzugsort und als Verteidigungsanlage gebaut worden. Die Feinde waren die Türken gewesen, und auf beiden Seiten war zum jeweiligen Gott gebetet worden, damit er dabei half, dem Feind die Gurgel durchzuschneiden. Die Türken hatten nach ihren Eroberungen die politische Kontrolle griechischen Statthaltern überlassen, um selbst im Hintergrund zu bleiben. Das war byzantinischer Stil gewesen, und es schien Martin, als hätte er sich bis heute gehalten.

Mit dem Strom der sonntäglichen Besucher schwamm er ins Innere des viereckigen Bollwerks, dessen Seiten mehr als hundert Meter maßen und drei Stockwerke in die Höhe ragten, gekrönt vom gewaltigen Dachstuhl. Im Inneren des Gevierts stand die Klosterkirche, wo nicht der Gottesdienst, sondern die Besichtigung der Fresken die Besucher anzog. Aber Heiligenscheine, Cherubim und betende Engel um eine Mutter Gottes, die einer dringenden Restaurierung bedurfte, berührten Martin hier nicht einmal als Kunstwerke. Er betrachtete die wenigen betenden Menschen wie Fremde, die brennenden Kerzen gingen ihn nichts an, und die schwarz vermummten Gestalten der rechtgläubigen Mönche waren eher Furcht einflößend als Respekt heischend. Die Priesterkaste hatte sich auch unter Ceaușescu rechtgläubig an die Seite der Macht gestellt. Nichts, aber auch gar nichts wurde in diesem Land aufgearbeitet. Es ging nur vorwärts, Richtung EU und ins Paradies des Wirtschaftswachstums. Miriam aus Iași kam ihm in den Sinn, und die alte Frau, die in Bukarest in einem Autowrack hauste.

Er setzte sich auf eine Bank und betrachtete die schwatzend vorbeiziehenden Familien. War unter den Touristen einer, der Ana Cristinas Aufgabe übernommen hatte und ihn überwachte? Oder traf Simions Annahme zu, dass man es gar nicht nötig hatte? Schwirrte der Amerikaner hier irgendwo herum? Wenn ihn nicht der religiöse Aspekt hierherzog, dann der folkloristische. Aber er war nirgends zu entdecken, und Martin suchte das Weite. Er fand es erst auf der nahen Burgruine unter einem blauen Himmel. Der Schutt von Jahrhunderten schien ihm wahrhaftiger als der orthodoxe Massentrubel, und er wurde seinen Frust erst los, als er auf einer schmalen Straße hinauf durch den Bergwald der Karpaten hetzte und sich mit ehrgeizigen Rumänen und ihren neuen Wohlstandssymbolen ein Rennen lieferte. Als er sich an seine frühere Freundin Petra erinnerte, die es genauso gemacht hatte, nahm er den Fuß vom Gas und besann sich.

Die schattige Straße durch dichten Wald folgte irgendwann den engen Windungen des Gebirges um den Stausee. Je mehr er sich dem südlichen Ende näherte, desto lichter wurde der Wald, er wich touristischen Einrichtungen wie kleinen Hotels und Ferienwohnungen. Jugendliche zogen gruppenweise an der Landstraße entlang, jeder mit der üblichen Plastikflasche in der Hand, bis Martin rechts unten das Hotel am Ufer liegen sah. Simion war noch nicht eingetroffen.

Die Veranda vor dem mehrstöckigen Holzbau war bis auf den letzten Platz besetzt. Kaum öffnete Martin die Wagentür, dröhnte ihm Hardcore Techno, House oder Trance entgegen, die Stile zu unterscheiden, war ihm unmöglich, aber es nervte entsetzlich. In diese Umgebung gehörten Edvard Grieg und Vivaldi, doch als er nach unten zum Ufer ging, begriff er schnell, dass er mit seinen Vorstellungen hier fehl am Platz war. Dort lag ein auf Pontons gebautes Hotel vertäut, und drum herum schwamm ein meterbreiter Gürtel von Plastikflaschen, Bierdosen, Brettern, Präservativen und ein aufgeblähter Tierkadaver. Dazu kam die Dauerbeschallung mit US-Pop vom Monsterbildschirm, das zerstörte den Blick über den See auf die geheimnisvolle Bergkulisse am jenseitigen Ufer, auf das sich sacht der rosafarbene Nebel des Sonnenuntergangs legte.

Die Zimmer in dem großen Holzbau waren reserviert. Sie waren modern, schlicht, sauber und günstig, nur die Badezimmertür ließ sich nicht schließen. Der Rauch aus der Esse der Küche zog als Fahne an seinem Fenster vorbei, es roch nach Holz, was Martin als angenehm empfand, es passte in die Gegend und machte Lust auf ein gutes Steak vom Grill.

Mit Blick in den Hochwald aktualisierte Martin am Laptop seinen Reisebericht. »Ana Cristina wegen mangelnden Vertrauens entlassen«, lautete der Kommentar zur unerfreulichen Spionageaffäre. Ohne viel mit sich anfangen zu können – Simion war noch immer nicht da –, wagte er den nächsten Versuch, den Sonnenuntergang bei einem Latte macchiato vom Pontonhotel aus zu genießen, den Dreckgürtel hinter sich lassend. Doch auch am äußersten Punkt der Hausbootterrasse beschallte ihn ein Lautsprecher, an den Pfosten für die Markise angeschraubt. Weit weg am Ufer fand er einen ins Wasser gestürzten Baum und balancierte bis in die Krone, wo er sich in eine Astgabel setzte.

Vom Hoteltelefon rief er später Sichel in Frankfurt an, der seinen Brief glücklicherweise schon erhalten hatte. Er klärte ihn über die jüngsten Ereignisse auf und bat ihn, ihm die Namensliste, die er von Harms bekommen hatte, an dieses Hotel zu faxen. Er musste wissen, ob der Name einer Person darauf stand, die er in den nächsten Tagen aufsuchen würde. Sichel versprach, es so schnell wie möglich zu erledigen.

Martin war eingeschlafen, als es klopfte. Erschrocken sprang er vom Bett auf – draußen stand ein bestens gelaunter Simion mit dem Fax in der Hand. »Soll ich Ihnen geben, ist soeben eingetroffen. Wer sind diese Leute?«

Martin riss ihm die Seiten des Thermopapiers fast aus der Hand. »Kontakte – für die nächste Woche, Leute, die ich aufsuchen soll. Nichts von Belang. Gehen wir essen?«, fragte er, um rasch vom Thema abzulenken.

Simion war geradezu euphorisch, unausgesetzt erzählte er von Ruginoasa und von Orten, die er besucht hatte. Er berichtete vom Kloster Dragomirna und von seinem Gründer, dem Metropoliten Anastasie Crimca, und dem gut erhaltenen Festungsbau. »Da war ich fast allein drin«, begeisterte er sich und lachte wie ein Kind. »So was gibt's bei uns in den Staaten nicht.« Dann schwärmte er von den Fresken des Klosters Sucevița, besonders von der ›Leiter der Tugenden‹, von der die Teufel die armen, verführbaren Menschen in die Sünde herabzuziehen versuchten, die am anderen Arm von Heiligen festgehalten wurden. »... Ana Cristina hat es bei Ihnen ja auch probiert, aber wo Sie so tugendhaft sind ...«, er zog ein maliziöses Gesicht, »eigentlich schade. Ich hätte erst mal mitgespielt, das Mögliche mitgenommen, warum nicht. So eine trifft man nicht alle Tage.«

Im Restaurant hätte Martin am liebsten sofort kehrtgemacht. Quäkende Lautsprecher verdarben ihm die Lust aufs Essen; aus dem Alter, sich dauernd beschallen lassen zu müssen, sich seine Gedanken aus dem Kopf treiben zu lassen, war er raus, und auch aus dem für Zugeständnisse an Derartiges. Simion beschwichtigte ihn und sprach mit dem Kellner, aber nichts passierte, dann ging er zum Tresen, Martin beobachtete ihn, wie er lamentierte, gestikulierte und das Gesicht verzog. Als Simion auf dem Rückweg war, herrschte fast Stille, und man hörte die Stimmen der anderen Gäste, die von der plötzlichen Ruhe nichts bemerkten.

»Man muss mit den Leuten reden«, sagte er. »Sie hätten auch mit Ihrer Dolmetscherin reden müssen, aus ihr herausbekommen, was sie wusste, für wen sie arbeitete, was sie herausfinden wollte und wer sie auf Sie angesetzt hatte.«

»Das weiß ich.«

»Woher?«

Martin horchte auf. Kehrte Simion schon wieder den ehemaligen Soldaten heraus? Die Frage war in einer Weise gestellt, als hätte Martin einem Befehl zu antworten, und das empörte ihn. »Was geht Sie das an, Marc? Was war in der US-Army eigentlich Ihr Dienstgrad?«

»*I am sorry,* Martin.« Simion nahm sich sofort zurück. »Ich wollte Ihnen nicht zu nahe treten. Aber Sie sind zu empfindlich. Sie wissen sicher genau, was Sie tun, davon bin ich überzeugt. Ich wollte Sie unterstützen, aber dass Sie mir das übel nehmen und in Verbindung mit der *army* bringen, nein, das gefällt mir nicht, das habe ich nicht verdient.« Der Amerikaner senkte den Kopf und säbelte verbissen an seinem Rumpsteak. »Wenn ich Ihnen eine Last bin, dann setze ich die Reise allein fort.«

Martin war fast versucht zu sagen: »Bitte, tun Sie es …«

Leider musste er es sich verkneifen – nicht nur aus Höflichkeit. Er wäre gänzlich auf sich gestellt, und wer wusste, ob Marc ihm nicht doch noch nützlich sein konnte. Ein wenig Rückhalt fand er bei ihm, zumindest war jemand da, und als neutraler Weinkenner war der Amerikaner durchaus nützlich. Morgen war Martin in Jidvei angemeldet, es war ein weiter Weg bis dahin, und es war sicherer, Simion in seinem Rücken zu wissen.

Mobiltelefone, die nicht vorsichtshalber ausgeschaltet waren, meldeten sich immer im ungünstigsten Moment. Lucien war am Apparat. Martin sah sich gezwungen, die Veranda zu verlassen, damit Simion nicht mithören konnte, der Mann war ihm zu neugierig.

»Gut, dass Sie anrufen, ich habe Neuigkeiten.« Martin wollte Lucien von der im Radiowecker entdeckten Webcam erzählen und wie Ana Cristina auf den Rausschmiss reagiert hatte, aber Lucien fuhr ihm über den Mund.

»Wissen Sie noch, was Josef Ihnen zum Abschied sagte? Er sagte, dass Sie das Unglück anziehen würden. Wahrscheinlich haben Sie einen Magneten im Gepäck.«

»Worauf wollen Sie hinaus?«

»Ich will darauf hinaus, dass ich hiermit jeden Kontakt zu Ihnen abbreche, ich untersage Ihnen, mich jemals wieder anzurufen. Am besten verschwinden Sie aus Rumänien.«

»Würden Sie das bitte etwas genauer erklären, Lucien, ich bin mir keiner Schuld ...«

»Ich werde überhaupt nichts mehr erklären. Miriam ist verhaftet worden, gleich nachdem sie von dem Gespräch mit Ihnen in die Universität zurückkehrte. Sie ist von ihrem Dienst suspendiert! Angeblich soll sie Reisekostenabrechnungen gefälscht haben. Das ist Ihre Schuld, Mister Bongers, das haben allein Sie zu verantworten! Sie haben unverschämtes Glück, dass wir nicht so skrupellos sind wie Ihre Auftraggeber.«

20

Tudor Dragos besaß die Frechheit, Martin am nächsten Morgen anzurufen. »Ich habe mich für Sie bei der Polizei verwandt. Man hat mich aufgesucht und zu den Unterlagen befragt, die bei Ihnen gefunden wurden. Ich habe erklärt, dass die Dokumente ganz offiziell in Ihren Besitz gelangt sind. Sie erhalten alles zurück.«

Das waren sie tatsächlich, aber der Direktor aus dem Agrarministerium tat, als würde er Martin damit einen großen Gefallen tun. Martin schluckte den Ärger darüber herunter und konzentrierte sich auf die folgenden Worte und auf die kurvenreiche Strecke durchs Gebirge. Man fuhr Kolonne in Höchstgeschwindigkeit, und auf der engen Straße am Fluss entlang gab es keine Möglichkeiten zum Anhalten.

»Ich habe erklärt, wir hätten Ihnen die Papiere übergeben. Ich wollte es Ihnen gern persönlich sagen, bevor die Polizei mit Ihnen Kontakt aufnimmt. Das verläuft manchmal noch in etwas – na, sagen wir mal – überholten Bahnen. Ich hoffe, Sie wissen mein Entgegenkommen zu schätzen. Und – wie steht es mit Ihrer Übersetzerin, alles bestens?«

»Alles bestens«, antwortete Martin, und es war nicht einmal gelogen.

»Und sonst ist alles in bester Ordnung?«

»Alles, Herr Dragos.«

»Sie kommen gut voran?«

»Vor mir liegt die Schlucht von Bicaz.«

»Das freut mich zu hören. Wenn mich nicht alles täuscht, werden Sie heute in Jidvei sein.«

Will er mir zeigen, wie gut er informiert ist?, fragte sich Martin und steuerte durch die Serpentine. Simion war direkt hinter ihm, hing fast an seiner Stoßstange.

»Bestellen Sie Grüße von mir in Jidvei, gute Weine, gute Leute, und besichtigen Sie die Burg, sie wurde hervorragend restauriert. Ich hoffe, Sie melden sich, wenn Sie nach Bukarest zurückkommen.«

»Auf jeden Fall, Herr Dragos, darauf können Sie sich verlassen, das werde ich.«

Tudor Dragos war einer der Menschen, die Martin in seinem Leben bestimmt nie wiedersehen würde. Möglicherweise war er der Auftraggeber für Sofias Unfall, oder aber der befand sich weiter oben in der Hierarchie. Dafür war Dragos unverschämt. Eben erst hat er mich reingelegt, dachte Martin, und gleich danach zeigt er sich mir gewogen? Diese Unverfrorenheit ließ ihn staunen. Wozu dieses Verwirrspiel? Waren das alles Täuschungsmanöver und Vernebelungstaktiken? Wie kaltschnäuzig Tudor Dragos log, mit welcher Gleichgültigkeit er über das Debakel mit Ana Cristina hinwegging, oder war sie gar nicht seine – ja was eigentlich? – Spionin, Agentin oder Vertraute? Und wenn sie nicht in seinem Auftrag, sondern für jemand anderen gearbeitet hatte, für wen dann?

Elmar Harms fiel ihm ein, und gestern Nacht, als er nicht hatte schlafen können, hatte er die von Sichel gefaxte Namensliste ausführlich studiert. Erst jetzt, wo er sich in Rumänien ein wenig orientieren konnte und sich die Namen der Städte eingeprägt hatte, war ihm aufgefallen, dass sich die Anschriften der Personen auf der Liste fast alle im Raum Dealu Mare konzentrierten. Eine Adresse hatte er wiedererkannt, sie stand ebenfalls auf seinem Besuchsplan, es war eine Forschungsanstalt in der Nähe von Ploieşti.

Es wurde höchste Zeit, das Mobiltelefon wegzulegen. Beide Hände wurden am Steuer gebraucht. Die Kurven wurden zu Spitzkehren. Die Scheibenwischer schafften kaum noch den Regen von der Frontscheibe. Der Gebirgsbach links war kaum noch zu sehen, dafür war sein Brausen umso besser zu hören, die Fahrbahn schwamm. Im Schritttempo fuhr Martin durch die Wolken auf etwa tausendfünfhundert Meter Höhe, an den Seiten versperrten die Felswände der Klamm die Sicht. Er hätte sich nicht gewundert, wenn aus der grauen Suppe plötzlich die von vier schwarzen Hengsten gezogene Karosse des Grafen Dracula aufgetaucht wäre. Jetzt befand er sich in Transsilvanien. Er hätte sich sowieso über nichts mehr gewundert, auch nicht darüber, wenn ihn die jetzt in Fahrtrichtung herabrinnenden Wassermassen in den nächsten Fluss geschwemmt hätten.

In Gheorghen, der nächsten Stadt, war alles wieder friedlich. Im Nieselregen fand Martin im Ort einen Laden mit einem Kaffeeautomaten. Simion stieg bleich aus seinem Wagen. Das Unwetter erinnere ihn an die Tropenstürme Vietnams. Deshalb war ihm die Pause lieb, aber die kaum nach Kaffee riechende Brühe, die eine Angestellte für sie aus dem Automaten zapfte, machte die Erholung zunichte. Es war der bislang schlechteste Kaffee auf der Reise. Die nächste Katastrophe war die Straße, ein Schlagloch reihte sich ans andere, und Teile der Straße waren weggebrochen.

»Das haben wir in Vietnam mit ihren Straßen gemacht«, sagte Simion übers Mobiltelefon mit dem zynischen Humor eines Militärs oder der Arroganz allen Nicht-Amerikanern gegenüber. Er fuhr wieder direkt hinter Martin her. »Aber Charlie hat die Löcher in der Nacht wieder zugeschüttet. Die hier sind bestimmt zwanzig Jahre alt.«

»Wer ist Charlie?«

»So nannten wir den Vietcong ...«

Im Regen waren die Schlaglöcher vollgelaufen, es war nicht zu erkennen, wie tief sie waren. Deshalb war man gezwungen, drum herum zu fahren und auf den wenigen passierbaren Stücken zu überholen. Die Strecke zehrte an den Nerven, kaum war die Tachonadel bei fünfzig angekommen, war die nächste Vollbremsung nötig. Als besonders gefährlich stellten sich die unbeschrankten Bahnübergänge dar. Jeder fuhr im Schritt bis ans Gleis heran, überquerte langsam die zwanzig Zentimeter aus dem Boden ragenden Schienen und hoffte, nicht von einem plötzlich auftauchenden Zug erfasst zu werden. Aber die veralteten Triebwagen, in den Fünfzigerjahren in Dienst gestellt, waren selten. Die rumänische Eisenbahn zu modernisieren – Martin konnte sich vorstellen, dass da enorme Geschäfte in Aussicht standen: Die Steuerzahler der EU bringen das nötige Geld auf, die Konzerne stecken es ein, die Politiker erhalten ihre Provision von den Lobbyisten und die Arbeiter den Mindestlohn.

Zu dieser Vision passte Târnăveni mit Plattenbau-Quartieren, armselig ausgestatteten Läden und Fabrikruinen wie die Gerippe gestrandeter Wale am Stadtrand. Die Kleinstadt entsprach der deprimierenden Stimmung, die sich auf Martin legte. Die Reise zermürbte ihn. Es gab nichts, was ihm Freude bereitete. Glücklicherweise begann es aufzuklaren, Hügel hoben sich aus dem Dunst, sanft ansteigende Hänge mit Rebzeilen und Wäldern auf den Kämmen schälten sich aus den Wolkenfetzen, und die Sonne beschien ein weites offenes Tal, das im strahlenden Licht erheblich an Sympathie gewann. Die anscheinend erst kürzlich restaurierte Festung Cetatea de Baltă auf einer Anhöhe beherrschte das Tal. Martin hätte sie gern besichtigt, aber er war spät dran, hatte sich der Straße wegen mit der Zeit verkalkuliert. Er würde sich die Burg, die ihn an französische Renaissancebauten erinnerte, am Nachmittag ansehen.

Im Dorf unterhalb der Burg ereilte ihn der nächste Schock. Es war Markttag. Alte, schwarz gekleidete Frauen hielten nicht mehr als fünf Mohrrüben in der Hand oder drei Zwiebeln, daneben stand eine Zigeunerin mit einer

Sellerieknolle, eine andere hielt ein lebendes Kaninchen an den Ohren, vor einer anderen Frau lag ein einziges Stück Käse auf einer Kiste. Der Mann gegenüber wäre glücklich gewesen, die sechs Eier zu verkaufen, und die stille, verzweifelte Aufforderung in den Augen der Verkäuferinnen, ihnen doch wenigstens das wenige abzukaufen, war für Martin kaum auszuhalten. Er selbst hatte genug Geld in der Brieftasche, den gesamten Markt zu übernehmen, mitsamt der beiden Klepper, die angeschirrt vor den Pferdewagen standen, einen Haufen Gras vor sich. Hier sorgte die Europäische Union weniger großzügig für die Einbindung der lokalen Bevölkerung in die Gemeinschaft. Er gab Gas …

Die asphaltierte Straße hinauf zur Großkellerei war die beste seit hundert Kilometern. Martin parkte sein Fahrzeug im Schatten, Simion stellte seinen Wagen dahinter in der Sonne ab. »Dafür steht er nachher im Schatten«, sagte er und lächelte überlegen. Heute gab es wohl keine Extratouren, und Martin erklärte dem Pförtner am Schlagbaum, wen er sprechen wollte. Gemeinsam wurden sie zum Direktor geführt.

»Glauben Sie, dass Sie hier den gesuchten Wein finden?«, fragte Simion auf der Treppe.

Martin blieb stehen und hielt Simion am Arm zurück. »Welchen Wein?«

»Tun Sie nicht so, als wüssten Sie nicht genau, was ich meine – den Wein aus Constanţa natürlich.«

Martin wurde kalt. Woher wusste Simion davon? Er musste ihn beobachtet und fein zugehört haben. Martin ließ den Einwand dahingestellt, der Pförtner winkte sie weiter ins Büro des Direktors. Der saß an seinem gewaltigen Schreibtisch unter dem Großfoto der Landschaft, die sich auch im Panoramafenster an der Längsseite des Raums öffnete. Waren es hundert- oder zweihundertfünfzig Hektar Rebzeilen, die irgendwo dahinten auf den Hügeln an den Himmel stießen? Martin hatte keine Skrupel, Simion als nordamerikanischen Weinhändler und möglichen Importeur vorzustellen.

»Wir bearbeiten knapp zweitausend Hektar, davon gehören mehr als tausendzweihundert Hektar unserer Gesellschaft. Und zweihundert Hektar dienen Forschungszwecken. Zuerst war an dieser Stelle eine von Siebenbürger Sachsen gegründete Kellerei, aber die wurden nach dem Zweiten Weltkrieg deportiert, und 1949 entstand dann hier eine nationale Weingesellschaft.«

»Wann war das? Von wem wurden sie deportiert?«, fragte Simion erstaunt.

»Die Siebenbürger Sachsen kamen vom dreizehnten Jahrhundert an ins Land, um es zu besiedeln und es gegen die Türken zu verteidigen. Sie kamen nicht aus Sachsen, sie kamen von der Mosel und aus Luxemburg. Dann gerieten wir unter ungarische Herrschaft, mit ihnen kamen Rebsorten wie Ruhländer, Neuburger, Gewürztraminer und Furmint ins Land …«

»… keine roten Rebsorten?«, unterbrach ihn Martin, und Simions Blick besagte: »Ich weiß genau, wonach Sie suchen«.

»Nur Pinot Noir, ein verschwindender Anteil unserer Produktion, kaum erwähnenswert. Wir haben auch Grauburgunder und natürlich Riesling, nicht den echten Renano vom Rhein, sondern den Italico, den italienischen Riesling oder Welschriesling. Nach dem verlorenen Krieg, als die Russen einmarschierten, haben sie achtzigtausend Nachkommen der Siebenbürger Sachsen nach Russland zur Zwangsarbeit deportiert, aber es lief relativ glimpflich ab.«

»Wieso glimpflich?«

»Bis auf zwanzigtausend sind alle wiedergekommen.«

»Gibt es heute Russen hier?«, wollte Simion wissen.

Der Direktor lachte. »Immer noch der alte Angstgegner der Amerikaner? Nicht, dass ich wüsste. Sie waren nie beliebt, sie haben uns Moldawien abgenommen, und unter dem Diktator hatten sie nichts zu melden. Sie haben uns später fast wie Feinde behandelt. Ceauşescu war gegen den Einmarsch des Warschauer Pakts in die ČSSR, er war für

Nichteinmischung. Er fürchtete, dass sie ihm sein Rumänien wegnehmen würden, aber gegen die polnische Gewerkschaft Solidarność war er auch, da wollte er mit Gewalt intervenieren. Na ja, und wie er sich hier aufgeführt hat, das wissen Sie sicherlich.«

Simion ließ nicht locker. »Gibt es heute noch Russen in der Gegend, ich meine, haben sie hier investiert?«

»Im Weinbau?« Der Direktor schmunzelte. »Nein, Gas und Stahl ist ihr Geschäft, ja, aber Wein war nie ihre Sache, ich jedenfalls weiß nichts davon. Sie kaufen Wein in Moldawien, doch jetzt, wegen ihrer Sorge, dass neben Moldawien auch Georgien der NATO beitritt, weigern sie sich, ihnen den Wein abzukaufen. Das ist Politik, diese Beziehungen und Ängste erklären sich nur aus der Geschichte. Aber deshalb sind Sie ja nicht gekommen.«

»Hat man jene Rückkehrer damals überprüft? Es ist möglich, dass der KGB mit ihnen seine Agenten eingeschleust hat.«

Wie kann ich Simion zum Schweigen bringen?, fragte sich Martin, denn seine Fragerei wurde lästig. »Marc, lassen Sie es gut sein. Wie soll man sechzigtausend überprüfen? Heute geht das, aber damals … Außerdem ist das nicht unser Thema.«

Simion schwieg. Der Blick, den er Martin zuwarf, war schwer zu deuten.

Der Direktor gab sich versöhnlich. »Das war lange vor Ceaușescu, der kam erst 1965 ans Ruder. Davor waren die Russen hier auch nicht beliebt. Später gab es Säuberungen, sogar unter moskautreuen Kommunisten, und eine Spezialabteilung der Securitate, um russische Agenten aufzuspüren.«

Jetzt wurde Martin hellhörig. »Ist das allgemein bekannt – oder woher wissen Sie das?« Man müsste diesen Direktor fragen, was er vor 1989 gemacht hat. Und auch den Besitzer der Kellerei. Das jedoch ging über Martins Auftrag hinaus, das wäre was für lebensmüde Journalisten. In Deutschland war es wichtig gewesen, wer *vor* 1939 ausgewandert war und wer *nach* 1945, die einen waren Gegner der Nazis, die anderen die Nazis selbst. Aber wieso interessierte sich Simion dafür? Hing seine Familie da mit drin? Oder war er noch immer der stramme Antikommunist und nicht in der Lage, die abgenutzten Feindbilder aufzugeben?

Vorsichtig fragte Martin nach, wie es zu einem derart großen Besitz kommen konnte. Das Eis, auf dem er sich dabei bewegte, war dünn, er wollte niemanden verärgern, zumal er auch hier nicht den gesuchten Boden finden würde. Außerdem würde Coulanges Investor kein Bein auf den Boden kriegen, jeder Quadratmeter Erde, der sich bestocken ließ, wurde von dieser Kellerei gekauft.

Wie sich im Laufe des Gesprächs herausstellte, waren die Beziehungen in die Politik und zum Geldhahn von Brüssel entscheidend gewesen. »Die EU hat alles bezahlt. Arbeitskräfte bekamen wir aus den kaputten und unrentablen Fabriken, heute sind die Leute knapp. Wir beschäftigen vom Frühjahr bis in den Herbst etwa zweitausend Arbeitskräfte, davon sind siebenhundert Zigeuner, hauptsächlich Frauen. Wir bezahlen mit Lebensmitteln, damit sie ihre Familien ernähren können, die Männer würden ihnen das Geld wegnehmen. Es ist ein Integrationsprogramm für die lokale Bevölkerung.«

»Wahrscheinlich bleibt sonst keine Traube am Weinstock«, murmelte Simion, und der Direktor zuckte mit den Achseln. So etwas sagte man nicht laut.

Der Rundgang durch die Kellerei förderte nichts zutage, womit Martin nicht gerechnet hatte, auch die von Brüssel bezahlte Anlage zur Mostanreicherung mittels Umkehrosmose war keine Überraschung. Sie nicht vorzufinden, hätte ihn gewundert. Da Mostanreicherung mittels Zucker anders als in Frankreich hier verboten war, musste man bei schwachen Weinen auf dieses Verfahren ausweichen. Das einzig

Neue war, dass unten am Stock Triebe stehen blieben, die bei Frost eingegraben wurden, wenn im Winter wochenlang Temperaturen unter zwanzig Grad minus herrschten und die Reben erfrieren würden.

Es war spät geworden, Martin wurde nervös, aber um die Verkostung – sie fand in der zur Kellerei gehörenden Festung statt – konnte er sich nicht drücken. Viele Kellereien hatten spezielle Lagen und Weine, die ausschließlich mit dem Ziel gekeltert wurden, bei internationalen Wettbewerben »aufzutreten«. Das Geld hingegen verdiente man mit der Masse, die Flasche für 1,99 Euro, die Presse und die nötige Aufmerksamkeit gewann man mit denen zu 19,99 Euro. Aber zum anschließenden Imbiss wurden Martin und Simion nur durchschnittliche Weine präsentiert.

Der Gewürztraminer gefiel am besten, besonders sein Quittenaroma. Die Rose, sonst typisch für diese Traube, war kaum zu merken. Der folgende Sauvignon Blanc, ein Fetească Regală und der Dry Muscat danach waren kaum erwähnenswert. Und der Sekt, obwohl nach der Champagnermethode hergestellt und ziemlich trocken, hatte ein Hefearoma. Ein deutscher Rieslingsekt vom Winzer wäre Martin lieber gewesen.

Simion drängte, er wollte weiterfahren. Martin verabschiedete sich vor dem Burgtor, auch von ihm. »Wir haben heute die schlimmste Strecke vor uns, da fährt am besten jeder seinen eigenen Stil. Ich werde morgen auf dem Gut des Grafen Ştirbey am Olt erwartet. Ich versuche, es heute bis nach Drăgăşani zu schaffen. Es gibt dort nur eine Pension.«

Martin gab Simion die Adresse, die man ihm genannt hatte. »Entweder treffen wir uns dort oder morgen auf dem Weingut. Die Besitzer sind zwar Rumänen oder Ungarn, aber der Kellermeister ist Deutscher. Ich werde in Bezug auf die Sprache keine Rücksicht auf Sie nehmen, Marc.«

Simion lud einen Sechserkarton Wein ins Auto, den

man ihm freundlich überlassen hatte. »Und was kommt danach?«

Auch Martin nahm sein Weingeschenk entgegen. »Ein rumänisch-britisches Joint Venture in Ploieşti, das ist dann bereits in Dealu Mare.«

»Dann treffen wir uns dort.«

Martin ließ sich die Erleichterung über diese Entscheidung nicht anmerken, er würde es genießen, einen Tag ohne seinen Schatten, als den er Simion mittlerweile empfand, auszukommen. »Fahren Sie vorsichtig. Ich habe gehört, dass es von Hermannstadt oder Sibiu, wie es heute heißt, durchs Gebirge nach Râmnicu Vâlcea ziemlich schlimm sein soll, die gefährlichste Strecke Rumäniens, nur zwei Fahrspuren, der gesamte Schwerverkehr führt dort durch. Fahren Sie besser über Sibiu nach Braşov und weiter nach Ploieşti.«

»Danke für Ihren Rat, Mister Martin. Ich kann selbst auf mich aufpassen.« Ohne Grußwort stieg er ein. Simion wusste, dass Martin es hasste, mit »Mister« angesprochen zu werden.

Martin sah ihm nach, wie er den Berg hinabfuhr. Was war mit dem Ami los? Fehlte ihm etwa Ana Cristina? Immer häufiger fragte er nach irgendwelchen »Russen«, als würde das »Reich des Bösen« nach wie vor existieren.

Unten im Dorf bog Simion rechts ab und fuhr unterhalb der Burg wieder vorbei. Hinter der Brücke neben der Kirche – Martin erkannte es von seinem erhöhten Standpunkt genau – bestiegen zwei Männer einen großen grauen Wagen. Als Simion vorüber war, hängten sie sich an ihn. Zufall? Das würde sich zeigen. Martin nahm das Mobiltelefon, um Simion seine Beobachtung mitzuteilen. In der ländlichen Einsamkeit war ein Raubüberfall nicht ausgeschlossen.

Der Amerikaner reagierte barsch. »Sehen Sie zu, dass Sie zu Ihrem Grafen kommen, außerdem sehen Sie Gespenster. Ich kann wirklich selbst auf mich aufpassen.«

21

Der Koch mit dem von der Hitze seiner Herde aufgedunsenen Gesicht beugte sich vor, sah Martin an und stützte sich auf die Lehne des Stuhls auf der anderen Seite des Tisches.

»Die Rückgaben erfolgten in der Regel willkürlich. Natürlich, es gab Gesetze, aber sie wurden nicht angewandt und konnten von uns normalen Bürgern gar nicht durchgesetzt werden. Unsere Familie und Freunde und auch andere im Bekanntenkreis besaßen den einen oder anderen Hektar. Das Land haben wir zurückbekommen, aber die Weinstöcke darauf, die während des Kommunismus gepflanzt worden waren, gehörten nicht uns, sondern dem Staat. Was wollen Sie da machen? Nichts. Entweder bekam man Pacht oder bekam das Land nur zurück, wenn man die Weinstöcke kaufte. Aber niemand hatte Geld. Entweder, du nimmst, was wir dir geben, hieß es, oder du kriegst gar nichts. Viele haben nichts zurückgekriegt, die Politiker haben das entschieden, die waren sofort nach der Wende da, es waren die alten. Was wollen Sie da machen? Nichts. Den Rumänen, die im Ausland lebten, also den früheren Besitzern, wurden Angebote gemacht, schlechte Angebote. Wenn sie die nicht annahmen, bekamen sie überhaupt nichts zurück. Es kam immer darauf an, wie nah man der Politik war, wer wen kannte, was man dafür zahlte. Wer mehr zahlte oder auch einen Teil von seinem Land überschrieb, war schneller an der Reihe. Was wollen Sie da machen? Nichts können Sie machen.«

Der Koch der Pension stützte sich noch immer auf die Lehne des Stuhls und starrte auf Martins abgegessenen Teller. Er war der einzige Gast in dem viel zu großen Speisesaal der Pension, und der Koch war gekommen, um ihm Gesellschaft zu leisten und jemanden zum Plaudern zu haben. Der Fernsehapparat an der Wand war auf lautlos gestellt, auf dem Schirm bewegte ein Mann den Mund, der Koch sah zu ihm hinauf.

»Wahlkampf, immer haben wir Wahlkampf, und nichts ändert sich. Angeblich sind alle gegen Korruption, aber die Korruptionsbekämpfung ist ein Witz. Da wird gerade wieder ein Politiker geopfert, damit die anderen weitermachen können, so wie bei Ceauşescu. Sie wollen eine Amnestie für die Vergangenheit und die Zukunft, damit sie machen können, was sie wollen.«

»Und wie sind Sie zu dieser Pension gekommen?«

»Hier stand früher das Haus meines Onkels, dahinter war ein Hektar Land, einen Hektar durfte man behalten, beim Wein nur einen halben.«

»Und das haben Sie dann bebaut?«

»Mein Onkel ist abgehauen, ist heimlich geflohen, so wie viele Deutsche aus der DDR. Er verschwand vor fünfundzwanzig Jahren. Niemand hat ihn jemals wieder gesehen, er wollte über die Donau, wissen Sie? Ceauşescus Grenzer haben auf die Flüchtigen geschossen, sie haben gefasste Flüchtlinge totgeprügelt, in der Donau ertränkt oder sind mit ihren Schnellbooten drübergefahren. Viele sind am serbischen Ufer der Donau begraben. Auf jedem Friedhof gibt es wenigstens eine Reihe von Gräbern, in denen Opfer dieser Mörderbande liegen. Wir sind da hingefahren, wo mein Onkel über die Grenze wollte, und haben versucht zu erfahren, ob in der fraglichen Zeit jemand begraben wurde. Niemand wusste was Genaues, und auf den verwitterten Holzkreuzen steht lediglich auf Serbisch »Name unbekannt«. Was wollen Sie da machen? Nichts.«

Der Koch bemerkte erst jetzt, dass Martin aufgegessen hatte. »Möchten Sie Nachtisch? Früchte kann ich Ihnen anbieten und *cremă de zahăr ars,* ich weiß nicht, wie das auf Englisch heißt, ich hol's Ihnen.«

Er kam kurz darauf mit einer Karamellcreme im Plastikbecher zurück, eine Supermarktware, die Martin nach der Lektüre der Säuerungsmittel und verwendeten Chemikalien nicht zu probieren wagte. Er entschied sich für *struguri,* mit den Weintrauben konnte er mehr anfangen.

Das Thema des verschwundenen Onkels erinnerte Martin an das, was ihm Sofia und Lucien von ihrem Vater erzählt hatten, und er versuchte sich vorzustellen, wie er sich damals verhalten hätte. Wahrscheinlich wäre er nicht sehr alt geworden, nicht weil er offen protestiert hätte, sondern mit seinem ausgeprägten Eigensinn schnell an Mauern, Stacheldraht und Gleichschritt gescheitert wäre. Diese Systeme hatten nur das Schlechte im Menschen gefördert.

»Sie kommen aus einem demokratischen Land«, sagte der Koch, der für Martin und sich einen Espresso gemacht hatte und im Stehen trank. »Sie haben das, was man Sozialismus nennt, nie miterlebt, nebenbei gesagt, weiß ich gar nicht, was Sozialismus wirklich bedeutet. Glauben Sie, dass Kapitalismus und Demokratie sich vertragen?«

Martin entfernte gewissenhaft die Kerne aus den Weintrauben, bevor er sie aß. Er wollte erzählen, wie er seinen Betrieb führte, wie er vor wichtigen Entscheidungen verschiedene Meinungen einholte und abwog. Charlotte überließ ihm die Entscheidungen beim Wein, in geschäftlichen Fragen mussten sie Einigkeit erzielen. Waren ihre Eltern und einer ihrer Weinberge betroffen, dann entschieden sie zu viert. Gerade als er ansetzte, davon zu erzählen, zuckte er zurück, seine Tarnung als Consultant wäre aufgeflogen. Und darauf vertrauen, dass der Koch nichts weitersagte, war zu gefährlich. So wie mit ihm redete er mit allen.

»Nein«, sagte er und schüttelte langsam den Kopf, »ich

glaube, das verträgt sich nicht. Ein Konzern kauft den anderen auf, alle streben zum Monopol, so wie jede politische Partei die Opposition vernichten will, um allein zu regieren. Jede Kirche hält sich für die allein selig machende. In der Wirtschaft werden Kartelle gebildet, oder es geht um die marktbeherrschende Stellung. Das ist Krieg. Und Sie? Wie entscheiden Sie?«

»Ich muss meinen Leuten sagen, was sie tun sollen, sonst tun sie nichts. Und lernen wollen sie auch nicht. Sie träumen aber davon, was Großes zu sein.« Er wies auf den Wachmann, der im Türrahmen der Pension stand und auf die dunkle Straße schaute. »Ich stelle mir nachts den Wecker und gehe runter, um ihn zu wecken. Demokratie funktioniert nur, wenn die Leute Verantwortung übernehmen. Wer will das schon? So, ich muss abwaschen. Gute Nacht. Wann frühstücken Sie? – Ach, übrigens, es gibt wirklich nur einen Gott!« Er wies auf das Kreuz an der Wand. Martin erinnerte es an das auf Ana Cristinas Busen.

Das Städtchen war dunkel, um die wenigen Straßenlaternen vor den Gartengrundstücken flatterten Insekten, von Fledermäusen gejagt, alles schien friedlich, eine Kleinstadt wie Hunderte in Europa. Unter der Laterne links gegenüber der Pension stand ein Wagen, das Licht fiel aufs Dach und ließ das Innere im Dunkeln. Nur am Glimmen einer Zigarette erkannte Martin, dass jemand im Auto rauchte, und für einen kurzen Moment sah er auch die aus dem Fenster aufsteigende Rauchwolke. Er kümmerte sich nicht weiter darum, wandte sich nach rechts und schlenderte zum Park. Der Supermarkt gegenüber war noch geöffnet, und die Verkäuferinnen wischten den Boden. Im Park trafen sich die Jugendlichen und führten Skateboardkünste vor, die Älteren, irgendwie zu Geld gekommen, hatten sich um neue Autos versammelt, putzten daran herum oder ließen die Motoren aufheulen. Eine ältere Frau wühlte in Abfalleimern nach Verwertbarem und schämte sich dafür, als sie sich von Martin beobachtet fühlte. Immer häufiger hatte er das Gefühl, in eine Nachkriegssituation geraten zu sein, aber die Menschen trauten dem Frieden nicht, weil sie ihn vielleicht nur als Waffenstillstand zwischen den Kriegen betrachteten. Er erinnerte sich an die Zigeunerin an der Landstraße, bei der er frische Erdbeeren hatte kaufen wollen. Das Obst sollte besonders gut sein, Bio-Qualität, da den Kleinbauern das Geld für Spritzmittel fehlte – außer im Weinberg. In Jidvei hatten sie nach dem gestrigen Regen wie die Verrückten gegen Pilzbefall gespritzt. Er wollte die reifen Früchte, und die Frau schenkte ihm das letzte Kilo im Korb. Als er sein Geld zückte, hatte sie abgewunken und ihm verständlich gemacht, dass sie mit seinem Segen zufrieden wäre.

Wer bin ich, dass ich einen Menschen segne?, fragte er sich, aber er schlug ihr zum Gefallen zumindest ein Kreuz, und die Frau dankte es mit ihrem Lachen. Im Hotel angekommen hatte er die Tüte geöffnet – nicht eine Erdbeere war essbar gewesen. Sie hatte ihm den schimmeligen Abfall mitgegeben.

Auf der Caféterrasse am Park genossen einige Gäste den lauen Abend, und Martin grüßte mit den Worten *bună seara* und einem freundlichen Nicken. Beides wurde mit Schweigen und feindlichen Blicken erwidert. Deshalb setzte er sich so, dass er die anderen Gäste im Rücken hatte, die hohen Bäume gegenüber schauten ihn freundlicher an. Auf dem Rückweg bog er kurz vor der Pension links ab und ging einmal um den Block herum, sodass er hinter der Pension herauskam. Der Wagen mit dem Bukarester Nummernschild stand noch immer unter der Laterne. Aber es saß niemand mehr drin. Als er im Schatten der Vorgartenbüsche unvermittelt stehen blieb, hörte er hinter sich leise Schritte. Sie stammten von zwei Männern, die schweigend an ihm vorbei zum Wagen gingen.

Die Grafen Ştirbey hatten am Ufer des Olt bereits im achtzehnten Jahrhundert mit dem Weinbau begonnen. Das Weingut lag auf einem Höhenzug in Sichtweite von Drăgăşani, die Weinberge erstreckten sich am westlichen wie am östlichen Hang, der zuerst steil abfiel und dann sanft zum Ufer des aufgestauten Flusses auslief. Löss, Lehm und Sand machten die Böden hier gleichermaßen für Weiß- und Rotwein geeignet. Martin hatte das Gefühl, dass er dem Zodiac näher kam – und natürlich auch dem Boden, den er seinen Auftraggebern empfehlen konnte.

Die Nachkommen der Grafen Ştirbey waren 1949 enteignet worden – im Jahr 2001 hatten sie ihre vierzig Hektar zurückerhalten. Einundzwanzig davon waren mit verschiedenen Rebsorten bepflanzt. Im Vergleich zu den Kellereien, die Martin bisher besucht hatte, war diese hier geradezu gemütlich. Gregor Meiniger, der deutsche Kellermeister, machte Wein, er gestaltete, statt ihn produzieren zu lassen. Die Methoden, die er dabei anwandte, hatte Martin als gut und richtig erkannt und praktizierte sie selbst.

Dazu gehörte die intensive Pflege der Weinberge, die von allen Seiten an die beinahe toskanisch anmutende Kellerei heranreichten. Martin wurde still, er fühlte etwas, das Heimweh sein konnte, als er die vertrauten Worte hörte, dass »der Wein im Weinberg entsteht«, Gaston hatte es gepredigt, »im Keller kann man ihm nur geben, was er braucht – oder ihn versauen«. Hier hatten die Trauben bekommen, was sie brauchten.

Erst einmal wurden sie von Hand in Kisten gelesen, in mehreren Etappen, je nach Reifegrad, »und das nur von erfahrenen Erntehelfern«, fügte der Kellermeister hinzu, »und wenn es tagsüber zu heiß ist, auch bei Nacht«, damit die Gärung nicht bereits im Weinberg begann. Und jeder Lesegang wurde separat vergoren. Das waren die Methoden der großen Bordelaiser Châteaux – und seine eigenen.

Diese Sorgfalt machte ihm Gregor Meiniger sympathisch.

Mit den Jahren und bei zunehmender Erfahrung hatte Martin begriffen, dass man durchaus vom Weinberg auf seinen Besitzer schließen konnte, obwohl er auch wusste, dass der Künstler und sein Werk nicht dasselbe waren.

Neuerdings wurden die Trauben wieder in Körben gepresst, Martin hatte davon gehört. Es sollte schonender sein, aber dass es von Hand geschah, wie Meiniger erklärte, war ihm neu. Er würde sich eine derartige Presse anschaffen und es im Herbst ausprobieren. Wenn sein Wein, der Pechant, dabei gewinnen würde, könnte sich die Mehrarbeit lohnen.

Das Labor war kärglich ausgestattet, und auch dafür fand sich in Meinigers Philosophie die Erklärung. »Je besser das Labor ausgerüstet ist, desto gefährlicher wird der Wein.« Das leuchtete ein, denn jede Korrektur, sei es mit Enzymen oder Kunsthefen, sei es der Einsatz von Maschinen zur Umkehrosmose oder die Zugabe von Mostkonzentrat, um den Zuckergehalt zu erhöhen, war Manipulation.

Crâmpoşie Selecţionată war eine autochtone Rebsorte, dreitausend Jahre alt, und sie ergab einen wunderbaren Weißwein. Beim Fetească Regală entwickelte sich der Holzton erst nach der Flaschenlagerung. Es war der gehaltvollste und gleichzeitig frischeste Wein dieser Rebe, den Martin auf dieser Tour probiert hatte. Der Tămâioasă Românească war eine spät reifende Sorte mit hohem Zuckergehalt, Martin zog die trockene Version der halbtrockenen – hier hieß es semi-sweet – vor.

Sein Merlot, der Cabernet Sauvignon und auch der Novac – eine Cuvée aus Negru Vartos und Băbească Neagră – waren großartig, leicht zugänglich, und der Geschmack blieb lange auf der Zunge. Der Fetească Neagră von Ştirbey stellte alles bisher Dagewesene in den Schatten. Martin faszinierte, dass man für die Reifung große Fässer dem zweihundertfünfundzwanzig Liter fassenden Barrique vorzog. Das Resultat waren wesentlich fruchtigere Weine als die bisher probierten. Vielleicht mache ich das auch genauso, dachte Martin, mit dem

Wein meiner neuen Reblagen, zumindest mit einem Teil. Er gewinnt an Komplexität, wird runder und voller und behält seine Frische. Er dachte an hervorragende Rossi di Montalcino, die in Zweitausend-Liter-Fässern lagerten, auch bei Brunello und Barolo war dummerweise das Barrique in Mode gekommen, und das verfälschte die großen Weine.

Martin war selten von allen Weinen eines Gutes so begeistert wie heute, und er scheute sich nicht, es zu zeigen. Nur durfte er nicht mit zu viel Fachwissen aufwarten, dabei hätte er gern gefachsimpelt, sich mit dem Kellermeister über Zucker- und Säurekurven in Beziehung zum Wetter und dem Lesezeitpunkt unterhalten, doch für einen Consultant ging das zu weit. Den hatte zu interessieren, dass hier der Hektar Rebland nur zwischen vier- und sechstausend Euro kostete, das war gerade mal ein Zwanzigstel dessen, was er für seinen neuen Weinberg bezahlt hatte. Die Neupflanzung mittels GPS-System schlug mit fünfundzwanzigtausend je Hektar zu Buche, da waren schnell zwei Millionen erreicht, wenn man an achtzig Hektar dachte, denn unterhalb dieser Größe finanzierte die EU nichts. Aber wenn sie es finanzierte, dann waren zwei Millionen nur noch eine, und die war nichts für Coulange und seine Investoren – lediglich Erdnüsse waren das, die zu oft zitierten *peanuts.*

»Bei Ihren wunderbaren Weinen wird es wahrscheinlich Medaillen geregnet haben«, vermutete Martin.

»Da täuschen Sie sich. Die Medaillen bekommen die Großkellereien, die zahlen und sitzen in der Jury. Wir wurden dazu nie eingeladen. Die machen das unter sich aus. Uns hängen die Medaillen zu niedrig. Wir sind auch aus dem DOC-Verband ausgetreten, denn Weine mit garantierter Herkunft bekommen Sie schon in der Drei-Liter-Flasche. Es gibt die Medaillen-Trinker, die Etiketten-Trinker und die Parker-Punkte-Trinker …«

»Und auf welche setzen Sie?«

»Auf alle, die einen guten Wein zu schätzen wissen.«

Der Tag auf dem Weingut war schön, der schönste auf dieser Reise. Er verging mit Gesprächen, Kellerbesichtigung, einem Ausflug in die Weinberge und der Einladung, zum Abendessen zu bleiben und auch hier zu übernachten. Erst als Martin auf der Terrasse des Weingutes saß und über den Hang hinab auf den Olt schaute, dessen spiegelnde Fläche sich mit einem metallischen Schimmer der Nachmittagssonne überzog, dachte er wieder an Sofia und ihren Bruder. Es stimmte ihn traurig, und er erinnerte sich an Tudor Dragos und seine Spionin. Bei Simion hätte es funktioniert. Es ging Martin nichts an, was sein ständiger Begleiter sonst trieb, aber sein plötzliches Auftauchen und das abrupte Verschwinden erschienen ihm merkwürdig. Er betrachtete den Fluss, dem er morgen ein Stück folgen würde. Aber dann musste er wieder nach Osten. Dealu Mare, der Große Berg, wie es auf Deutsch hieß, war sein Ziel.

»Kennen Sie einen Wein, der vielleicht von dort stammt, er heißt Zodiac?«, fragte er Gregor Meiniger.

Der Kellermeister schüttelte den Kopf. »Welches Weingut steht dahinter? Aus welcher Region stammt er? Was ist es für ein Jahrgang?«

»Ich habe nicht die geringste Ahnung«, sagte Martin und erklärte, wie er an den Wein gekommen war. Er erwähnte auch den Namen Elmar Harms. Er scheute sich nicht, er hatte den Eindruck, dem Kellermeister gegenüber offen sprechen zu können. Sein Instinkt sagte es ihm, darauf basierte das Vertrauen – und weniger auf Erfahrung. Doch dem Kellermeister Harms' Namensliste zu zeigen, wäre zu weit gegangen.

Weder der Zodiac noch der Name Harms sagten Meiniger etwas. »Von Ihrer Beschreibung her würde ich vermuten, dass er aus Dealu Mare stammt und nicht von hier. Und wie Sie sagten, ist er sehr alt. Die hiesigen Weine werden nicht so alt. Ich wüsste nicht, aus welcher Kellerei er kommen könnte. Ich kenne einen Professor an der Forschungsstation von Ploieşti. Er ist seit vierzig Jahren im Geschäft, der kennt jeden Wein und jedes Weingut im Land, auch aus der Zeit der Diktatur, der könnte Ihnen weiterhelfen. Er hat sich nie kompromittiert. Ich rufe ihn an. Wenn Sie in Dealu Mare sind, müssen Sie in der Forschungsstation vorbeischauen – der Professor unterhält sich gern mit netten Menschen.«

Eine halbe Stunde telefonierte der Kellermeister hinter dem Professor her, nur um zu erfahren, dass er in Frankreich Rebschulen besuchte, von denen man Weinstöcke kaufen wolle. Aber am nächsten Tag sei er zurück. Das traf sich mit Martins Plänen.

Bis Piteşti ging alles glatt, auch das Stück Autobahn danach, doch die Strecke nach Târgovişte war eine Katastrophe. In der Stadt selbst hatte er den Eindruck, dass ausschließlich Irre unterwegs waren, das bestätigte die Information, dass hier die Stadtverwaltung viertausend echte Führerscheine ohne Prüfung verkauft hatte. Der Skandal war die Regel, nicht die Ausnahme.

Trotz der gefälschten Führerscheine kam Martin mit dem Leben davon. Auf dem letzten Stück nach Ploieşti dachte er darüber nach, wie sich katastrophal steigern ließ, als Zwanzigtonner um Schlaglöcher herumkurvten, die Straßenseite wechselten und sogar in die angrenzenden Felder neben der Fahrbahn auswichen, um voranzukommen. Der Irrsinn war normal. Die Straßenbaubehörde könnte auf denselben Trick verfallen wie in Jidvei, wo die Kraterstrecke kurzerhand zur »Weinstraße« erklärt worden war, obwohl es außer der Großkellerei kein einziges Weingut gab, nicht ein Restaurant und schon gar keine Herberge. Aber auf diese Weise erhielt die Regionalbehörde »zur Förderung des Weinbaus« EU-Mittel zur Reparatur der Straße.

»Ohne diesen Trick müssten wir noch zwanzig Jahre warten, denn unsere Regierung hat kein Geld«, das hatte der Direktor gemeint. Als dann in einem fürchterlichen Gewitter nussgroße Hagelkörner aufs Auto prasselten, suchte Martin Schutz unter dem Dach einer Tankstelle, wo sich weitere Fahrzeuge wie ängstliche Kinder zusammendrängten. Bei diesem Katastrophenszenario war er viel zu angespannt, um darauf zu achten, ob ihm der Wagen, der gestern vor der Pension gestanden hatte, noch folgte.

»Da haben Sie was verpasst«, sagte Martin, als er mit Simion aus dem Fahrstuhl in die Hotelhalle trat. Sie hatten die Route für die nächsten Tage besprochen, und Simion hatte ihm auf der Karte gezeigt, wie er von Jidvei nach Ploieşti gefahren war. Sie setzten sich in die Vier-Sterne-Hotelhalle und beobachteten die wieselnden Manager, wie sie selbstlos den Aufschwung Rumäniens und die Integration des Landes in die EU und Weltwirtschaft förderten.

Simion hatte nur Augen für die magersüchtigen Begleiterinnen der glatzköpfigen rumänischen Geschäftsleute. Die sehr jungen und durchweg blonden Frauen staksten auf Stilettos einen halben Schritt ihren Männern hinterher, manche trugen ihnen sogar die Aktentasche. Joviale Deutsche mit einem ausgeprägten Sinn für Humor klopften ihren rumänischen Counterparts oder Führern durch den Dschungel der Investitionsgesetze und Steuerverordnungen gönnerhaft auf die Schultern. Das erinnerte Martin an alte Filme, schwarz-weiß natürlich, in denen der schwarze Träger dem weißen Jäger den Whisky bis an den Fuß des Kilimandscharo schleppt. Die Ausländer saßen entspannt zurückgelehnt und hatten die Beine übergeschlagen, während die Einheimischen beflissentlich vornübergebeugt in Papieren blätterten. Martin empfand eine Art Goldgräberstimmung, Klondike ließ grüßen, er musste sich beeilen, damit die SISA noch ihren Claim abstecken konnte.

»Die hätte ich beinahe verpasst«, sagte Simion, als die junge Dame vorbeiging, die es dem Amerikaner besonders angetan hatte, »wenn ich Ihnen zugehört hätte. Was wollten

Sie mir erzählen?« Jetzt wandte er sich Martin zu. »Bestimmt geht es wieder um Wein.«

Martin berichtete nur knapp vom Besuch am Olt.

»Sie sehen Ştirbey so positiv, weil es Ihre Landsleute sind. Ihr Urteil ist davon beeinflusst. Ich finde, Sie unterschätzen die Rumänen.«

»Woher der Sinneswandel?«

Simion hob abwehrend die Hand. »Mir gefallen viele Weine, die wir verkostet haben. Sie, Martin, sind zu anspruchsvoll, Sie verlangen zu viel. Man muss ihnen Zeit geben, wir können nicht von ihnen erwarten, dass sie von heute auf morgen unseren Standard erreichen. Wir müssen sie führen, ihnen zeigen, wohin es zu gehen hat. Ich glaube, wir Amerikaner stehen mehr auf deren Seite als ihr Europäer.«

»Wie bei den Türken oder Polen? Wahrscheinlich liegt das an Ihren strategischen Interessen.«

Überrascht nahm Martin wahr, wie stark Simion auf den Satz, den er ohne Nachdenken dahingesagt hatte, reagierte. Er richtete sich auf und sah ihn abschätzend an, als würde er ihn zum ersten Mal richtig in Augenschein nehmen, als würde er jetzt erst bemerken, was er bislang übersehen hatte.

»Was meinen Sie mit strategischen Interessen?«, fragte er scharf, als vermutete er etwas Besonderes hinter den Worten.

Martin versuchte, unbefangen zu bleiben, denn in der Frage lag etwas Drohendes. Er hatte nach der quälenden Fahrt nicht die geringste Lust auf eine politische Debatte, bei der jeder ausschließlich von seiner Warte her argumentierte. Für die Amis gab es nur einen Standpunkt: Richtig war, was ihnen nutzte. Und wer nicht so dachte wie sie, war Kommunist oder gehörte zum Lager des Bösen.

»Wir waren damals die Garanten Ihrer Freiheit, wir, Martin«, sagte Simion, »vergessen Sie das nicht! Unsere Truppen haben Sie von den Nazis befreit.«

»Da haben die alle drauf gewartet.« Ob er die Ironie verstand? Die wollten gar nicht befreit werden, dachte Martin mit Ingrimm. »Stimmt, dazu mussten sie das Land fast dem Erdboden gleichmachen, so sehr haben die Deutschen darauf gewartet.«

»Mit dem Marschallplan haben Sie Ihr Land wieder aufbauen können …«

»Ja, zu einem Bollwerk gegen den Osten. Sie müssen mal Ihr Freund-Feind-Schema aufgeben, es gibt noch was anderes.«

»… wir haben Ihre Sicherheit garantiert, unser Nuklearschild hat Sie vor den Russen bewahrt.«

»Und alle diejenigen, die Sie angeblich gerettet oder geschützt haben, sind heute eure Knechte. Sie glauben doch nicht allen Ernstes, dass die Russen in Westeuropa einmarschiert wären? Für Sie und die Russen wären wir doch nur das Schlachtfeld gewesen.«

Wieder ging eine junge Frau vorbei, der Simions Blick die Kleider vom Leib zog. Seiner Frau wird er nicht lange nachgetrauert haben, vermutete Martin. Es gab in dieser Stadt aller Wahrscheinlichkeit nach die entsprechenden Etablissements, wo Simion auf seine Kosten käme. An Geld mangelte es ihm nicht.

»Sie verstehen vielleicht etwas von Weinbau, lieber Martin«, sagte er wie ausgewechselt. »Aber Sie haben keine Ahnung von Politik. In Vietnam haben wir den freien Westen verteidigt …«

»So wie die Deutschen das jetzt in Afghanistan tun? So ein Quatsch! Es geht um Öl, um Gas. Wie sagt ihr in den USA? *Bullshit!* Wem außer uns sollen die Araber denn sonst das Öl verkaufen?«

»Den Chinesen!«

Martins Unwille wuchs, er überlegte, ob es nicht besser war, das Gespräch abzubrechen. Es nahm eine Wendung, in der man sich leicht zerstreiten konnte, und das war das Thema nicht wert.

»Ihre Meinung, lieber Martin, scheint mir sehr von der Nähe zu Russland geprägt und von eurer Abhängigkeit.« Simions Herablassung war offenkundig. »Die Propaganda des Kreml hat auch bei Ihnen gewirkt. Sie sollten sich besser auf uns verlassen.«

»Und immer neue Nationen in die Europäische Union aufnehmen? Das ist es, was Sie wollen. Dieses Rumänien hat in der EU nichts verloren, absolut nichts. Sie befürworten das, damit Sie hier Ihre Raketen aufstellen können, genau wie in Polen und Tschechien. Und in der Türkei. Damit Sie ihren Schwarzmeerhafen für die sechste, die siebte oder achte Flotte nutzen können. Sie wollen die Europäische Union so heterogen machen, so unterschiedlich und zerrissen, damit wir uns nicht einigen, damit wir kein Gegengewicht zu den USA bilden können und Sie weiter Weltmacht spielen können. Nein, Mister Marc. Wir sollen uns auf Sie verlassen? Auf Ihr Wirtschaftssystem aus Seifenblasen und Hedgefonds? SAIV heißen diese Seifenblasen, aber alle haben gesehen, was diese *alternative investment vehicles* wirklich waren. Es waren Fallen, für Geld – Ihre alternativen Investitionsmittel. Und weshalb richten die Tropenstürme bei Ihnen so viel Schaden an?«

Simion blieb die Antwort schuldig, er starrte Martin an wie ein Kind, das ausgeschimpft wird.

»Weil Ihre Häuser nicht aus Stein sind, sondern aus Holz und Pappe. Das Einzige, was Ihnen geblieben ist, Marc, ist Ihre Armee, Ihre Bomben. Jonny reitet immer noch, Sie haben den Colt noch immer im Halfter. Schnallen Sie Ihren Revolvergurt ab, dann reden wir vernünftig miteinander.«

»Sie scheinen mir wirklich einer der alten Europäer zu sein.« Simion sagte es weniger vorwurfsvoll als mit dem Ausdruck eines staunenden Biologen, der auf eine seltene Spezies stieß.

»Ja, der bin ich«, sagte Martin, »und das ist gut so.«

Er stand auf und ging zur Rezeption, nach einem Moment kam er zu Simion zurück und beugte sich vertraulich zu ihm.

»Es gibt einen tollen Club in der Stadt, er heißt ›Roxa‹, jeder Taxifahrer kennt ihn. Dort soll es die nettesten Frauen geben. Zivile Preise. Treffen wir uns dort? Um dreiundzwanzig Uhr?«

Von Simion kam ein versöhnliches Lächeln – man verstand sich wieder. Dabei war Martin klar, dass er an dem Nachtclub nicht einmal außen vorbeigehen würde. Er winkte Simion kurz zu und machte sich auf einen Rundgang durch die Stadt. Wenn er schon nicht joggen konnte, musste er zumindest einen längeren Spaziergang unternehmen, und er wollte wissen, wo er sich befand.

Es wurde Abend, die Straßenlaternen flammten auf, der Himmel war klar, und Martin fühlte sich niemandem mehr verpflichtet. Zu seinem Glück rief Charlotte an. Was sie sagte, hob seine Laune weiter. Es ginge ihr gut, sie käme mit ihrer Arbeit bestens voran, die Mitglieder der Delegation seien erträglich. Und sie freuten sich beide auf das Wiedersehen.

Zwei Stunden später kehrte Martin zurück. Als er sich ans Laptop setzte, um den Bericht über Ştirbey zu schreiben, merkte er, dass es jemand eingeschaltet haben musste. Und dieser Jemand kannte sich aus, denn das Passwort war geknackt worden.

22

»Gestern ist jemand während meiner Abwesenheit in meinem Zimmer gewesen. Wer hat da Zutritt?« Mit dieser Frage trat Martin am nächsten Morgen an die Rezeption.

»Niemand, es sei denn, er hat die Karte. Bei uns gibt es keine Schlüssel mehr. Wenn etwas verlegt worden ist, könnte es das Zimmermädchen gewesen sein, es hat aufgeräumt.«

»Wohl kaum am späten Nachmittag. Jemand war um zwanzig Uhr fünfunddreißig im Raum.«

»Woher wissen Sie die Zeit so genau?«

»Weil ein Computer speichert, welche Dateien wann bearbeitet wurden«, antwortete Martin, erstaunt über das Misstrauen des Portiers. Er hätte eher Besorgnis oder Bestürzung erwartet. »Haben Sie Kameras auf den Fluren?«

»Nein, nur hier in der Halle.« Der Portier zeigte zur Decke. Von dort beäugte eine Kamera die Rezeption. »Aber warten Sie ...«

Der Portier ging zu einem Kollegen, der zu Martin herübersah, dann mehrmals nickte und ihm etwas zuflüsterte. Der Portier kam zurück.

»Ihr Kollege, der Amerikaner, hat sich die Karte geliehen. Er sagte, er hätte seine Brille in Ihrem Zimmer liegen lassen.«

Also doch. Simion wurde immer undurchsichtiger. War er wirklich nur der agile Rentner auf *Back-to-the-Roots*-Tour, oder steckte was anderes dahinter?

»Eines unserer Zimmermädchen ist mit hinaufgegangen«, fuhr der Portier beschwichtigend fort, denn er merkte, dass Martin aufbrausen wollte. »Sie war die ganze Zeit über bei ihm. Das ist bei uns Pflicht. Mister Simion hat seine Brille genommen und das Zimmer kurz darauf wieder verlassen – soweit ich weiß.«

Martin bedankte sich für die Auskunft. Vordergründig war er beruhigt, aber das Misstrauen blieb. Seine Reiseberichte waren eingesehen worden.

Es wäre ihm unter diesen Umständen lieber gewesen, Simion nicht zur nächsten Kellereibesichtigung mitzunehmen, andererseits hatte er ihn so »unter Kontrolle«. Da war sein plötzliches Verschwinden, außerdem stand die Frage im Raum, woher er vom Zodiac wusste. Und über den Wagen, der ihm gefolgt war, hatte er kein Wort mehr verloren. Genau seit diesem Moment bestand die Spannung, irgendwie musste sie gelöst werden, sonst könnte er den Amerikaner nicht länger um sich haben. Seine Frauengeschichten hingegen interessierten ihn nicht im Geringsten.

Sie standen am Ende eines vor zwei Jahren bestockten Weingartens, der nach australischem Muster angelegt worden war. Der Önologe des britisch-rumänischen Unternehmens Cramele Halewood hatte dort einige Jahre gearbeitet und war davon überzeugt, dass die Rebzeilen im Abstand von drei Metern gepflanzt die besten Ergebnisse brachten. Auf diese Weise konnte sich der Weinstock über die Wurzeln ausreichend ernähren, gleichzeitig waren Belüftung sowie Sonneneinstrahlung durch die großen Abstände optimal. Martin hielt diese Methode nicht für richtig, aber der Wein würde das zeigen. Er selbst hielt möglichst viele Weinstöcke auf engstem Raum für richtig, wobei die Stöcke um Nahrung konkurrierten und dadurch intensivere Extrakte in den Trauben einlagerten. Er selbst erntete ein halbes Kilo pro Stock, hier waren es bis zu drei. Von der Erntemenge war das Ergebnis ähnlich. Aber australische Methoden in Rumänien?

Simion schaute sich derweil die Gegend an, betrachtete lange den ausgedehnten Höhenzug. Sie waren in Dealu Mare angekommen, und Martin hoffte, endlich fündig zu werden. Wieso er überzeugt war, dass der Zodiac von hier stammte, konnte er nicht sagen.

Während er mit dem Önologen in einem Gespräch über Anbautechniken diskutierte, ob Neupflanzungen von Hand oder maschinell vorgenommen werden sollten, interessierte sich Simion mehr für die Besitzer des Unternehmens. Martin hörte mit halbem Ohr hin, wie er mit einem Mitarbeiter der Verkaufsabteilung über die Anfänge des Unternehmens in Rumänien sprach.

Halewood hatte 1987 begonnen, rumänischen Wein für seine Supermärkte in Großbritannien zu importieren. Zehn Jahre später gründete man die erste Niederlassung; Weingüter in Murfatlar, Transsilvanien und diesem hier summierten sich auf vierhundert Hektar, für rumänische Verhältnisse war das gar nicht so viel. In diesem Unternehmen schien alles mit rechten Dingen zugegangen zu sein. Der Manager des Unternehmens äußerte sich später auch offen dazu, seine internationalen Erfahrungen geboten ihm dies. Er wusste, dass krumme Touren auf Dauer wenig halfen. Wer nicht kriminell war, dem raubten sie den Schlaf.

»Wir haben anfangs über Korruption diskutiert und wie wir uns dazu stellen. Da wir nicht über ein bestimmtes Maß hinaus wachsen wollten – uns fehlen nur noch fünfundsiebzig Hektar –, konnten wir uns auf das beschränken, was auf legalem Wege möglich war. Außerdem kannten wir uns, Rumänen wie Briten, wir haben eine lange Geschäftsbeziehung.« Der Manager gluckste. »Der legale Weg bedeutete allerdings auch, dass wir uns mit den zweiunddreißig Besitzern auseinandersetzen mussten, denen die sieben Hektar gehörten, auf denen heute unser Pinot Noir wächst.«

Martin grauste es bei der Vorstellung, derartige Transaktionen etwa in Saint-Émilion abwickeln zu müssen. Er kannte die Weinbauern. Um wie vieles schwerer würde das hier sein? Aber das war nicht sein Problem, er sollte nur berichten und Vorschläge unterbreiten, musste keine Konsequenzen ziehen und nicht die daraus entstehenden Beschlüsse durchsetzen.

An dem, was der Manager dann sagte, glaubte er zu erkennen, dass er wusste, mit welchem Auftrag Martin unterwegs war. »Die allgemein zugänglichen Zahlen über Rumänien halten einer Prüfung nicht stand. Die Lohnkosten sind in Bewegung, man weiß nichts über die Produktivität, rechtliche Sicherheit existiert kaum, in diesem Land herrschen ganz unterschiedliche Geschwindigkeiten. Es wird bestimmt fünf bis sechs Jahre dauern, bis sich an der Mentalität etwas ändert. Der Technologietransfer geht hingegen schneller. Eine allgemeine Angleichung an die anderen europäischen Länder wird vielleicht erst in zwanzig Jahren erreicht. Dazu brauchen wir radikale soziale und wirtschaftliche Reformen, aber ich sehe nirgends die Kräfte, die das durchsetzen könnten. Dafür aber einen sozialen Verfall, dessen Folgen unabsehbar sind.«

Menschen wie Sofia, wie Teubner und Lucien wären für den Wandel geeignet, dachte Martin, nur leider hatten Menschen wie Tudor Dragos und Ana Cristina das Sagen, und Verrückte wie dieser Gigi Becali und die Ex-Securitate-Agenten. »Die werden sich die Macht auch nicht aus den Händen nehmen lassen«, sagte Martin laut.

»Wen meinen Sie mit *die?*«, fragte der Manager.

Martin erklärte es ihm.

Der Manager stimmte ihm zu. »Die soziale Spaltung ist erschreckend, ein Teil der Bevölkerung fällt in tiefste Armut, der andere verbraucht das, was er sich ergaunert hat. Und überall entsteht der Wunsch nach einfachen Lösungen und nach dem starken Mann, einem Führer. Wir Briten und ihr Deutsche wissen leider zu gut, was das heißt.«

Zur Verkostung der Weine fuhren sie zurück auf eines der Güter in Stadtnähe, nicht weit entfernt von den am Morgen besichtigten Weingärten. Martin hatte vorgehabt, heute noch an der Forschungsstation vorbeizuschauen und den Professor aufzusuchen, der ihm in Bezug auf den Zodiac weiterhelfen sollte, aber das konnte er für heute in den Wind schreiben. Jetzt waren wieder seine Nase und sein Gaumen gefragt. Bis auf den Bysuntium, eine Assemblage aus Gewürztraminer, Fetească Regală und Grauburgunder, waren die Weißweine nicht so dicht und schwer wie das, was er in anderen Regionen probiert hatte, doch auch hier empfand er sie als unausgewogen, wieder fehlte etwas Säure, denn erst sie machte den Wein lebendig. Der Chardonnay, ein Teil war im Barrique ausgebaut, war untypisch für die Rebe und grasig. Die Rotweine jedoch überzeugten ihn sofort. Sie zeigten, dass er auf der richtigen Fährte war! Wenn man von dem sehr kommerziell gemachten Rosso de Walachia mal absah, waren die anderen Weine richtig gut, sogar der aus der kapriziösen Traube Pinot Noir. Hier zeigte sich bereits die Kunst, eine, die der der Erfinder des Zodiac nahekam.

Dieser Zodiac hatte es Martin angetan. Was hatte es mit diesem verfluchten Wein auf sich? Er machte ihn mürbe, brachte ihn vom Weg ab, und gleichzeitig hielt er ihn unter Spannung. Nach dieser Probe war er noch überzeugter, dass nur Dealu Mare als Ursprungsgebiet infrage kam. Jeder Zweifel war ausgeschlossen. Und es erschreckte ihn, dass er geradezu danach fieberte, sein Urteil bestätigt zu sehen. Gleichzeitig fragte er sich, ob er Coulange beziehungsweise der SISA überhaupt das Geheimnis verraten sollte.

Seine nächste Sorge war ganz akut. Er musste Simion abschütteln, er wollte ihn auf keinen Fall mit zur Forschungsanstalt nehmen. Bei den offiziellen Besuchen auf Weingütern störte er nicht, meist verhielt er sich kooperativ, hielt sich im Hintergrund und stellte keine blöden Fragen.

Ansonsten wurde er ihm lästig, und sein undurchsichtiges Getue ging ihm auf die Nerven.

Die Chance, ihn loszuwerden, ergab sich wie von selbst. Manchmal sind die kompliziertesten Dinge am einfachsten und umgekehrt, dachte Martin erleichtert und ließ Simion in den Wagen des Mitarbeiters der Kellerei einsteigen, der vorausfahren und ihm den Weg zurück ins Hotel zeigen wollte. »Ich finde den Weg allein, ich komme nach, ich will mir in dem Einkaufszentrum, an dem wir vorbeigekommen sind, das Weinangebot ansehen. Bis später.«

Martin stieg in den Wagen, fuhr eine Weile hinterher, ließ sich unauffällig zurückfallen und wendete, als er außer Sicht war. Dann fuhr er in die entgegengesetzte Richtung. Am Fuß des Höhenzugs lagen zwei Güter, die er morgen und übermorgen besuchen wollte, und dort war auch das Forschungsinstitut von Urlaţi. Am Ortsausgang begannen die Weingärten, und kurz dahinter wies ein Schild den Weg zum Institut.

Der Gebäudekomplex war nicht zu verfehlen, von Weitem sah er die hohen Gärtanks, aber sie wirkten stumpf, alt und wenig benutzt. Im Pförtnerhäuschen standen zwar Blumen hinter den Glasscheiben, doch statt in Tontöpfen wuchsen sie in Blechdosen. Im Plattenweg zu den Gebäuden aus den Sechzigerjahren spross Unkraut, die Glasscheiben der Halle zur Rechten waren blind oder gesprungenen oder beides. Metalltore rosteten vor sich hin, das Gras zwischen den Gebäuden war seit dem Winter nicht gemäht worden. Es bestätigte sich wieder einmal, was Lucien gesagt hatte: »Der Staat lässt alles verkommen, unser Land wird ausgeschlachtet wie das Wrack eines Schiffes. Die Forschung wird ausgeblutet, dann ist der Preis bei der anschließenden Privatisierung niedrig. Die Gebäude interessieren niemanden, nur die Immobilie – genauso wichtig sind die Reblagen.« So war es auch hier. Um die Weinstöcke kümmerte man sich, sie machten einen gesunden und gepflegten Eindruck.

Der wahre Fortschritt hingegen zeigte sich auf dem Parkplatz. Unter etlichen Rostschleudern, Trabis und Wartburgs stach mit seinem blendenden Weiß ein großer Mercedes ins Auge. Martin schmunzelte, es war ein Auto, um damit Paare zur Trauung zu fahren, aber nichts für den Weinberg. Da war jemand an richtig viel Geld gekommen, auf welchem Wege auch immer. Diese Kiste kostete bestimmt ihre siebzigtausend. Neben den anderen bescheidenen Fahrzeugen wirkte sie geradezu anstößig.

Martin stellte seinen Kombi an den Rand des Platzes, so konnte er möglichst schnell verschwinden. Der Professor hatte ihm ausrichten lassen, dass er bis siebzehn Uhr warten würde. Also war noch eine halbe Stunde Zeit. Martin ging die Stufen hinauf, trat durch eine Glastür in eine menschenleere Halle und wandte sich der Treppe zu.

Von der Balustrade im ersten Stock schallten Männerstimmen, mehrere Personen redeten heftig durcheinander, dem ruppigen Ton nach war es kein freundschaftliches Gespräch, aber das war Martin inzwischen gewohnt. Gerade als er hinaufgehen wollte, setzte sich die Gruppe in Bewegung und kam herunter. Elektrisiert blieb er stehen – eine der Stimmen meinte er zu kennen, obwohl er Elmar Harms noch nie hatte Rumänisch sprechen hören. Ja, er war es, ohne Zweifel. Da kam der Überbringer der Namensliste und des Zodiac.

Martin drehte sich den Schaukästen mit Fotos von Weinstöcken zu, an denen Schäden durch Rebläuse und Traubenwickler dokumentiert waren.

Harms, der sich in der Scheibe des Schaukastens spiegelte, ging dicht hinter Martin vorbei. Der Deutsche schien ärgerlich zu sein. Das Gespräch schien ihn und seine Gesprächspartner nicht befriedigt zu haben, trotzdem geleiteten sie ihn durch die Halle und blieben draußen auf der Freitreppe stehen. Der Professor war nicht darunter, dazu waren die Männer zu jung. Er musste mindestens Anfang bis Mitte sechzig sein, wenn er seit vierzig Jahren hier forschte und Studenten ausbildete.

Martin überlegte fieberhaft, was zu tun war. Seine Verabredung hier war unter Vorbehalt getroffen worden. »Wenn ich es schaffe«, hatte er gesagt. Er könnte also morgen wiederkommen. Jetzt war Harms wichtig, aber Martin entschied sich dagegen, ihn anzusprechen. Was hatte er hier überhaupt zu suchen? Stand die Adresse der Forschungsanstalt nicht auch auf der Liste? Er würde Harms folgen. Er ging zur Tür und blieb im Schatten stehen. Man sah ihn nicht, die beiden Rumänen kamen zurück und liefen an ihm vorbei, während Harms über den Parkplatz ging. An dem auffälligen Mercedes blinkten die Vorder- und Rücklichter auf, also war es sein Wagen. Erst jetzt fiel Martin auf, dass der Wagen ein rumänisches Kennzeichen trug.

Geduckt lief Martin zu seinem Wagen. Der Kombi sprang wie immer sofort an, und er folgte dem Mercedes im nötigen Abstand. Die weiße Farbe war ein leuchtendes Signal, sein schmutziger Wagen hingegen war unauffällig. Es war die Frage, wie aufmerksam Harms war, wie oft er in den Rückspiegel sehen würde, bevor er den Verfolger entdeckte.

Zu Martins Erstaunen bog der Mercedes an der Landstraße nicht in Richtung Ploieşti ab, sondern wandte sich nach links, die nächste größere Stadt war Buzău. Auf der wenig befahrenen Straße würde er auffallen, daher entschloss er sich, Harms zu überholen, obwohl der ziemlich schnell fuhr, und sich vor ihn zu setzen. Wer vermutet seinen Verfolger schon vor sich? Das Manöver klappte, es verlangte von Martin höchste Konzentration, mit einem Auge auf der Straße vor ihm zu bleiben und mit dem anderen im Rückspiegel. Glücklicherweise war Harms' Auto so auffällig, dass es wenig Mühe bereitete.

Plötzlich war der Mercedes verschwunden. Das zwang Martin zur Notbremsung. Er fand ihn rasch wieder, Harms war abgebogen und fuhr auf einer Allee nach Norden auf die Hügel von Dealu Mare zu. Martin wendete und raste hinterher. Den Namen auf dem Wegweiser an der Kreuzung hatte er nicht lesen können, er würde sich jedoch an die Ecke erinnern können, denn hinter der Bushaltestelle lag ein umgekippter Leiterwagen, die Sprossen standen wie ein abgefressenes Gerippe nach oben.

Ein kurzer Schauder erfasste Martin, aber er hatte keine Zeit, sich irgendwelchen blödsinnigen Ahnungen zu widmen. Harms fuhr schnell durch Wiesen und Felder auf ein Dorf am Fuß der Hügelkette zu. Hohe Bäume schlossen die kleinen Gehöfte ein, Hecken trennten sie voneinander, die Gärten dienten mehr zum Anpflanzen von Gemüse als zur Zucht von Blumen. Dazwischen lagen kleine, mit Wein bestockte Flächen, rechts gingen die verschiedenen Weingärten ineinander über. Fast wäre ihm Harms durch die Lappen gegangen, als er hinter dem Dorf in eine gewundene, mit Kopfsteinen gepflasterte Straße bog – an ihrem Ende lagen mehrere große Gebäude, anscheinend ein ehemaliges Landgut oder eine LPG. Das Herrenhaus trug in goldenen Lettern die Aufschrift »Restaurant«. Das Nebengebäude mit der Einfahrt zu einem Hof schien eine Kellerei zu sein, denn auf der Treppe zum Hochparterre standen ausrangierte, mit Blumen bepflanzte Barriques. Lagerhallen mit den üblichen Tanks schlossen sich an.

Hinter Bäumen und Hecken verborgen lag der Parkplatz des Restaurants, wo Harms seinen Wagen neben einem massigen schwarzen Hummer mit der gelben Aufschrift »Security« abgestellt hatte und von dem er jetzt, wieder die Aktentasche in der Hand, zurückkam. Martin wartete, bis Harms das Restaurant betreten hatte, dann fuhr auch er auf den Parkplatz. Harms' Mercedes war nicht der einzige Wagen dieser Größenklasse. Die beiden schrottreifen Dacias in der hintersten Ecke gehörten sicher den Angestellten. Und noch während er aus dem Wagen stieg, bog die nächste

Luxuskarosse ein, das typisch neureiche Pärchen stieg aus. Martin beeilte sich, ins Restaurant zu kommen.

Im Foyer wurde er von einem jungen Mann in schwarzem Anzug begrüßt. »Haben Sie reserviert?«, fragte er auf Englisch, als er begriff, dass er einen Ausländer vor sich hatte. »Für wie viele Personen? Ach – nur Sie allein?« Er schlug ein großes Buch auf und sah unter dem heutigen Datum nach. Dort standen nur drei Namen. Martin beugte sich weit über den Tisch, ein Harms war nicht darunter.

»Sitzen Sie gern am Feuer?«

»Nicht so gern«, antwortete Martin, denn der Rauch des Grills ließ ihn die Raucharomen, die sich in einigen Weinen zeigten, nur verfälscht wahrnehmen. Er bekam Tisch IV am Fenster und wurde mit einer höflichen Geste weitergeschickt.

Der Speiseraum war eine Mischung aus Bauernkneipe und transsilvanischem Palast. An alle war gedacht, an den begüterten Bauern, den Wendegewinnler und die Neureichen, für den Altkommunisten stand eine Stalinbüste in einer Nische, und die Trophäen des Bärentöters dräuten in wutverzerrten Grimassen von der Wand. Das Geweih des Achtzehnenders war zum Kronleuchter umgearbeitet worden, an einer der Kutscherlampen wechselte ein Ober die durchgebrannte Birne. Auf der Anrichte standen sich ein ausgestopfter Fasan und ein Fuchs gegenüber, vom Rauch des offenen Holzkohlegrills imprägniert. Weinregale und mehrere kleine Fässer, sicher für die Brände, komplettierten das Sammelsurium der Einrichtung. Die Lautstärke der amerikanischen Barmusik ließ sich ertragen.

An der den Fenstern gegenüberliegenden Seite des großen Raumes verbargen schwere rote Vorhänge mehrere Nischen, in einer davon saß Elmar Harms mit drei gut gekleideten Herren, die durchaus nicht der Pizza-Fraktion angehörten und Martin den Eindruck vermittelten, dass sie dem Politbüro der SED näher gestanden hatten. Die Herren steckten die Köpfe zusammen. Harms war Wortführer, er redete, die anderen lauschten. Einer von ihnen hatte kurz aufgeblickt, als Martin sich setzte. Er konnte der Gruppe den Rücken zuwenden und sie trotzdem beobachten, denn sie spiegelte sich in einer Fensterscheibe. Die Männer bekamen die Vorspeisen, und der Ober stellte eine Flasche neben einer Dekantierkaraffe auf den Tisch.

Ich habe es gewusst, triumphierte Martin, denn er meinte, den Zodiac erkannt zu haben. Er lächelte zufrieden, die Verfolgung hatte sich gelohnt. Der Zodiac, da war er. Von Weitem meinte er, das Tierkreiszeichen auf dem Etikett wiedererkannt zu haben, und lächelte vor sich hin. Das Unbewusste hatte ihn hierher geführt – oder war es seine Nase gewesen? Man muss auf sich hören, sagte er sich, dann kommt man dahin, wohin man will.

Der Ober entkorkte die Flasche, roch am Korken, eine Unsitte, wie Martin empfand, doch er tat es selbst, obwohl der Fehler im Wein sich nicht am Korken zeigte. Der Ober goss ein wenig in Harms' Glas. Anscheinend war er der Experte, er roch daran, dann nippte er und zeigte mit einer großzügigen Geste, dass er zufrieden war und der Ober die Gläser seiner Tischgenossen füllen durfte.

Um keine Aufmerksamkeit zu erregen, winkte Martin den Ober herbei und sprach sehr leise mit ihm, wobei jener versuchte, ihm unter Zuhilfenahme von Händen, Füßen und von Lautmalerei die Speisekarte zu übersetzen.

Porc hatte sicher was mit Schwein zu tun, *mistreț* war das, worauf der Ober zeigte. Schräg über ihnen mit gewaltigen Hauern an der Wand hing – ein Wildschwein. Man hätte meinen können, der eklige Geifer tropfe herab. Das Schwein gab es nicht im abendländischen Tierkreis, wohl aber im chinesischen. Es bezog sich auf das Geburtsjahr und nicht auf Geburtsort, -tag und -stunde. Martin selbst war demnach eine Ratte, und die sollten angeblich vorzügliche Spione abgeben, was er bezweifelte, wenn er daran dachte, wie schwer es ihm fiel, mit der anderen Identität aufzutreten, ständig in der Angst, enttarnt zu werden oder sich zu verplappern. Weiterhin sollten Ratte-Menschen großzügig sein und in der Lage, die Kontrolle über sich zu behalten. Dem widersprach die ihnen zugeschriebene Neigung zu Extremen, die zeigte sich bei ihm nur beim Wein. Zur Hochzeit hatten Charlotte und er ein chinesisches Horoskop bekommen – mit den entsprechenden Interpretationen. Charlotte gehörte zu den Kaninchen: Pedantisch, was durchaus zutraf, geschäftstüchtig, was sie nur war, wenn das Geschäft sie interessierte – und für die Politik geeignet, woran sie äußerst ungern erinnert wurde.

»Mein Herr!« Der Ober vergaß das Lächeln nicht. »Womit wollen Sie beginnen?«

»Haben Sie Bärenschinken, vielleicht als Parfait?«

Er nickte. »Und was trinken Sie?«

Martin schaute zu Elmar Harms, sah seine Begleiter trinken und lächelte. »Ich möchte den gleichen Wein wie die Herren dort drüben. Die trinken einen Rotwein namens Zodiac!«

Der Ober zögerte mit seiner Antwort. »Einen Wein mit diesem Namen führen wir nicht.«

»Aber die Herren dort drüben trinken ihn!« Er wies auf Harms' Separee.

Der Ober schaute hin. »Da müssen Sie sich irren. Aus welcher Kellerei soll der stammen?«

Martin musste passen.

»Ich bringe Ihnen die Weinkarte, dann können Sie sich selbst überzeugen.« Der freundliche Ober war sofort zurück, klappte die in Leder gebundene Karte auf, schlug den Teil mit den Rotweinen nach und breitete ergeben die Hände aus. »Wir haben großartige Weine. Zum Beispiel Serve Ceptura, ein Weingut ganz in der Nähe, das von einem französischen Grafen geleitet wird.«

Martin winkte ab, mit Guy Tyrel de Poix von Serve war er

am nächsten Tag verabredet, da würde er dessen Weine sowieso probieren. »Wen empfehlen Sie noch?«

»Casa Da Vino, das ist in Ceptura, gehört auch zu Dealu Mare. Die Trauben wachsen gleich nebenan. Wenn Sie Weine mögen, die im Barrique waren, kann ich Ihnen den Purpura Valahica empfehlen, 100 Prozent Fetească Neagră. Hat auch eine gute Flaschenlagerung hinter sich, er müsste reif sein.«

»Ich will aber den Wein, den Ihr Kollege den Herren dort drüben gebracht hat!«, insistierte Martin. »Holen Sie bitte Ihren Kollegen.«

Von Martins vermeintlicher Ignoranz beleidigt zog der Ober widerwillig ab, um kurz darauf mit dem Kollegen zurückzukommen, und Martin wiederholte seine Bitte, dieses Mal etwas energischer. Es dauerte, bis er sich auf Englisch verständlich gemacht hatte. Der jüngere Ober übersetzte, dann fuhr er fort: »Wenn er nicht auf der Karte steht, haben die Gentlemen ihn selbst mitgebracht, den führen wir nicht. Jeden Wein auf der Karte können Sie haben, Sie können auch mehrere bekommen, glasweise. Die ganze Flasche müssen Sie bezahlen, Sie dürfen sie dann auch mitnehmen.«

Wütend stand Martin auf und ging zu Harms' Tisch. »Guten Abend, Herr Harms. Wie geht es Ihnen? Darf ich mich zu Ihnen setzen?«

Ohne auf die Zustimmung zu warten, ließ Martin sich nieder. Die Männer sahen erstaunt zu ihm auf, Harms erklärte etwas auf Rumänisch, dann wandte er sich an ihn, allerdings auf Englisch. »Was wollen Sie von uns?«

»Was soll das, Herr Harms! Wir kennen uns doch – aus Constanţa. Wir sollten uns einmal dringend unterhalten …« Martin hatte deutsch gesprochen, er griff blitzschnell nach der Flasche, die auf dem Tisch stand und hielt Harms das Etikett vors Gesicht. »Den habe ich von Ihnen bekommen, an jenem Abend auf der Hotelterrasse, dann haben Sie dem Ober den Wein gegeben, den er mir vorgesetzt hat. Die Adresslisten waren in der Zeitung versteckt, Ihre Visitenkarte habe ich leider nicht bei mir. Sie waren nirgends zu erreichen.«

Harms schüttelte den Kopf und sah seine Begleiter an, als hätte er einen Schwachsinnigen vor sich.

»Was soll die Farce?«, fuhr ihn Martin an. Dann drehte er die Flasche und sah erstaunt aufs Etikett. Die Farben stimmten mit dem, was er in Constanţa flüchtig gesehen hatte, überein, aber hier stand nichts von einem Zodiac. Statt eines Tierkreiszeichens war eine Windrose abgebildet. Er hätte schwören können ... »Wo ist der Zodiac? Herr Harms?«

»Ich kenne Sie nicht, mein Herr«, antwortete der andere auf Englisch. Unschuldigere Augen konnte selbst ein Kind nicht haben. Seine Begleiter, die Honeckertypen, wirkten peinlich berührt. »Ich weiß nicht, wovon Sie sprechen und was Sie von mir wollen. Bitte, lassen Sie uns in Ruhe, Sie belästigen uns. Gehen Sie bitte!« Mit den letzten Worten war sein Ton schärfer geworden. »Und hören Sie auf, in dieser unverständlichen Sprache zu sprechen. In Rumänien sprechen wir rumänisch. Englisch benutzt man nur aus Höflichkeit, die aber scheint mir bei Ihnen überflüssig zu sein.«

»Hören Sie zu«, erwiderte Martin erbost. »Wegen Ihrer Dokumente habe ich nichts als Ärger bekommen. Sie haben mir diese Namensliste gegeben, nach Weinbauregionen geordnet, hinterher hat die Polizei sie beschlagnahmt. Ich will wissen, was das alles zu bedeuten hat. Weshalb streiten Sie ab, mich zu kennen? Für wen arbeiten Sie eigentlich?« Er war ziemlich laut geworden.

Mit einem Mal standen zwei Männer hinter ihm und packten ihn an den Armen.

»Sie belästigen unsere Gäste«, sagte der Ober. »Mäßigen Sie sich. Verlassen Sie sofort unser Restaurant, andernfalls ...«

Er führte den Satz nicht zu Ende. Die beiden stiernackigen Türsteher hoben ihn hoch und trugen ihn zur Tür.

23

»Ich habe Angst. Wenn Sie so wollen, habe ich bereits mein ganzes Leben lang Angst. Das Erste, woran ich mich als Kind erinnern kann, war die Angst.« Professor Vasile Manoilescu rollte gedankenverloren den Bleistift zwischen den Fingern beider Hände, er bedeutete Martin, sich kurz zu gedulden, und schrieb etwas auf das vor ihm liegende Blatt Papier.

Das Alter des Professors für Weinbau und Kellertechnik an der Forschungsanstalt war schwer zu schätzen. Er mochte zwischen sechzig und siebzig Jahre alt sein, er war noch nicht zur Gänze ergraut, die Mundwinkel hatten noch nicht die Abwärtsbewegung des Alters angenommen, und er war schlank, die Bewegungen jedoch waren langsam. Beim Sprechen folgte die Mimik der Dramaturgie des Gesagten, was den Eindruck verstärkte, dass er sowohl ehrlich wie auch geistig lebhaft war. Er war einer der wenigen Rumänen, die Martin nicht mit Misstrauen begegneten. Der Grund dafür konnte im häufigen Umgang mit vielen jungen Studenten liegen und in seiner Auslandserfahrung. Er sprach ausgezeichnet Französisch, da er die Einfuhr von Weinflaschen wie auch die von Klonen aus Frankreich wissenschaftlich betreute.

»Sie werden sich wundern, solche Worte aus dem Munde eines alten Mannes zu hören. Ich kann Ihnen genau sagen, um welche Angst es sich handelt. Zuerst war es die Angst vor der Diktatur Marschall Antonescus, die übertrug sich wohl von meinen Eltern auf mich als Kind. Dann kamen die deutschen Bombenangriffe auf Bukarest, nachdem wir die Seiten gewechselt hatten. Dann hatten wir vor den Kommunisten Angst, vor Spitzeln, vor dem Hunger und besonders davor, die Meinung zu sagen, später in der Forschung und in der Lehre. Dann kam die Angst vor dem Umbruch, der Unsicherheit. Was würde die Zukunft bringen? Wie geht es jetzt weiter? Die letzten zwanzig Jahre waren ein Chaos. Freiheit haben wir nie gehabt, und ich bezweifle, dass wir sie haben werden. Ich war neulich in Ploieşti in einem riesigen Supermarkt. Sie können sich nicht vorstellen, wie viele Sorten von Hundefutter es gibt – in sämtlichen Geschmacksrichtungen. Haben Sie die Hunde bei uns gesehen? Die haben bis jetzt auch gelebt. Ach, Sie kennen die Warenwelt besser als ich, Sie haben sich daran gewöhnt. Was sind Sie für ein Jahrgang?«

»1963.«

»Dann kennen Sie die Not nicht mehr. Für uns kommt der Wandel zu schnell. Wir sind zu spät dran. Zwanzig Sorten Kartoffelchips! Ist das die Freiheit, die ihr uns bringt? Wissen Sie, es gibt Menschen bei uns, die essen Hundefutter. Da stirbt man nicht dran. Es enthält sogar Mineralstoffe ...« Professor Manoilescu schüttelte sich vor Lachen, was seine Fassungslosigkeit unterstrich. »Statt dass die Studenten mir zuhören, tippen sie auf ihren Mobiltelefonen herum, schicken sich eine SMS nach der anderen und warten darauf, dass die Vorlesung vorbeigeht. Sie wollen keinen Beruf ausüben, sie wollen weder Kellermeister noch Önologen werden, weder Lebensmittelchemiker noch Winzer. Sie wollen Karriere als Consultant machen. Oh, Entschuldigung, ich vergaß, dass Sie auch einer sind ...«

»Macht nichts.« Martin fühlte sich nicht angesprochen. Er hätte dem Professor lieber reinen Wein über sich selbst eingeschenkt, aber mittlerweile hütete er sich, auch nur in die Nähe irgendeiner Vertraulichkeit zu kommen. Sich zu verstellen erforderte täglich größere Opfer. Und die Angst nahm zu. Gleichzeitig wurde es ihm unheimlich, dass ihm das Lügen zur Gewohnheit wurde. Er freundete sich zwar nicht mit seiner zeitweiligen Identität an, aber er war zu einer einigermaßen friedlichen Koexistenz übergegangen. Dass es so weit kommen würde, dass sich Doktor Jekyll vor Mister Hyde fürchten musste, glaubte er nicht.

»Wenn Sie hier investieren, Monsieur Bongers, dann bringen Sie Ihre Arbeitskräfte besser mit, zumindest die qualifizierten. Die Lücke zwischen den Anforderungen des modernen Weinbaus und dem, was unser Projekt leisten kann, weitet sich. Man lässt uns ausbluten. Das Erziehungsministerium, es ist für uns zuständig, verhandelt mit dem Weinbauverband und tut, was der will. Wir spielen keine Rolle mehr. Der Staat zieht sich überall zurück, einerseits halte ich das für richtig, andererseits finanziert die Wirtschaft die Ausbildung ihres Nachwuchses nicht. Und wir bluten noch auf andere Weise aus: Gestern erst hatten wir ein Gespräch mit Vertretern von Weingütern hier aus unserer Nähe, die unsere Weinberge übernehmen wollen. So nennen sie das jetzt: übernehmen. Ich nenne es eine Enteignung des Staates durch die Privatwirtschaft. In der Regierung hält wieder jemand die Hand auf, aber das bleibt unter uns! Oder zahlen Ihre Auftraggeber auch sogenannte Kommissionen? Sagen Sie es gleich, dann beenden wir das Gespräch sofort!«

Martin zweifelte nicht daran, dass es dem Professor ernst war. Er machte eine Pause, als wolle er Martin die Möglichkeit zum Bekenntnis geben, aber ob die SISA Schmiergeld zahlte, wusste Martin nicht. Er nahm es an. Coulange jedenfalls würde schon gern über die Höhe möglicher Kommissionen informiert werden.

Professor Vasile Manoilescu gab sich mit Martins Schweigen zufrieden. »Uns nimmt man auf diese Weise die Möglichkeiten zur Forschung, zu Entwicklung und Ausbildung – aber das ist gewollt. Die Politiker handeln ausschließlich als

Handlanger der Konzerne oder auch aus eigenem Interesse.«

»Gestern, sagen Sie?«

»Was? Gestern? Das Treffen? Ja, korrekt, am späten Nachmittag. Gut, dass Sie nicht gekommen sind, ich hätte sowieso keine Zeit für Sie gehabt.«

»War da ein Herr Harms dabei, ein Deutscher, Elmar Harms? Er ist groß, blond, kurzes Haar, Brille, ein extrem schmales Gesicht ...«

»Jemand, auf den diese Beschreibung zutrifft, war dabei«, meinte der Professor nach kurzem Nachdenken, »aber niemand mit diesem Namen. Aber an Namen erinnere ich mich sowieso nicht, das habe ich noch nie gekonnt. Harms? Kennen Sie den Herrn? Der Blonde hieß anders, der hieß – warten Sie mal ...« Er kramte in der Schreibtischschublade. »Hier, doch, Sándor Paladina.« Er schob Martin die Karte zu. Kennen Sie ihn?«

»Ich habe ihn in Constanţa getroffen, unter anderem Namen.« Martin betrachtete die Telefonnummern auf der Karte. Es war keine aus Deutschland darunter.

»Tatsächlich? Das wundert mich nicht. Ein unangenehmer Mensch, laut und hochfahrend, als hätte er zu bestimmen. Er gab sich als Vertreter eines Weingutes aus, das seine Fläche vergrößern will. Merkwürdig, ein Deutscher, der unsere Sprache spricht, als wäre er hier geboren – ein Siebenbürger Sachse? Aber deshalb sind Sie nicht gekommen. Sie wollen etwas über einen Wein namens Zodiac wissen, wie man mir sagte. Und ich kann Ihnen etwas dazu sagen.«

Das war es, endlich, Martin glaubte sich am Ziel seiner Wünsche, er lauerte geradezu auf das, was der Professor wusste. Nur mit dem Hochgefühl, wie er es gestern erlebt hatte, war er vorsichtig. Nach außen bemühte er sich um Gelassenheit, doch wenn er sich selbst gegenüber ehrlich war, hatte ihn die Suche nach dem Zodiac durch Rumänien getrieben und weniger die Erfüllung seines Auftrags.

»Ich kannte fast alle Weingüter dieses Landes. Das waren bei der kollektiv organisierten Produktion nicht allzu viele, aber es gab über eine Million Weinbauern. Von denen kannte ich einige, sie kamen und fragten mich um Rat. Und ich kannte die Kollegen, die linientreuen und die Spitzel, diejenigen, die abgehauen sind, die aufgegeben haben, und die Verzweifelten. Unter denen gab es einen Deutschstämmigen, an seinen Namen erinnere ich mich nicht, der hat sich lange gegen die Kollektivierung gewehrt, ich glaube, weil er ein Kommunist war. Er war Kommunist, moskautreu, und er war im Gefängnis, aber er war zu gut, als dass Ceauşescu ihn drinnen hätte verschimmeln lassen. Diktaturen sind am gefährlichsten, wenn sie beweglich sind.«

Die Gedanken des Professors über Diktaturen waren Martin nicht so wichtig, er musste ihn schneller zum Punkt bringen, um den es ihm ging. »Dieser Mann war Winzer?«

»Einer der Besten, würde ich sagen, eigentlich war er Kellermeister, Önologen gab es damals noch nicht, ein Siebenbürger Sachse, er hat später hier in der Gegend gelebt, Anfang der Siebziger ... Er hat zuvor in Blaj gearbeitet, das liegt bei Jidvei, auf einem Weingut. Eines Tages war dann seine Familie weg, verschwunden, und er ist hierhergekommen, ganz in die Nähe. Es gibt zwanzig Kilometer von hier ein Lokal, ziemlich edel, wenn man so will, nichts für ein Professorengehalt. Da finden Sie die neuen Reichen. Nebenan ist das Weingut. Ob es zum Restaurant gehört, weiß ich nicht, aber da soll der Zodiac hergekommen sein, und dieser Deutsche soll ihn gemacht haben.«

»Erinnern Sie sich an seinen Namen?«

Der Professor schaute ins Leere, der Blick durchmaß den Raum und die Zeit und traf etwas irgendwo in der Vergangenheit. »Werner, glaube ich, Werner, es könnte sein Vor- oder auch der Nachname gewesen sein.«

»Wem gehört das Weingut heute?«

»Da bin ich überfragt. Früher war es staatlich, heute ist es eine rumänische Firma, aber wem sie wirklich gehört?« Professor Vasile Manoilescu verzog den Mund. »Keine Ahnung, dahinter stehen ausländische Investoren, wie überall …«

»Gehen Sie jetzt nur noch eigene Wege?« Simion oder Simionescu, wie Martin inzwischen versucht war zu sagen, war beleidigt, als er gegen Mittag ins Hotel kam. »Ihr Mobiltelefon haben Sie auch abgeschaltet. Ich will das Hotel wechseln. Ich habe eines entdeckt, das kleiner ist, billiger und schöner, mit Garten, eine Villengegend am Stadtrand, aber nicht weit weg, für Sie habe ich vorsichtshalber auch gleich ein Zimmer reserviert.«

»Ist ja reizend, dass Sie für mich entscheiden.«

»Das tun Sie auch, indem Sie mich warten lassen. Sie verfügen über meine Zeit. Vorgestern lassen Sie mich in dieser zwielichtigen Bar allein, gestern verschwinden Sie heimlich, und heute Morgen waren Sie weg, als ich zum Frühstück kam. Wenn Sie mich nicht haben wollen, dann sagen Sie's. Bislang sind wir doch sehr gut miteinander gefahren, oder nicht?«

Wenn du weiter nervst, dachte Martin, störst du mich. »Ich war bei einem Wissenschaftler, es ging nur um Chemie, um technische Details wie Bodenbeschaffenheit, wie sich der Lehmanteil auswirkt und dass hier mehr Kalk, Mergel und Löss vorkommen. Wir sprachen über die Struktur des Bodens, seine Dichte und ihre Messbarkeit, die Durchlässigkeit, sie ist ganz entscheidend … Wurzeln stehen nicht gern im Wasser. Sagen Sie bloß nicht, dass Sie sich dafür interessieren.«

»Okay, bleiben Sie entspannt. Wollen Sie sich das neue Hotel nicht wenigstens mal ansehen?«

»Gern«, antwortete Martin, dem das Gehabe der vermeintlichen Entscheidungsträger in der Lobby auf den Wecker ging. Die wirklichen Mächtigen blieben sowieso im

Dunkeln. »Am Nachmittag möchte ich Sie allerdings zu einem Franzosen mitnehmen, von dessen Weinen man nur Gutes hört.«

Graf Guy war einer jener Franzosen, deretwegen Martin sich entschieden hatte, in Frankreich zu bleiben und dort seine Weine anzubauen. Der Graf war unkompliziert, offen, in keiner Weise auf seine Herkunft oder den Titel eingebildet, er sprach mit seinen Angestellten im Büro von Mensch zu Mensch, wie auch mit den Weinbergsarbeitern, und er packte an. Martin betrachtete seine Hände und erinnerte sich, wie Ana Cristina beim Anblick seiner rissigen Hände Zweifel an seiner wahren Identität gekommen waren. Auch Simion hatte es bemerkt.

Vor vierzehn Jahren war der Graf nach Rumänien gekommen und hatte die SERVE gegründet. Er hatte genügend Zeit, Nerven und vor allem Geld gehabt, sich in Ruhe nach den geeigneten Böden umzusehen. Der Professor hatte ihm dabei geholfen, denn das Institut verfügte über die entsprechenden Bodenanalysen und Karten. Aber ob Fetească Albă und Fetească Neagră diesen oder jenen Boden bevorzugten, hing auch vom gewählten Klon ab, vom Mikroklima, der Ausrichtung zur Sonne und der Bodenarbeit.

Das Bild Rumäniens als Weinland rundete sich bei jedem Besuch weiter ab und zeigte Martin, worauf jeder Investor zu achten hatte, insbesondere wenn er auf Exportmärkte zielte, wo man am internationalen Standard und nicht am rumänischen Geschmack gemessen wurde.

»Anfangs haben sie uns alles geklaut«, erinnerte sich der Graf, und Martin war dankbar, dass er so offen sprach. Einem Rumänen gegenüber hätte er sich kaum so geäußert. »Die Pfosten verschwanden genauso wie die Spanndrähte, unsere Geräte wurden gestohlen und sogar die Weintrauben. Es ist schwierig, die hiesige Mentalität zu verstehen. Ich habe lange dazu gebraucht. Mein Nachbar zum Beispiel hat die Einstellung, dass er lieber etwas zerstört, was er nicht kriegen kann, bevor es ein anderer bekommt. Wenn Sie das mal weiterdenken ... Wir wurden anfangs von unserem Anwalt genauso betrogen wie von unserem Berater und von beiden zusammen.«

»Und wie ist die Zusammenarbeit mit den Behörden?« Es war eine der wenigen Fragen, die Simion stellte.

»Langsam erreichen wir einen zivilisierten Umgang. Aber nichts ist effektiv.«

Dass er mit unzivilisiert das Handaufhalten meinte, war Martin durchaus klar.

»Und wie ist das Verhältnis zu den Nachbarn? Gibt es Osteuropäer, die hier investiert haben, Ungarn, Tschechen ...?«, fragte Simion.

»... und Russen?« Martin wartete auf Simions Reaktion, der Amerikaner fühlte sich überrumpelt, da Martin seine Frage vorweggenommen hatte, und Martin bekam einen giftigen Blick. In Constanţa hatte er Simion noch als locker erlebt, jetzt, nach mehr als zwei Wochen, wirkte er verbissen.

Martin durfte sich nicht zu viele Gedanken machen, das lenkte ihn von seinem Thema ab. Außerdem waren Simions Tage als Begleiter gezählt. Bald bin ich hier verschwunden, dachte Martin und freute sich darauf.

»Die einzigen Osteuropäer mit Geld sind die Russen«, erklärte Guy, »und ob sie im Weinbau tätig sind, weiß ich nicht. Andererseits weiß man bei Kapitalgesellschaften kaum, wem die Aktien wirklich gehören.«

Sie hatten mittlerweile das Gelände eines jüngst bepflanzten Weingartens erreicht, wo ein Trupp Arbeiter im blauen Drillich Spanndrähte zog. Eine zweite Arbeitsgruppe band die jungen Pflanzen hoch. SERVE war eine der wenigen Kellereien, die ihre Klone selbst zog. Der Graf hatte ihm auf seinem Gelände die kurzen Stöcke gezeigt, die auf einer Art Spargelfeld wuchsen. Das war mit einer Kunststoffplane bedeckt, damit die Feuchtigkeit im Boden blieb, nur die Triebe ragten heraus. Das Bemühen des Grafs wurde von anderen Winzern belächelt. Doch er würde seine Gründe haben, so wie sein Freund Gaston damals, der seine Weinstöcke geradezu mit manischer Sorgfalt gepflegt hatte. Heute sahen das die Nachbarn anders und haben vieles übernommen.

Der Vorarbeiter erstattete Bericht, der Graf begrüßte hier und dort den einen oder anderen Arbeiter, auch Frauen waren darunter. Der Umgang mit den Leuten glich dem des deutschen Kellermeisters der Grafen Ştirbey. In beiden Fällen war der Sachverstand ausschlaggebend für die Anerkennung der Autorität.

Als sie für einen Moment allein waren, sprach Martin den Grafen auf zuverlässige Beamte und Anwälte an.

»Die gibt es«, sagte er, »ich schicke Ihnen heute Abend eine Liste aufs Laptop.«

»Tun Sie das besser nicht.« Martin fürchtete, dass auch die Mails überwacht wurden. »Schreiben Sie mir die Adressen auf, und ich hole sie morgen ab.«

Die Verkostung fand im Labor statt, in Anwesenheit des Önologen. Der Graf hatte eine Liste vorbereitet, in der die Weine aufgeführt waren. Martin brauchte nur hinter der jeweiligen Nummer seine eigenen Bemerkungen einzutragen. Sogar der pH-Wert war angegeben, der über die Konzentration der Säuren im Wein Auskunft gab. Einige Weine waren ausgezeichnet, einige weniger gut, und richtig schlecht war keiner. Nur die Nummer vier gefiel ihm nicht. Und mit der Nummer fünf, dem Rosé, hatte er die üblichen Schwierigkeiten. Er war kein Freund von Rosé, er hasste die süßen, schweren, ja geradezu klebrigen Rosés der Provence. Sein Favorit kam aus der Rioja, eine Cuvée aus den Rebsorten Garnacha, Tempranillo und Viura – frisch, würzig und trocken.

Der Pinot Noir, die Nummer sechs, musste noch zwei bis drei Jahre im Barrique und auf der Flasche reifen, um wirklich gut zu werden. Als Martin dann hörte, wie die sieben und zehn der Linie Terra Romana vinifiziert worden waren, trat Ernüchterung bei ihm ein. Man hatte während der Gärung Eichenchips hinzugegeben, die den Barriquegeschmack lieferten, und eine Mikrooxidation durchgeführt, den Wein mit Sauerstoff künstlich belüftet. Auf die Schnelle wollte man erreichen, was sich im Barrique in einem jahrelangen Prozess auf natürliche Weise vollzog. Derartige Weine wirkten gut, aber sie waren es nicht und waren auch nicht lange lagerfähig. Die drei aus der Linie Cuvée Charlotte versöhnten Martin wieder. Nicht, weil sie den Namen seiner Frau trugen, sondern es war eine wirklich gelungene Assemblage und auf anständige Weise gemacht.

Mit am besten gefiel ihm die Nummer acht, der Fetească Neagră. Martin wandte sich an den Önologen. »Weshalb verwenden Sie diese Rebsorte nicht häufiger? Sie passt hierher, sie ist ausdrucksvoll und vielseitig, wie zum Beispiel die spanische Tempranillo, und soweit ich das beurteilen kann, passt sie zum hiesigen Boden.«

»Alles, was einheimisch ist, taugt nichts.« Der Graf seufzte. »Es ist zwar eine Schande, aber so denkt man hier.«

»Ich habe nicht viel verstanden«, meinte Simion, als sie zum Wagen gingen. Er fuhr bei Martin mit, damit er ihm nicht wieder entwischen konnte. Woher hätte er wissen sollen, dass er damit genau das tat, was Martin wollte?

»Glücklicherweise hat der Graf für mich übersetzt. Ich verstehe kaum ein Wort Französisch, ich spreche lediglich ein wenig Portugiesisch. Dafür habe ich Sie beobachtet.« Es schien, als warte Simion die Wirkung seiner Worte ab. »Sie waren anders als sonst, gelöst und auch viel freundlicher, Sie haben beim Sprechen sogar gestikuliert. Macht Ihnen diese Sprache keine Schwierigkeiten?« Simion belauerte ihn von der Seite her, glücklicherweise war gerade ein schwieriges Überholmanöver nötig, denn ein Traktor schlingerte bei heftigem Gegenverkehr über die Landstraße, und von seinem hoch beladenen Anhänger fiel frisch geschnittenes Gras.

Martin hatte sich in Anwesenheit des Franzosen sehr

wohl gefühlt, ja, er hatte sich gehen lassen. Er wusste, dass er bei der Antwort jetzt keinen Fehler machen durfte. Auf Simions Verschwiegenheit durfte er sich nicht verlassen, der Mann verbarg etwas, sie belauerten sich immer häufiger.

»Französisch war schon in der Schule meine Lieblingssprache. Dann kam der Jugendaustausch in den Sommerferien, später ein Praktikum bei einem Bordelaiser Winzer.«

»Und da lernt man so gut Französisch?« Es war klar, dass Simion ihm nicht glaubte. Er starrte geradeaus.

»Das ist eine Frage der Begabung.«

»Sie scheinen ja für Einiges begabt zu sein.«

Weshalb dieser Vorwurf? Martin überlegte, ob er den Amerikaner fragen sollte, was er in Rumänien wirklich tat, aber er verwarf den Gedanken wieder. Es standen noch zwei Weingüter auf seiner Liste; mit dem, wo er jetzt hin wollte, waren es drei. Dann wollte er nach Westen an die Donau und die ungarische Grenze. Simion würde nicht mitkommen, ihre Wege würden sich trennen. Wozu sich die letzten Tage verderben? Außerdem erreichten sie die Abzweigung zu der Allee, die zu dem Weingut neben dem Luxusrestaurant führte.

»Wir arbeiten hier, Mister, wir sind auf Besuche von Touristen nicht eingestellt. Wir haben niemanden, der Sie herumführt.«

Der Mann, der wie ein Wachhund auf sie zugeschossen war, kaum dass sie den Hof betreten hatten, war der Typ Gorilla oder Specknacken, mit dem Martin bereits Bekanntschaft gemacht hatte, die er lieber nicht weiter ausbauen wollte. Deshalb fragte er vorsichtig.

»Haben Sie einen Prospekt, in dem Ihre Weine aufgeführt sind? Sie können mir sicherlich sagen, wo ich sie in Bukarest bekomme.«

»Leider nicht, wir verkaufen auch nicht an Touristen.«

»Ich bin kein Tourist, ich bin Weinfachmann.«

»Wenden Sie sich an unseren Exportleiter ...«

»Und wo finde ich den?«

»Moment ...« Der Gorilla drehte sich um, verschwand im Haus und zog die Tür hinter sich zu.

»Haben Sie die Kameras gesehen?«, fragte Simion und blinzelte zur Einfahrt, wo ein Nistkasten hing. »Sie ist da drin! Die erste habe ich auf dem Parkplatz entdeckt. Drehen Sie sich nicht so auffällig um! Da drüben ist noch eine.« Seine Augen wiesen zur Remise, wo zwei Traktoren mit Armaturen zum Spritzen der Weinstöcke standen. Im weitläufigen Hof standen eingeschweißte Flaschen auf Paletten sowie neue Tanks neben Garagen mit geschlossenen Türen. Das Weingut vermittelte durchaus den Eindruck, dass hier gearbeitet wurde, die Weingärten ringsum, die dem Anschein nach zur Kellerei gehörten, wirkten gepflegt. Es waren moderne Anlagen, bei denen durch die Aufhängung der Spanndrähte die Arbeit des Einflechtens reduziert wurde, so wie sie das bei SERVE gesehen hatten. Martin war auf der Herfahrt mitten in den Weinbergen eine riesige Reklametafel mit der Aufschrift *Buy land* aufgefallen und darunter eine Telefonnummer. Zwei Windräder standen in der Nähe, ein drittes war gleich hinter dem Hauptgebäude. Entweder waren es Wasserpumpen, oder man erzeugte Strom damit. Aber alles wirkte merkwürdig steril und leblos. Nirgends war ein Mensch. Trotzdem fühlte er sich beobachtet, und er sagte es Simion.

»Das sind die Kameras«, antwortete er. »Haben Sie bisher irgendwo auf den Gütern welche gesehen?«

Martin konnte sich nicht daran erinnern. Weder hatte er darauf geachtet noch hatte er ein Auge dafür – so wie Simion. Er selbst hätte sie niemals entdeckt.

»Sir! Mister!« Der Gorilla stand wie aus dem Nichts aufgetaucht hinter ihnen, und sie fuhren herum. »Keine Besichtigung! Kein Verkauf hier. Sprechen Sie unseren Exportleiter in Bukarest.« Er gab jedem eine Visitenkarte und einen Prospekt. »Unsere Weine nur im Fachgeschäft, kleinste Mengen, nur für Kunden. Bitte gehen Sie jetzt, auf Wiedersehen.«

Im Restaurant nebenan wurden sie anfangs zuvorkommend bedient, bis ein Ober sich an Martin erinnerte. Von da an wurden sie zwar weiter bedient, aber in eisiger Manier. Und eine der Glatzen von gestern ließ sich blicken, blieb an der Tür stehen und beobachtete sie, was Simion sichtlich nervös machte.

»Der sieht nicht slawisch aus, aber der Mann in der Kellerei war ein Russe: die hohen Wangenknochen, das breite Gesicht, mongolisch, verschlagen, und sein Akzent ...«

»Haben Sie ein Problem, Marc? Die russischen Politiker sehen nicht anders aus, als die Ihren. Sie haben ein Kriegstrauma, eine Phobie oder eine schwere Neurose? Wenn das – Vietnamesen gewesen wären, könnte ich es vielleicht verstehen.«

»Was ist das für ein Restaurant? Haben die was gegen Sie?«, fragte Simion verunsichert. Er wirkte zum ersten Mal auf der Reise ängstlich, seine Gelassenheit war aufgesetzt. »Was für Leute verkehren hier?«

Die Frage beantwortete sich wenig später von selbst. Zwei Klone der glatzköpfigen Sicherheitsleute betraten das Restaurant, gingen von Tisch zu Tisch und inspizierten die Gäste, dann gaben sie einer lautstarken Gruppe gut situierter Herren mitsamt ihren teuren und ordinären Begleiterinnen den Weg frei und begleiteten sie zu einem Nebenraum.

Martin machte sich so klein wie möglich. Das war bei mehr als ein Meter achtzig nicht einfach. Er griff zur Brieftasche und schob Simion einige Scheine zu. »Bezahlen Sie für mich.«

»Wollen Sie nichts essen?«

»Ich verschwinde besser«, flüsterte Martin und wandte sich ab, um nicht erkannt zu werden. Einer der neuen Gäste war Tudor Dragos. Seine Gorillas bauten sich neben der Tür auf wie die Leibwächter byzantinischer Potentaten.

24

Von einem Holzstapel am Parkplatz aus beobachtete Martin die Umgebung des Restaurants. Vom Tisch hatte er unbeabsichtigt eine Zigarette mitgenommen, er spielte mit ihr, als würde er sich langweilen, steckte sie kurz hinters Ohr, dann wieder drehte er sie zwischen den Fingern. Die Fahrer der Luxuskarossen warteten ebenfalls, ihre Zigaretten brannten. Ein Chauffeur schlief mit weit offenem Mund und schnarchte, zwei steckten die Köpfe über einem ›Playboy‹ zusammen, ein anderer spuckte in den Kies. Sie hatten ihn wohl für einen Kollegen gehalten, denn in Jeans und seiner leicht abgeschabten Lederjacke glich er in nichts einem ihrer Bosse. Die trugen dunkle Anzüge und rosa- oder lachsfarbene Krawatten.

Systematisch hatten Martins Augen die Umgebung abgetastet, jeden Zaunpfahl, jeden Ast der Buchen, Pappeln und Walnussbäume, den Schuppen links, das Schild über der Einfahrt, so hatte er eine Kamera entdeckt. Ohne Simions Hinweis hätte er sie nie bemerkt, und er war erst darauf gekommen, als er sich überlegt hatte, was man überwachen wollte. Also musste sie an einem Punkt angebracht sein, von wo aus sie einen großen Bereich erfasste. Man hatte sie in der hinteren rechten Ecke unter einer Laterne befestigt, so fiel auch das Verbindungskabel nicht auf.

In dem Moment, wo er sie sah, schwand der letzte Zweifel, dass Sofia absichtlich überfahren worden war, es war

Mord gewesen, kaltblütig und auf Befehl. Die Gewissheit hatte sich auf ihn gestürzt, ihn erfasst, und sie bewegte ihn so heftig, dass ihm schlecht wurde. Der Gedanke, dass er womöglich den Anlass für den Mord gegeben hatte, sicher nicht den Grund, war unerträglich. Wie sollte er bei dieser Gewissheit hier so weitermachen wie zuvor? Er verspielte Vertrauen, nicht nur das von Lucien. Auch Teubner hatte sich von ihm abgewandt, und er war auf die Show von diesem Flittchen, Ana Cristina, reingefallen. Wie viele Fehler musste man machen, bevor man das Richtige tat? Er musste Lucien anrufen, auch auf die Gefahr hin, abgewiesen zu werden, er musste wissen, wie es Miriam ging, der kleinen Dozentin aus Iaşi. Hier wurden schon die zaghaften Ansätze zu einer Zivilgesellschaft erstickt. Die Befehlshaber der ehemaligen Diktatur ließen sich die Macht nicht nehmen, sie wussten, wie man einem Volk die Luft abdrückte. Die Macht fragte nicht nach Kommunismus, Diktatur oder Demokratie.

Der Auftraggeber für den Mord an Sofia tafelte möglicherweise in Gesellschaft seiner Bande, fürchtete Martin. Im Grunde war das eine kriminelle Vereinigung – da gegenüber in dem Restaurant. Oder war Dragos ein kleiner Fisch und nicht der Auftraggeber? Wer in dieser Gruppe machte die Ansagen, wer hatte die Macht? Meistens der Ruhigste, der sich am souveränsten gab und es auch war. Das war nicht Dragos gewesen, der hatte geschwatzt, auf Schultern geklopft, Küsschen verteilt, und das taten die Mächtigen nicht, nur ihre Lakaien.

Martin erinnerte sich an den Mann, der die Gruppe angeführt hatte, einer mit schnellen Augen. Wenn er hineinging und ihm einen der Knüppel auf den Kopf schlüge, die hier haufenweise herumlagen, wem war damit geholfen? Sofia wurde davon nicht lebendig, und das bei ihrem Bruder verlorene Vertrauen ließ sich dadurch nicht wiederherstellen. Im Übrigen würde er nie an den Boss herankommen, er wäre bereits drei Meter vor ihm ein toter Mann. Man muss sie dazu bringen, dass sie sich gegenseitig auffressen, dachte Martin. Man muss etwas in ihre Mitte werfen, damit sie sich gierig darauf stürzen und nicht mehr daran denken, in was sie ihre Zähne schlagen. Was könnte das sein? Da kam eigentlich nur Geld infrage.

Dieser Ort hier war ein Treffpunkt, denn als Martin sich weiter umsah und einen Zugang zum Weingut suchte, entdeckte er zwei weitere Kameras. Ihm kam die Idee, einen Plan zu zeichnen und die Kamerapositionen einzutragen, um einen toten Winkel ausfindig zu machen – nur wozu der Aufwand? Er sollte den Zodiac vergessen, Harms und Dragos vergessen und den Exportleiter vor dem Rückflug in Bukarest aufsuchen. Doch auch das war bereits zu viel. Aber das Gewissen sperrte sich gegen das Vergessen, die Tür zur Vergangenheit ließ sich nicht schließen, er schämte sich vor Lucien und Teubner, er wollte ihr Vertrauen zurückgewinnen.

»Ihre tägliche Extratour haben Sie bereits ausgekostet?«, meinte Simion anzüglich, als Martin ihm mit einer Verbeugung den Wagenschlag öffnete. »Sind noch weitere Ausflüge geplant?«

»Ich will in Drăgăşani nur zur Bank, ich brauche Bargeld.«

»Was haben Sie vor? Bargeld braucht man nur, wenn man altmodisch ist, Schwarzgeld verteilt oder vermeiden will, elektronische Spuren zu hinterlassen.«

»Was Sie nicht sagen.«

Das neue Hotel war eine Jugendstilvilla am Rand des Stadtzentrums. Sie hatten große Zimmer im Hochparterre bezogen, die hohe Decken mit Stuck hatten und mit englisch wirkenden Ikea-Möbeln vollgestellt waren. Martin sah sich nach einem Versteck für sein Bündel Euro- und Leischeine um. Wo würde ein erfahrenes Zimmermädchen normalerweise nicht suchen? An ekligen oder gefährlichen Orten –

zuerst fiel ihm das Klo ein. Da sah er die Steckdose. Er schraubte sie mit dem Taschenmesser auf. Das Loch dahinter erwies sich als zu klein. Das Loch hinter dem Lichtschalter hingegen war groß genug. Anschließend vervollständigte Martin seinen Bericht über den Besuch beim französischen Grafen, wie bisher unter Weglassen aller Ereignisse, die Coulange nichts angingen. Die vollständige Version jedoch schickte er an eine Adresse, die Sichel ihm genannt hatte, die aber nicht mit ihm in Verbindung stand. Als er Simion zum Essen abholen wollte, erfuhr er, dass der Amerikaner das Hotel zu Fuß verlassen hatte. Also war auch er auf Extratour. Für den Besuch in der »Roxa«-Bar war es zu früh. Suchte er wieder nach angeblichen Verwandten? Dazu war er viel zu nachlässig. Aber was tat der Kerl wirklich? Mit wem traf er sich?

Der folgende Tag verging mit Besuchen bei den Kellereien Davino und Fontana, die rein rumänisch und nach der Wende entstanden waren. Das zeigte sich sowohl an den Gebäuden als auch an der technischen Ausstattung und der Arbeitsweise. Es waren kleine Betriebe, keiner bewirtschaftete mehr als vierzig Hektar, und dementsprechend mehr Sorgfalt wurde auf die Weinberge verwandt. Meist handelte es sich um Neupflanzungen und damit um andere Klone als bei den Großgrundbesitzern wie Murfatlar, Cotnari und Jidvei. Davino importierte die Klone aus Frankreich, da die hier gezogenen leicht von Viren befallen wurden. Wie bei allen Fragen gab es gegenteilige Meinungen, unterschiedliche Ansichten und sich widersprechende Methoden. Vieles entzog sich ohne entsprechende Erfahrung der Beurteilung. Die Kellerei Fontana, bisher die einzige von einer Frau geleitete, pflanzte sowohl einheimische wie auch importierte Klone in Testreihen nebeneinander und wartete auf Ergebnisse.

Für Martin, beziehungsweise für die SISA, besonders wichtig war die Frage der Grundstücke und der Anlaufschwierigkeiten. Bei Davino hatte es keine gegeben, es wurde jedenfalls nicht darüber gesprochen. Bei Fontana waren die größten Probleme der Mangel an Fachkräften, steigende Grundstückspreise (»in vier Jahren von tausend auf zehntausend Euro je Hektar, schließlich haben wir hier das beste Terroir von Dealu Mare«) und der Marktzugang. Beide Kellereien produzierten annähernd die gleiche Menge von vierhunderttausend Flaschen. Das war verschwindend wenig im Vergleich zu Murfatlars zehn Millionen, aber für Martins Garagenproduktion immer noch schwindelerregend, nur imponierte es ihm gar nicht. Große Zahlen waren nie sein Ziel gewesen, sie ließen ihn kalt.

»Carrefour verlangt hunderttausend Euro für die Aufnahme unserer Weine ins Angebot, Real und Metro sind ein wenig billiger.«

Sollte das heißen, dass die Supermärkte nicht an den Produkten verdienten, sondern daran, dass sie sie anboten?

Auf dem Rückweg war Martin von den Weinproben ein wenig benebelt und froh, wieder draußen zu sein und langsam durch das sonnendurchflutete Land zu fahren. Die jüngsten Besuche waren angenehmer gewesen, seine Gesprächspartner gehörten einer anderen, ihm näherstehenden Generation an, die Selbstständigkeit anstrebten, aber im Europa der Konzerne, Banken und Weinfabriken ein Nischendasein führen würden. Was war dagegen einzuwenden? Vielleicht würde eines schönen Tages der Chef eines Heuschreckenkonzerns diese beiden Weingüter und ihre Betreiber seinem persönlichen Zoo einverleiben, sozusagen als önologische Lifeshow. Die Besuche zogen ihn immer weiter runter, obwohl seine heutigen Gesprächspartner freundlich und zuvorkommend gewesen waren. Wirklich zugänglich waren nur die Leute aus der Weinbranche, die aus dem Ausland kamen oder zumindest eine Zeit dort verbracht hatten.

Dann erreichte er die Kreuzung mit dem Leiterwagengerippe und die Allee zum Dorf. Bis dahin mochten es drei Kilometer sein. Die Pferde auf der Wiese grasten friedlich. Die Ebene rechts davon war gänzlich mit Wein bewachsen. Erst jetzt erinnerte sich Martin, dass er gleich zu Beginn der Reise gehört hatte, dass Rumänien doppelt so viel Weinland besaß wie Deutschland. Und hier schien es endlos. Windräder ragten aus dem Grün, vielleicht gehörten sie zu dem Weingut, wo man ihm den Einlass verwehrt hatte. Das empörte ihn und machte ihn neugierig, denn das war ihm weder als Weinhändler noch als Winzer schon mal passiert. Die Räder auf der Spitze der Stahlgerüste drehten sich schnell, sie waren kleiner als die in den Windpark mit drei riesigen Rotoren und dienten wahrscheinlich als Wasserpumpen statt zur Energieerzeugung.

Das Leiterwagengerippe war ein markanter, wenn auch gruseliger Punkt, den Martin leicht wiederfinden würde, und er stellte den Wagen daneben ab, zog Jogginganzug und Laufschuhe an, die er extra mitgenommen hatte, und rannte los. Bereits nach den ersten hundert Metern fühlte er sich besser, die Spannung würde sich lösen, er würde sich leichter fühlen, er würde die Last von seinen Schultern abwerfen, die er als erdrückend empfand. Charlotte kam bald aus dem Tschad zurück, er konnte sie anrufen, statt auf ihren Anruf warten zu müssen, und ab morgen würde er Simion los sein. Lediglich der Zwischenaufenthalt in Bukarest stand ihm bevor, und das trübte sein plötzliches Hochgefühl.

Der Boden war gut fest, und federnd, er war in den letzten Tagen getrocknet, hier hatte es bei Weitem nicht so viel geregnet wie in Transsilvanien und im Osten. Der Boden war so, wie er es von den Weinen her vermutet hatte, nicht so fett, humusreich und durchlässig. Hier ließen sich bei entsprechender Sorgfalt bestimmt große Weine machen – so große wie ein Zodiac? Bei entsprechend alten Reben und einem Künstler als Kellermeister durchaus.

Als er die Weide unter den neugierigen Blicken der Pferde passiert hatte, stieß Martin auf einen breiten Streifen verwahrloster Reblagen. Überall wuchs Unkraut, sämtliche Wege waren zugewachsen, nur auf den schmalen Wildwechseln hatten Rehe, Hasen und Füchse ihre Spuren im Erdreich hinterlassen. Die Weinstöcke hatten ein beträchtliches Alter erreicht, aber sie waren leider sich selbst überlassen worden. Lange Triebe streckten sich über den Boden, die Spanndrähte, an denen sie sich halten konnten, waren verrostet, andere abgerissen oder hingen durch, die Stützpfeiler aus Beton waren gebrochen und die aus Holz verwittert. An den Rebschnitt hatte in den letzten Wintern niemand mehr gedacht. Es war eine Brutstätte für Pilze und Schädlinge. Ob es sich um Hybridsorten handelte, um die kleinen Weingärten der Bauern des nahen Dorfes, denen die Mittel fehlten, ihren Besitz in Ordnung zu halten? Oder warteten diese Immobilien noch auf ihre Rückgabe? Das Land hier war interessant, Martin würde morgen den Anwalt des Grafen danach fragen.

Der erste Kilometer war immer der anstrengendste, es dauerte auch geraume Zeit, die Gedanken hinter sich zu lassen, ihnen wegzulaufen, den Bruchteil einer Sekunde schneller zu werden als der eigene Schatten. Kurz bevor Martin dieses Stadium erreicht hatte, die Rotoren der Windräder im Blick, war da plötzlich ein Zaun. Martin kannte Mauern zwischen den Weingütern, in Margaux und Pauillac, drüben, wie man in Saint-Émilion sagte, auf der anderen Seite der Gironde, da war das üblich – aber auf einen Zaun war er noch nirgends gestoßen.

Er hatte geglaubt, dass der Weg, auf dem er kaum merklich bergan lief, sich vor den hohen Rebzeilen rechts oder links fortsetzen würde, aber er endete an diesem Zaun. Die ersten beiden Rebzeilen des hier beginnenden Weingartens waren frei, die dritte war so eng und straff verspannt, dass man unmöglich durchkam, außer man bog mit Gewalt die

Drähte auseinander, brach Triebe ab oder nahm eine Drahtschere.

Irgendwann würde der Zaun enden, und Martin wandte sich nach rechts, denn links kam er der Allee zu nahe. Dieses Gelände erschien ihm merkwürdig, er bemerkte von hohen Neuanlagen eingefasste und überragte uralte Weinstöcke, so verdreht wie ausgewrungene Handtücher. Martin hätte gern gewusst, welche Rebsorte drüben wuchs, aber dazu musste er den Zaun überwinden. Ein beträchtliches Stück weiter ergab sich die Gelegenheit, denn in jedem Zaun war irgendwo ein Loch. Als er hindurchkroch, blieb er stecken, die Drähte waren sehr eng gespannt. Er fühlte eine kurze Panik, und es erfasste ihn das unheimliche Gefühl, eine Grenze überschritten zu haben. Er stand auf, blickte zurück, dann betrachtete er den Boden, er hatte den Eindruck, dass die Spuren innen am Zaun entlangführten und nicht in die von ihm eingeschlagene Richtung.

Nirgends ließ sich jemand blicken. Wer sollte ihn daran hindern, weiterzulaufen? Er folgte einem selten benutzten Pfad bis zu einer dieser alten Lagen. *Vieille vigne* nannte man sie in Frankreich, ihre Weine waren wegen des hohen Extrakts und der intensiven Aromen sehr geschätzt. Die Stöcke hier waren sicher fünfzig Jahre alt und älter. Martin bückte sich nach einem Blatt, brach es ab und fühlte sofort, dass es Merlot war. Es war seine Rebsorte, davon hatte er dreißigtausend Stöcke, und er kannte sie alle. Die jungen Blätter waren drei- bis fünflappig, die Bucht, wo der Stiel ansetzte, war herzförmig und die Zähnung unregelmäßig. Es hätte ihn nicht gewundert, wenn er nebenan Cabernet Sauvignon gefunden hätte, und so war es. Die Triebspitzen dieser Rebe waren wollig behaart und rötlich gefärbt. Das Blatt wies grundsätzlich fünf Lappen auf, war tief eingeschnitten, Zähne kamen in den Buchten, die sich innen erweiterten, sehr selten vor. Das hier kann durchaus die Mutter aller Zodiacs sein, sagte er sich und griff einen Klumpen Erde, zerbröselte ihn zwischen den Fingern, roch daran und probierte die Erde. Der Boden war nicht zu fett und hatte wenig Humus. Die Rebstöcke standen nicht zu eng, bekamen Licht und Luft, und auch ihre Ausrichtung von West nach Ost stimmte, sie hatten von morgens bis abends Sonne, und nichts deutete auf künstliche Bewässerung hin.

Martin zitterte fast vor Aufregung, noch nie in seinem knapp zwanzigjährigen Weinleben war er einem Gewächs durch ein ganzes Land gefolgt, um schließlich den Boden zu finden, auf dem es gewachsen sein konnte. Es war eine nie zuvor gemachte Erfahrung, eine, die er nicht für möglich gehalten hatte, und doch hatte er es die ganze Reise über gehofft. Er strahlte, er hätte die Rebstöcke umarmen können. Er hatte einen Moment lang das Gefühl, dass sie mit seinen Reben in Saint-Émilion verwandt waren, denn er fühlte sich in diesem Augenblick mit ihnen verbunden.

Er setzte sich und schaute. So ging es ihm manchmal, wenn er morgens vom Laufen zurückkam und an seinen Reben vorbeikam. Dann setzte er sich auch und sah sie an. Dass er heimlich mit ihnen sprach, wie es die Esoteriker empfahlen, wusste nur Charlotte. Vielleicht wussten es auch die Schwiegereltern, aber sie hatten nie ein Wort darüber verloren.

Nach einer Weile wurde ihm die Unterlage, auf der er saß, zu hart und zu kalt. Beim Aufstehen erst bemerkte er, dass er auf einer Art Luftschacht gesessen hatte. Der viereckige Betonstutzen mit einer Abdeckplatte über den Lüftungsschlitzen, nicht größer als ein Blatt Papier, ragte ein Stück aus dem Boden. Martin feuchtete einen Finger an und hielt ihn an einen der Schlitze. Er spürte einen leichten Zug, die Kälte kam aus dem Inneren. Das konnte nur bedeuten ... Martin begann jetzt aufmerksamer die Umgebung zu betrachten. Er richtete sich auf und blickte zum Haus hin, wo man ihm den Zutritt verwehrt hatte. Kaum zu glauben, dass die Kellergänge bis hierher reichten. Er musste weiter, näher ran, die Neugier trieb ihn vorwärts, er befand sich, seit er durch den Zaun gekrochen war, in einer Art Rausch, noch näher an den Wein zu kommen, den er hier vermutete.

Würde man ihn vom Haus aus sehen können? Nur wenn ich mich aufrichte, dachte Martin und stellte sich trotzdem kurz auf den Belüftungsstutzen, um einen Überblick zu gewinnen. So erst entdeckte er das von einer Hecke eingefasste Areal. Innen schien ein großes, kreisrundes Becken ins Erdreich eingelassen, ein Swimmingpool? Die Stühle, die auf den Steinplatten ringsum standen, legten die Vermutung nahe, doch es passte nicht. Oder gehörte der Pool, für einen Moment erinnerte er Martin an eine Parabolantenne, zum benachbarten Restaurant?

Martin fürchtete, dass die Gorillas aus dem Restaurant auch für das Weingut zuständig waren, aber wenn man sonst kein Publikum duldete, würde um diese Zeit kaum jemand mehr dort sein. Jedenfalls war es besser, sich nicht sehen zu lassen. Hätte er jemanden in seinem Weinberg herumstromern sehen, wäre ihm das auch nicht recht gewesen.

Er hielt sich geduckt und gelangte bei der Suche nach einem weiteren Lüftungsschacht an ein riesiges Schild, ähnlich denen an deutschen Autobahnen mit der Aufforderung, langsam zu fahren. *Buy land* hieß es hier, kaufe Land! Wieso stand das Schild mitten im Weinberg und nicht an der Straße? Der Appell richtete sich schließlich nicht an die Arbeiter. Der Rahmen war eine Metallkonstruktion, bestens verarbeitet, nirgends zeigte sich eine Spur von Rost. Der Rahmen war auf Betonsockel montiert, aus dem Erdreich führte ein dickes Kabel in den Rahmen hinein. Würde als Blitzableiter nicht ein Metallstab zur Erdung ausreichend sein? Und für die oben angebrachten Strahler benötigte man keinen Starkstrom. Das Windrad, das er kurz darauf in Augenschein nahm, war ähnlich konstruiert und genauso gut gepflegt. Hier führte ein ähnliches Kabel von einem Transformator ins Erdreich.

Als Martin sich weiter geduckt durch den Weingarten bewegte, schloss er von der Anordnung der Luftschächte, dass die Gänge darunter an der Kellerei ihren Ausgang nahmen. Es mussten hier unten keine Schätze liegen, wenn man derartige Mühe auf die unterirdische Anlage verwendete, aber sie und der hervorragende Zustand des Weingartens fachten Martins Neugier weiter an. Er war weit vorgedrungen, jetzt wollte er wissen, was sich hier unter der Erde befand. Er entdeckte den Zugang neben dem Häuschen am Strommast. Das Schild mit dem Totenkopf und dem Hochspannungsblitz, dazu die Aufschrift *înaltă tensiune* hielt ihn nicht ab. Die niedrige Metalltür war angerostet, aber nicht verschlossen. Martin ruckelte und zerrte, bis sie sich öffnen ließ, er war wie von Sinnen, und er war inzwischen überzeugt, mit einem Zodiac als Trophäe wieder an die Oberfläche zu kommen. Erst dann würde er Ruhe haben.

Eiserne Sprossen führten wie in einem Kanalschacht in die Tiefe, und unten schimmerte Licht. Das bestärkte ihn in seinem Vorhaben. Er gelangte ans Ende eines blitzsauberen Tunnels, das Licht verbreiteten kleine Lampen in Bodennähe.

Wonach roch es hier? Martin schnüffelte. Zuerst war da der typische Geruch, flüchtige Säuren, Barrique, Hefe, Lignin und Medizin wie in alten Kellern, das gesamte organoleptische Panorama der Kellerei. Aber er roch noch etwas, das nichts mit Wein zu tun hatte. Es hätte Strom sein können, aber der roch nicht, außer wenn er etwas verschmoren ließ. Waren es heiß gewordene Kabel? Dazu mischte sich ein trockener Luftstrom unter den feuchten. Und schlich sich da in die Stille das kaum hörbare Summen eines Generators, oder war das Summen in seinem Kopf? Daran dachte er beim Weitergehen. Zuvor sah Martin sich um und prägte sich den Standort ein, um den Rückweg zu finden. Viele Anhaltspunkte gab es nicht, ein Ariadnefaden wäre ihm recht gewesen, denn abzweigende Gänge und die Aufschriften der Türen gaben keinen Aufschluss, wegen der Lüftungsschächte allerdings ging er davon aus, dass es mehrere Gänge dieser Art gab. Mit der Schuhsohle zeichnete er einen kaum sichtbaren Pfeil auf dem Fußboden und folgte ihm.

Die ersten Räume zur Linken waren leer. Das Licht reichte nicht bis zu ihrem Ende, die Sockel auf dem Boden mit entsprechenden Ausbuchtungen zeigten, dass hier Fässer gelagert worden waren. Bevor Martin die vierte Tür öffnete, lauschte er und hielt fast den Atem an. Hatte er eine Stimme gehört? Nein, er hatte sich getäuscht. Langsam öffnete er die Tür, sie hätte in den Angeln quietschen können, und tastete nach einem Lichtschalter. Er fand ihn nicht, und als er die Tür weiter öffnete, sah er die lange Reihe der bis unter die Decke gestapelten Flaschen. Der Schwarzschimmel hing in Bärten an ihnen herab wie Flechten von uralten Bäumen. Es war ein Geflecht aus Penizillinbakterien, die sich nur in einem ganz speziellen Klima entwickelten. Es war eine feuchte Kühle, wie er sie in den alten Kellern der Villa Sachsen in Bingen am Rhein zuerst gesehen hatte. Die Flaschen mussten Jahrzehnte hier liegen. Wie üblich hatte man sie nicht etikettiert, denn Bakterien und Pilze hätten das Papier längst aufgefressen. Leider ließ sich dadurch nicht erkennen, wie lange der Wein hier lag. Er würde auf dem Rückweg eine Flasche mitnehmen.

In den nächsten Gewölben sah es ähnlich aus, Martin hielt sich nicht lange auf, der Geruch, eine Mischung aus Fäulnis und Medizin, bereitete ihm Unbehagen. Dann wieder fand er Keller mit großen Fudern, wie es sie auch in anderen Kellereien gab. Am Ende des Tunnels stieß er auf eine Querverbindung zum nächsten Stollen. Waren das entfernte Summen und der Kabelgeruch stärker geworden? Plötzlich hallten Schritte. Sie waren hinter ihm, sie kamen näher. Er sah eine Tür links von sich, wollte sich dort in Sicherheit bringen und riss sie auf – die drei jungen Männer vor ihm starrten ihn an – Martin starrte zurück. Sprachlos waren sie alle, und Schrecken mischte sich in die Gesichter.

Einer der Männer nahm seine Kopfhörer ab, und erst da sah Martin, dass die Wände mit elektronischen Geräten, Schaltelementen, Anzeigen und Monitoren bedeckt waren. Das hier musste eine Computer- oder Funkzentrale sein – oder ein Abhörzentrum?

»Bisher haben Sie sich recht intelligent angestellt! Respekt, Herr Bongers«, sagte eine raue Stimme hinter ihm. »Aber jetzt sind Sie zu weit gegangen.«

Martin erstarrte, er hatte das Gefühl, dass sein Herz gefror, selbst wenn er sich hätte umdrehen wollen, er hätte es nicht gekonnt. Die Beine fühlten sich an wie Blei. Die Angst lähmte ihn. Er fürchtete sich vor dem, was er sah und noch sehen würde. Und als besonders erschreckend empfand er die Tatsache, dass der Mann deutsch gesprochen hatte und seinen Namen kannte.

»Obwohl man auch die Leistung des Gegners bewundern kann, hatte ich gehofft, für Sie und für uns, dass Sie es nicht schaffen würden. Es hätte uns beiden Kummer erspart.«

Das sagt immer der Mächtigere, erinnerte sich Martin, derjenige, der Schmerzen zufügt.

»Aber seit Sie in Drăgăşani bei Ştirbey gewesen sind, Herr Bongers, begann ich zu zweifeln, was sich hiermit bestätigt. Besondere Umstände erfordern besondere Maßnahmen, ich bedauere das wirklich. Was ist – wollen Sie sich nicht umdrehen? Stehen Sie bequem.«

Martin starrte auf die mit Elektronik tapezierten Wände, die drei Männer blickten ihn noch immer an. Dann wandte sich einer ab und schob einen Regler von sich weg, niemand sonst zeigte die geringste Regung, und Martins Gedanken überschlugen sich. Ließ sich der Mann hinter ihm mit der Kraft und dem Schwung aus einer Drehung heraus umwerfen? Vor seinem inneren Auge entstand der Fluchtweg: durch die Tür, drei Schritte nach links, dann nach rechts, den zweiten Gang wieder nach rechts, wenn er lief, war er nicht mehr einzuholen, von niemandem …

Der Griff an seiner Schulter war hart, er wurde herumgerissen, sah den Mann vor sich, und noch bevor er sich über dessen wasserblaue Augen wundern konnte, stieß dieser ihm das Knie in den Bauch. »Keine Chance …!«

Alle Luft wich aus Martin, und er klappte zusammen, er glaubte zu ersticken. Als er keuchend zu atmen begann, sah er ein Paar schwarze Schuhe vor sich, Budapester, elegant, feinstes Leder, teuer … Er hatte Angst, dass man ihm damit ins Gesicht treten würde.

»Damit Sie uns verstehen, Herr Bongers, mir macht das keinen Spaß. Ich bin kein Sadist. Ich möchte nur klarstellen, dass es uns ernst ist, denn die Folgen für alle Beteiligten sind weitreichend. Für uns genauso unangenehm wie für Sie. Ich habe Sie für intelligenter gehalten, vielmehr Ihre Auftraggeber. Das ist das Einzige, was ich nicht verstehe. So, Sie kommen jetzt mit mir. Wir werden uns sehr ausführlich unterhalten.«

»Wer sind Sie – was wollen Sie von mir?« Martin keuchte, er schnappte nach Luft, er kämpfte gegen die Übelkeit, während ihm die beiden, die hinter dem Schläger gestanden hatten, Handschellen anlegten. An denen wäre er nie vorbeigekommen.

»Nennen Sie mich Brzezinski«, sagte der Mann lächelnd, »wie den Sicherheitsberater des ehemaligen US-Präsidenten Carter – und des heutigen wieder. Man bringt Sie in Ihr Quartier, ich glaube nicht, dass es Ihnen gefällt. Wir unterhalten uns später. Entweder kooperieren Sie mit uns, dann ist es schnell vorüber, wir haben nicht viel Zeit. Sie haben vieles ins Rollen gebracht, und das erfordert eine Reihe konkreter Maßnahmen. Es wird jedenfalls eine interessante und anstrengende Nacht werden. Und denken Sie daran, Kooperation erspart Ihnen viel Ärger. Die Wahrheit dient immer als Bezugspunkt.«

»Sind Sie Pole …?«

»Wir fragen, Sie antworten, wir halten das so, bis ich

Ihnen etwas anderes sage.« Martin wurden die Augen verbunden, und er wurde durch die Gänge gestoßen, zumindest kam es ihm so vor. Trotz der zunehmenden Übelkeit zählte er die Schritte, die Wendungen nach links und rechts, um im Geiste den Weg zu rekonstruieren, aber dann wurde er mehrmals gedreht, bis ihm schwindlig wurde. Die Orientierung war weg. Wem war er in die Hände gefallen? Und er wusste nicht mehr, in welche Richtung sie ihn zuerst geführt hatten. Sein Geruchssinn half ihm auch nicht.

Man brachte ihn in einen Raum und drückte ihn auf einen Stuhl. Dabei blieben die Hände auf den Rücken gefesselt. Einer der Männer nahm ihm im Vorübergehen die Augenbinde ab, dann ließ man ihn allein. Der Raum hatte keine Fenster, über der Tür waren Luftschlitze, von der Leuchtstoffröhre an der Decke tropfte ein krankes Licht. Ihm gegenüber standen ein Tisch mit Metallbeinen und auf der anderen Seite ein lederner Chefsessel. Dann ging das Licht aus.

Es war unmöglich zu begreifen, was vor sich ging. Nur Fragen prasselten auf Martin ein, ob seine Bewacher zu irgendeinem Geheimdienst gehörten oder zur Russenmafia, wann und ob man ihn überhaupt laufen lassen würde, und vor allem, was sie von ihm wollten. Das Licht ging wieder an. Brzezinski stand in der Tür. Er trat allein ein, ein zweiter Mann hielt Wache. Keiner trug Uniform, kein militärisches Gehabe, alle waren in Jeans oder Cordhosen gekleidet, auch die im Elektronikraum trugen Pullover oder Hemden mit Weste gegen die Kälte und Sportschuhe wie er selbst.

»Sie befinden sich in unserer Gewalt, Herr Bongers. So sagt man auf Deutsch? Gewalt. Ich will nichts beschönigen, ja, Gewalt ist das richtige Wort. Wir können mit Ihnen machen, was wir wollen! Aber das ist ja kein Unterschied zu Ihrer Regierung – wenn Sie ihr ernsthaft auf die Füße treten.«

Martin wurde kalt, und die Übelkeit nahm zu.

»Sie werden blass? Nicht, dass Sie mir ohnmächtig werden oder sich in die Hose scheißen. Wenn Sie kooperieren, wird alles einfacher.«

»Was soll das Theater!« Martin musste sich zum Sprechen zwingen, er musste erst einmal begreifen, wen er vor sich hatte. »Holen Sie endlich die Polizei. Klar, ich bin hier unerlaubt eingedrungen, aber ich habe nichts gestohlen. Ich bin gejoggt, ich laufe immer in den Weinbergen ... und nehmen Sie mir die verfluchten Handschellen ab. Wer sind Sie? Was wollen Sie von mir?«

Brzezinski wippte in seinem Chefsessel, lehnte sich weit zurück, der Sessel gab nach, er beugte sich vor, stützte sich auf den Tisch und ließ Martin keine Sekunde aus den Augen. »Wer wir sind?« Er lachte. »Wissen Sie, wer Sie sind? Und was ich will? Mir ein Bild von Ihnen machen.«

»Wozu ein Bild? Sie scheinen mich zu kennen, zumindest meinen Namen.«

Brzezinski schwieg einen Moment, als suche er nach einer passenden Antwort. »Herr Bongers! Eines lassen Sie uns klarstellen!« Er schrie die Worte, als wolle er Martin damit umwerfen. »Ich habe von Gewalt gesprochen! Das meine ich so. Die Fragen stelle ich – ist das klar?« Mit einem schnellen Griff kippte er den Tisch um, die Kante traf Martin an den Oberschenkeln. Er schrie auf, mehr vor Schreck als vor Schmerz, er kippte mit dem Tisch zusammen um. Sie wollen mich wissen lassen, dass ich ihnen ausgeliefert bin. Martins Verstand raste. Sie stellen sich als unkalkulierbar dar, ich soll in jedem Moment mit einem neuen Angriff rechnen ... das sind Profis.

Brzezinski baute sich vor ihm auf, jetzt sprach er leise weiter. »Arbeiten Sie mit uns zusammen! Beantworten Sie meine Fragen, dann kommen Sie hier lebend raus, andernfalls ...«

Martin blieb wenig Zeit für Schlussfolgerungen. Die Fragen sagen mir, was er weiß. Oder fragt er nach Sachverhalten, die ihm bekannt sind? Um mich zu testen oder Fakten abzugleichen? »Wer sind Sie? Sie sind nicht die Betreiber dieses Weingutes. Sie betreiben Spionage.«

»Geben Sie auf, tun Sie es rechtzeitig, es lässt sich eventuell eine gemeinsame Basis finden.«

»Was wollen Sie wissen?«, stöhnte Martin und bemühte sich, trotz der Schmerzen einen klaren Kopf zu bewahren.

»Ich«, Brzezinski schrie wieder, »ich stelle die Fragen!« Dann wurde er wieder leise: »Haben Sie das immer noch nicht kapiert? Geht das nicht in Ihren beschissenen deutschen Dickschädel?« Jetzt flüsterte er wieder. »Verschwenden Sie keine Kraft darauf, zu fliehen oder uns lächerliche Geschichten aufzutischen.«

Der Türwächter stellte mit ausdruckslosem Gesicht den Tisch und den Stuhl wieder hin und setzte Martin darauf. Der Mann musste Bärenkräfte haben.

»Dann fragen Sie«, sagte Martin. Er zwang sich zur Ruhe, nur so konnte er vielleicht einigermaßen heil aus der Sache herauskommen. Er musste wissen, wer sie waren, und daraus ergab sich, was sie von ihm wollten. Nein, er brauchte sich nicht einzubilden, sie austricksen zu können. Nur die absolute Verweigerung konnte ihn schützen – oder retten? Und um kooperieren zu können, wie dieser Irre da vor ihm meinte, musste er wissen, was der Mann wollte. Verdammt, was wollte er? Martin betrachtete Brzezinskis Unterlippe. Er stülpte sie jedes Mal vor, bevor er zu einer Frage ansetzte, was Martin an das Maul eines schlafenden Pferdes erinnerte. Waren das die Strohhalme, mit denen man sich rettete?

»Wer ist Marc Simion?«

»Ach – um den geht's?« Martin stöhnte erleichtert auf. Es ging um Simion und nicht um ihn. Er lächelte sogar. »Simion? Das ist einfach zu beantworten. Dafür dieser Aufwand? Er ist Amerikaner, ein US-Bürger auf einem Trip in die Vergangenheit, zu den europäischen Wurzeln, wie er sagt. Er ist Rentner, hat rumänische Vorfahren. Früher hieß er Simionescu ...«

»Sie lügen!«

»Wie?« Martin war empört. »Sie fragen mich, ich antworte korrekt, und Sie bezichtigen mich der Lüge. Dann brauchen wir nicht zu reden. Fragen Sie ihn selbst.«

»Wer ist Marc Simion?«

»Das habe ich Ihnen gesagt, ich weiß nur, was er mir erzählt hat. Er ist ein wenig undurchsichtig.«

»Spielen Sie nicht den Dummkopf. Wo kommt er her?«

»Aus den USA, aus dem Staat Georgia, hat er gesagt. Und ich weiß nur, was er mir gesagt hat.« Es gab Erkenntnisse, die kamen rechtzeitig, die Erkenntnis, die sich in diesem Moment einstellte, kam zu spät. Simion war nicht der, für den er sich ausgegeben hatte, und Martin begriff den großen Fehler, sein Misstrauen gegenüber Simion nicht ernst genommen zu haben.

»Seit wann kennen Sie ihn?«

»Ich habe ihn in Constanţa getroffen, das ist keine drei Wochen her.«

»Sie lügen wieder.«

Die Beine schmerzten, Martin streckte sie, aber das brachte ihm keine Erleichterung, doch das war nicht der Grund, weshalb er das Gesicht verzog. »Es hat doch keinen Zweck zu reden, wenn Sie's nicht glauben. Was wollen Sie von mir?«

»Die Wahrheit.«

»Dann nehmen Sie mir erst mal die Handschellen ab.«

Brzezinski tat es und blieb hinter Martin stehen. »Wer sind Sie? Was ist Ihre Aufgabe?«

»Ich bin ein Consultant. Ich versuche mir über Rumänien als Weinland ein Bild zu machen, teste die Weine, rede mit den Winzern über Investitionen, Personal ...«

»Das wissen wir alles. Wer sind Sie wirklich?«

»Wenn Sie meinen Namen kennen, dann wissen Sie auch, wer ich bin.«

Die Ohrfeige warf ihn fast vom Stuhl. »Wir wissen, dass Sie kein Consultant sind. Ihre Firma gibt es gar nicht, nur virtuell. Weshalb haben Sie Simion hierhergeführt?«

Martin stöhnte, er nahm den Kopf in die Hände. »Simion hat mich gebeten, ihn mitzunehmen, ich habe es getan, weil er mir anfangs leidtat und nicht störte.«

»Jetzt nicht mehr?«

Martin überlegte fieberhaft, was er antworten könnte, er fürchtete die nächste Ohrfeige, der Türwächter starrte ihn an, als wollte er ihn in die nächste Mülltonne stecken. »Er ging mir in den letzten Tagen zunehmend auf den Wecker, er ging eigene Wege, er traf sich anscheinend mit Leuten, die ihm was von seiner Familie erzählen können, den Vorfahren hier ...«

»Was waren das für Leute?«, unterbrach ihn Brzezinski.

»Das weiß ich nicht.« Martin duckte sich, wartete auf den nächsten Schlag, aber der kam nicht.

»Wer hat Sie angeworben?«

»Angeworben? Wofür? Wozu?«

»Für wie dumm halten Sie uns? Wer hat Sie angeworben – als Consultant?«

»Ich arbeite auf eigene Rechnung.«

»Wir glauben etwas ganz anderes, Herr Bongers. Aber was wir glauben, sage ich Ihnen nicht, sonst stellen Sie sich darauf ein. Ich will es von Ihnen hören. Und wie ich eingangs sagte, wir haben wenig Zeit. Tut mir leid, dass es so ausgeht.«

Brzezinski stand auf und gab dem Wächter einen Wink, der rief seinen Kollegen, und gemeinsam legten sie Martin die Handschellen wieder an, banden ihm das Tuch um die Augen und führten ihn aus dem Raum.

»Sie wollten es so. Denken Sie an meine Fragen ...«, rief ihm Brzezinski nach.

Das Erste, was Martin sah, nachdem man ihm die Binde abgenommen hatte, war die Edelstahlwanne auf Rädern. Er kannte derartige Wannen, sie dienten zur kurzfristigen Aufbewahrung von Weintrauben und von Trester – aber diese hier war mit Wasser gefüllt. Daneben war ein Abfluss im Boden. Martins Herzschlag sprang in einer Sekunde auf hundertfünfzig. Er begriff mit Entsetzen, was sie vorhatten.

25

»Das geschieht alles im Rahmen des Rechtsstaates. Die USA sind doch ein Rechtsstaat, oder nicht? Wir halten uns an das, was Ihre Verbündeten tun.«

Brzezinski hatte wieder die Unterlippe runtergezogen. Sein Grinsen war kalt, bösartig und distanziert. Das war fast noch verletzender als das Wasser. Er, Martin, war für ihn kein Mensch. Er war eine Sache, ein Informationsträger, so was wie eine Diskette oder ein Datenstick, ein Blatt Papier, das man nach dem Lesen in den Schredder steckte. Er sah seine Barriques vor sich, den Weg an der Garage vorbei zum Haus von Lisette und Jérôme, er sah seinen Schwiegervater in der kleinen Werkstatt …

»Wir setzen unsere Unterhaltung da fort, wo wir aufgehört haben.« Brzezinskis Stimme riss Martin aus seinen Gedanken wie ein Sturz auf Glatteis. »Für wen arbeiten Sie? Antworten Sie anständig, oder wir machen mit dem *waterboarding* weiter. Das ist unangenehmer als auf Kuba, da ist es wärmer. Es bekommt Ihnen nicht so gut, wie ich sehe. Sie zittern.«

Hass und Liebe, dachte Martin, wenn er das, was jetzt in seinem Kopf geschah, als Denken bezeichnen konnte. Hass konnte stärker werden als Liebe, zum stärksten Gefühl überhaupt, wie er bei sich wahrnahm. Hass und Verachtung zusammen waren noch gefährlicher. Er hasste den Mann ihm gegenüber, er verabscheute ihn mit jeder Fiber seines

Wesens. Das Böse saß in der Hülle eines Menschen vor ihm und sah ihn an.

Aber nicht der Hass, sondern die Liebe hatte ihn gerettet, so blöd, so kitschig sich das anhörte, sie hatte ihn das Ertränktwerden überleben lassen. Charlotte! Ihren Namen hatte er sich ins Gehirn geschrien, gebrüllt, jeden seiner Gedanken mit Charlotte angefüllt, damit er stärker war als die Todesangst, als absolut keine Luft mehr da war und er nur noch Wasser hätte atmen können. Ja, er zitterte, er schlotterte – vor Hass, vor ohnmächtiger Wut. Und für eine Sekunde durchbrach dieser Hass die Mauer, die Brzezinski, das Schwein, um sich aufgebaut hatte. In dieser Sekunde spürte Martin die Angst seines Gegenübers. Zweifellos war auch er ein Mensch.

Die Verwirrung war schnell vorbei, Brzezinski fasste sich. »In Guantanamo können die Gefangenen ihre hübschen Overalls danach in die Sonne hängen. Aber Sie nicht, Herr Bongers, Sie kommen hier nicht raus, außer ... darüber reden wir später. Für wen arbeiten Sie?«

»Für die SISA, das ist eine französische Firma, die im Agrarsektor investiert.«

»Na bitte, es geht ja.« Brzezinski tat, als freue er sich. »Was sollten Sie für die SISA tun?«

»Genau das, was ich hier mache.« Martin erklärte mit klappernden Zähnen seinen Auftrag, die Auflage zur Geheimhaltung erwähnte er nicht.

»War Simion bei den Gesprächen anwesend?«

»Ich kannte ihn damals nicht.«

»Mit wem haben Sie bei der SISA verhandelt? Ich will Namen hören, Herr Bongers!«

Martin stand vor dem nächsten Dilemma, aber er musste sich retten. Das war wichtiger als alles andere. Er war der SISA gegenüber zu nichts verpflichtet. Damit flog seine Tarnung auf, aber Brzezinski glaubte ihm sowieso nicht. Wieso fragte er dann? War denn nicht längst alles vorüber?

»Coulange heißt er, Monsieur Coulange, Roland mit Vornamen, glaube ich zumindest, wir haben uns nur zweimal getroffen. Verhandelt haben wir am Telefon.« An die Namen, die noch gefallen waren und die im Vertrag mit seinem Auftraggeber standen, erinnerte er sich nicht.

»Demnach war es Teil Ihres Auftrags, Simion hierherzubringen!«

»Nein. Ich sagte bereits, ich kannte ihn nicht. Von ihm oder irgendeinem Begleiter war nie die Rede. Er hat sich mir spontan angeschlossen. Ich hätte Nein sagen können, ihn nicht mitzunehmen brauchen. Er war auch nicht bei allen Gesprächen anwesend. Ich wusste bis gestern gar nicht, dass es Sie und Ihr Phantom-Weingut gibt.« Es war kaum möglich, mit klappernden Zähnen die Worte vernünftig auszusprechen.

Brzezinski legte Martin eine Auflistung der Stationen seiner Reise vor. Nicht eine hatte er ausgelassen. Sie wussten alles. Sie? Das konnte nur irgendein beschissener Geheimdienst sein. Hatte Simion deshalb ständig nach irgendwelchen Russen gefragt? Dann wusste er mehr, dann war auch er in Gefahr. Anscheinend hatte der Amerikaner ihn da irgendwie mit reingezogen, dann konnte er ihm auch scheißegal sein, es ging jetzt um seine eigene Haut.

»Gestatten Sie mir eine Frage, ohne mich gleich zu schlagen?«

»Ich bin kein Unmensch.«

Martin sah Brzezinski wieder mit jenem Blick an, der ihm Angst machte, und für eine Sekunde funktionierte es auch. »Eigentlich habe ich zwei Fragen: Sie sprechen hervorragend Deutsch, sind aber kein Deutscher. Zweitens – in welcher Hinsicht habe ich Ihnen geschadet?«

»Deutsch habe ich in Ostberlin gelernt, als junger Mensch lernt man schnell.«

»Wie damals euer Putin? Beim KGB oder bei der Stasi?«

Brzezinski grinste wie Granit. »Sind Sie schon wieder zu

trocken? Zur zweiten Frage: Sie haben uns geschadet, indem Sie Ihren Auftrag erfüllten. Sie haben Simion hierhergeführt. Ohne Sie hätte er uns nie gefunden. Jetzt müssen wir uns leider neue Weinberge und ein neues Weingut suchen, dabei wäre ich gern hier geblieben, ein derart fantastisches Terroir aufzugeben, fällt schwer.«

Martin meinte zu verstehen. Brzezinski und seine Truppe waren entdeckt, sie mussten gehen, daher die vielen Schritte auf den Fluren, das Geräusch von Rollen auf dem Zement. Sie transportierten ihre Ausrüstung ab. Das alles nur seinetwegen? Aber noch etwas verstand er nicht. »Sie selbst haben mir doch den Zodiac zugespielt, in dem Hotel in Constanţa.«

»Wie kommen Sie darauf? Ich glaube, Sie begreifen noch immer nichts …«

In der Nacht holten sie ihn noch zweimal. Er nahm an, dass es Nacht war, aber sein Zeitgefühl hatte sich in der absoluten Stille und Dunkelheit seiner Zelle aufgelöst. Zumindest ließen sie es zu, dass er, nachdem er wieder einigermaßen zu Kräften gekommen war, den nassen Overall, in den sie ihn gesteckt hatten, auszog, und gaben ihm Decken. Für die Notdurft hatte er einen Eimer. Er lag auf dem Boden und dachte an Charlotte und immer nur an Charlotte, er sprach mit ihr, erzählte ihr von der Reise, vom Wetter, von den Menschen, die er getroffen hatte, von Sofia, die an anderer Stelle ihr Leben sicher hätte besser einrichten können. Darüber sprach er mit Charlotte. In ihren Armen würde er sogar sterben können. Alles war gut. Es würde nur ein kurzer Schritt sein vom Leben in den Tod. Ihm war, als könne sein Geist den Körper verlassen, als brauchte er auch unter Wasser keine Luft zum Atmen mehr.

Aber sie ließen ihn nicht sterben. Sie verhörten ihn weiter. Also wussten sie nichts oder zu wenig, und was sie vermuteten, klang in ihren Fragen durch. Brzezinski war an der Reihe.

»Von wem haben Sie den Zodiac erhalten?«

»Von Elmar Harms. Er brachte mir auch eine Liste mit Namen, er wollte mir Partner andienen, für den Kauf von Weingütern, für den Weg durch die Behörden, Anwälte, Immobilienmakler …«

»Wer ist Elmar Harms? Wo haben Sie ihn getroffen? Für wen arbeitet er?«

»Das wissen Sie besser als ich. Er spricht Rumänisch, hat vorgestern oder gestern hier nebenan im Restaurant gesessen, er war im Forschungsinstitut …« Martin erzählte alles, was er von Harms wusste beziehungsweise nicht wusste.

»Weshalb hat er Ihnen den Zodiac gegeben?«

»Herrgott, fragen Sie ihn, Sie können ihn ja auch ins Wasser werfen, Sie können ja alle Menschen, die Ihnen nicht passen, ins Wasser werfen. Die Ozeane sind groß genug. Wenn ihr alle Menschen hasst, weshalb ertränkt ihr sie nicht alle? Ich glaube, dass der Zodiac nicht für mich bestimmt war, Harms muss mich verwechselt haben.«

»Mit wem?« Brzezinskis Frage war lauernd und aggressiv, als erwartete er, dass Martin ihm ein System verdeckter Beziehungen offenlegen würde. »Wieso kommen Sie damit erst jetzt?«

»Ihre Fragen bringen mich darauf. Ich vermute, dass Harms einer Organisation angehört, die mit Regierungsmitgliedern kungelt, dass sie Immobilien verschieben und EU-Fördermittel kassieren und am Aufbau verdienen.«

Obwohl seit ihrer ersten Begegnung ein Tonband lief, schrieb Brzezinski mit, sicher notierte er die nächsten Fragen. Martin war froh über den Gedanken, über jeden Gedanken, über seine Sachlichkeit, er erholte sich, es keimte etwas wie Hoffnung in ihm auf, bis er mit Schrecken gewahr wurde, dass auch Brzezinski die Veränderung bemerkt hatte und grinste. Er ließ seine Männer kommen und Martin die Binde anlegen. Sie brachten ihn in den Raum mit der Edelstahlwanne. Brzezinski machte sich nicht selbst die Finger nass.

Martin versuchte, sich zu kontrollieren, die Luft anzuhalten, doch zuletzt kämpfte er, zappelte in ihren Händen wie ein Fisch auf dem Trockenen. Und wieder rettete ihn Charlotte vor dem Ertrinken und davor sich einzubilden, dass man Wasser atmen könne.

»Zurück zu diesem Coulange«, sagte Brzezinski. »Ist Coulange Ihr Agentenführer? Wann und wo haben Sie ihn getroffen?«

»Agentenführer? So ein Quatsch.«

Die Ohrfeige des Mannes, der hinter ihm stand, kam mit ungeahnter Heftigkeit. Martin verweigerte dem Schmerz jegliche Aufmerksamkeit.

»In Bordeaux, Anfang Mai.«

»Weshalb in Bordeaux? Warum haben Sie mir davon bislang nichts gesagt?« Als Martin schwieg, sagte Brzezinski: »Wenn Sie nicht sofort antworten, denken Sie nach, welche Antwort Sie uns geben. Also lügen Sie. Sparen Sie sich das Denken, Sie brauchen Ihre Kraft zum Überleben. Weshalb in Bordeaux?«

Martin nannte ihm den Grund.

»Langsam beginnen Ihre Aussagen plausibel zu klingen, wir prüfen das.«

Brzezinski verließ den Raum, und Martin ließ sich vom Stuhl auf den Boden gleiten. Dort zu liegen war bequemer, als sich mit gefesselten Händen mühsam auf dem Stuhl zu halten. Er musste sich ausruhen, er brauchte jedes Quäntchen Kraft, er wollte überleben, er wollte Charlotte wiedersehen. Er wollte die nächste Weinlese erleben, seine Freunde sehen, in Castillon-la-Bataille mit Jacques Billard spielen …

»Weshalb sind Sie hier eingedrungen?«, fragte Brzezinski, als er nach einer nicht messbaren Zeitspanne den Raum betrat und ihn auf den Stuhl setzen ließ.

»Weil ich hinter dem Zodiac her war, es ist der beste Wein, den ich seit ewigen Zeiten probiert habe. Er bewegt sich in der Klasse der großen Bordeaux. Und ich suchte die Erde, für die SISA, die so was hervorbringt, ich wollte meine Arbeit gut machen und wissen, ob meine Nase mich trügt. Die Weinstöcke hier draußen bei Ihnen sind alt, der Zodiac stammt von alten Reben, dann die Belüftungsstutzen – ich dachte, dass hier alte Weinkeller liegen ...«

»Das klingt mir zu herzig, Herr Bongers, andererseits, wir wissen jetzt, dass Sie in Saint-Émilion ein Weingut betreiben und sogar einen Namen haben. Sie wären der richtige Mann für einen derartigen Vorwand. Oder sind Sie der Idiot, der nützliche, wie man auf Deutsch sagt? Wir haben über Kooperation gesprochen. Wir sollten damit beginnen.«

»Ich habe mal über Folterer gelesen, dass sie dumm sind, borniert, wie alle Gewalttäter. Sie kriegen zu hören, was Sie hören wollen. Weshalb sollte ich Sie belügen? Glauben Sie nicht, dass mir mein Leben lieb ist?«

»Sie lügen, um Ihren amerikanischen Freund zu schützen. Die Amis waren die Ersten in Rumänien, sie forderten Rumäniens Aufnahme in die NATO und die EU, sie wollen uns einkreisen. Ihr Europäer habt leider nicht begriffen, dass ihr für sie nichts anderes seid als Baumwollpflücker oder Indianer, ihr seid ihre Nigger, ob ihr ihnen in den Hintern kriecht oder nicht, ob sie euch Verbündete nennen und ihr sie Freunde. Sie lähmen eure EU durch immer neue Mitglieder, durch die Polen, die Türken, die Georgier. Anfangs haben sie euch gefürchtet, aber sie wissen, dass sie längst gewonnen haben. Die Europäische Gemeinschaft ist gescheitert, dafür habt ihr eine Union, und die Osteuropäer torpedieren jede Einigung. Euer Pech!«

»Und Sie, ich nehme mal an, Sie sind Russe, befürworten selbstlos die Vereinigung? Doch nur weil Sie glauben, mit uns leichter fertig zu werden als mit den Amis.«

»Sie enttäuschen mich, Herr Bongers. Sie glauben noch immer an den aggressiven Charakter der UdSSR. Erstens gibt es die nicht mehr, zweitens haben wir den Zweiten

Weltkrieg nicht angefangen, und drittens haben wir ein Wirtschaftspotenzial, von dem ihr nur träumen könnt. Wir haben Menschen, Rohstoffe, Ideen, viel aufzubauen, und wir haben Zeit. Bei uns geht es aufwärts, auch wenn es momentan schwierig ist, Sie aber haben den Zenit längst überschritten. Dank eures Systems werden bei euch die Leute ärmer, bei uns reicher. Also, was ist – kooperieren Sie freiwillig oder notgedrungen?«

»Freiheit ist die Einsicht in das Notwendige.«

»Schön, dass Sie es philosophisch betrachten. Dann kann ich Ihnen auch ein Geheimnis verraten.«

»Und das wäre?« Martin erwartete nicht, von seinem Folterer etwas Bedeutendes zu erfahren.

»Sie haben Marc Simion zu uns geführt. Allein hätte er uns nicht gefunden. Niemand hat uns bisher gefunden, selbst unter Ceauşescu nicht, einem unserer erklärten Gegner. Sie hatten sogar eine Spezialeinheit auf uns angesetzt. Wir haben Simion beobachtet, ihn und seinen Auftrag. Und Sie, wissentlich oder eher unwissentlich, wie ich inzwischen glaube, waren sein Scout, Sie haben den Pfadfinder für ihn gespielt. Dieser Harms hat Sie auf die Spur gesetzt, wahrscheinlich sogar Ihre SISA.«

»Und wo hat er den Zodiac her, wenn nicht von Ihnen?«

»Eine gute Frage.«

»Nebenan ist doch dieses Edelrestaurant für Neureiche. Könnte Tudor Dragos …«

»Der Direktor aus dem Agrarministerium? Ihre Informationen sind sehr hilfreich, Herr Bongers. Ich glaube, Sie haben endlich begriffen, was Kooperation bedeutet.«

Brzezinski sprang auf und verließ den Raum.

»Jetzt habe ich auch etwas, das Sie interessieren könnte«, sagte Brzezinski, als er zurückkam. »Sie kennen doch Sofia Rachiteanu und ihren Bruder mit dem französischen Vornamen.«

Martin wurde schlecht. Eine Tote war zu viel. War jetzt Lucien an der Reihe, war er ins Fadenkreuz geraten?«

»Keine Sorge, damit haben wir nichts zu tun. Das ist Sache der hiesigen Politik. Wir beobachten nur. Die Initiative zu einer neuen, demokratischen Partei wurde von ehemaligen Anhängern des Systems gestartet. Man kennt dadurch die entsprechenden Leute, bindet sie ein und beobachtet sie. Für die Beteiligten ein aussichtsloses Unterfangen. Aber ich habe da noch etwas viel Interessanteres.«

Brzezinski lehnte sich selbstgefällig zurück, lächelte, als genösse er seine Worte, bevor sie ausgesprochen wurden. »Simion ist kein Amerikaner«, sagte er, »er ist Portugiese. Er war nie in Vietnam. Kriegserfahrung allerdings hat er in Angola gesammelt. Er war nach der Revolution in Portugal zur Ausbildung für die CIA in Georgia, wo er angeblich herkommt, nachdem seine Brötchengeber abdanken mussten. Man baut für Agenten eine Legende, einen persönlichen Hintergrund auf, der ihren Fähigkeiten entsprechen muss, wie bei Ihnen. Er heißt de Lima und ist auch als Dr. Veloso aufgetreten, bis er vor einem Jahr aus Portugal verschwand. Er hat dort gelebt, wo der Portwein herkommt.«

»Deshalb also kennt er sich mit Wein aus. Dann hat er mich die ganze Reise über belogen?« Diese Eröffnung war für Martin so erschreckend wie der Anblick der Wanne aus Edelstahl, der Boden schwankte erneut, er verlor ihn unter den Füßen. Oder belogen sie ihn? – eine neue Variante, um ihn zum endgültigen Straucheln zu bringen, ihn gänzlich zu zerstören?

»Ich sehe das anders«, hörte er Brzezinski sagen. »Sie haben sich belügen lassen, im besten Fall. Sie haben geglaubt, was Sie glauben wollten. Sie haben nicht nachgefragt, weil Sie selbst genug zu verbergen hatten. Dazu reichte Ihre Kraft nicht. So sind die Menschen. Unsere Aufgabe ist es, sie zu kennen und sie entsprechend einzusetzen. Ja, Simion oder Simionescu oder Dr. Veloso hat Sie benutzt. Er hingegen wusste sicher genau, wer Sie sind, dass er den Winzer Martin Bongers vor sich hatte.«

»Er hat mich benutzt?«, schrie Martin aufgebracht. Die gefesselten Hände hinderten ihn, aufzuspringen. »Sie lügen, nur um mich fertigzumachen.« Allmählich bahnte sich in ihm die fürchterliche Erkenntnis, was es bedeutete, ihre Spionagezentrale entdeckt zu haben, was anderes konnte das hier nicht sein. Sie würden ihn töten! Sie mussten es tun. Und wo war Simion, war von ihm irgendeine Hilfe zu erwarten? Nein. Jeder war sich selbst der Nächste. Also blieb ihm nur die Flucht. Aber wie sollte er hier rauskommen?

Brzezinski zeigte sein Granitlächeln.

Glaubt das Schwein, dass ich bereits fertig bin, fragte sich Martin und kämpfte gegen die neue Panik. Glaubt er, dass ich erledigt bin, zerstört? Glaubt er, dass ich ihm bereits gehöre? Das ist nur so, wenn ich es selbst glaube, sagte er sich und versuchte sich aufzurichten. Aber habe ich überhaupt eine Chance? Können sie mich nach dem, was ich hier gesehen habe, jemals gehen lassen? Ja – nur wenn sie glauben, dass ich wirklich mit ihnen kooperiere. Dann kann ich später immer noch die französische Polizei informieren. Grivot wird mir helfen, Kommissar Grivot. Das war die einzige Hoffnung, an die er sich klammern konnte.

»Es ist so, leider, Herr Bongers, Simion hat Sie benutzt. Für die Portugiesen hat er gearbeitet und für die USA. Simion ist Geheimdienstmann, immer gewesen, und er wird es sein, bis man ihn stoppt. Sie werden uns dabei helfen. Oder bedeuten Ihnen Ihre amerikanischen Freunde so viel?«

»Es sind nicht meine Freunde, verflucht. Und Sie? Sind Sie vom KGB?«

Brzezinski machte ein Gesicht, als ob er zuschlagen wollte. »Den gibt es schon lange nicht mehr. Der Auslandsgeheimdienst heißt jetzt SWR.«

»Und der Herr im Kreml wäre mein zukünftiger Chef?«

»Ist Ihnen der im Weißen Haus lieber?«

»Gib dich nicht auf ... gib dich nicht auf, gib dich nicht auf«, sagte sich Martin laut, bis er Schritte an der Tür hörte. Er zog die Decken fester um sich, doch Angst und Kälte ließen ihn immer stärker zittern. Trotz seines Angebotes zur Zusammenarbeit hatten sie ihn in diesen fenster- und zeitlosen Raum gebracht. Die Wandfarbe war zu hart, um sie mit den Fingernägeln aufzukratzen. Die Lüftungsschächte waren zu hoch, um daran zu lauschen oder etwas hineinzurufen. Martin wusste nicht, ob es Tag war oder Nacht, er hatte gezählt: eins, zwei, drei ... bis sechzig und wieder von vorn. Das war eine Minute. Mit den Fingern waren es zehn, nahm er die Zehen zu Hilfe, kam er auf zwanzig, dann musste er das System von vorn beginnen. Er hatte sich das Einschlafen verboten, denn wenn er einnickte, hatte er das Gefühl zu ertrinken.

Wieder verbanden sie ihm die Augen, im Verhörraum nahmen sie ihm die Binde ab, Brzezinski wartete. Der Tisch war gedeckt, es gab Weißbrot, verschiedene Würste, in Weinblätter eingerollten Käse. War das seine Henkersmahlzeit?

»Essen Sie!« Brzezinski machte eine einladende Handbewegung. »Sie brauchen eine gute Grundlage, denn danach werden wir einen hervorragenden Tropfen probieren. Wir wollen nicht, dass Sie gleich betrunken sind.«

Martin rührte nichts an.

»Wir werden Sie nicht zwangsernähren, aber ich glaube, Sie haben lange nichts gegessen, Sie brauchen eine Grundlage, wir werden gleich Ihr Spitzengewächs genießen. Ich habe einen Kollegen gebeten, Ihren Wein zu holen. Sie hatten recht. Es gibt da einen Roman von jemandem mit einer einmalig guten Nase ...«

Brzezinski konnte nur die Romanfigur Grenouille meinen.

»Patrick Süskind hat ihn geschrieben, ich kenne mich mit deutscher Literatur gut aus. Besonders gern lese ich die Wende-Romane, besonders darüber, dass alle angeblich immer schon gegen Honecker, gegen den Sozialismus und das Regime waren. Aber zurück zu uns. Ihr Lieblingswein stammt tatsächlich aus unserem Hause, aus dieser Kellerei.«

»So nennt man diese Orte jetzt – Kellerei? Entweder ist es eine Abhörstation oder ein Folterzentrum.«

»Ihr Sinn für Humor ist noch intakt, das freut mich. Mit solchen Leuten macht die Zusammenarbeit Spaß.« Brzezinski lächelte nicht nur wie Granit, das kalte Blau seiner Augen konnte nur durch die Verfärbung des Gesteins durch einen blauen Quarz entstanden sein. »Ceauşescu hat uns nie gemocht, unser Kommunismus war ihm immer zu sozial. Außerdem war er Nationalist, er konnte die Niederlage des Zweiten Weltkriegs nicht verwinden und dass er auf der falschen Seite gestanden hatte. Aber sie sind alle ein wenig faschistisch hier. Nach dem Prager Frühling 1968 wuchs das Misstrauen, auch auf unserer Seite, und wir mussten die Bruderländer genauso beobachten wie den kapitalistischen Westen. Das haben wir getan. Ist doch verständlich, oder?«

»Wahrscheinlich verraten Sie mir kein Geheimnis. Von hier aus? Veranstalten Sie deshalb das ganze Theater?«

»Sie sind ziemlich zäh, Herr Bongers. Es gab auch wahre Kommunisten damals, die haben uns auf diesem Weingut Räume überlassen. Da haben wir Quartier bezogen und begonnen, Wein zu machen. Es gab seinerzeit einen deutschstämmigen Kellermeister, der hat uns sehr geholfen. Seine Familie lebte übrigens in Moskau.«

»Als Geisel?« Martin erinnerte sich an das, was Teubner und der Professor angedeutet hatten.

»Lösen Sie sich von Ihrer feindseligen Haltung, Herr Bongers. Bereits vergessen? Wir arbeiten von jetzt an zusammen. Sie tragen auch keine Fesseln mehr. Sie müssen essen, damit Sie zu Kräften kommen.«

Brzezinski amüsierte sich darüber, wie vorsichtig Martin an dem Käse roch. Martin war sich sicher, dass sein verhasstes Gegenüber ihn jetzt genauso wenig ernst nahm wie zuvor, dass Kooperation als Vorwand diente. Was hatten sie mit ihm vor?

»Dieser Kellermeister, ich glaube, er hieß irgendetwas mit Werner, der arbeitete dann für uns, er machte leider Weine, die so gut waren, dass unser Weingut berühmt geworden wäre, wir durften jedoch keinerlei Aufmerksamkeit erregen. Den Wein bekam nur ein ausgesuchter Personenkreis, und wie dieser Harms, von dem Sie sprachen, daran gekommen ist, werden wir noch klären.« Es klang wie eine Morddrohung. »Ah, da ist er, unser geliebter Zodiac.«

Martin erkannte das in Schwarz und Weiß gehaltene Etikett auf Anhieb: das Tierkreiszeichen, darunter der Schriftzug und die Jahreszahl 1975. Die Flasche war offen, der Mann, der sie brachte, hatte zusätzlich eine Dekantierkaraffe und zwei Gläser auf dem Tablett, er stellte alles vorsichtig auf den Tisch.

Brzezinski goss den Wein mit größter Sorgfalt in die Karaffe, ließ ihn fast tropfenweise an der Innenseite herunterlaufen. Es war ein schöner Anblick, und Martin überkam eine entsetzliche Traurigkeit, eine Verzweiflung wie bei einem endgültigen Abschied. Er kämpfte gegen die Tränen. Sollte das ein Abschied von sich selbst sein? Wenn sie ihn nicht gebraucht hätten, hätten sie ihn ohne jedes Theater weggeworfen. Sie waren Geheimdienstleute und es war ihnen völlig egal, für wen sie arbeiten.

Brzezinski füllte das Glas einen Fingerbreit und hielt es Martin hin. »Sie sind der Experte.«

»Wollen Sie mich umbringen, mit Polonium 210, wie Ihren Agenten in London? Wozu haben Sie sich die Mühe gemacht und ihm radioaktiv verseuchten Wein gegeben? Zur Abschreckung? Zur Strafe? Damit er in ganz Europa eine radioaktive Spur hinterlässt? Nein, ich trinke den Wein nicht.«

»Das ist die zweite Enttäuschung, die Sie mir bereiten, Herr Bongers. Das hätte ich nicht von Ihnen erwartet. Wofür halten Sie uns? Für Idioten und kaltblütige Killer? Soll ich einen Geigerzähler kommen lassen? Außerdem habe ich gesagt, dass wir Sie brauchen beziehungsweise von jetzt an kooperieren.«

Brzezinski gab sich Mühe, ernsthaft ungehalten zu wirken. »Ich werde es Ihnen demonstrieren.« Er griff nach der Karaffe und goss einen Schwall Wein in sein Glas, hob es an die Nase, verzog verzückt das Gesicht und nahm einen großen Schluck. Martin sah genau zu, ob er tatsächlich trank, ob sich der Adamsapfel zuerst nach oben und dann nach unten bewegte.

»Sie versäumen etwas«, sagte Brzezinski, nachdem er sich die Lippen geleckt hatte. »Lassen Sie uns anstoßen. Darauf, dass Sie es geschafft haben, zweitausendfünfhundert Kilometer einem Weingeruch zu folgen. Sie sind wirklich ein Experte. Sie sollten in Zukunft ständig für uns arbeiten. Es ist auch finanziell interessant.« Er musste sich weit vorbeugen, um mit Martins Glas auf der anderen Seite des Tisches anzustoßen. Es klang gut.

Martin betrachtete den Wein und roch daran. Ja, das war er, der Wein, den er gesucht hatte! Und jetzt merkte er auch, was ihn von den großen Bordelaiser Gewächsen unterschied: Es war der Anteil der Traube Fetească Neagră in dieser Cuvée. Von ihr hatte Martin sich zweitausendfünfhundert Kilometer weit in diese Hölle führen lassen. Er trank, er aß etwas und trank wieder.

»Übrigens geht es Ihrer Frau gut, sie war im Tschad, nicht

wahr? Einer unserer Mitarbeiter berichtete davon, er ist ebenfalls Mitglied der Kommission ...«

Und als es Martin schwindlig wurde, begriff er, dass er sich in dieser Hölle verlaufen hatte und nicht mehr herausfinden würde.

»Ist ... ja doch ... Gift«, stammelte er. Ihm wurde warm, sehr warm, der Horizont wurde schief, kippte zur Seite. Martin beugte sich vornüber und sah die Tischplatte auf sich zukommen.

»Ja«, lachte Brzezinski selbstgefällig und zog den Teller weg, »das Gift war im Glas – und nicht im Wein ...«

Die rechte Hand wog schwer, entsetzlich schwer, sie ließ sich kaum anheben, ein Gewicht hielt sie fest, sie war angeschraubt, und die Finger waren festgeklemmt. Was Martin weitaus mehr verwirrte, war der weiche Untergrund. An der Wange merkte er es zuerst, danach an der Hüfte, der warme Untergrund gab nach, und er glaubte, dass er auf einer Decke lag. Er sackte wieder weg, fiel zurück ins Bodenlose, aber sein Gehirn ließ das nicht zu. Die Umgebung stimmte nicht mit dem überein, was es zuletzt gespeichert hatte, und das brachte ihn in die Wirklichkeit zurück.

Das Licht war anders. Himmlisch war es nicht, sondern sehr irdisch, der warme Schimmer stammte von der Messinglampe auf dem Schreibtisch. Den kannte er von irgendwoher. Martin blinzelte, schloss die Augen und öffnete sie wieder. Langsam begriff er, dass er auf einem Teppich lag, die Kälte der Zeit unter Tage war einer wohligen Wärme gewichen, und sein Blick tastete sich über den Teppich, Zentimeter für Zentimeter, bis er auf etwas stieß, was da nicht hingehörte.

Da waren Augen, groß und starr, weit aufgerissen, auf ihn gerichtet. Nein, sie blickten auf einen Punkt, der weit hinter ihm lag, irgendwo an der Wand hinter seiner rechten Schulter oder im Nichts. Unter den Augen gab es eine Nase, weiter rechts einen Mund, schief, verzerrt wie nach einem Schlaganfall. Martins Gehirn formte daraus ein Gesicht, dann einen Kopf, der auf der Seite lag, daran hing ein Körper, und dann kam die Erinnerung. Es war der Kopf von Marc Simion.

War das jetzt Simion oder de Lima? Da war noch ein anderer Name: Dr. Veloso. Wieso starrt er unablässig an mir vorbei? Dann sah Martin die Pistole, sie lag schwer in seiner Hand und war merkwürdig lang, ein extrem langer Lauf. Er kannte Pistolen, er hatte damit geschossen, aber nie mit einer mit so langem Lauf, und der zeigte auf Simions Brust. Und da war ein kleiner roter Fleck.

Das Bewusstsein kam gleichzeitig mit einer derartigen Fülle von Informationen, dass Martin fürchtete, ihm würde der Kopf platzen. Erinnerung, Gegenwart und Zukunft kämpften gegeneinander. Mit einem wahnsinnigen Schmerz im Schädel setzte Martin sich auf, um den Kurzschluss zu verhindern. Ich habe Marc Simion erschossen? Ich habe Marc Simion nicht erschossen. Ich hätte ihn niemals erschossen, ich erschieße keinen Menschen. Er schnupperte an der Pistole und roch Pulver.

Brzezinski hat ihn erschossen oder einer von den »Bademeistern«, wie der sie nannte, um sich das Grauen vom Leib zu halten. Mir wollen sie den Mord in die Schuhe schieben, mich den Behörden präsentieren. Deshalb hatte das Schwein Brzezinski gesagt: »Wir brauchen Sie.« Das also ist die Kooperation, wie sie sich ein Geheimdienst vorstellt. Man wird kommen und mich in meinem Hotelzimmer finden – Martin richtete sich gänzlich auf und sah sich in dem durchwühlten Zimmer um –, denn ich habe Simion hier überrascht und geschossen.

Die Geschichte mit dem Zodiac nimmt mir niemand ab, sagte er sich und legte die Pistole beiseite. Niemand, weder bei der von Securitate durchsetzten Polizei noch bei den Seilschaften in der Justiz … niemals! Und wenn das stimmt, was Brzezinski über Simions Auftrag gesagt hat, werden mich auch die Amis jagen. Brzezinski wird ihnen weismachen, dass ich ihren Agenten erschossen habe. Welche Botschaft wird mir da noch helfen? Die deutsche oder die französische? Sie haben schon andere verkommen lassen. Niemand wird sich die Finger verbrennen. Mir bleibt nur die Flucht. Und zwar sofort!

Er stand auf, zog das Magazin aus der Pistole, eine Patrone fehlte, die steckte in Simions Brust, sieben Patronen blieben ihm. Er schob das Magazin zurück. Gewalt war ihre Sprache, nicht seine, aber ohne Sprachkenntnisse war man verloren. Er sicherte die Waffe und steckte sie ein. Mit dem Schalldämpfer war sie schrecklich unhandlich, aber er musste sie mitnehmen. Das hatte er schon einmal getan, und es hatte ihm das Leben gerettet. Er berührte Simion, der Körper war noch warm, er konnte noch nicht lange tot sein. Simion hatte ihm das alles eingebrockt. Er hatte ihn zwei Wochen lang betrogen und belogen, er hatte ihn benutzt. Martins Mitleid hielt sich in Grenzen. Aber auch ohne den Amerikaner wäre er dem Zodiac gefolgt.

Ich muss an mich denken, ich muss schnell denken, und ich muss an alles denken. Was darf ich mitnehmen? Der Wagenschlüssel in der Hosentasche ist überflüssig, sie werden mich im Auto leicht finden. Koffer? Nein, zu groß. Klamotten? Nein, zu schwer. Mobiltelefon? Nur das nicht registrierte ist nützlich, wenn ich es nach dem Gespräch sofort abschalte und die Stellung wechsele wie ein Scharfschütze nach dem Schuss. Aber auch das andere kann nützlich sein. Das Adressbuch muss mit und die Lederjacke. Die Ausweispapiere habe ich ...

Er stand in der Tür und sah die Leiche. Simions tote Augen starrten weiter in die Unendlichkeit oder an einen Punkt an der Wand. Der Tote geht mich nichts an, sagte er sich, das ist nicht mein Krieg. Nur dummerweise geht's immer auf unsere Kosten, wenn sie sich gegenseitig umbringen.

Martin wollte das Licht im Zimmer ausknipsen, und als er nach dem Schalter griff, erinnerte er sich an das Geld dahinter. Es machte die Kreditkarte überflüssig und vermied elektronische Spuren. Zumindest das hatte er von dem Toten gelernt. Er steckte auch das Taschenmesser ein, dann trat er in den halbdunklen Flur, huschte zu einem Fenster, zog den Vorhang zurück und sprang. Er kam weich auf und rannte los.

Zwischen den benachbarten Villen öffnete sich ihm ein schmaler Weg, die Dunkelheit dahinter würde ihn aufnehmen. Links stieg jemand aus einem Wagen, in der Einfahrt rechts tauchte Brzezinski auf und versuchte, ihm den Weg abzuschneiden, da war er auch schon vor ihm, hatte etwas in der Hand – Martin hob die Waffe und drückte zweimal ab. Es machte plopp, der Rückstoß war schwach, Brzezinski taumelte rückwärts und stürzte gegen eine Wand – oder hatte er sich in Deckung geworfen? Jetzt habe ich wirklich Schmauchspuren an der Hand, dachte Martin und hörte Stimmen, aber nicht die des Russen. Eine Polizeisirene jaulte auf, er rannte, schlug Haken, ging langsam, wollte in der menschenleeren Stadt nicht auffallen, er hockte sich in eine Nische, hinter eine Vorgartenmauer, kroch unter einen Lastwagen, bis er schließlich in einem Hauseingang auf den Morgen wartete. Hier konnte er schlafen, nachdenken, die Polizei oder was auch immer erwarten. Unter den Hunden, die im Müll wühlten, fühlte er sich wohl. Sie taten ihm nichts.

Als die Sonne aufging, plante er die nächsten Schritte. Sie führten ihn zum Busbahnhof. Als er die Polizeiwagen bemerkte, drehte er ab. Dann sah er ein Hochhaus und einen Funkmast. Beides hatte er bei der Ankunft in dieser Stadt gesehen. Zumindest hatte er nun eine Himmelsrichtung und lief los. Er fand die Ausfahrt zur bombardierten Straße nach Târgovişte wieder, ein Lastwagen nahm ihn dorthin mit. Er kaufte einen billigen Rucksack und verwandelte sich zum Rucksacktouristen. Er kaufte Schuhe, eine leichte Jacke, alles billig, Unterwäsche, eine Zahnbürste und eine kleine Sonnenbrille. Sie verdeckte seine Augen. Eine große hätte ausgesehen, als wolle er sich dahinter verstecken. Dann fand er den Bus nach Braşov. Das war bereits in Siebenbürgen, dort würden viele seine Sprache sprechen. Im Bus konnte er schlafen und kam gleichzeitig voran. Er war zum ersten Mal in seinem Leben auf der Flucht.

26

Er wachte auf, als das Blaulicht des Polizeiwagens neben dem Bus aufblitzte. Martin sah den Uniformarm mit der Kelle zum Fenster herauskommen, der Wagen setzte sich vor den Bus und zwang ihn am Straßenrand zum Halten. Jetzt ist alles vorbei. Ihm brach der Schweiß aus.

Hier komme ich niemals raus, die Flucht ist so schnell zu Ende, wie sie begonnen hat. Wie kindisch von mir, dass ich mir in diesem Land eine Chance ausrechne. Nein, gerechnet habe ich nicht, nur gehandelt, um mich zu retten. Mich zu stellen und auf Gerechtigkeit zu vertrauen käme einem Selbstmord gleich. Bei der Verhaftung in der Öffentlichkeit kann ich wenigstens hoffen, am Leben zu bleiben.

Er hatte gehört, dass man in solchen Situationen laut seinen Namen rufen sollte. So konnten mögliche Zeugen, und hier, im voll besetzten Autobus, gab es viele, eine Zeitung oder eine Botschaft verständigen, damit er nicht spurlos verschwand. Besser war die französische, der deutschen war in politischen Fragen, und besonders, wenn es um die sogenannten Verbündeten aus Nordamerika ging, nicht zu trauen. Er würde auf Englisch und Deutsch rufen: »Ich heiße Martin Bongers, rufen Sie die französische Botschaft an! Ich heiße Martin …«, bis sie ihn zum Schweigen bringen würden.

Die Fahrertür schwang auf, die Mitteltür ebenfalls, dort blieb ein Polizist stehen, der andere kam vorn herein. Er hielt einen Zettel in der Hand, blickte darauf und dann den Fahrgästen ins Gesicht. Ein Steckbrief? Martin überlegte, ob er sich schlafend stellen sollte, die rumänische Zeitung, die er zur Tarnung auf dem Schoß liegen hatte, konnte er übers Gesicht legen. Sein Sitznachbar sagte etwas zu ihm, was Martin natürlich nicht verstand, trotzdem stimmte er brummend zu.

Der Polizist erreichte die Sitzreihe vor ihm, als Martin sich an die Pistole erinnerte, ein schauderhafter Gedanke. Er hatte keine Möglichkeit gefunden, sie loszuwerden. Sie steckte unten im Rucksack. Schlimmer konnte es nicht sein, alles war aus, zweifachen Mord würden sie ihm anhängen, er würde in einem der lausigen rumänischen Gefängnisse enden, da kam er niemals raus, sein Leben lang nicht – oder praktizierten sie hier noch die Todesstrafe? Wohl kaum, sonst wären sie nicht in der EU. Dann würden sie ihn schon eher an die USA ausliefern? Die würden ihn auf jeden Fall umbringen. Alles wies darauf hin, dass er, und nicht Brzezinzki, ihren Agenten erschossen hatte.

Der Polizist blieb stehen und verlangte von dem jungen Burschen vor ihm die Papiere. Ein Ablenkungsmanöver? Gab es noch einen verdeckten Ermittler im Bus? Ein scharfer Wortwechsel folgte, dann zogen die Polizisten den Jungen aus der Sitzreihe und brachten ihn nach draußen. Er wehrte sich nicht. Martin sah seinen Nebenmann an, aber der war vom Geschehen total gefangen.

Als sie nach Braşov gelangten, war seine Spannung nicht gewichen, sein Herzschlag wurde schneller, als Martin die Polizisten sah, wie sie am Bus aus Ploieşti Reisende kontrollierten. Also suchten sie weiter nach ihm. Er verkrümelte sich in eine rauchige Kneipe mit blinden Scheiben und schmierigen Tischen, von wo aus er die Ankunft und Abfahrt der Busse beobachtete. Er musste nach Norden, über die ungarische Grenze, das war seine einzige Chance. Er wollte nicht in die Ukraine oder durch die Donau schwimmen, um dann in Serbien anzukommen. Von Ungarn kam er sicher leichter nach Frankreich. Dort würde ihn niemand ausliefern. Es war nur gut, dass er auf seiner Tour statt eines Navigationsgeräts die bewährten Landkarten benutzt hatte, denn nur so hatte er sich das Land und die Lage der Städte ganz nebenbei einprägen können. Und über das Navi wurde man genauso geortet wie über das Mobiltelefon. Wer nur Befehlen gehorchte, auch denen aus dem Navigationsgerät, verdummte langsam, aber sicher.

Es gab Busse, wie er erfahren hatte, die von Sibiu nach Budapest fuhren, aber die internationalen Busse würde man sowohl hier wie auch an der Grenze kontrollieren. Also blieb ihm nichts anderes übrig, als von Stadt zu Stadt zu springen, möglichst häufig umzusteigen und die Transportmittel zu wechseln. Zumindest hatte er die leicht zu kontrollierenden Karpatenpässe hinter sich. Nur wie kam er aus diesem verdammten Braşov weg? Hoch über der Stadt, in der die Plattenbauten nicht so grausam wirkten wie in Bukarest, stand ihr Name in weißen Lettern – an einem Gerüst befestigt. Darauf hatten sich kürzlich zwei Wanderer vor Braunbären gerettet. Die Polizei hatte die Tiere vertrieben. Fußmärsche durch die Wälder schieden aus, bis auf den letzten über die grüne Grenze. Den musste er wirklich wagen. Es war die einzige Rettung.

Da fiel ihm Grigore Constantinescu ein, Grigore, der Arbeiter aus der Billardkneipe in Castillon-la-Bataille. Wie besessen blätterte Martin in seinem Notizbuch. Von ihm hatte er niemandem erzählt, keinem Menschen, niemand wusste von dieser Verbindung, kein Lucien, kein Simion, und auch Brzezinski hatte er nichts gesagt – es sei denn, sie hatten in seiner Abwesenheit sein Hotelzimmer durchsucht. Aber weshalb hatten sie das Notizbuch liegen lassen? Bestimmt hatten sie es fotokopiert. Also musste er schnell sein, wenn sie alle Kontakte überprüften. Grigore musste ihm helfen. Da, seine Adresse, Baia Mare hieß die Stadt, in der seine

Familie wohnte, eine Telefonnummer gab es nicht, nur eine Straße mit Hausnummer. Er schrieb den Namen auf einen Zettel und machte sich zu Fuß auf den Weg zur Ausfallstraße nach Hermannstadt. Ein Taxi durfte er nicht benutzen, sich zu zeigen war verboten, einen Fußgänger in seinen billigen Klamotten würde man nicht wahrnehmen. Ruhe durfte er sich nicht gönnen, er musste sich schnell bewegen, schneller als sich die Nachricht von dem Doppelmord verbreitete, er hatte längst befürchtet, sein Fahndungsfoto auf dem Fernsehschirm der Kneipe zu sehen oder mindestens seinen Namen zu hören.

Erst als er einem Lastwagenfahrer an der Tankstelle Geld bot, nahm der ihn mit, wohl ahnend, dass er jemanden ins Führerhaus ließ, der nicht offiziell reiste. Dafür musste man zahlen. War dem Fahrer zu trauen? Nein, aber Martin hatte keine Wahl, und der Fahrer stellte keine Fragen.

Am Abend gelangte er nach Hermannstadt, gegen Mitternacht erreichte er auf einem anderen Lkw die Stadt Alba Iulia und schlief in der muffigen Baracke der Fahrer. Aber besser auf dieser Pritsche als in der Zelle, und je länger er unterwegs war, je weiter er das Grauen der letzten Tage hinter sich ließ, je weiter er sich von der Kellerei des Schreckens entfernte, desto mehr gewann die Hoffnung. Das größte Problem im Moment war das Wasser. Er konnte einen Arm darunterhalten, ein Bein, den Rücken nass machen, sein Gesäß, aber kaum fühlte er Wasser auf Brust, Kopf oder Schultern, sprang er keuchend aus der Duschkabine und bekam einen Erstickungsanfall. Das Zähneputzen war grauenvoll. Die Fahrer rissen ihre Witze über ihn, sicher war es besser, dass Martin sie nicht verstand. Schlimmer noch als die Dusche und die Frotzelei war der Blick ins Waschbecken. Die Angst vor dem ablaufenden Wasser schnürte Martin die Kehle zu. Er brauchte an diesem Morgen eine Stunde, um sich zu beruhigen. Ans Rasieren war nicht zu denken, aber das war hilfreich, denn der Dreitagebart veränderte sein Aussehen.

An dem Imbiss gegenüber der Fernfahrerunterkunft bekam er Kaffee und Brötchen. Er hätte zu gern Charlotte angerufen, aber er wagte es nicht, er war unsicher, ob sie ihn nicht doch orten könnten. Zumindest konnten Brzezinskis Freunde, wenn sie wussten, dass er aus Saint-Émilion kam, sein Telefon dort angezapft haben, oder sie hatten bereits Charlottes Rufnummer in Erfahrung gebracht. Er musste sich etwas einfallen lassen. Mit Geld bekam man vieles hin, und Geld hatte er genug – momentan jedenfalls. Er kaufte einem Fernfahrer das Mobiltelefon ab und ließ es mit dreißig Euro aufladen. Für den Betrag müsste er Charlotte eigentlich alles erzählen können. Sie musste ihn rausholen, sie und Jacques – oder auch Grivot? Aber an den Kommissar kam er nicht ran, der war immer mit irgendwelchen Sonderaufgaben in Paris beschäftigt. Das konnte nur Charlotte übernehmen. Gab es sie noch, die Fluchthelfer aus den Zeiten Ceauşescus? Oder waren sie längst deaktiviert? Wo konnte man sie finden? Nein, durch die Donau würde er nicht schwimmen – er würde in seinem Leben sowieso nie wieder ins Wasser gehen, außerdem kungelten die Serben mit den Russen. Bevor er mit dem nächsten Lastwagen weiterfuhr, legte er einem anderen Fahrer, der einen Transport nach Bukarest hatte, sein eingeschaltetes Mobiltelefon ins Führerhaus. Das war link, aber erst kam das eigene Leben, dann die Moral. Dem Fahrer würde niemand den Kopf abreißen, man würde höchstens dessen Tour rekonstruieren.

Die Bergarbeiterstadt Baia Mare gehörte zu den am stärksten verseuchten Städten der Welt. Es gab kaum einen Winkel, von dem aus der mehr als dreihundert Meter hohe Schornstein der Kupferhütte nicht zu sehen war. Das galt auch für das kleine Haus der Familie von Grigore Constantinescu am Stadtrand. Martin hatte gewagt, ein Taxi zu nehmen. Er hoffte oder glaubte nicht, dass man hier von ihm wusste oder den Fahrer nach einem flüchtenden Deutschen ausfragen würde. Der hatte allerdings gezögert, hier rauszufahren, besonders als die Schlaglöcher und Pfützen tiefer wurden. Zwei Kinder rannten in das kleine rote Haus, sicher um ihre Mutter zu holen, andere Knirpse stierten ihn von Weitem an, vorsichtig hinter einen Bretterzaun geduckt, andere aus der halb geöffneten Haustür gegenüber, jederzeit bereit zur Flucht unter Mutters oder Großmutters Röcke. Eine Frau in unbestimmbarem Alter erschien auf den Treppenstufen.

»Grigore Constantinescu?«, fragte Martin und wiederholte den Namen.

»*Franța*«, sagte die Frau, »*el e în Franța. Tu ești amicul?*«

Meinte sie, dass er ein Freund von ihm sei?

»*Da, da! Amico, amico*, ja, ich bin ein Freund.« Was hätte Martin sonst sagen sollen.

Die Frau lächelte vorsichtig, sie zögerte, ob sie ihn einlassen sollte, dann kam die einladende Handbewegung, sie winkte Martin heran, wischte sich die Hände an der Schürze ab und führte ihn ins Haus. Er sah sofort, weshalb Grigore Constantinescu nicht aus Frankreich wegwollte. Die Armut sprang Martin an, sie tat ihm weh, er sah vor sich die alte Frau im Autowrack, aber hier herrschte kein Elend. Das Wohnzimmer war sauber, aufgeräumt, es gab Bilder an den Wänden in kaputten Rahmen mit gesplittertem Glas, Zeitungsausschnitte, die billige Imitation einer Ikone über einer Art Hausaltar, sogar eine Kommode mit Geschirr, von allem das Einfachste. Das Beste war das Fernsehgerät. Das Schlechteste waren die Zähne im Mund von Grigores Schwester, die Lücken und Stümpfe machten die sympathische Frau zur Greisin. Grigore hatte nicht ein Zahn gefehlt, daran konnte sich Martin erinnern. Die Kinder trauten sich hervor, eine wirkliche Greisin erschien in der Küchentür, sie war Grigores Mutter, und sie weinte Freudentränen, dass ein Freund ihres Sohnes aus dem fernen Frankreich zu ihnen gekommen war. Dann traf noch ein Mann ein, der einen beherzten Eindruck machte und sofort das Kommando übernahm. Es entspann sich eine lebhafte Diskussion, von der Martin kein Wort verstand, aber er konnte deutlich machen, dass er Deutscher war. Da sprang der Mann auf, drückte Martin wieder auf seinen Stuhl und verließ das Haus.

Martin wurde flau und kalt. Wussten die Leute von seiner Flucht? Wussten sie, dass er gesucht wurde? Benachrichtigte der Mann, anscheinend Grigores Schwager, die Polizei? Wenn es so gewesen wäre, hätte Martin es gespürt. Diese Leute hier schwiegen, aber sie logen nicht, und solche Leute denunzierten niemanden. Er bekam einen gut duftenden Kräutertee in einer angeschlagenen Tasse vorgesetzt, bestaunte das kaputte Plastikspielzeug der Kinder, die Puppe mit dem ausgerissenen Arm, und bekam von ihnen dafür ein scheues Lächeln geschenkt.

Eine halbe Stunde später war der Mann wieder da und brachte statt eines Sondereinsatzkommandos einen älteren Herrn mit, der Martin herzlich die Hand schüttelte. Er mochte die siebzig überschritten haben.

»Jürgen Werner. Wenn Sie Deutsch sprechen, dann können wir uns über alles unterhalten.« Er wartete Martins Antwort nicht ab. »Sie sind ein Freund von Grigore? Das ist wunderbar, seine Mutter, die Schwester sowie der Schwager, der mich geholt hat, freuen sich schrecklich, dass Sie gekommen sind. Sie sind allen herzlich willkommen. Das hat es noch nie gegeben, dass ein Freund von Grigore erschienen ist. Alle sind sehr glücklich. Wie geht es Grigore? Was macht er? Wie lebt er? Verdient er gut? Wissen Sie, Herr Bongers«, sagte er und beugte sich zu ihm, als solle niemand hören, was er zu sagen hatte, »die gesamte Familie lebt hauptsächlich von dem, was er schickt, von den Überweisungen, meine ich. Bleibt denn für ihn selbst noch genug übrig? Das würde seine Schwester nie fragen, denn ihr Mann schämt sich, dass er so wenig verdient, und jetzt in der Krise hat er sogar den schlechten Job noch verloren. Aus Bordeaux kriegen sie jeden Monat sechshundert ... Sie verstehen, wie wichtig das für alle ist.« Jürgen Werner sah sich vielsagend um.

In dieser Art ging es weiter, und Martin konnte nicht eine einzige Frage wirklich beantworten, es blieb ihm nur, die Familie zu beruhigen, Allgemeinheiten zum Besten zu geben und diese irgendwie mit Grigores Leben in Verbindung zu bringen. Er schämte sich für die Lügen wie nie zuvor in seinem Leben, denn diese Leute schienen ihm grundanständig zu sein. Aber es wäre noch verletzender gewesen, ihnen gar nichts zu sagen. Irgendwann am Nachmittag, Martin war völlig übermüdet und konnte sich kaum noch auf den Beinen halten, nahm ihn Jürgen Werner mit zu sich und kam unterwegs auf den Grund zu sprechen, weshalb Grigore nicht nach Rumänien zurück wollte.

»Sein Vater hat am Palast in Bukarest mitgearbeitet«, vertraute ihm Jürgen Werner an. »Wegen der schlechten Bedingungen hat er damals seine Brigade aufgehetzt, wie sie sagten. Man bezeichnete ihn als Agent des Klassenfeindes und Volksschädling. Er war Kunsttischler, eigentlich mehr ein Künstler, und im Gefängnis haben sie ihm die Finger gebrochen. Das waren nicht die von der Partei selbst, die haben die Drecksarbeit immer von Kriminellen machen lassen, so wie bei euch in den Konzentrationslagern die Kapos. Er hat sich aufgehängt, die Familie wurde danach nicht weiter unterstützt, sie haben alles verloren. Ohne Grigore mit seinem Auslandsjob hätten sie nichts. Er hasst Rumänien. Deshalb kommt er nicht zurück, wahrscheinlich niemals.«

Und ich auch nicht, wenn er mir nicht hilft, dachte Martin und überlegte, wie er das Thema auf sein Anliegen bringen konnte. Wie viele Schicksale dieser Art gab es noch? Mal war von zwei Millionen Rumänen die Rede, mal von vier, die das Land verlassen hatten, und das Geld, das sie nach Hause schickten, summierte sich auf Milliarden, eine wichtige Stütze der Wirtschaft, des Finanzsystems und, was viel wichtiger war, von Grigores Familie.

»Weshalb hat der Schwager keine Arbeit? Was ist er von Beruf?«

»Er hat gearbeitet, in der Nachtschicht, aber was wollen Sie mit zweihundert Euro kaufen? Die Regierung will, dass alle Rumänen zurückkommen, aber die werden sich hüten. Jetzt erzählen Sie mal von sich ...«

»Ich habe ein Problem ...«

»Das haben wir uns gedacht, sonst wären Sie kaum hier aufgetaucht oder längst wieder weg.«

»Ich muss mit Grigore sprechen, in Bordeaux, am Telefon. Gibt es eine Nummer? Wenn ich mit ihm gesprochen habe, wird er Ihnen und seiner Familie alles erzählen.«

»Ich kümmere mich darum.« Jürgen Werner lächelte. »Sie brauchen Schlaf, Sie sehen übernächtigt aus, Ihr Problem sieht man Ihnen an. Vielleicht sollte das besser nicht so sein? Machen Sie es sich bei mir auf dem Sofa bequem, ich kümmere mich um alles. Da, der Rucksack, mehr haben Sie nicht? Sieht fast aus wie auf der Flucht. Ich kenne solche Leute. So sahen sie aus, wenn ich sie zum letzten Mal gesehen habe.« Er lachte.

»Mehr ist nicht übrig.« Martin dachte an die Pistole, er musste sie dringend loswerden.

»Sind Sie ausgeraubt worden?«

»Man könnte es so nennen.«

Jürgen Werners Haus war auch sehr einfach, nur das Nötigste war vorhanden, aber im Vergleich zu dem Haus der Constantinescus bedeutend besser eingerichtet. Martin machte es sich auf dem Sofa bequem, während sein Gastgeber kochte. Seine Frau war vor zwei Jahren gestorben, und seitdem musste er das Haus allein in Ordnung halten, sauber machen, einkaufen und seine Kleidung flicken.

Später aßen sie zusammen, es kam sogar eine Flasche Wein auf den Tisch, sie trug das gleiche Etikett wie jene Flasche, die Tudor Dragos ihm im Agrarministerium hatte überreichen lassen. Jürgen Werner war es peinlich. »Mehr ist leider nicht drin. Mein Bruder war Kellermeister, früher, es ist lange her, aber er ist verschwunden, seine Familie auch ...«

War der Bruder jener Kellermeister, der den Zodiac gemacht hatte? Der Kreis schließt sich, dachte Martin. Er stellte besser keine Fragen, denn er war heilfroh, dass auch der Siebenbürger Sachse, der ihn aufgenommen hatte und der ihm weiterhelfen wollte, sich zurückhielt. Er hatte es in seinem Leben lernen müssen, er brachte Martin nicht ein einziges Mal in Verlegenheit. Am frühen Abend begannen sie von einem Hotel in der Stadt aus zu telefonieren. Erst um dreiundzwanzig Uhr kam die gewünschte Verbindung nach Frankreich zustande.

27

Charlotte schloss die Haustür auf und zerrte ihren Koffer in den Flur. Erschöpft stellte sie die Handtasche auf die Garderobe und hängte die zerknautschte Jacke auf einen Bügel. Die Schuhe flogen in eine Ecke, sie genoss es, barfuß über die kühlen Fliesen zu laufen. Sie konnte hintreten, wo sie wollte, es gab keine Minen mehr, keine Skorpione und keine Fettnäpfchen. Sie lächelte, als sie in die Küche blickte, ihre Mutter hatte einen Strauß Sommerblumen zu ihrem Empfang auf den Tisch gestellt, das entschädigte ein wenig dafür, dass Martin sie nicht in die Arme nahm. Er machte ihr Sorgen. Seit Tagen hatten sie nicht miteinander gesprochen, von keiner Seite eine Nachricht, weder als SMS noch als E-Mail, nicht eine Telefonnummer gab es, weder privat noch die eines Hotels oder einer Kellerei. Und unter seinem Mobiltelefon hatte sich jemand anderes gemeldet. Lautlos zu verschwinden war nicht Martins Art. Da bahnte sich was an, nichts Gutes, sie hatte das bereits auf dem Flughafen gespürt, in dem Moment, als sie aus dem Flugzeug gestiegen war.

Sie ging ins Büro, möglicherweise lag da eine Nachricht von ihm, ihre Mutter stapelte dort immer die Post, aber es gab lediglich eine Postkarte von ihm aus Constanţa. Er schickte immer Postkarten mit den geschmacklosesten Ansichten. Diese zeigte einen Mann auf einem Sockel – Ovid.

»Vielleicht dem Wein meines Lebens auf der Spur …«,

hatte er geschrieben. Was für ein Unsinn, der Wein seines Lebens wuchs hier, der Merlot, seit Kurzem auch Cabernet Sauvignon, gleich hinter dem Haus, und Cabernet Franc würde später dazukommen. Charlotte sah die anderen Briefe durch, fast alle betrafen ihre Kellerei. Sie würde schon mal mit der Beantwortung beginnen und danach ihren Reisebericht über den Tschad für das Welternährungsprogramm schreiben. Davor graute ihr, und es widerte sie an, politische Rücksichten nehmen zu müssen und die tatsächlichen Schwierigkeiten und Versäumnisse nicht benennen zu dürfen, oder nur derart verklausuliert, dass es kaum jemand verstand. Hinzu kamen all die Fehler, die begangen wurden, weil dahinter die Interessen der Hilfsorganisationen und ihrer Regierungen standen. Letzteres war der Stoff für ihren inoffiziellen Bericht, und der ging an Freunde bei diversen Organisationen. Sicher las das DGSE mit, das tat der französische Geheimdienst immer, seit sie vor vier Jahren ihren Job als Staatssekretärin im Entwicklungsministerium hingeschmissen hatte. Natürlich war ihr Abgang lange zuvor geplant gewesen, doch sie hatte niemanden in ihr Vorhaben eingeweiht, nicht einmal ihre Freunde in Paris. Von Martin wusste sie, dass es die Republikflüchtlinge der DDR genauso gemacht hatten, denn nicht einmal die Eltern hatten von den Fluchtplänen wissen dürfen.

Am liebsten hätte sie sich jetzt ins Badezimmer begeben, lange gebadet, sich die Haare gewaschen, die Fingernägel lackiert, ihre Haut brauchte nach der extremen Sonne dringend Pflege – aber diese diffuse Unruhe statt der Erleichterung, zu Hause zu sein, ließ sie nervös sämtliche Zimmer inspizieren. Ohne Martin war das Haus zu groß, viel zu groß. Sie zog Jeans an und feste Schuhe und trat ins Freie. Der Weg nach rechts, vorbei an der Garage mit dem Wein, führte zum Haus ihrer Eltern. Es waren keine zehn Minuten zu gehen.

Die Begrüßung war herzlich wie immer, aber statt von

der Reise zu berichten, fragte sie nach Martin. Ihre Eltern hatten genauso wenig von ihm gehört wie sie.

»Sollten wir uns Sorgen machen?«, fragte Jérôme. »Weißt du mehr? Wo war er zuletzt?«

»Ich habe vor fünf Tagen mit ihm gesprochen, er war in einem Ort namens Ploieşti. Ich habe zwei Mobilnummern von ihm, auf einer hat sich jemand anderes gemeldet, das andere ist tot.«

»Das klingt nicht gut«, pflichtete auch ihre Mutter bei. »Was habt ihr für den Notfall vereinbart?«

In dem Moment hörten sie einen Wagen vorfahren. Jacques stieg aus und mit ihm ein Mann, klein, untersetzt, dunkelhaarig, den weder Charlotte noch ihre Eltern je gesehen hatten. Jacques hingegen kannten sie, er war Charlottes Schülerliebe auf dem Gymnasium gewesen, und heimlich himmelte er sie noch immer an. Die beiden Männer blickten ernst, gute Nachrichten waren von ihnen kaum zu erwarten, und Jacques hielt sich nicht mit Floskeln auf.

»Der Herr hier«, er wies auf seinen Begleiter, »das ist Grigore Constantinescu. Er hat letzte Nacht ausführlich mit Martin gesprochen und mit seinen Verwandten in Rumänien, die ihn bei sich aufgenommen haben, oder soll ich besser sagen, ihn versteckt halten? Es müssen sich ziemlich schlimme Dinge zugetragen haben. Martin ist in größten Schwierigkeiten, wir müssen ihn aus Rumänien rausholen! Er befindet sich in einer schrecklichen Lage, es sieht aus, als würde er es allein nicht schaffen. Es ist zu gefährlich. Er ist in eine Sache hineingeraten, die mindestens drei Nummern zu groß für ihn ist. Monsieur Constantinescu hat mir alles erzählt, aber es ist besser, es von ihm direkt zu erfahren, denn er hat lange mit Martin gesprochen. Erzählen Sie, Monsieur Constantinescu!«

Charlotte war blass geworden, sie schaute ihre Mutter an, die nur hilflos mit den Achseln zuckte und den Besuchern Stühle am Küchentisch und Kaffee anbot. Madame Lisette musste sich bewegen, in so schrecklichen Momenten wie diesem konnte sie nicht still sitzen und nur zuhören.

»Erzählen Sie uns alles, erzählen Sie alles, was Sie von unserem Schwiegersohn wissen, Monsieur Constantinescu – oder weißt du mehr, Jacques? Er hatte doch keinen Unfall?«

Grigore Constantinescu versuchte, die Eltern und Charlotte zu beruhigen. »Ich habe gestern lange mit ihm gesprochen, wir kennen uns aus dem Bistro in Castillon, es geht Ihrem Mann gut, aber …«

Die Unterredung dauerte drei Stunden. Man glaubte, alle Möglichkeiten erwogen zu haben, wie Martins Flucht aus Rumänien vorzubereiten sei, wer als Verbündeter infrage käme, und auch alles, was dabei schiefgehen konnte. Constantinescu wusste nicht, wie die Grenzkontrollen heute waren, wie und von wem die Grenze bewacht wurde, ob man einfach hinüberkam oder ob wegen der Kriminalität und internationaler Schlepperbanden auf beiden Seiten Greiftrupps patrouillierten, die natürlich in die Fahndung nach Martin einbezogen waren.

»Sie müssen schnell handeln, Madame«, sagte Constantinescu zu Charlotte, er sah ihr an, dass von ihr die größte Kraft ausging und sie die wichtigsten Entscheidungen traf. »Ihr Mann hat sehr gedrängt. Er sagte, dass es nur eine Frage der Zeit sei, bis man ihn finden würde. Die alten Netzwerke der Fluchthelfer sind zerrissen. Martin hat in diesem Zusammenhang noch einen Namen genannt, nämlich einen Monsieur Grivot. Der hätte angeblich die Mittel, zu helfen.«

Kommissar Grivot! Auch Charlotte hatte an ihn gedacht. Sie würde ihn dazu zwingen, zu helfen, und in ihr nahm ein Plan Gestalt an. Für Martin würde sie alles tun. Er war ihr Mann, egal, was er getan hatte, Recht oder Unrecht, und sie wollte weiter morgens bei ihm aufwachen, sie wollte, dass er sie umarmte und sie liebte. Sie würde ihn niemals hergeben – außer er würde gehen wollen.

»Überlasst mir das«, sagte sie, als sie das sorgenvolle Gesicht ihrer Mutter sah. »Ich weiß, was zu tun ist. Ich hole ihn da raus.«

Ihre Entschlossenheit übertrug sich auf die anderen in der Küche, jeder kannte ihren starken Willen, und niemand hatte einen Einwand. Lediglich ihr Vater stellte Fragen.

»Wirst du uns in deinen Plan einweihen?«

»Ja, obwohl das nicht nötig ist. Ich muss nur eines wissen: Monsieur Constantinescu – werden Sie uns helfen?«

Charlottes Augen suchten Jacques' Blick. Und der signalisierte, dass sie nicht umhinkamen, sich auf den Rumänen zu verlassen.

»Ja.«

»Sehr gut, ich danke Ihnen.«

»Wieso tun Sie das?«, fragte Monsieur Jérôme. »Sie kennen unseren Schwiegersohn kaum.«

»Weil man mich hier besser behandelt hat als in meinem Land. Und niemand von denen, die meinen Vater in den Selbstmord getrieben haben, wurde je zur Rechenschaft gezogen ...«

Rache war zwar kein gutes, dafür aber eines der stärksten Motive überhaupt, und Charlotte musste nicht lange überlegen, wie sie Grivot dazu bringen konnte, ihnen zu helfen. Er hatte es damals versprochen, nach dem Prozess. Sie und Martin hatten ihm den Rücken frei gehalten, ihn aus allem rausgehalten und seine Versäumnisse gedeckt. Und jetzt war Zahltag. Würde er sich weigern, würde Charlotte keine Sekunde zögern, ihn ans Messer zu liefern, er wäre erledigt. Nur so funktionierte es in der Politik: mit Vernebelung, Taktik, Zwang, Bestechung und Erpressung. Saint-Émilion war nicht anders als Paris.

Sofort nach der Unterredung fuhr sie zu einer Freundin, von wo aus sie den Journalisten anrufen wollte, der damals den Artikel über den Mord an Gaston und die Hintergründe geschrieben hatte. Beliebt hatte er sich in Bordeaux damit wahrlich nicht gemacht. Während der Fahrt musste ihr

Constantinescu aus seinem Leben erzählen, von seiner Familie, von seinen Erfahrungen, von Rumänien, »alles, Monsieur, alles, was Sie wissen«.

Charlotte erreichte Henry Meyenbeeker in seinem Büro in Barcelona. Der Weinjournalist zögerte nicht, ihr zu helfen. Seine Aufgabe war es, Grivots unrühmliche Rolle und die des französischen Geheimdienstes nach dem Mord an Gaston bekannt zu machen, ins Internet zu stellen und die wichtigsten französischen Zeitungen und deutschen Zeitungen, zu denen er Zugang hatte, zu informieren. Das war nur für den Fall vorgesehen, dass Grivot nicht mitspielte. Doch der würde es tun, der Skandal würde ihm ansonsten das Genick brechen.

Die SISA, Martins Auftraggeber, sah sie nach dem Gespräch mit Meyenbeeker in einem anderen Licht. Es wäre zu klären, wer oder was wirklich dahinter stand. War es eine der vielen Tarnfirmen eines Geheimdienstes, des amerikanischen vielleicht? Oder arbeiteten französische und US-amerikanische Dienststellen zusammen? Meyenbeeker glaubte, dass sie Martin ganz bewusst ausgewählt hatten – und er war ihnen auf den Leim gegangen.

»Wieso ein Agrarinvestor als Scheinfirma?«, fragte Charlotte.

»Wieso nicht?«, antwortete Meyenbeeker. »Was wissen Sie über die Mitglieder der Delegation, die mit Ihnen im Tschad waren?«

Dann kam der alles entscheidende Anruf. Grivot war längst wieder nach Paris zurückberufen worden, er hatte Charlotte und Martin eine sichere Telefonnummer hinterlassen, für »den Fall, dass Sie meine Hilfe benötigen«, wie er gesagt hatte. Es war klar, dass sie die Nummer nicht benutzen würde, um ihn zu fragen, ob die neue Wohnung bereits eingerichtet sei.

»Bitte seien Sie in genau zwei Stunden in Bordeaux im Restaurant ›Les Alpes‹«, sagte die Dame am anderen Ende der Leitung. »Dort werden Sie angerufen.« Damit war die Leitung tot.

Jacques fuhr den Wagen, Constantinescu erzählte von Rumänien, von seiner Schulzeit, vom Tod des Vaters, von den Menschen, die geflohen waren und was sie riskiert hatten, und von seinem Ekel den Politikern gegenüber. »Vierzig Prozent Wahlbeteiligung, daran sehen Sie, wie die Menschen denken.« Und die Siebenbürger Sachsen seien sowieso alle weg, der kümmerliche Rest sei nur noch Folklore.

Sie erreichten das »Les Alpes« rechtzeitig und setzten sich an einen Tisch, es war Mittagszeit. Die Männer aßen mit Appetit, Charlotte würgte einen Bissen runter, dann wurde ihr übel.

»Madame Bongers? Ein Anruf für Sie.« Mit diesen Worten bat sie ein Kellner in einen der hinteren Räume, führte sie von dort aus ins Nebenhaus und weiter in ein Zimmer, in dem nichts außer einem Stuhl und einem Tisch stand, darauf ein Telefon.

Charlotte erkannte Grivots Stimme sofort.

»Ich nehme an, Sie rufen nicht wegen des Sommerfestes an, aber ich wollte Ihnen trotzdem sagen, dass Martins Wein großartig ist. Meine Freunde bedauern, dass es von 2004 nichts mehr zu kaufen gibt.«

»Ich darf voraussetzen, dass die Leitung genauso sauber ist wie der 2005er. Davon haben wir noch einiges. Wollen Sie eine Kiste? Ich schenke sie Ihnen, wenn Sie uns helfen, Grivot. Wenn nicht, dann kriegen Sie nie wieder eine Flasche, nicht mal ein Glas, dann ist Martin nämlich tot.«

Grivot schwieg. »So ernst ist es?«, fragte er nach einer Pause. »Nun, wenn Sie es sagen, wird es so sein.« Der Kommissar kannte Charlotte, er wusste, dass sie nicht zu Übertreibungen neigte, sich durchzusetzen verstand und dass mit ihr in manchen Angelegenheiten überhaupt nicht zu spaßen war. Er kannte ihre Vergangenheit im Staatsdienst – vielleicht sogar besser als sie selbst.

»Grivot, ich brauche Ihre Hilfe! Es geht um Martin. Er ist in Rumänien zwischen die alten Fronten geraten, man hat ihn benutzt, so wie Sie das getan haben.«

»Das tragen Sie mir noch immer nach?«

»Es lässt sich nicht ungeschehen machen, und Sie haben uns damals etwas versprochen ...«

»Nein ... unmöglich ... das geht nicht ...«

Charlotte sah, wie der kleine Mann die Brille abnahm, wie er sich wand, sich hinter Formalitäten verschanzen wollte. »Das geht doch. Sie werden dafür sorgen.«

»Die alten Fronten, sagen Sie? Wie ist er denn da reingeraten?«

Charlotte erklärte es, so gut es ging.

»Wenn ich Ihnen helfe, komme ich in die Hölle.«

»Da sind Sie bereits, Grivot, nämlich in meiner. Eigentlich haben Sie keine Wahl.«

»Also Erpressung?«

»Nennen Sie es, wie Sie wollen. Wenn ich meinen Mann nicht aus Rumänien rauskriege, sind mir die Konsequenzen gleichgültig. Fragen Sie Ihre Leute an der Botschaft in Bukarest, was sie von Martin wissen, ob es einen internationalen Haftbefehl gibt, und sorgen Sie für den sicheren Grenzübertritt.«

Grivot stöhnte. »Sie sind schlimmer als Ihr Mann.«

»Das sind Frauen oft, wenn sie wissen, was sie wollen. Einen Fluchtwagen, Deckung, einen sicheren Weg, und wir beide werden zusammen auf der anderen Seite warten.«

»Wer bezahlt das?«

»Sie verfügen sicher über einen Reptilienfonds für derartige Aktionen. Wer weiß, was Martin Ihnen erzählen kann.«

»Der Typ ist er nicht, er sagt uns nichts.«

»Sie wissen bereits einiges.«

»Man wird nichts und niemanden finden, die Russen werden ihr Quartier verlegen, Tag und Nacht arbeiten, um alle Spuren zu beseitigen. Es wimmelt in diesem Land von Doppelagenten, falschen Informanten ...«

»Darum geht es nicht. Auch die Amerikaner werden ihn jagen. Sie reden sich raus, Charles. Ich will ihn wiederhaben. Auf offiziellem oder inoffiziellem Weg.«

»Und welche zeitlichen Wünsche hat Madame?«

»Morgen Nacht ...«

»Sie sind wahnsinnig, Sie sind völlig wahnsinnig ...«

»Ja, das bin ich. Sein Versteck kann jede Minute auffliegen. Wir haben es nicht mit Dummköpfen zu tun, und schon gar nicht mit Anfängern.«

»Hat er seinen Pass noch?«

»Das weiß ich nicht, aber ich glaube, es wäre besser, wenn er ihn nicht vorzeigen würde.«

»Warten Sie eine halbe Stunde, ich melde mich.« Grivot hängte ein.

Jacques strich sich zum wiederholten Mal seine graue Lockenpracht aus dem Gesicht. Das tat er immer, wenn er besonders nervös war. Alle waren nervös. »Was sagt er? Wird er es machen?«

Charlotte nickte. »Es bleibt ihm nichts anderes übrig. Das weiß er, und er weiß, dass ich nicht bluffe.« Sie wandte sich an Constantinescu: »Für wie sicher halten Sie Martins Versteck?«

»Für nicht sehr sicher. Ich weiß nicht, wer ihn gesehen hat. Wenn in unserer Straße ein Taxi vorfährt, dann ist das eine Sensation, das spricht sich rum. Andere zu denunzieren war an der Tagesordnung, da gab es keine Skrupel, das war Dienst am Volk, am Sozialismus, wie in Deutschland. Wenn drei Rumänen zusammen waren, gehörte einer davon zur Securitate.«

»Und heute«, fragte Jacques, »wie ist es heute?«

»Die alten Verbindungen der damaligen Opposition haben sich gelockert. Der Zusammenhalt der Fluchthelfer existiert nicht mehr, viele sind gestorben, sind alt oder ausgewandert. Es hat den Zusammenhalt gefördert, gemeinsam etwas gegen Ceauşescu zu unternehmen, das war die Verbindung. Heute zählt nur noch Geld, es wirkt wie Sprengstoff, es sprengt die Freundschaften und Familien. Jeder ist sich selbst der Nächste. Nur der eigene Vorteil ist wichtig. Von den echten Freundschaften sind kaum welche übrig, so wie die mit Jürgen Werner, er ist ein alter Mann. Seine Kinder? Die sind alle weg, sie leben in Deutschland, aber sie schicken ihm wenigstens Geld.«

Grivot meldete sich nach anderthalb Stunden. »Richten Sie ihm aus, Charlotte, dass er seinen Verfolgern Arbeit machen soll, er muss sie beschäftigen und Spuren hinterlassen, die ins Leere führen, aber deren Auswertung Zeit kostet. Er soll sich nach Bussen erkundigen, aber keinesfalls in Baia Mare, er muss in Reisebüros nach Zügen und Flugverbindungen nach Deutschland fragen, er muss sich sehen lassen und dann wieder untertauchen. Das ist ein Risiko, aber dadurch lenken wir die Aufmerksamkeit in eine Richtung und vermeiden den Eindruck, er könnte Helfer im Land haben. Und während man ihn sucht, nutzen wir die Zeit. Es ist bereits jemand zu ihm unterwegs. Wenn Sie morgen Mittag in Paris sind – wir treffen uns am Flughafen Charles de Gaulle ...« Grivot nannte die Uhrzeit. »Wir sind am frühen Abend in Budapest und nachts an der Grenze. Schärfen Sie Martin ein, dass er nicht wie beim letzten Mal auf eigene Faust handelt. Er muss, das wiederhole ich, er muss unseren Anweisungen unbedingt folgen, sonst kann ich nichts für ihn tun.«

28

»Zehn Minuten noch«, sagte Grivot in das Schweigen der endlosen Nacht hinein, »in zehn Minuten sind wir am Treffpunkt. Das wäre kein Beruf für Sie, nicht wahr, Madame Bongers?«

Die letzten beiden Stunden der Autofahrt von Budapest bis an die rumänische Grenze hatte Charlotte in einer Art Dämmerzustand verbracht. Sie hatte versucht, sich wach zu halten, war aber immer wieder eingenickt. In dem Moment, als sie im Fond des Wagens zur Seite fiel, war sie im Traum gestürzt, sie war aus dem Jeep, mit dem sie in der Wüste des Tschad unterwegs gewesen war, herausgefallen, einen Abhang hinuntergerollt und beim Aufstehen über ein im Sand liegendes Kind gestolpert.

»Nein, Grivot, in Ihrem Beruf gibt es zu viel Geheimniskrämerei. Sie haben allerdings im Gegensatz zu mir meistens mit Leuten zu tun, die das Risiko kennen und sich selbst dafür entscheiden. Das macht es leichter. Meine Opfer sind da weniger informiert. Die Akteure oder Strippenzieher des Elends befinden sich mehr auf Ihrer Seite. Dafür müssen Sie allen anderen ständig was vorspielen. Ist das auf Dauer nicht zu anstrengend?«

»Ich habe Martin nicht nach Rumänien geschickt, er ist freiwillig gefahren. Er hätte mich fragen sollen, ich hätte ihm von dem Auftrag abgeraten.«

»Mit welcher Begründung? Weil Sie wissen, wer hinter

der SISA steckt?« Charlotte war überzeugt, dass er es wusste.

»Ich weiß nicht mehr als Sie.«

»Das glauben Sie doch selbst nicht.«

»Wenn es eine unserer Agenturen oder Unterabteilungen wäre und ich davon gewusst hätte, das können Sie mir glauben, Charlotte, hätte ich Martin nicht reisen lassen, und vor allem würde ich Sie nicht zu einem derart gewagten Manöver wie diesem hier begleiten und mich schon gar nicht in Widerspruch zu unseren Prinzipien begeben.«

Es erstaunte Charlotte, dass Grivot Prinzipien hatte. Davon abgesehen war sein Argument nicht von der Hand zu weisen. Sie starrte in die Nacht, sah nichts von der vorbeiziehenden Landschaft, dann blickte sie zum tausendsten Mal auf die Uhr und wieder nach draußen. Es gab nichts zu sehen, bis auf ein einsames Licht dann und wann und entgegenkommende Scheinwerfer. Die Spannung wurde unerträglich, sie äußerte sich in rasenden Nackenschmerzen. Würde Martin es schaffen? Ja, selbstverständlich. Sie sprach sich Mut zu und wagte nicht daran zu denken, was sein würde, wenn er nicht käme.

Der Fahrer verringerte die Geschwindigkeit. Nieselregen setzte ein, und sie blieben in der Regenfahne des vorausfahrenden Lastwagens. Ans Überholen war wegen des Gegenverkehrs nicht zu denken. Eine Kolonne von Lastwagen kam ihnen entgegen. Als Charlotte den Blinker hörte, wusste sie, dass es so weit war. Das Warten würde ein Ende haben, auf die eine oder andere Weise. Wenn Martin nicht käme, würde sie reingehen, sie würde sich an keine Regel halten, sie wusste, wie der Apparat funktionierte, sie würde für Martin das tun, was er für Gaston getan hatte, ohne Rücksicht auf sein eigenes Leben. Und Meyenbeeker würde ihr helfen. Grundsätzlich hielt sie nicht mehr viel von Journalisten: Sie schreiben das, wofür man sie bezahlt, sagte sie sich, aber es gibt Ausnahmen, und Meyenbeeker ist eine.

Der Parkplatz rings um das Rasthaus war nahezu besetzt. Auf dem riesigen Ascheplatz vor den verrammelten Imbissbuden standen Lastwagen kreuz und quer, die Gespanne hatten sich in die kleinsten Lücken geschoben.

»Westeuropa ist auf dem Weg hierher«, witzelte Grivot, und der Fahrer sagte etwas zu ihm, was Charlotte nicht verstand. Sie war zu müde und zu sehr mit sich beschäftigt, um danach zu fragen. »Und Ihr Mann will dabei nicht mitmachen?«

»Ich glaube, wenn Sie die ganze Geschichte hören, Monsieur Grivot, werden Sie ihn verstehen, aber das ist mir auch egal. Das Wichtigste ist, dass Sie Ihr Versprechen gehalten haben und er heil rüberkommt.«

Sie hielten vor dem Rasthaus, einem dreistöckigen verwinkelten Bau, der schon hier gestanden haben musste, als die Rote Armee bei der Vernichtung der Wehrmacht vorbeimarschiert war. Die Lichtreklame war viel später angebracht worden, zwei Buchstaben im Namen flackerten, zwei waren ausgefallen. Der Fahrer postierte den Wagen so, dass die von der Grenze kommenden Fahrzeuge gut zu sehen waren, aber die Scheinwerfer blendeten. Lastwagen auf Lastwagen rollte im Nieselregen vorbei, selten ein Pkw.

Grivot stieg aus. »Ich werde mir die Beine vertreten.« Er schlug die Wagentür zu, schloss die Jacke, Charlotte sah das Schulterhalfter mit der Pistole. Sie hatte ihn nie bewaffnet gesehen. Der Fahrer hatte ihm die Pistole gleich nach der Ankunft auf dem Flughafen in Budapest zugeschoben.

Grivot tauchte in den Schatten zwischen zwei Sattelzügen ein. Charlotte sah ihm nach, wahrscheinlich sondierte er die Lage oder traf einen Kontaktmann, den er hier postiert hatte. Vor fünf Jahren war sie Grivot zum ersten Mal begegnet, dann war er zu ihrer Hochzeit gekommen und erschien jedes Jahr extra aus Paris zum Sommerfest. Er kannte Gastons Kinder, er schrieb Weihnachtskarten und einen Gruß an den Geburtstagen, er vergaß es nie – aber wer er wirklich war, was für ein Mensch in der Hülle des kleinen, kurzsichtigen Mannes steckte, wusste sie nicht. Sie hatte ihn nie danach gefragt, sie wollte auch nichts von Dramen einer womöglich verkorksten Kindheit wissen, er hatte nie von sich erzählt, er war ein Mensch, der nur in der Gegenwart und in der Zukunft lebte.

Auch Charlotte stieg aus. Mit einer Bewegung, die sie ihm nie zugetraut hatte, sprang der Fahrer aus dem Wagen und vertrat ihr den Weg. »Madame, Sie bleiben hier!«

»Ich kann nicht mehr sitzen«, empörte sich Charlotte, blieb aber zögernd neben der Tür stehen, denn der Fahrer wirkte sehr entschieden. Als Grivot auftauchte, stieg sie ein.

»Er kommt«, sagte er und setzte sich. Niemand sprach. Kurz darauf erschien ein Wagen, verlangsamte die Geschwindigkeit so, dass der dahinter fahrende Lastwagen bremsen musste, setzte den Blinker und scherte rechts aus. Es war der angekündigte rote Ford Mondeo, ein altes Modell, die Farbe war stumpf geworden, ein Kotflügel verbeult. Keine hundert Meter von ihnen entfernt hielt er an.

»Das ist er«, sagte Grivot, nickte und lächelte sogar, doch dann hielt er die Luft an. Hinter dem Lkw tauchte ein Polizeiwagen auf, der sich hinter den Ford setzte, anhielt, und zwei Uniformierte stiegen aus, ein dritter blieb im Wagen.

»Ungarn oder Rumänen?«

Charlotte stöhnte gequält. Sie sah, wie die Polizisten sich an den Türen postierten, der Beamte an der Fahrertür beugte sich zum Fenster und ließ sich irgendwelche Papiere geben, dann wurde der Wagen durchsucht.

Sogar Grivot kaute vor Anspannung auf der Lippe. Wenn sie Martin entdecken sollten, war die Mühe, die Rückholaktion in aller Stille abzuwickeln, umsonst gewesen.

Der Fahrer musste aussteigen, um sich ein defektes Rücklicht zeigen zu lassen. Dann wurden die Sitze vorgeklappt und das Wageninnere ausgeleuchtet, danach war der Kofferraum an der Reihe, anschließend die Koffer, die auf die Heckklappe gestellt und durchsucht wurden.

Charlotte meinte, wahnsinnig zu werden bei der Vorstellung, dass Martin verkrümmt in einer Blechkiste unter der Rückbank lag und alles anhören musste. Schließlich holte der Fahrer die Brieftasche heraus, und etwas aus Papier wechselte in die Hände des Polizisten. Als alle Beteiligten eingestiegen waren, blieben die Wagen stehen, jeder schien auf die Abfahrt des anderen zu warten. War das da drüben überhaupt der Wagen, auf den sie gewartet hatten?

»Er ist es«, flüsterte Grivot, »ich bin sicher.« Sein Gesicht glich wieder dem einer schnuppernden Ratte. So wirkte er, wenn etwas seine Aufmerksamkeit fesselte. Für eine Sekunde lächelte Charlotte, denn Martin war es damals als Erstem aufgefallen.

Der Mann stieg aus dem Ford und schlug ihre Richtung ein.

»Hoffentlich kommt der Idiot nicht her«, zischte der Kommissar, »und hetzt uns die Polizisten auf den Pelz.«

Aber er ging an ihnen vorbei zum Rasthaus. In dem Moment fuhr der Polizeiwagen los. Der Fahrer rüttelte an der verschlossenen Tür und kehrte um, verschwand in ihrem Rücken hinter den Lastwagen, tauchte ihnen gegenüber wieder auf und ging über die Landstraße zu seinem Wagen.

»Ich halte das nicht mehr aus«, stöhnte Charlotte.

»Sie können noch viel mehr aushalten. Das, was Sie auf Ihren Reisen in die Elendsgebiete mitkriegen, würde ich nicht aushalten.« Was Grivot dann sagte, hörte Charlotte nicht mehr. Sie wäre am liebsten zum Ford gerannt und hätte Martin selbst rausgeholt. Aber er kam nicht, weder aus der Beifahrertür noch aus dem Kofferraum, in dem der Fahrer kramte. Er schlug die Klappe zu, sah sich um und kam herüber.

Grivot sah seinen Fahrer an, der zuckte mit den Achseln, dann drehte er sich nach Charlotte um. »Das verstehe ich nicht, er hätte da drin sein müssen.«

»Grivot, ich hoffe, dass Sie keine Scheiße gebaut haben –

Monsieur le Commissaire«, flüsterte Charlotte und erschrak vor der Bösartigkeit ihrer Stimme. Sie weigerte sich zur Kenntnis zu nehmen, dass irgendwas an ihrem Plan fehlgeschlagen war.

Gemeinsam gingen sie zum Rasthaus, der Fahrer des Ford wartete in einer Nische.

»Irgendwas ist schiefgegangen«, sagte er auf Französisch mit einem starken Akzent. »Die Person ist nicht zum Treffpunkt gekommen. Ich sollte nicht länger als fünf Minuten warten, wie vereinbart. Das war gut so, denn an der Grenze bin ich durchsucht worden. Ich glaube, sie wussten, dass er kommt.«

»Was läuft da ab? Was wird hier gespielt, Grivot? Ist das Ganze eine Beschwichtigungsshow – nur für mich inszeniert? Das glaube ich nicht ...!« Charlotte hätte Grivot am liebsten geohrfeigt. Noch war die Empörung größer als ihre Angst, sie hatte den Eindruck, dass man sie zum Narren hielt. Aber wozu derart komplizierte Manöver? Nur um zu verhindern, dass ihr Rettungsplan ausgeführt wurde? Oder wusste Grivot genauso wenig wie sie? Ihr wurde eiskalt, und Übelkeit erfasste ihren Körper. Sie musste sich zusammenreißen, nicht die Haltung verlieren, nicht vor den Männern, die diese Farce abzogen.

»Wir fahren zurück, wenn der Ford weg ist«, sagte Grivot. »Oder hätten Sie einen besseren Vorschlag, Madame Bongers?«

Der Ford wendete und fuhr ab. Als er verschwunden war, wurde das Schweigen im Wagen laut, viel lauter als der Lärm der vorbeidonnernden Lastwagen. Nur ein feines Klirren, als fiele ein Steinchen auf Glas, übertönte die Stille. Da war es wieder, ein wenig blechern, als wäre das Steinchen vom Glas aufs Blech gerollt.

Charlotte fühlte sich leer. Sie blickte zur Seite, und auch der Kommissar und sein Fahrer hatten ruckartig die Köpfe gehoben. Sie sahen sich um, blickten in den Rückspiegel, griffen nach ihren Waffen, luden sie durch, stießen beide Türen auf und ließen sich daneben in die Hocke fallen.

»Machen Sie sich nicht lächerlich, Grivot«, sagte Charlotte, doch dann zog sie den Kopf ein und erstarrte aus Angst, sich verhört zu haben. Es war eine Stimme, die sie sehr gut kannte …

»Wollen Sie mich auch umlegen? Dann tun Sie's, Grivot, noch ist Zeit. Hier ist es leichter als in Frankreich. Hier können Sie die Ungarn dafür verantwortlich machen.«

Charlottes Atem stockte, und gleichzeitig stand ihr Körper unter Strom. Sie wagte es kaum, sich umzudrehen. Da kam er. Martin! Irgendwie hatte er es geschafft.

»Bleiben Sie sitzen!«, fauchte Grivot Charlotte an und hielt die Tür für Martin auf. »Los, rein in den Wagen! Schnell.«

Martin warf seinen Rucksack zwischen die Sitze und ließ sich auf die Rückbank fallen.

Charlotte erschrak, als sie ihn nach der ersten Umarmung ansah. Im fahlen Licht der Parkplatzleuchten schien Martin um Jahre gealtert – lag es nur am Licht, dass er krank, mager und verdreckt aussah? Er roch nach Erde und Wald und war ungewaschen.

»Das machst du nie wieder, versprochen? Du schwörst es mir, auf der Stelle!«

»Das schwöre ich sogar mir selbst«, hörte Charlotte ihn sagen, als wäre er unendlich weit weg von ihr.

»Sind Sie über die grüne Grenze gekommen?«, fragte Grivot. »Wer hat Sie geführt?«

»Ein Blindenhund, Monsieur le Commissaire, in Rumänien wimmelt es von herrenlosen Hunden. Da wäre bestimmt auch einer für Sie dabei. Auf Ihre Agentenbande ist kein Verlass, wenn Ihre Fluchtpläne innerhalb von einem Tag durchsickern. Man hat mich glücklicherweise gewarnt. Aber auf die Bauern, die sich auskennen, und auf die Förster kann man sich verlassen. Na, zumindest warten Sie hier. Nehmen

Sie mich mit?« Er legte Grivot versöhnlich die Hand auf die Schulter. »Trotzdem danke. Jetzt sind wir quitt.«

»Mehr als das«, sagte der Kommissar und ließ den Wagen anfahren.

»Halt!«, schrie Martin. »Halten Sie an! Da drüben, neben dem gestreiften Sattelschlepper, da steht Coulange ...« Martin riss den Rucksack an sich.

»Fahren Sie! Los doch!«, schrie Grivot den Fahrer an.

Charlotte sah zwischen den Lkws einen Mann im Anzug in eine schwarze Limousine steigen, in der Hand hielt er ein Fernglas.

Mit einer Hand wühlte Martin im Rucksack, mit der anderen versuchte er, die Tür aufzustoßen, doch der Fahrer hatte sie verriegelt. Der Wagen schoss nach vorn.

Keuchend vor Wut fiel Martin zurück in den Sitz. »Wieso lasst ihr mich nicht raus? Das war Coulange da drüben, Grivot, ich bin doch nicht blind. Was will der hier? Das Schwein hat mich verraten, der hat mir alles eingebrockt ...«

»Wer soll da sein?«, fragte Grivot und tat, als ginge ihn Martins Ausbruch nichts an. »Weshalb machen Sie ein derartiges Theater? Da war niemand, da kann niemand sein. Ich habe mich vorhin selbst vergewissert und den Parkplatz abgesucht. Bleiben Sie ruhig. Sie sind in Sicherheit.«

»Ist Ihre Brille beschlagen oder Ihr Gehirn? Das war Coulange von der SISA, die haben die ganze Angelegenheit eingefädelt, das mit Simionescu. Die haben mich losgeschickt, mich benutzt, und Sie wussten von dem Risiko. Grivot, Sie wissen viel mehr, viel mehr ...«

»Was Sie glauben, Martin, spielt gar keine Rolle, nicht die geringste. Glauben oder denken Sie, was Sie wollen, es interessiert im Grunde genommen niemanden. Nicht einmal mich. Und was ich glaube, ist genauso unwichtig. Ich will Sie heil nach Hause bringen, nicht zuletzt, damit Ihre Frau Ruhe gibt.«

»Weil der Auftrag, mein Auftrag, erledigt ist, weil Sie Ihr

Ziel erreicht haben?« Martin war über Grivots Desinteresse viel zu empört, um weiter zu protestieren.

Charlotte mischte sich ein, sie teilte Martins Ansicht, doch sie wusste auch, was erreichbar war. Ihre Frage war mehr von ihrer Fassungslosigkeit und Neugier geprägt: »Was glauben Sie denn, was hinter allem steckt?«

»Mein Ziel sind Sie und Ihr Mann. Monsieur Bongers, ich glaube auch, dass Sie benutzt wurden, dass dieser Amerikaner auf Sie angesetzt wurde, damit Sie ihn ins Ziel führen. Ob die SISA mit dem Auftrag ein ganz anderes Ziel verfolgte – wer kann das sagen?« Der Kommissar zuckte mit den Achseln. »Ob ich das glaube oder nicht – was hat es für eine Bedeutung? Gar keine, nicht die geringste.«

Sie verließen den Rastplatz und fädelten sich in die Kolonne ein.

Grivot beugte sich über den Sitz nach hinten. »Ist das Ihr gesamtes Gepäck, dieser Rucksack da?«

»Mehr ist nicht übrig.«

»Haben Sie mir keinen rumänischen Wein mitgebracht? Es soll gute Tropfen da drüben geben.«

»Ich hätte Ihnen – und besonders dir Charlotte – gern einen ganz bestimmten Wein mitgebracht, aber sie hatten nicht mehr so viel davon. Außerdem hätte mich die Flasche auf dem Pfad durch den Wald behindert.«

»Nicht einmal diesen Wein des KGB haben Sie dabei?«

»Den KGB gibt es schon lange nicht mehr. Das müssten Sie besser wissen als ich.«

»Stimmt, er wurde in SWR umbenannt, in Föderale Sicherheitsagentur. Auf Ihre Geschichte bin ich mordsmäßig gespannt.«

»Ich auch«, antwortete Martin vielsagend. »Es kommt darauf an, was ich Ihnen erzähle.« Er wandte sich Charlotte zu und streichelte ihr Gesicht. »Weiß er nicht längst alles?«

»Alles nicht, aber das meiste habe ich ihm gesagt, und er

hat, davon sollten wir ausgehen, sofort Erkundigungen angestellt.«

»Davon können Sie ausgehen. Ich bin deshalb so neugierig«, fuhr Grivot fort, »weil wir keine Fahndungsmeldung haben, weder national, also in Rumänien, noch über Interpol. Ich habe gestern mit unserer Botschaft gesprochen. In dem Hotel in Ploieşti haben Sie regulär ausgecheckt, da liegt auch kein toter Amerikaner – oder Portugiese –, und von einem erschossenen Russen namens Brzezinski – so hieß der doch, oder? – von dem weiß auch keiner.«

»Nichts? Keine Fahndung?« Martin war fassungslos. »Das kann nicht wahr sein. Es muss doch Spuren geben und Beweise ...«

»Ziemlich erstaunlich, ja, zumal man an der Grenze anscheinend von unserer Rückholaktion wusste.«

»Und was ist mit Sofia, Sofia Rachiteanu, der Frau aus dem Ministerium?«

»Wir kümmern uns nicht um Verkehrsunfälle.«

»Sie wurde ermordet!«

»Schon möglich, oder auch nicht. Für mich lässt das nur einen Schluss zu.«

»Und der wäre?« Charlotte ahnte, was kommen würde.

»Das, was Ihr Mann erlebt hat, liebe Madame Bongers, hat sich niemals ereignet. Was sagen Sie dazu?«

Paul Grote im dtv

»Wer spannende Krimis und gute Weine liebt, kommt bei Grote voll auf seine Kosten.«
Sonntagsblitz

Ein Riesling zum Abschied
Kriminalroman
ISBN 978-3-423-**21319**-6
Entsetzen an der Elitehochschule der deutschen Önologen: Eine junge Studentin wurde erschlagen … »Pfiffige und spannende Lektüre bei einem Glas Wein!« *Ludwigsburger Wochenblatt*

Sein letzter Burgunder
Kriminalroman
ISBN 978-3-423-**21391**-2
Weinexperten aus aller Welt werden Zeugen, wie der Starverkoster Amber gedemütigt wird. Als er tot in seinem Hotelzimmer liegt, sind plötzlich alle verdächtig.

Königin bis zum Morgengrauen
Kriminalroman
ISBN 978-3-423-**21535**-0
Nicolas Hollmanns Ferien in Franken werden überschattet vom plötzlichen Tod der Weinkönigin. Unversehens findet er sich in einen Fall verstrickt, in dem es um Ehrgeiz, Rache und alte Feindschaften geht …

Tödlicher Steilhang
Kriminalroman
ISBN 978-3-423-**21464**-3
An der Mosel sucht der burnoutgeplagte Sicherheitsexperte Georg Hellberger Abstand und Ruhe. Doch mit der Ruhe ist es vorbei, als ein Winzer zu Tode stürzt und sein Gastgeber unter Mordverdacht gerät …

Die Spur des Barolo
Kriminalroman
ISBN 978-3-423-**21603**-6
Das böse Ende einer fröhlichen Weinreise ins Piemont: Arnold Sturm ist auf dem Rückflug von Turin spurlos verschwunden. Wurde er entführt? Aber warum? Ehefrau Francesca stellt, als Wein-Einkäuferin getarnt, Nachforschungen an.

Die Insel, der Wein und der Tod
Kriminalroman
ISBN 978-3-423-**21645**-6
Ein deutscher Weinhändler will auf Mallorca ein Weingut erwerben. Doch beunruhigende Ereignisse im Vorfeld lassen ihn zögern. Zu Recht, wie sich herausstellt.

Auch als eBook!

Bitte besuchen Sie uns im Internet: www.dtv.de